十一中队

樊希安 著

人民文学出版社

图书在版编目（CIP）数据

十一中队/樊希安著.—北京：人民文学出版社，2021
ISBN 978-7-02-015619-1

Ⅰ.①十… Ⅱ.①樊… Ⅲ.①长篇小说—中国—当代 Ⅳ.①I247.5

中国版本图书馆 CIP 数据核字（2021）第 106383 号

责任编辑	王　薇　周　贝
装帧设计	崔欣晔
责任印制	任　祎

出版发行　人民文学出版社
社　　址　北京市朝内大街 166 号
邮政编码　100705

印　　刷　三河市鑫金马印装有限公司
经　　销　全国新华书店等

字　　数　346 千字
开　　本　680 毫米×1000 毫米　1/16
印　　张　24　插页 3
印　　数　1—5000
版　　次　2021 年 4 月北京第 1 版
印　　次　2021 年 4 月第 1 次印刷

书　　号　978-7-02-015619-1
定　　价　65.00 元

如有印装质量问题，请与本社图书销售中心调换。电话:010-65233595

第 一 章

1

属于祁连山脉的镜铁山下,有一条波涛汹涌的北大河。时值盛夏,河水明显多了起来,河里的波涛愈加汹涌,从祁连山上倾泻下来的雨水和山洪,在河床中翻滚激荡,以势不可挡的力量向前奔涌,一浪连着一浪,向着远方,向着既定的方向奔流而去。

岸边一块石崖上,坐着十一中队副指导员王永学。他看着眼前河里翻滚的波涛,心潮也像浪花一样翻滚着。

王永学是陕西武功人,1969年春天一当兵,就被分配在基建工程兵第二支队(师)第十一大队(团)新成立的十一中队(连)。被称为"钢铁雄师"的第二支队是1966年为建设"酒钢"组建的,隶属于该支队的第十一大队同时组建,在镜铁山担负铁矿(一期)井巷开拓与安装工程的建设任务。面对海拔高度最高、自然环境最恶劣、施工环境极其艰苦的作业条件,全大队指战员艰苦奋战八年,在1974年夏季完成了这项特大型工程,保证了"酒钢"源源不断的铁矿石需要,书写了壮丽的篇章。王永学所在的十一中队在这项任务的完成中,自然功不可没。

十一中队比第十一大队其他中队成立时间要晚些,是1969年以陕西兵为主在镜铁山矿组建的。新组建的十一中队除连、排及技术干部从全大队选调外,大部分是从九中队、十中队选调进来的骨干。有工改兵技术人员,有1966年四川兵,还有部分随军工人老师傅,共约30多人。另外分进陕西新兵70多人,全中队共计110人。

新组建的十一中队，主要承担矿山基本建设中最艰苦、最危险，也是工程中技术含量最高的竖井、天井、斜井和平巷的开凿任务。自1969年5月组建到1974年夏的五个春秋中，一直在镜铁山桦树沟承担部分矿山基本建设任务。打过平巷，打过普通天井，打过吊罐天井，打过斜井，也打过一次成井的光面爆破井，打过矿仓和溜井等，在很短时间内由一个新组建的连队成为一支矿山建设的生力军。

十一中队虽然组建晚，但在全大队甚至全支队却很有名气。之所以出名不仅是因为他们是矿山建设的尖兵，是完成工程的骨干力量，更是因为一场意想不到的特大恶性事故。1972年3月30日，第十一大队发生运输罐笼坠落事故，下井作业的罐笼滑轮的钢丝绳突然崩断，罐笼中的11名干部战士不幸坠入井底，全部牺牲，状况非常惨烈。牺牲的11名干部战士全部是十一中队的，包括他们的中队长（连长）。这次"罐笼事故"震惊了第十一大队，震惊了第二支队，震惊了整个嘉峪关酒钢厂区。人们在沉痛哀悼烈士的同时，一种"魔咒"说也传播开来，说此次事故正好发生在第十一大队十一中队，正好死了十一人，人数又正好是全中队人数的十分之一。这些数字似乎预示"十一"是一个不祥数字，在"十一中队"工作生活，就会被死亡笼罩。这一下子给全中队干部战士带来了压力，甚至造成了恐慌。有的战士说，旧社会当兵死了没人埋，我们当兵埋了没有死。我们的工作环境是四块石头夹一块肉，今天没出事是幸运，能不能每天都幸运？不少战士产生了赶快退伍复员，离开这危险的工作环境的想法。好在党、团支部及时做工作进行引导，稳定了大家的情绪，进而使施工得以正常进行。但"十一中队"的名声已经远扬了。"十一中队"成了"恐怖"甚至是"死亡"的代名词，一些人不愿调入"十一中队"，"十一中队"的干部战士想离开。这种"恐怖"持续了很长一段时间，后来随着时间的推移，这种"恐怖"才开始减弱，但死亡的"阴影"还继续存在。这就是"十一中队"为什么在第二支队第十一大队那么出名的原因。

王永学一入伍就被分配到十一中队，从战士干到班长、副排长、排长、副指导员，对"十一中队"的历史了如指掌，对这里的一草一木、一人一物都无比熟悉。在第十一大队完成镜铁山铁矿一期工程建设、即将撤离此地投入新的战场之际,他对这个战斗了五年多的地方有说不出的复杂情感。连队已接到撤离镜铁山的指令,并确定了撤离日期,已有其他连队陆续离开,十一中队因为要做一些工程收尾工作,被安排在最后一批撤离镜铁山。即使最后撤离,终是要离开曾经战斗的地方。坐在北大河岸边,看着波涛汹涌的浪花,心中怎能不波澜起伏?北大河的浪,一浪接一浪向前涌起,而他心中的浪则是倒流着的,过去的时光、逝去的人和事,一下子都涌到眼前来,他放开了自己的思绪,任它信马由缰地飞奔起来。

  他的思绪飞到了武功县王家堡村。这个渭水河畔的小村庄是自己出生的地方。这个古老的村子,直到1949年解放那年,还都完整地保留着古老的村貌。他在这个村庄长大、成人,由于学习刻苦,成了"文革"前全村唯一在县中学上学的中学生。"文革"中断了大学招生,他只好在初中毕业后回村务农。就在下决心在农村傍一辈子牛腿的时候,参军入伍改变了他的命运。入伍通知书是大队革委会主任和民兵连长组织全大队民兵打着彩旗,敲锣打鼓送到家里的。送通知书那天,他家前后院挤满了祝贺和看热闹的人群,有不少长辈还举大拇指夸他有出息,他激动得不知道说啥好,下定了非要在部队干出个名堂的决心。纵使千难万险、刀山火海也不退却,非闯出一片新天地不可。

  他的思绪飞到了当兵之初那些日子。在举国上下热烈庆祝中国共产党第九次全国代表大会胜利召开的欢呼声中,他们那批新兵在武功县委党校集合,第二天便告别父母和兄弟姐妹们,步行到普吉镇火车站上了军列。一路过宝鸡、兰州,经天水、武威、张掖,经过几天几夜的行驶,于1969年4月7日晚上,到达目的地。下火车时,四面八方灯火通明,大家都在想,我们当兵的城市可真不小,人人都在陶醉中。第二天一早,大家不顾几天坐车的劳累,天刚亮就爬了起来,出门一看,展现在眼前的是一望无际的戈壁滩,光秃秃的一片,别说一棵树,就连一株野草也没有。不知是谁还即兴编了个顺口溜,记得是这么说的:"来到嘉峪关,眼泪擦不干;南面祁连山,脚下戈壁滩;风吹山头跑,地上不长草;天上无飞鸟,人丢没处找。"原来昨夜的灯火辉煌是嘉峪关市的路灯,他们已被军用卡车拉到了远离市区的戈壁滩。更没想到的是,在戈壁滩新训营地完成了新兵训练之后,他们这批新兵全部补充到镜铁山第十一大队各中队,其中70人分配到了刚刚开始组建的十一中队,他是其中的一员。镜铁山,海拔5205米,位于北纬39.4度,东经97.8度,地处甘肃省祁连山西段,归肃南裕固族自治县管辖。镜铁山域名历史不长,因20世纪五十年代镜铁山矿的发现,共和国的版图才增添了"镜铁山"这个名字。镜铁山离嘉峪关市78公里,属于高原高寒地区,高原缺氧与极度严寒,生活环境极其恶劣。来到这样的环境中生活和工作,是他们这批兵没有想到的。面对这一切,他没有丝毫退却,心里想的是越是艰难困苦越能锻炼人,一定要好好干,为父母争光,为自己争气。

他的思绪回到了十一中队新建的时光。他和70名新战友分到初创中的十一中队。当时的十一中队就是一张白纸,连营房也没有。没有营房自己动手建,连队在矿山附近,傍着北大河,在岸边选择地势稍微平坦一点的有利地段,开山劈石,平整地面,修房造屋,供己所用。没有建筑材料,战士们自制土坯工具,先将黄泥制成土坯,再用土坯代砖垒墙,房顶用芦苇秆代替木板,用油毡代瓦,用芦苇秆做龙骨,用旧报纸、糨糊吊顶,建起了西北人称"干打垒"的房子。住在这种房子中,防寒保暖的条件可想而知。最难忘的是第一年冬季,房子四面透风,火炉烧得又不好,睡在屋子里如同睡在冰窖里一样,睡觉还要戴上皮帽子,脱下的鞋冻在地上拽不起来。一些南方籍战士适应能力更差,不少人手冻肿了,耳朵冻烂了。从施工现场到营房,身上的棉衣都冻成了盔甲,脱下来的棉衣能立在地上。但是严寒吓不倒英雄汉,战士们乐观地称自己是"盔甲兵"。

他的思绪飞到了1970年大会战那段激情飞扬的岁月。1970年4月,粟裕大将赴新疆考察时,周恩来总理特意指示这位开国将军:从新疆路过嘉峪关时,一定要下车,了解一下酒钢的建设情况。4月22日上午,粟裕大将带着周总理的嘱托来到酒钢。这位戎马一生的大将军顾不上休息,当天下午就在军代表郭时胜和酒钢领导鲍鸿光等人的陪同下,视察了正在建设中的1号高炉工地。晚上听取了酒钢建设的情况后,确定酒钢1号高炉于当年10月1日建成投产,正式出铁,并向兰州军区首长和北京冶金部做了沟通。在周恩来总理的关怀和粟裕大将的亲临指导下,"久久无钢"的酒钢出现了起死回生的曙光。

6月下旬,"全国抬酒钢,保证'十一'出铁"的万人会战誓师动员大会分别在兰州和嘉峪关召开,全国各省、市、自治区及冶金系统等53个城市400多个单位参加动员会,并派出精兵强将参加酒钢建设。经过4个多月的声势浩大的万人大会战,使停停建建长达十二年未出一吨钢的酒钢,终于在1970年"十一"的前一天,炼出了第一炉铁水。

酒钢1970年"十一"出铁和成昆铁路"十一"前通车,在我国三线建设中具有标志性意义。消息传到北京,毛泽东主席露出了欣慰的笑容。像人造卫星上天一样,这些新中国的建设成果,可谓人间奇迹。干部战士都知道,酒钢一直是毛主席关注的国家工程,上马是在1958年。正干得热火朝天,突遇困难,于1962年5月被迫停建。酒钢第二次上马恢复建设,始于1964年7月。此时国民经济已经好转,但由于中苏关系破裂,三线建设吃紧,西北战略地位凸显,酒钢位居其中。毛主席曾两次在听取三线建设汇报时提起酒钢。一次是听取国家计委汇报"三五计划"时说:"酒泉、攀枝花的钢铁厂还是要搞,不搞我总不放心,打起仗来怎么办?"再一次是在一份中央转发的报告上批示,大意是:"攀枝花、酒钢建设不起来,我睡不好觉!成昆铁路修不通,我将来只好骑毛驴去……"就是在上述背景和高层精心部署下,酒钢才作为"三线建设"重点项目重新上马。也正是在这种国家需要的前提下,基建工程兵第二支队应运而生,于1966年10月1日诞生并投入到酒钢建设中去。作为酒钢建设的主力军,在确保酒钢1970年"十一"出铁的大会战中,第二支队2万多名官兵,在会战总指挥部领导下,全力以赴,日夜苦战,所承担的两个工程项目全部如期建成。1970年6月1日,镜铁山桦树沟矿区在2940水平投产出矿;6月5日西沟石灰石矿土法开采临时出矿;8月26日热电厂3号机组发电;9月2日1号焦炉出焦;9月30日炼铁厂1号高炉炼出第一炉铁水。至此,酒钢从1958年开始建厂,几上几下,历经波折,终于建成西北地区最大的钢铁基地。这次大会战的丰硕成果也凝聚着十一中队干部战士的贡献。这支刚组建一年多的连队,一下子成了打井建矿的骨干,干部战士用双手捧上铁矿石,在会战成功中发挥了至关重要的作用。也就是这次大会战中,他王永学崭露头角,被提拔为代理排长。这里还有一个他终生难忘的花絮。1970年7月1日,他作为副排长带领四排两个班完成一个班次的工作量准备下班时,从电话中得知晚上没有接班的班排。时值党的生日,他决心带领战士们以实际行动庆祝党的生日,提出"我们今天加一个班,再放一茬炮,给党的生日献厚礼!"这一建议得到大家的响应。在经历了七八个小时的艰辛劳作后,又热火朝天地干了起来。场地狭窄,装岩机用不上,只能人工装渣,仅推矿车就跑了总计70多公里的路。当大家完成又一班工作任务时,已是次日的早晨,彩霞已在洞外的山头升起。这一事迹被广泛宣传后,王永学成了典型,有了更大进步,但也有人认为他借此出风头,使他成了一个有争议的人物。

  王永学的思绪又飞到了那次特大事故的现场。那时他已是一排副排长,刚领着一排战士撤离工地,才回到连队,正在脱衣服洗澡,听到这一消息,便急忙穿上衣服向工地跑。此时,罐笼坠落致11名干部战士牺牲的消息已传开,不少干部战士来到了现场,看到罐笼坠落后血肉模糊面目难以辨认的昔日战友,大家都哭了,王永学也痛哭起来。这里面有欣赏他、力主提拔他的老连长段新虎,经常和他开玩笑的四川兵、二排长韩作洲,还有和他同村的王有奎、刘可明,三人从一个村子出来当兵,现在就剩下他孤身一人了。老连长段新虎的家属刚刚来队,还没有热乎几天,妻子就失去了丈夫,儿子失去了父亲。在环境恶劣、地质条件复杂的镜铁山施工,死人的事是经常发生的。在一次吊罐天井施工时,班长李润章被顶板上掉下来的巨石砸中头部当场牺牲;同年11月,甘肃兵狄祯海在竖井施工中遇到塌方被埋在渣石中牺牲。不光十一中队如此,其他中队干部战士的牺牲也不罕见。在"十一"出铁大会战中,第十三大队七中队指战员冒着焦炉烘炉达600度左右的高温熏烤强行施工,许多战士的头发都被烤焦了,脚上烫起了泡,依然不下火线。有一个战士在施工中被熏烤得晕了过去,眼前一黑失足掉到了炉下,当场牺牲了。这些不时传来的凶讯动摇不了指战员们夺铁建矿的决心。十一中队干部战士没有一个要熊装孬的,没有一个畏缩不前的。但这一次特大事故却兜头把大家打蒙了。一个中队,一下子牺牲了11人,去掉了全中队人数的十分之一,连他们的中队长也以身殉职了,中队一时群龙无首,一片哀泣声。把烈士们抬到镜铁山矿医院,一个个整理遗容,然后盖上白布单子,用卡车运到烈士墓安葬。在追悼会现场,十一中队的干部战士哭得最痛,传出的哭声最高,牺牲的全是他们朝夕相处的战友,一个饭锅里吃饭,一个营房中睡觉,一个操场上跑操,一个井巷里施工,11条鲜活的生命,说没就没了,这太残酷了,太让人心痛了。事故发生后一段时间,十一中队干部战士麻木了,这里没有了笑声,没有了交谈,领导派卫生队医生来做心理疏导,认定大家是为战友们牺牲而悲痛,也担心事故会发生在自己身上而不寒而栗。虽然革命战士不怕牺牲,但人的生命毕竟只有一次,鲜花还没有盛开就枯萎了,大树还没有茂盛就倒下了,一个人还没有品尝人生的甘甜,还没有怎么建功立业就撒手人寰了,这是多么让人遗憾、让人死不瞑目!看看烈士想想自己,他们被悲痛笼罩着,也被死亡的阴影笼罩着。好在卫生队的军医们有针对性地进行心理疏导获得成功,同时时间也发挥了疗伤疏导的作用。营连各级领导组织党团骨干一起分析事故发生的原因,提出虽说事故发生有其不可预测性,但大量的安全事故有其人为的因素存在。只要指战员把安全生产作为重中之重重视起来,严格按操作规程办事,安全事故是可以避免的。在中队领导和党团骨干的带动下,全中队官兵终于从事故的阴影中走了出来,又以矫健的步伐迈向镜铁山施工现场。

这些往事如北大河的浪,一浪接一浪地流淌,像电影中的镜头,一个接一个闪现。北大河的浪,流淌在自然形成历经冲刷的河床里;电影里的镜头,闪现在洁白的银幕上,当电影演完灯光闪亮,银幕最终归结为一块白布,那些镜头和图像都一切归零,无影无踪。而坐在河岸边的王永学,面对北大河汹涌的波涛,思绪却没有清零的时候,他放任思绪,让1969年4月入伍、5月就分到新创建的十一中队之后,自己亲历的桩桩往事在头脑中翻滚,像北大河的波浪相互激荡。

2

"轰隆隆!""轰隆隆!""轰隆隆!"一阵断断续续的爆炸声传来,一下子打破了河岸边和营区的宁静,自然也打断了王永学的畅思漫想,他本能地、一骨碌地从石崖上站起身,向营区张望。当轰隆声再次传来时,他的头脑已经清醒并恢复了此前的思绪,断定这是一些战士在连队撤离前销毁已经过期的手榴弹。

就在他坐上岸边石崖不久,有几个战士抬着几箱手榴弹从他身边经过,说代理中队长牛幸娃让他们去山谷销毁手榴弹。申力明等几个战士笑呵呵的,这下可过过投弹的瘾了。王永学交代他们要注意安全,目送着他们上了去北大河对岸的吊桥。吊桥在战士们的脚下晃悠着,如像他们此时的心情。那些爆炸声就是从河对岸的山谷中传来的。

王永学自然是凝思不下去了,他站在石崖上,看着波涛,就像一个检阅士兵的将军。又一阵爆炸声传来,灌进王永学的耳朵,他有些后悔起来:为什么不同战士们一起去销毁手榴弹,过过投弹的瘾?说来自己也是当兵的,但一想到自己的军事素质就心虚脸红。基建工程兵部队的宗旨是"劳武结合、能工能战、以工为主",既然"以工为主",军事训练就没有野战部队那么严格。自己当兵新训才一个月时间,虽然也很艰苦,但毕竟时间短,学会了军人基本动作,打了一次靶,投掷了一次手榴弹,成绩也还可以,但与经过更长时间严格训练、军事动作过硬、军事技术熟练的军人相比,自然是差一些火候。这自然也成了他的短处和"软肋",他新训时的班长、现任代理中队长牛幸娃,就常常因此嘲笑他,这使他非常难堪。牛幸娃是1966年入伍的第一批义务兵,参军后兰州部队派人来实施军训,之后还被送到军区参加集训,使他受到严格训练,其军姿优美、军容严整、军事技能过硬,成了团里的军事训练标兵。在他眼里,王永学就是一个不合格的"游击兵",话里话外常拿这个敲打他。王永学虽然心里有气,也不能不服气,两人产生矛盾,这是一个原因,但肯定不是主要原因。

王永学的思绪转到和牛幸娃的关系上。两人本是很要好的战友,牛幸娃还是新兵训练时王永学的老班长,关系怎么就出现了裂痕呢?此时的王永学,很想把这个关系理一理。此时,他的头脑中蹦出了"邯郸学步"这个成语,怎么会想到这个成语?原来到部队后,王永学是跟牛幸娃学走路开始的。镜铁山海拔高,从山下走到山上,没有一点儿功夫是不行的。牛幸娃个子不高,但是非常干练,嗓门洪亮,身上有使不完的力气。连长让他带新兵们爬山,在"之"字形崎岖不平的羊肠小道上,他双手背后,一阵风似的把王永学等新战士落下了近百米。新战士们刚走出十多米就个个上气不接下气,一个劲地大口喘气。牛幸娃告诉大家,不要大张嘴,要闭上嘴巴用鼻子呼吸。这样就不会很累。全程两公里的山路,新战士足足走了两个多小时,当爬到3200米平台处时,牛幸娃已经在目的地等候他们一个多小时了。下山时新兵们个个都在想,这下我们可以把牛幸娃落下了,谁承想朝前小跑几步膝盖关节痛得够呛。牛幸娃耐心地告诉王永学等新兵,下山时千万不要性急,一定要脚尖先着地,用力不要太猛。王永学学着他的样子,亦步亦趋,才没有出洋相。有的新战士不听他的话,一路小跑下来,有腰酸腿疼的,有脚腕抽筋的,有的如同烂泥一样,一头栽倒在床上不想动弹。王永学不仅跟牛幸娃学会走路,还学会了吃饭。吃饭还用学?新战士对牛幸娃提出的这个问题觉得很可笑,但很快,他们就笑不出来了:午饭时不仅吃不下饭,而且晚饭吃几口就吐了,有的战士流鼻血头疼头晕。牛幸娃告诉他们这是典型的高原反应,大家一下子从内地来到祁连山,有高原反应是必然的。吃饭时一定不要着急,慢慢吃,吐了再吃,再吐再吃,四五天就习惯了。按牛幸娃的指点,新战士们硬着头皮去吃饭,吐了之后,多么难受也都忍着。几天下来,个个都瘦了好几公斤,脸上脱皮了,嘴唇裂口了,也一直坚持着。大概过了一个星期,新战士们都会吃饭了,而且很能吃饭,身体也强壮起来。

在新兵连时,王永学和牛幸娃的关系是密切的。牛幸娃作为班长,对新兵们要求严格,同时也无微不至地关心。王永学因为是那时少有的初中生,被任命为副班长,他带头刻苦训练,积极配合班长工作,两人关系融洽和谐。两人一起到了老连队,牛幸娃和王永学是正副班长,怎么干着干着就出现裂痕了呢?王永学隐约感到两人关系最早出现问题,是自己成为学习毛著积极分子,不久被提拔为副排长,成为牛幸娃的上级之后。因为文化程度高,会写文章,又有一些口才,王永学受到了中队领导的器重。中队长段新虎是全大队有名的优秀中队长,是参加过中印边境自卫反击战的战斗英雄,是从新疆野战部队调来的,管理部队从难从严,以身作则,处处带头,是一位非常干练的好带头人。他因为文化程度不高,就特别喜欢初中毕业的王永学。到了连队不久,段新虎就让王永学代表新兵写一篇表决心的广播稿。王永学激动万分,使出浑身本领写好这篇稿。段新虎看了后表示满意,让他在连广播室现场播出。段新虎留了心眼,怕第一遍播不好,没让开扩音器,等确定效果不错,才让王永学第二次播出。从此王永学在全连出了名,被评为学习毛著积极分子,还被调到中队部当了文书,成了重点培养对象。1970年开展建矿大会战时,王永学被任命为一排副排长,成了老班长牛幸娃的上级。难道是牛幸娃对这个任命不满?对王永学成为自己的领导不满,从而引发了两人矛盾?事情似乎也不那么简单。

这里必须介绍一下牛幸娃其人,因为了解了这个人,才能知道他们为什么发生的矛盾,冲突源自哪里。

牛幸娃1966年9月入伍参加酒钢建设,是基建工程兵第一批义务兵。那一年,19岁的牛幸娃乘坐军列从温暖如春的四川省泸州来到嘉峪关酒钢建设基地。至今他还记得新兵娃子们一下火车,就看到嘉峪关市组织的群众队伍热烈欢迎的场面。对一个从农村出来的孩子来说,受到城里人这样热烈的欢迎,在心中留下的印象终生难忘:锣鼓喧天,彩旗飘扬,欢迎的人群,有的穿着少数民族服装,有的腰上扎着红绸子跳着秧歌舞。一幅红布横额上贴着纸剪的白色大字:"热烈欢迎基建工程兵部队参加酒泉钢铁基地建设。"听部队干部解释后,牛幸娃才明白我国新建的这个巨大的钢铁基地,虽然名称叫作"酒泉钢铁公司",但实际上坐落在嘉峪关这座城市里。在部队经过一段军事训练和政治学习的新兵生活,他很快了解了自己所在部队的基本情况。他们这支新成立的部队就是为建设酒钢建立的,自己这一批新兵补入后,将被分配到高炉建设区、镜铁山铁矿、西沟石灰石矿所在的各个中队去参加施工。建高炉及其附属物是进行厂区建设,建镜铁山矿是采出矿石保证炼铁的需要,西沟石灰石矿开采,也是炼钢必备的,因为没有石灰石,铁水与矿渣无法分离。新兵分到哪个连队,那要根据训练表现和部队建设需要而定。牛幸娃了解了这一切,肩上有了责任感,坚定了要在部队干出一番事业的坚定决心。

牛幸娃是"幸运"的,他这"幸运"的名字还是村里老支书给他取的。他生于1947年,在万恶的旧社会,因遭受到剥削,家里极其贫困,父母没有赶上新中国成立就暴病而亡了。而他则是幸运的,赶上建国后的新生活,老支书收养了他,他是吃村里百家饭长大的。懂得感恩的他,年纪不大就给生产队放牛,小名"牛娃儿"。老支书给他起了"牛幸娃"的大号,至此他的命运大为改观,幸运的事一桩接一桩到来。就像有人所言,运气来了,想挡都挡不住。

第一桩幸运事自然是参军。参军原来并没有他的份。"文革"中老支书被批斗,靠边儿站了,没人替他说话,他也自以为自己文化程度太低,在农村打算一辈子傍牛腿算了。虽然也报名了,体检了,却没有什么指望。这天,他赶着牛犁田,脸上、腿上、胳膊上都是泥,没承想,公社武装部干事和一个接兵干部来到田边,一遍一遍地招呼他。原来,新兵集合后在公社院里跑操,准备出发时,其中一名新兵突发癫痫病,倒在地上口吐白沫,带兵的人紧急磋商,决定由牛幸娃代替发病的那位青年入伍。牛幸娃在水田里洗洗脸,洗洗胳膊洗洗脚,没有回家就直奔公社穿军装入伍了。直到坐上军列,他都不敢相信这是真的,以为自己是在做梦。一直到了军营,才确认真的是美梦成了真。

第二件幸运事是,在基建工程兵第二支队成立的授旗大会上,他被挑出来当了护旗手。1969年10月15日,正好是牛幸娃穿上军装刚满一个月的日子，接到通知，全体指战员集合参加部队授军旗大会。按照要求，战士们背起背包，排队集合，徒步行军，来到5公里外的大会会场。会场的位置正好在城区与嘉峪关城楼之间的戈壁滩上。头顶着湛蓝的万里晴空，脚下是一望无际的戈壁滩，西面能够看见万里长城第一关的雄姿。艳阳高照，彩旗飘扬。会场的主席台用原木、木板和高粱秆席子搭建而成。会场上集合着两万多人，绿压压一片，规模宏大，场面震撼。主持人宣布大会开始后，兰州军区副司令员徐国珍代表中央军委宣读关于成立基建工程兵第二支队的命令和贺信，而后为第二支队及下属的八个大队（团）授旗。在为第十一大队授旗时，牛幸娃作为一名护旗手守护军旗，他胸前端着一支冲锋枪，戴着白手套，精神抖擞，英姿飒爽，护着军旗行进。这一刻是自己一生中最光荣的时刻，牛幸娃终生都不会忘记，并成为自己的力量源泉。

更大的幸运还在后头。他没想到自己训练的新兵蛋子王永学，因为文化程度高，会讲用耍嘴皮子，竟蹿到自己这个老班长头上。但时来运转，他却比王永学先提了干。一天在施工现场，班长牛幸娃带领两名战士埋炸药，一共三处，三根导火索点燃后，只听到两声炮响，还有一炮没有响，等了十几分钟还是没有响，肯定出现了哑炮。牛幸娃让两个战士退后，自己一人爬到斜坡上把那根没有响的导火索拔了下来，把炸药刨了出来，排除了一起可能发生的事故。副排长王永学目睹了这一幕，他和排长商量后，决定把这件事报到连里，连里又把这件事上报到团宣传股。当时大队里刚刚发生四中队十班班长孟志敏舍身救战友事迹。因为矿车掉轨，在矿车上倒渣的战士吴泽祥被撞下斜长700多米深、坡度为60多度的渣场。看到这一幕的孟志敏跳下渣车救战友，他从三米高的石崖上猛然跳了下去，跟着小吴向下滚，一直滚落到300多米深的地方，两人才被一块大石头挡住。孟志敏忍着全身伤痛挣扎着爬起来，搀扶着吴泽祥脱离险境。基建工程兵兵办为孟志敏记了一等功，在全部队开展学习孟志敏舍身救战友的活动。大队领导认为牛幸娃是学英雄见行动，总结了他的事迹在全大队宣传。牛幸娃一下子受到上下关注，被大队里树为先进典型，支队给他记了二等功。这样一来，牛幸娃和王永学的提拔就出现了意想不到的错位。据大队里一位领导讲,原一排排长沈省身调到团大队组织股当干事后,原拟提王永学当排长,但因为牛幸娃立了二等功,成了英雄人物,上级点名提拔他当排长,而王永学仍然当副排长,成了牛幸娃的副手。

而牛幸娃最大的幸运,则是躲开了"罐笼事故",没有和那一"罐"战友一道牺牲,捡回了一条鲜活的生命。本来,他也是要坐这一罐笼上班的,却因为突患肠炎拉稀,没有赶上罐笼起降。当他匆忙赶到井口时,罐笼刚上去,他气得在井口直跺脚,为没跟上上班而懊恼。罐笼是在运行到顶部时发生事故突然下坠的,牛幸娃要是赶上"罐笼",肯定和那11位战友一道"光荣"了。就像有飞机航班失事,某个乘客因有事耽搁没能赶上航班一样。牛幸娃幸运至极。他的幸运在全团传开,有四川老乡开玩笑说:"这龟儿子名字硬是取得好,仙人板板,好事都让他撞上了哟。"其实人们不知他内心的痛苦,战友们牺牲了,他自己却活着,好像临阵脱逃似的,他为此内疚了很久。从此他干活更加卖力,不怕苦、不怕死,反正差点儿死一回,死也没什么可怕。他带领全排战士敢打敢冲,提出了"要铁不要命"的口号。那时他是排长,王永学是副排长,王永学不同意"要铁不要命"这个口号,说这是蛮干,不讲施工安全。他则认为是王永学怕死。加上对王永学身上一些"华而不实"的东西看不惯,比如在没有上级安排的情况下连上两个班,是出风头,是置战友们生死疲劳于不顾。那时,王永学是副排长,牛幸娃是班长,王永学坚持自己意见,牛幸娃只好服从。从那时开始,牛幸娃就认为王永学为人不踏实,从内心里对他产生了看法。自己当排长后提出"要铁不要命"的口号,你王永学不认同,还提什么意见,这是找碴,是对以前"不满"的回报。

尽管王永学不认可"要铁不要命"的提法,但上级对牛幸娃革命加拼命的精神还是赞扬的。认为他不怕死亡威胁,带着战士敢打敢拼,是"敢与困难争高下,不向魔鬼让寸分",在连队发生重大伤亡事故后,需要提倡这种精神。牛幸娃带着一排冲在前面,显示了大无畏精神,给受到重创的中队又带来了希望。时间不长,上级就任命牛幸娃为代理中队长，成了中队的主要领导。王永学接替牛幸娃当了排长。

王永学不赞成牛幸娃"要铁不要命"的提法，是从安全第一的角度考虑的，但对牛幸娃的魄力干劲，他是佩服的。尤其欣赏牛幸娃那种拼命三郎的劲头。他担任排长之后，继续发扬牛幸娃倡导的精神，把任何艰难困苦都踩在脚下，巷道掘进进度在全中队排在第一，还打破了全大队的记录。两年后，上级任命王永学担任副指导员，配合牛幸娃工作，加上一个副中队长、一个技术员、一个司务长，基本健全了中队领导班子，形成了基层中队的领导核心。

在他们这一任班子之前，中队领导班子在全大队是一流的。段新虎人称"段老虎"，典型的军人作风，是个能打硬仗的主，中队一成立就当中队长，几年时间把十一中队带成全大队出名的钢铁中队。指导员刘新风善于做思想工作，和段新虎配合默契，无奈身患胃疾不得不转业到地方工作。"罐笼事件"后上级经过考察选拔，让牛幸娃做了代理中队长，王永学也官升一级成为副指导员，俩人又成了搭档。

经过磨合，两人的关系逐步融洽，但隔阂仍无法完全消除。典型的表现是两人相处"比较客气"。现实生活中，人与人之间关系，一客气就比较麻烦，说白了是透着"生分"。你想，真正的好朋友，哪个不是勾肩搭背？真正的好战友，哪个不是你搡我一拳我击你一掌？淘气的孩子到别人家里乱跑乱窜，还不是因为两家关系好？

明明知道两人关系不融洽，各种缘由又说不清道不明，就像人们所言，挨个巴掌不知哪疼，心里很不敞亮。王永学几次想找牛幸娃谈谈心，但都被自己否定了。作为副指导员，他是很擅长谈心的，通过谈心做通了不少战士的思想工作。但一想到和牛幸娃这个老班长谈心，王永学心里就打怵，几次欲言又止，不仅没谈成心，心里的疙瘩还越聚越大了。惹不起躲得起，他决心离开牛幸娃，设法调到机关去，或调到其他中队去，但目前十一中队班子不健全，指导员没有配，只有自己一个政工干部，开不了口。在这种情况下，自己明确提出调走，就把和牛幸娃的矛盾公开了。现在机会来了，中队要随大部队撤离镜铁山，到新的地方去执行任务。听说根据任务需要，要对现有中队进行调整，也许还要成立新的中队,自己可以名正言顺地离开十一中队,和牛幸娃"拜拜"了。

3

"王副指导员!"申力明和几个战士的呼唤,打断了王永学的沉思。他们显然是执行任务归来,手中的弹药箱是拎着的,轻飘飘的,内中的手榴弹已经销毁。

"手榴弹都销毁了吗?"王永学问。

"销毁了,全都报销了!"战士王新安兴冲冲地回答,"这下可过投弹的瘾了。我自小就爱投手榴弹。在农村是投教练弹,一次民兵训练,我一手榴弹投出去,把一户人家的房盖砸了个窟窿,人家追到我家,我父亲打我一顿,又把人家房子补好才算了事。"王新安说起他在农村投弹的趣事。

"你们投弹没有引起老百姓不满吧?"王永学问他们几个。

"没有!我事先做了勘察,是选没有老百姓的地方投掷的。只是有两颗手榴弹没有爆炸。"申力明说。

王永学追问:"你确认?"

申力明说:"确认,每一颗手榴弹投出去后,我们都要听到爆炸声才继续,只有两颗手榴弹没有听到爆炸声。"那几个战士也都点点头。

申力明看王永学陷入沉思:"有什么问题吗?副指导员?"

"有问题!你们想想,有两颗手榴弹没有爆炸,而且目前不知去向。要是被当地老百姓遇到怎么办?被他们捡去了怎么办?假如爆炸性能存在,这不是遗留下后患了吗?我们部队在镜铁山执行任务这么些年,当地老百姓对我们多么贴心支持呀!我们现如今要离开了,却给他们留下了后患,把两颗未爆炸的手榴弹留在了他们经常出没的地方,不怕一万,就怕万一,万一让他们捡到了当榔头使用怎么办?要是真闯下祸端,我们内心会一辈子不安呀!"王永学说。

申力明和另几个战士听王永学这么一说,心里也害怕了,说:"我

15

们没想那么多,那现在怎么办呀?"

王永学说:"亡羊补牢犹未晚也,我现在就带你们返回刚才投弹的地方,我们就是一寸一寸地排查,也要把没有爆炸的手榴弹找回来。"

几个战士齐声说"好",就跟随着王永学走回北大河上的吊桥。此时他们"过把瘾"的兴奋已悄然退去,心头沉甸甸的。

站在刚才战士们投掷手榴弹的山头向下看去,眼前沟壑林立,山谷起伏,若从这里找出两颗投出未爆的手榴弹,就像在茫茫大海中找到一块礁石,谈何容易?王永学虽知不易也要行之。好在他在这里生活工作多年,对镜铁山像对老朋友一样熟悉。对这里的山峰,就像熟悉自己的十个手指;对这里的山沟沟,就像熟悉自己脸上的每一道皱纹。

镜铁山在1955年之前,只是作为祁连山西段的一部分而存在,一直默默无闻,甚至连自己的名字都没有。它是随着新中国加强钢铁建设而逐步闻名于世的。

有史料记载,1955年2月27日中南海召开国务会议,毛泽东主席在会上说:"全国六大区都应有钢铁基地,目前只有西北没有,使我难以安枕。我盼望老李(地质部部长李四光)、长工(地质部副部长何长工)和同志们能在两三年内给我一个好消息!"号令一出,在西北建设钢铁基地就引起了上上下下的重视。而要建立西北钢铁基地,首先得解决铁矿石来源问题。为此,地质部和西北地质局加大了在西北找矿的力度,先后投入了大量人力、物力和财力,仅投入的人力就多达1500人。

1955年8月,西北地质局645队四分队工程师严济南,地质员陈鸿玉、鄢少华等人进入祁连山找矿,途中遇到当地藏族同胞柴昂阿莱什登(汉名:余学仁),柴昂阿莱什登告诉他们,在他经常牧羊的地方,有镜子一样闪光的矿石。在这位热心藏胞的带领下,地质队在头道沟发现黑色铁矿床。10月23日,645队二分队由地质技术员秦士伟、警卫员刘栋带领一行9人,沿讨赖河(下游称北大河,是河西走廊内陆河黑河水系最大支流)南下普查铜矿,经当地藏胞黄学诚、郎生寿报矿,并由他们做向导,在嘉峪关南78公里的讨赖河西岸发现大型铁矿山露头。

由于此地河畔有白桦树,这一矿区故名"桦树沟矿"。11月15日,645队二分队工程师陈鑫与技术员秦士伟等人在桦树沟发现菱铁矿,从而确定了该矿的工业价值。就在这次探矿返回时,又在桦树沟东2.3公里处发现一座大型铁矿,命名为"黑沟矿"。12月2日,645队二分队以秦士伟任小分队分队长,带领地质员王大可、测量员陈庆顺、警卫员刘栋等十多人,由当地藏胞余学仁协助,复入桦树沟测矿。在十分艰苦的条件下,历时一个月完成绘制《桦树沟地形地质监测图》任务。根据这张图测算,该铁矿储量为2.9亿吨,这一数据也被以后的地质钻研结果所证实。1959年甘肃省人民政府根据矿石的主要成分,将桦树沟矿和黑沟矿命名为镜铁山矿。从此,甘肃省地图和中国地图上才有"镜铁山"的名字和标识。

王永学作为镜铁山矿的建设者,也作为中队的政工干部,他对镜铁山建矿的历史感兴趣,也非常熟悉。每年给新兵们上课,或新兵到连队后进行第一次培训,他都要认真详细地讲解镜铁山的来历和地质队员找矿、探矿、测矿的过程,每一个找矿队员的名字,他都记得清清楚楚,讲得清清楚楚,连协助找矿的那些藏胞不太好记的名字,他都说得准确无误。他认为,只有讲清镜铁山矿的来历,才能让战士们知道,我们为什么在这里奋斗,从而知道自身的使命;讲清每人的贡献,就知道我们的奋斗是在前人的基础上进行的,经过一代一代人的努力,才有今天的成果。那些住在这里的藏族同胞,也为找矿建矿做出过贡献,从而更能增加军民团结一家亲的情感。

王永学自然也了解地质工作者为发现镜铁山矿付出的艰辛和做出的牺牲。左侧高耸的凤凰峰就是一个证明。凤凰峰的命名不是来自一个美丽的传说,而是来自一个真实的故事。645队有名叫苗淑娟的女地质队员,这位长春地质学院毕业的大学生年轻、漂亮、美丽而执着。在探矿中,为获取桦树沟矿区不远处一座山的顶峰岩石标本,她与队友携手登攀,在采集好样本准备下山时,不幸坠下山崖,为新中国的地勘事业献出了年仅25岁的生命。人们为了纪念她,将她坠落的那座高高耸立的山峰称之为"凤凰峰"。王永学曾多次带战士们来山下凭吊,呼唤烈士的名字，为她献上山中采来的野花。教育战士们不能忘记为我们过上幸福生活而牺牲的那些人，懂得"要奋斗，就会有牺牲"，必要时为钢铁建设献出生命也在所不惜。像苗淑娟一样，共有11名地质工作者为找矿献出了宝贵生命。镜铁山一座纪念碑上，镌刻着他们的名字，这些名字与日月同辉，永远活在镜铁人的记忆中，成为鼓励干部战士献身矿山的榜样和拼搏进取的精神力量。说来也真巧，找矿牺牲的地质队员正好是11名，和"罐笼事件"牺牲的干部战士人数相同，十一中队干部战士为此也尤为敬仰这些为找矿牺牲的11位烈士。

4

就在凤凰峰下，沿着山谷拉网式寻找，王永学他们终于找到了两颗未爆手榴弹中的一颗。另一颗在哪里呢？拉网式在投掷可及的范围里找了几个来回，也没见到其踪影。天色渐渐暗下来，王永学有些着急：如果今天找不到，明天就更不好找了，若被人捡去可不是闹着玩儿的。

正在这时，爱动脑筋的申力明说话了："难道手榴弹长了腿不成？"

一句话提醒了王永学："手榴弹是不会长腿的，但人是有腿的，若已被人捡了去，那不就是长了腿吗？怎么就没想到这一点呢？"想到这里，王永学朝几个战士手一挥说："走，到前面的藏族寨子看看！"

藏族是中国56个民族之一，是青藏高原的原住民。在我国境内分布在西藏自治区、青海省西部、四川省西部、云南迪庆、甘肃甘南等地区，祁连山一带也有藏族分布。一些藏民长期在这里生活，他们中的一些人为发现镜铁山矿做出了贡献。正是因为他们"报矿"，甘肃省地质局工程技术人员才在讨赖河流域发现大型镜铁山矿露头，才有在1958年组织1990名矿山建设者挺进祁连山，开发镜铁山矿。藏族是游牧民族，主要以放牧为主，住的多是毡房，但也有定居者。镜铁山中就有藏民定居的寨子，虽然户数不多，且比较分散，但在山中还是比较引人注目的。十一中队战士常利用节假日去寨子里帮藏民做好事，与他们有较多的接触。

距离投掷点最近的寨子,姓余的比较多,这是他们的汉族姓氏。住在寨子边上的藏民叫余学栋,有个独生女儿叫余秀英,因为常有战士来帮他们干活,父女俩对王永学和几个战士的到来很热情:"大军们好!大军们辛苦了!"老大爷招呼着,余秀英就去备酥油茶。

申力明眼尖,一眼就看到堂屋地下的那颗手榴弹,忙开口问道:"大爷,这手榴弹怎么到了这里?"

"刚才放羊捡到的,不知为什么落在那里。"余学栋说着不熟练的汉语。

余秀英已年满18岁,接受过民兵训练。她爽快地接过话头说:"我一看就知道是手榴弹,告诉阿爸千万不敢动,待我明天送到公社武装部去。手榴弹是你们丢的吗?你们来这里是找手榴弹吗?若是,你们就拿去。我担心阿爸拿它当榔头敲东西,还想把它藏起来呢!"

王永学说:"幸亏你没藏起来,藏起来就麻烦了。谢谢你阿爸,帮我们捡到了它;也谢谢你,为我们妥善保管它!"说罢,示意申力明赶快把手榴弹捡起来,迅速拿到屋外去,放进了弹药箱。

余学栋父女俩还要留王永学和战士们吃藏餐,他们婉言谢绝了。王永学说:"谢谢老阿爸,谢谢秀英小妹,改天再来叨扰你们。手榴弹我们带走了,危险消除了。老阿爸若是喜欢使用榔头,哪天我送一把来,我们连有铁匠炉,打出的榔头好使着呢!现在我们还要去执行任务,就不多停留了。"

这件事本来到此就结束了,没想到"无事生非",又惹起了波澜。王永学回到中队部,将此事向代理中队长牛幸娃做了汇报,并让申力明在第二天把两颗"臭弹"交给了大队军务股。军务股李股长问清事情原委后大为恼火,在电话里冲着牛幸娃一顿斥责:"谁让你自行销毁弹药的?炸着老百姓怎么办?炸着牛羊怎么办?幸亏两颗臭弹找了回来!如果找不回来,你不是在老百姓中埋定时炸弹吗?你代理中队长不想当了吗?"

这边,牛幸娃没鼻子没脸地挨了一顿呲,气得在房里乱转;那边王永学却得了好。宣传股一个干事在军务参谋口中得知"找臭弹"这件事,好像捡了一个"金娃娃",马上写了一篇报道稿,在团部广播室播出,题目是"军民团结一家亲:十一中队干部战士撤离前不留隐患,翻山越岭找'臭弹'"。文中自然点到了王永学的名字,说在他组织下,经过战士们拉网式排查,终于排除隐患,把两颗"臭弹"变成了"放心弹"。这些,王永学事先都是不知道的。当在团部当干事的老排长沈省身告诉他这件事时,王永学一下子惊呆了:完了,这下完了,自己和牛幸娃的关系不但没得到舒缓,反而把疙瘩系得更紧了。

第 二 章

1

第十一大队是隶属基建工程兵第二支队的一支劲旅,这支劲旅在完成镜铁山施工任务后,要开拔到内地执行新的施工任务去了。

镜铁山矿一期工程从1966年8月开工算起到1974年8月竣工,用了整整8年时间。在这8年里,一批批新兵入伍,一批批老兵复员,一拨拨新干部走上领导岗位,一拨拨老干部转业离队,"铁打的营盘,流水的兵",实现了多次新老交替。但无论人事怎样变更,部队的施工生产从未停止。刚入伍的新兵,新提拔的干部,他们像参加接力赛一样,把施工生产的接力棒一棒一棒地接过来,又一棒一棒地传下去,直到工程竣工。8年间,部队除了节假日与正常的休假外,每天坚持四班作业,每班六小时。虽然每班工作时间不长,但人的正常生活规律被打乱,该睡觉时却要上班,该上班时却要睡觉。晚上12点到第二天早上6点,这正是人睡觉休息的黄金时间段,为了早日完成建矿任务,指战员们把这个黄金时间也无私地奉献给了矿山建设,奉献给了自己崇尚的事业。

在这8年间,有多少人为了施工而自觉推迟婚期?有多少人为施工而主动放弃了休假?有多少人为了施工而将父母或亲人病危、病故的电报悄悄揣起?推迟婚期、主动放弃休假、亲人病危病故也不声张,默默无语地坚守工作岗位,这绝不仅仅是为数不多的个人行为,而是一种屡见不鲜的普遍现象,成为一种常态和"时尚"。

在镜铁山奋战的8年时间里,第十一大队指战员们经受住了严峻考验。虽说生产生活条件极度艰苦,施工作业极度劳累,但从没有人叫苦叫累,更没有人临阵脱逃当逃兵。长期的艰苦生活和艰辛劳动,辅以部队的苦乐观教育,已彻底改变了指战员们的思想观念,真正达到了忘我的崇高境界,以至于对艰苦和享受的含义都早已模糊,甚至是"麻木不仁",唯有对部队的热爱没有变,报效祖国、振兴中华的执着追求没有变,对党和人民的忠诚没有变。

十一中队是第十一大队的一个缩影。

今天,部队就要离开镜铁山了。干部战士们心存留恋,但更多的是自豪。十一中队官兵们在矿山的标志处留影,还有的捡几块铁矿石留作纪念。更浪漫和条件更好一些的,请假到嘉峪关城楼去留影,作为曾经在这里战斗、为酒钢建设做过贡献的纪念。

申力明现在就站在嘉峪关城楼前。嘉峪关城楼,也称嘉峪关关城,是明代万里长城西端主宰,自古为河西第一隘口。关城始建于明洪武五年(372年),从初建到筑成一座完整的关隘,经历了168年(1372—1539年),是明代长城沿线九镇所辖千余个关隘中最险峻的一座。因地势险要、建筑雄伟而享有"天下雄关""边陲锁阴"之称。嘉峪关由内城、外城、城壕三道防线成重叠并守之势,壁垒森严,整个布局精巧,气势雄浑,与远隔万里的"天下第一关"山海关遥相呼应。经过历代修葺,在基建工程兵干部战士建设酒钢那个年代,仍然可见当年雄险的边关气势。登楼远眺,长城似游龙浮动于浩瀚沙海,若断若续,忽隐忽现。天晴之日,或海市蜃楼,或塞上风光,奇特景色,尽收眼底。

嘉峪关城楼也是重要的地理标志,能在城楼前照张相,那是干部战士最大的心愿。部队大部分干部战士都在远离嘉峪关的祁连山深处施工,有的甚至都没有见过嘉峪关城楼,但他们在写信时,落款却是嘉峪关市,这样做不是炫耀他们在城市,而是让家里父母亲放心,让亲人们以为自己生活工作在城市,从而免去许多担心。干部战士们喜欢在嘉峪关城楼前照张相寄给家里,便是出于这种心理。当年建造酒泉钢铁公司,厂址选在归属酒泉管辖的嘉峪关下(1965年嘉峪关设市),这就让参建酒钢的干部战士和嘉峪关市、嘉峪关城楼结下了不解之缘。有个四川老兵的妻子到部队寻找丈夫,在嘉峪关站下了火车,三天之后才在镜铁山中与丈夫见面,她怒气冲冲地责怪丈夫撒了谎,经过中队长指导员反复劝解,这位妻子才没有拂袖而去。嘉峪关呀嘉峪关,你见证了多少基建工程兵官兵的喜乐哀愁?

今天要离开这里了,在这里照张相留个影,心境大为不同。申力明和战友们一样,今天来照相是郑重其事的。这个爱干净的浙江兵,特意换上一套新军装,斜挎武装带,腰里别着从代理中队长牛幸娃那里借来的小手枪,显得英武、帅气,浑身上下英姿勃勃。他今天来这里照相,就是把这里作为撤离后的一个新的起点。他是1972年冬天入的伍,今年才20岁,因为人机灵,又爱写写画画,被调到中队部做文书。文书、通讯员在连里是领导的"亲兵",比较受到器重。代理中队长牛幸娃、副指导员王永学对他都很好,他对工作也很上心,但渐渐悟到一个道理,这就是:工作好干,人际关系难处。许多时候,他夹在代理中队长和副指导员中间,颇有些为难,好在小伙子为人机灵,都较好地做了处理。但没想到,这次领人去处理过期手榴弹,没有爆炸的手榴弹引发了两人的矛盾。假如自己处理得好,就不会发生"臭弹"事件,就不会引起两位领导的不快。他内心觉得这件事其实并没有什么,就是误会引起的,但要解开这个误会可就不那么容易了。他期盼部队调到新的地方,换一个新环境之后,一切都会好起来。想到这些,申力明的笑脸就绽放开来。

中队里各排各班都在收拾行装,只等一声令下"打起背包就出发"。新的战场在哪里?有两种说法:一种是随大队和大部队去河北武安和迁安西石门铁矿执行建矿任务;一种是和部分中队转战到陕西省渭南市华县东南端的金堆城,参加金堆城钼矿建设。无论是哪里,部队指定是要迁移了。大队已派人到两个地方打前站,有的中队已经出发了。

汉语里有个词叫"瞬息万变",许多时候事实上也是如此。申力明和中队里几个去嘉峪关城楼照相的战士,还没有回到连队,十一中队向内地调动的事就发生了变化。因为镜铁山矿要上二期工程,地方上向部队求援,提出留一支精干的掘进队伍帮助他们完成施工任务。经过支队请示上级同意,决定留下十一中队继续在镜铁山参加二期工程施工。

这个消息像炸雷一样在十一中队响起。申力明回到中队时,代理中队长牛幸娃和副指导员王永学刚从大队部回来,消息就是他俩带回来的。牛幸娃和王永学都紧绷着脸,看不出是忧是愁、是喜是悲,只是让申力明立即通知排以上干部到连部开会,内容是传达上级紧急指示精神,申力明立即遵命去办。

此时的中队已是整装待发状态。因为是休息日,战士们有的在打扑克,有的在写家信,有的围在一起扯闲篇儿。一排一班的风景最为奇特,班长慕古秀在教班里战士们打毛衣。你若以为慕古秀像他名字一样清秀,那就错了。慕古秀是河南温县人,从小就没有了父母,是奶奶把他带大的,自小营养不良的他,却长得人高马大,有一副大骨架的身材,这种体量使他特别能吃、特别需要吃,在河南农村时,他好像从来就没有吃饱过,放羊干重活,更需要饭食补充,但那时正值三年自然灾害,可吃的东西很少,他的眼睛都是绿的,看什么好像都是吃的东西。奶奶去世后,姑姑回来奔丧,一进村口,就大哭"额的娘呀",一听就是陕西口音。原来是遭遇荒年时全家逃到了陕西富平,年景好了之后,父母返回故里,姑姑却因为已成家留在了陕西。看到小侄古秀饿得那个样子,为留住兄嫂一家这条根,就把他带到了陕西。虽然到了那里还是放羊,但却能吃饱饭了。他并不知道,他能吃饱,是姑姑全家忍饥挨饿换来的。"当兵吃粮"在慕古秀身上有特殊意义。当了兵,饭可劲儿造,他就心满意足了。在十一中队,慕古秀的饭量是有名的,一顿饭咥米饭二三碗,或吃馒头五六个,那真的是家常便饭。但慕古秀能吃也能干,力气大得惊人,干活也从不惜力气,是中队公认的老黄牛。他一入伍就分到王永学所在的排,王永学教会了他认字、写信,还入了党,后来还当了班长。所有这一切,人们都能想到,唯一没想到的是,五大三粗的慕古秀竟然学会了织毛衣,尤其会编织线背心,什么方块、凤尾、波浪、麻花针,他都会。把几副线手套拆开来,利用闲余时间六天就能为战友织一件背心。大骨架的他竟能盘腿坐在床上,手上下左右翻飞编织着,熟练的程度就像个会织毛衣的大姑娘小媳妇,让人们赞叹不已。虽说男人织毛衣在其他地方并不鲜见,但在军营中,发生在这么一个大老爷们儿身上,却让人惊叹。这个手艺是慕古秀跟"工改兵"技术员严士范学会的。严士范是跟抗美援朝回国的一个老兵学的。慕古秀不仅自己爱编织毛线衣,还热衷于向班里传播编织技术,他说:"技不压身,多学点东西总是有用的。"他对战友们编织线背心的请求从不拒绝,中队里三分之一干部战士身上都穿有他编织的线背心,因为一年省出几副手套,就多了一件线背心,材料是现成的。名声传出去之后,许多人慕名而来,他不仅为大队机关干部战士织,也为地方镜铁山矿的干部战士织,除了在施工中是"掘进大王",还得了"编织大王"的名声。现在他正边示范编织给战士们做指导,边操着半是河南、半是陕西的腔调谝闲话:"你们知道咱们部队将要调去的渭南不?那里离额们富平不远,好吃的东西多着哩,有豆花泡馍、水晶饼、时辰包子、踅面、南七饸饹、水盆羊肉,包你咥个饱!"

战士刘小宝被慕古秀说得流了口水,一针扎到手指头上,他放下手中的线说:"你们富平还有啥好吃的呀?"

慕古秀说:"那多了去了,什么老锅坊琼锅糖、夹心柿饼、苹果、猕猴桃,等咱们到了新地点,我都从老家给你们弄来尝尝!"慕古秀已从大队部老乡那里得到比较准确的消息:他们十一中队要和另几个中队一起到渭南华县金堆城执行建矿任务,华县和富平离得很近,隔渭河相望,相距百多公里。"这一下要打回老家去了!"慕古秀内心的欢喜全浮在脸上,手中的织衣针愈加翻飞起来。

2

"铁匠兵"苏明远的"铁匠铺"则是另一番景象。苏明远当兵之前,就是一个铁匠。20世纪60年代,在巴蜀大地沱江之滨,川南千年古县富顺县城的大南河对岸五星庙山脚下，有一铁匠铺。一个50多岁的铁匠带着一个十几岁的少年学徒，从早到晚叮叮当当的打铁声回响在沱江畔。

铁匠铺有师徒二人，师傅叫邓元有，徒弟叫苏明远，两人合作打铁已经有三四年光景。邓师傅在这一带有些名气。他打铁不仅舍得花力气，还很注重工艺，讲究质量，而且他还是一个完美主义者，讲究形美悦目。哪怕是最简单的东西，他都要几经淬火，使铁物件闪放着蓝格莹莹的光芒；每一件铁器上都要打上"邓元有"这个名字，以示负责，同时也是一种自信。因为太注重"精雕细刻"，先后有几个徒弟被他赶走了，徒弟们说师傅"苛刻"，师傅说徒弟们"尽想着日哄人"。唯有苏明远这个徒弟留了下来，一干就是几年，两人的配合到了出神入化的程度。红红的炉火，烧得通红的铁块，师徒二人古铜色的四肢，以及蓝帆布做成的围裙，加上翻飞的打铁动作，构成了一幅美丽的画图。苏明远不仅学会了精湛的打铁技艺，还学会了师傅对待职业的态度，甚至连师傅的倔脾气都继承了下来。

"文革"中参军是时尚，苏明远报名参军被录取了。邓师傅万般不舍，也不好耽误徒弟的前程。他精心给苏明远锻造了一个名戳，握着徒弟的手说，无论到哪干什么，都要对得起自己的名字。说罢洒泪而去。苏明远拿着入伍通知书兴高采烈地回到家里，母亲脸上却没有笑容。

明远问："妈，你为什么不为我高兴呀？"

母亲说："儿啊，前段时间你为了去当兵，那股热火劲，我没法阻拦你，当娘的只能支持你，我当时想你还未满18岁，当不了兵，可没想到你被录取了。当娘的本应为你高兴，可你哥哥远在外地工作，你姐姐还在学校读书，你父亲年岁也大了，我也经常有病，你才17岁，娘怎么舍得让你离开哟！"

明远说："妈，那怎么办？"

母亲说："什么怎么办？好男儿志在四方，去吧！"

母亲这么一说，苏明远流泪了。母亲舍不得自己，但老人家深明大义，懂得"好男儿志在四方"，发自内心地支持儿子走参军保家卫国的路,这是多么无私伟大的母亲啊！就是带着父母、师傅的支持和亲人的嘱托,苏明远离开了山川秀丽的家乡,告别了火红的炉火,踏上了从军的征程。

　　苏明远和别的战友们不一样,一些战友本想出来扛枪练武、站岗放哨、保家卫国,到这里一看是建设钢铁厂,难免有些失望。苏明远却大为不同,当得知建设酒钢的重大意义之后,他由衷地感到欣喜。他是一个铁匠,对钢铁的喜爱是发自内心的。记得当学徒时不小心烧坏一件铁器,遭到邓师傅的训斥,看到师傅心痛的样子,他心想：至于吗？不就几两铁嘛！邓师傅语重心长地说："你知道吗？现在我们国家的钢铁有多宝贵？不要说工业建设需要钢铁,我们的农具和日常生活用具都需要多少钢铁哟！"是啊,他打铁三年多来,从没有用过一块儿新的铁板料,都是用回收来的锈迹斑斑的废铁,再锻打农具和生活用具,甚至把细筷头大小的锈铁钉,用稻草捆成小捆,放在炉火中烧结后锻打成较大块的铁坨,再用来锻打各种器具。现在要投入酒钢建设,他身上有十二分的劲头。新兵训练结束分到十一中队,他第一个报名去当掘进工。代理中队长牛幸娃一下子就喜欢上了这个还不满18岁的四川"小老乡"。牛幸娃带兵有一个古怪的性格：你越不怕苦不怕死,我就关照你；你越怕苦怕死,我就"收拾"你。

　　"你在家干过什么？"牛幸娃问。

　　"我在家是铁匠,会打铁。"苏明远答。

　　"打了几年？出徒没有？"牛幸娃又问。

　　"打了三四年,出徒了,师傅给我锻造了名戳,我可以在铁器上刻上自己的名字了。"苏明远答道。

　　牛幸娃说："那好,我正愁没有会打铁的,那你就去打铁！咱们搞施工工具磨损快,需要各种铁器,你就继续当你的'小炉匠'吧！"

　　苏明远没想到来部队还能重操旧业,一下子高兴起来："真的？我在部队还能打铁？师傅教我的手艺可以用上了！只是这打铁需要两个人,一个人打不成啊！再说,有工具吗？有铁匠炉吗？"

　　牛幸娃说："这个你不用管！咱们中队有个'工改兵'的锻工,是三级工,你就给他打下手吧!"

没承想没过半月时光,那个"工改兵"锻工找到牛幸娃说:"中队长,我这个徒弟手艺可不得了,我俩在一起,我只能给他打打下手,抢抢大锤,你还是另给他配一个帮手吧!我也不当什么师傅了,分配我去干点儿别的什么都可以。"

牛幸娃去看他们打了一次铁,也被苏明远的手艺惊呆了,这小子打铁就像玩一样,把寻常打铁打成了绣花功夫,那烧红的铁块,在叮叮当当的乐曲声中,不经意间就变成了各种形状的器具。苏明远在农村打铁都是用废铁废料,这里却是旧器具的修造和回炉,炉火旺,材料好,他一下子就如鱼得水,把自己学来的手艺发挥到了极致。人才啊!行行出状元!牛幸娃感叹。他答应了那个"工改兵"锻造工退出铁匠炉的要求,让苏明远在全中队挑选自己的帮手。只要苏明远相中,本人愿意,中队就把这个人调过来。

一个刚下中队不久的新兵蛋子,竟然享受到在全中队挑人的待遇,这消息马上在全中队形成了轰动效应。干部战士都想见识一下他打铁的本领,看过之后,内心也都服气。虽说服气,但也传开了各种说法。有说是牛幸娃照顾四川小老乡,拉老乡关系;有人说苏明远仗着有点手艺,尾巴翘到天上去了,战士们从来都是服从组织分配,哪有自己去挑选的?苏明远不管这个,既然中队长让我在全中队挑选,我就在全中队挑选。挑来挑去,他选中了一个从县农具厂一起出来当兵的战友,叫李树元。李树元在县农具厂打过几个月铁,就出来当兵了,他愿意给苏明远打下手,一是他服气苏明远,二是想跟他学点儿手艺。牛幸娃果真按苏明远确定的人选,把李树元调给了他。从此,苏明远和李树元成了一对好搭档,成了比兄弟还亲的"铁兄弟"。因为都是四川人,两人被称为"四川小炉匠"。也因为同是四川人,他们和牛幸娃走得近些。也有人说,牛幸娃遇到烦心事和过于劳累时,就来这里看苏明远、李树元两个"川娃儿"打铁,有时也抢起大锤"叮叮当当"猛砸一气,心中就会痛快不少。还因为铁匠房在连队一个角落里,比较隐蔽,一些四川兵接待战友和家属来队,就在这里聚会。

如此一来,铁匠苏明远就和代理中队长牛幸娃走得近乎一些。苏明远把牛幸娃看成恩人,是他让自己的特长在部队得到发挥,为酒钢建设做出一点贡献。这些再加上老乡观念,使之在对中队领导的态度上,对牛幸娃更加敬重一些。其他中队首长让他也敬重,但唯对牛幸娃言听计从,甚至发展到谁说牛幸娃不好,谁对牛幸娃有意见,他就不乐意,而且表现在打铁人的脸上。

苏明远原先对副指导员王永学没有意见,甚至对这个为人和善擅长和人谈心的中队副指导员颇有几分好感。但后来发生了一件事,使他和副指导员之间产生了隔膜。据说有人反映铁匠苏明远名利思想严重,在打铁的铁器上都要盖上一个名戳,显示"苏明远"的名字。这个事实确实存在,关键是如何看。王永学开始也没怎么当回事,但事情反映到团政治处,政治处领导说这是资产阶级名利思想在干部战士中的反映,必须引起高度重视。领导机关这么说,王永学就重视了起来。他知道牛幸娃和苏明远关系好,就把这件事告诉牛幸娃,让他去做苏明远的工作。其实工作也很简单,就是讲清道理,让苏明远不在器具上盖名戳就得了。但牛幸娃不愿去做这个工作,他本身就认为这件事是小题大做,是在鸡蛋里挑骨头。还说:"在铁器上盖名戳有什么不好?影响使用了吗?"如此一来,王永学只好出面去做苏明远的工作,谁知一个回合就谈崩了。苏明远说:"在铁器上戳上打铁人的名字,这是铁匠行的习惯,自古如此。这表示打铁人对这件铁器的质量负责。"还说,"我师傅告诉我,南京城墙上的城砖也都刻着烧砖人的名字,也没听谁说让把砖上的名字去掉。"王永学还要做工作,苏明远说:"铁器上不戳名字可以,从此我不当铁匠,要求下井当掘进工去!"拿出要撂挑子的架势。在这种情况下,王永学只好从缓处理此事。但在年底讨论立功嘉奖时,王永学提出取消苏明远立功嘉奖的资格。为此,苏明远从心里和王永学结下了"梁子"。

文书申力明让苏明远和李树元抓紧打一把铁榔头,说是王副指导员交办的,打好后送给寨子中的藏族阿爸,作为离开镜铁山之前送给老人的一件礼物。

苏明远内心很不乐意,在申力明走后,对李树元说:"打什么榔头,打个锤子哟!没看铁匠工具都已捆起准备出发了吗?天天鬼扯什么哟,没得劲!"发牢骚归发牢骚,两人还是打开工具箱,支起打铁炉,叮叮当当地锻打起来,只是那响声不怎么有精气神,透露出不怎么乐意的意思。

申力明按牛幸娃要求去通知排以上干部开会,找到司务长刘柱锁时,刘柱锁正在和炊事班的战士包装厨具。除了眼下使用的,多余的都要包装起来,随部队运到新的地方去。

炊事兵刘宪胜请示说:"那几口腌酸菜的酸菜缸要不要运走?"

本是湖南兵的司务长刘柱锁学着四川话说:"运你个鬼哟!这玩意怎么包装怎么运?打一个包装箱比缸还贵,你动不动脑筋,会不会算账!"而后看着几个炊事兵说,"你们知道,我们这次搬迁我最高兴的是什么?"

"是什么?"几个战士齐声问。

"嗨!我最高兴的是咱们再也不吃'军用馒头'了,'军用馒头'总算吃到头了!"刘柱锁说。

"司务长,啥子是军用馒头?馒头还分军用、民用的吗?"刚分到炊事班的新战士夏广礼问。

刘宪胜插话道:"你个新兵蛋子啥也不懂,还军用民用呢,你以为是给你娶嫂子呢,分军嫂不军嫂的!"

刘柱锁瞅了一眼刘宪胜,说:"就你懂,你这个自称最会做面食的陕西人,天天把馒头蒸成那个熊样子!"

刘宪胜说:"蒸馒头谁不会?我在陕西老家蒸的馒头,个个都像白胖娃娃,到镜铁山这里硬是搞砸了手艺!"

刘柱锁耐心地对新兵夏广礼解释,告诉他镜铁山高山缺氧,水的沸点随大气压强的变化而变化,气压增大了,沸点就升高,气压减小了,沸点就降低。镜铁山空气稀薄气压低,烧水不到80℃就开锅。蒸馒头原本没有太多技术含量,可在镜铁山要蒸出松软清香、入口回甜的馒头却并非易事。碱放少了蒸不起来,成了死面疙瘩,吃起来酸不溜秋的;碱放多了蒸出的馒头颜色发黄,吃起来碱气冲鼻,味道难闻。蒸出的馒头像生面一样,压下去什么样,手放开还是什么样。大家把这种馒头称为"军用馒头"。我们部队在镜铁山工作、生活了8年多,"军用馒头"就吃了8年多,用河南兵的话说,就是,"喝水水不开,吃馍馍不熟",这种天天吃"军用馒头"的日子,就要结束了。

刘柱锁是创建十一中队时调过来的老兵,因为擅长掂勺炒菜,被任命为炊事班长。在十一中队这样的矿建中队当炊事班长可不容易。井巷施工采用的是四六制倒班,一天四班倒,每班六小时。这种四六制的班,炊事班一天要开十多次的饭,炊事员成了又苦又累的活。刘柱锁这个湖南老兵既能吃苦,又脑子灵光,他坚持每顿饭都值班,还用"统筹法",把一天十多次饭安排得井井有条,不断让伙食变换花样。镜铁山当地人烟稀少,没有农业,更没有蔬菜产地,干部战士吃菜成了最大困难。距离营区几百公里远的武威、张掖、民勤是最近的蔬菜采购点,部队在淡季还不得不派专人去数千里之外的广州坐镇采购,再通过铁路专用车皮发往镜铁山。土豆、白菜、萝卜"老三样"是部队冬季的家常菜。地窖是部队冬季储存"老三样"的大型"冰柜",与"冰柜"不同的是在地窖里还得生上火炉,使其温度保持在零度以上,以防"老三样"被冻坏。镜铁山六月飞雪是常有的事,更不要说十冬腊月了。一旦大雪封山,交通受阻,蔬菜副食断供,中队干部战士只能啃馒头、喝咸菜汤度日。刘柱锁当上中队司务长后,开动脑筋,在部队原有进菜渠道的基础上,又打开中队自己的一些通道。他经常坐矿区火车到嘉峪关市城乡接合部去收购鸡和鸡蛋,到肉类门市部给人家当装卸工,混熟了之后会得到人家关照。他口袋里揣着"兰州""黄金叶"两种烟,"兰州"三毛一,"黄金叶"一毛八,兰州烟是求人办事"孝敬"用的。好烟没少递,好话没少讲,总算把中队的伙食搞得有模有样。作为司务长,他脑子成天琢磨的就是粮油和蔬菜副食,想的是把干部战士的生活调剂好,尽量让他们吃饱吃好,浑身是劲儿地投身到矿山建设中。现在中队尚没有调动,他就动开了脑筋,开始琢磨中队到新地方后的生活安排。"兵马未动,粮草先行",后勤保障从来就很重要,刘柱锁也自然清楚这一点。

他根据自己的判断,边和炊事员们包装物品,边和他们白话,说着中队到了新地方后的打算。

申力明急匆匆一路小跑着赶来,通知刘柱锁去开会。刘柱锁笑道:"跑什么跑,后面有狼撵着吗?"

"比狼撵还严重!"申力明说完,又拉着他悄悄"嘀咕"两句。刘柱锁立马变了脸色,大声喊道:"马上停止手中活计,原地待命!"说罢就和申力明一起朝中队部跑去。

3

十一中队召开的紧急干部会,由代理中队长牛幸娃主持。中队领导有代理中队长牛幸娃、副指导员王永学和副中队长靳开军三人,加上技术员严士范、司务长刘柱锁,再加上各排排长,与会人员有十人之多。

牛幸娃单刀直入,一上来就宣布了大队党委关于十一中队继续留在镜铁山矿参加二期工程建设的决定。决定字数不多,也就百八十个字,说得清楚明白。

不知是没听明白,还是听明白了没反应过来,在牛幸娃宣布决定之后,竟没有一个人开腔,中队会议室静悄悄的,掉一根针到地上都能听得见。

牛幸娃喝了一口水,把大茶缸放到桌子上说:"大家说话呀,呆呆地愣着干什么!"他这么一说,会议室才有了乱嗡嗡的说话声。好像树林中的鸟儿,有一个带头,都叽叽喳喳地叫了起来。

副中队长靳开军是"工改兵",一入伍就当排长,因为说话随便乱开腔挨过警告处分。1970年召开会战动员大会时,会战总指挥部郭军长说:"人家武汉军区曾司令说,武钢生产上不去,他就跳长江。咱们省革委会沈主任说:酒钢要是'十一'出不了铁,他就跳黄河。到时候真出不了铁,我就跳北大河!"这些话传到中队,讨论时,靳开军开玩笑说:"这是干吗呢,是搞跳河比赛吗?"话传出去,靳开军为此付出了代价,不仅挨了处分,还迟迟得不到提拔。和他一起"工改兵"入伍的干部,有一些都成了营级干部了,他还是副连级,屈居他带的新兵牛幸娃之下。尽管因说话吃过亏,现在仍改不了这个毛病,这一次又打响了"第一炮":"为什么大部队撤走,就留我们十一中队在这里,难道我们不是亲娘养的吗?别人都走了,单单把我们留在这里,难道我们就这么不受大队领导待见吗?"

此时,基建工程兵第二支队承建酒钢的任务已经完成,部队绝大多数已离开嘉峪关市。驻扎在镜铁山的第十一大队也有一些中队撤走,在这种情况下,十一中队干部战士都想换一个新的工作环境,离开镜铁山到一个新的地方,而且已奉命开始做撤离的准备。在这种情势下,突然而来的决定让大家的希望破灭了。他们表示一些看法和意见也是正常的。

靳开军继续自己的发言:"我们基建工程兵是基本建设突击队,在不同行业担负艰巨施工任务,一般都是大规模作战,作战就需要协同,需要各中队互相配合。就留我们一个中队在这里,孤零零的,遇到大的任务,我们去找谁配合,去找谁协同?据我所知,也有分散执行任务的,但也是几个中队一起,好有个照应,这孤悬一隅的,怎么能保证很好地完成施工任务?"

是啊,靳开军的话引起了大家的共鸣。过去大部队在镜铁山时,中队接受每项任务后总有其他兄弟中队的配合,有后勤机关的各种保障,有上级机关和上级首长的指导。现在把十一中队一个中队留下来参加二期工程施工,完全失去了各方面的支援,成了一个孤立应对各种难题的单身汉,今后遇到的困难可想而知。

一排长问牛幸娃:"请问中队长,我们十一中队留下来执行二期施工任务的时间是多久?一年、两年?还是三年五年?"

牛幸娃眼一瞪说:"你问我,我问谁去!"

技术员严士范说:"单单把我们十一中队留下来,我也有点不理解。这时又不是抗日战争时期在敌后抗战,分成一个个敌后武工队,那样机动灵活。抗战早胜利了,成立了新中国了,搞社会主义建设了,我们正规军怎么又成了'敌后武工队'了?分成一股又一股的。"

牛幸娃火了:"'严瞎子'你胡乱联系什么,嘴上怎么没有把门儿的!现在是新中国,哪有什么敌后。你说,谁是敌人?谁叫你去当敌后武工队了!叫你这么一说,我还成了李向阳了呢!"

大家轰的一声笑了,牛幸娃被"严瞎子"绕进去了。不知是谁开了一句玩笑:"'严瞎子'当翻译官正好!"牛幸娃也笑了,会议气氛缓和下来。

司务长刘柱锁说:"单把咱们一个中队留下来,后勤保障也是一个问题。过去蔬菜粮油供应还有部队这个渠道,大部队撤走了,一旦'断供'怎么办?一百多口人吃饭,可不是闹着玩的。"他这么一说,大伙的心情又沉重一些。

王永学一边听大家发言,一边琢磨着自己发言的内容。十一中队干部中,王永学的身份比较特殊。连队一般都配有连长、指导员,实行军政双重领导。现在自己只是副指导员,家有千口,主事一人,中队里有牛幸娃当家,他是配合的角色。如按演戏说,牛幸娃是主角,他王永学是配角。但他又是中队里目前唯一的政工干部,肩上有不可推卸的责任。大队领导把牛幸娃和他两个人叫去宣布大队的决定,说明上级对他的信任,他肩上也自然担负一份责任。因而他的发言,必须和大队决定相一致,又要符合自身政工干部的身份,还要站在维护牛幸娃"一把手"的角度。

从心底说,王永学是愿意十一中队迁移的,而且这种愿望还是比较强烈的,然而当组织做出决定后,他在内心选择了服从。他为什么愿意迁移,前面已经说过,他想调离十一中队,免得和牛幸娃在一起疙疙瘩瘩的,"三十六计,走为上计",何必非要在一棵树上吊死,弄得大家都不高兴。再就是,树挪死,人挪活,离开十一中队,也许还有更好的发展机会。在基层当干部,谁不谋个较快发展呢?还有一层,他是陕西武功人,去陕西华县执行施工任务,不是"打回老家去"了吗?故乡的人亲,故乡的水甜,谁不想离家乡亲人近一些?1973年他奉命到湖南省邵阳去接兵,得知去接新兵的人员乘坐的这趟火车是客车,而且就正好经过自己家乡武功县普吉镇车站,火车在该站要停五六分钟时间。一晃离家4年了,他是同期入伍战友中唯一没有回去探亲的人,思乡之情时时折磨着他,听说接兵路过家乡,兴奋得睡不着觉。远在家中的父母得知这一消息,很想借这个机会和分别4年的儿子见见面,但又怕影响他的工作。大哥看出了老人的心思,就背着父母给他发了电报,征求他的意见。收到电报后,他向新兵团领导做了汇报,领导听后表示支持,说道:"你和家人分别都4年了,早就应该见个面,这是一个好机会。"当时他心里那个高兴啊。经反复查对列车时刻表,确定了列车到普吉镇车站的具体日期和几点几分,从兰州转车时他给家里发了电报,和父母约定届时在普吉镇车站见面。当列车从距离普吉镇车站还有百余公里的宝鸡车站开动时,天刚擦黑,他就一直站在车厢门口,盼望火车快些到达普吉镇站,早点见到父母和家中的其他亲人。真是天有不测风云,火车到达普吉镇站时,正好遇到县城停电,站台上一片漆黑,伸手不见五指。不管看得见与否,火车一停,他就跳下了火车。见了父母家人,说话能听见声音,却看不清脸面。还是部队首长有经验,几个人同时用手电筒照到他和父母家人脸上,尽量使双方看得更清楚一些。列车员看见这个场面也受了感动,急忙喊来在站台上指挥的工作人员,把手中的指挥灯灯光直接照到他的脸上,让父母亲和家人能真切地看清他的模样,就是在指挥灯和手电筒的灯光下,一家人见了五分钟的面。还在依依不舍中,火车就开动了。这个场面他终生难忘。后来家里来信告诉他,为了这次见面,父母、大哥、五弟和小妹,还有才3岁的大侄女,早上就从家里动了身,正好赶上下雨,道路泥泞难走,20多里的土泥路走了大半天,裹了小脚的母亲还在泥泞中摔了一跤。回去的时候,母亲笑着对家里人说:"能见到我儿子一面,别说摔一跤,摔两跤也值!"看信看到这里,王永学伤心地流下了眼泪。

  但凡当兵的人,都有与王永学一样的感受。思念故乡,思念故土,思念亲人,这是当兵人共同的感受,是人之常情,也使军旅生涯有了别样的情怀。既然选择了当兵,就选择了背井离乡,就选择了在思念中度过一段人生的岁月。自古道"忠孝不能两全"。新社会的说法是"革命战士是块砖,东西南北任党搬"。因此思念归思念,该当兵还得当兵,该远离还得远离。但思念是看不见的丝线，终究是割不断的，如果听到家乡的好消息，或有条件时离家乡近一些，干部战士还是乐意的。这一次十一中队即将调去陕西华县，把他们一起来当兵的那批"老陕"们美炸了，他自然也不例外。但这话他不能说出来，更不能喜形于色，因为他是副指导员，经常做想家的新战士们的思想工作，这一点他必须把握分寸。一切以革命利益、党的利益为重，这是他坚定的信念。为了酒钢早日出铁，为了让毛主席他老人家睡好觉，他坚持在镜铁山战斗4年没回家。父母亲经常让大哥写信给他，让他在部队好好干，别想家。为了国家，牺牲小家，他认为这是值得的，应该的。

王永学拉回来跑远了的思绪，喝了一口水，清了清嗓子开始发言："方才牛中队长宣布了大队关于留我们十一中队继续在镜铁山参加二期工程施工的决定，大家谈了各自的看法，我也谈谈我的理解。我认为，大队决定单独把我们中队留下来，是经过慎重考虑的，是对我们的信任，说明我们是一支能打硬仗、值得信赖的队伍。全大队20多个中队，独独留下我们，是对我们放心，是坚信我们能够完成艰巨的施工任务，能很好和地方施工队伍密切配合，能够维护我们部队的英名，并继续在镜铁山为这支部队争光！把哪个中队留下来，部队首长一定是经过和镜铁山矿协商的，说明地方也需要我们，信任我们。不是说我们中队就比别的中队好，比别的中队战斗力强，但我们中队一成立就是集中力量打井巷的，打过技术含量高的竖井、天井、斜井和平巷，积累了丰富的经验。而这些都是镜铁山二期工程最为需要的。我们能留下来，是工程需要我们，是二期工程上马需要我们这样一支有技术含量的队伍来当开路先锋。这是我们的光荣、我们的荣耀，我们应该为此自豪才对。我们革命战士要有大局意识，时刻以国家利益和人民利益为重，不能只凭个人喜好，只看个人鼻子底下一点点。许多时候，站在个人利益、个人立场上想不通，站在国家利益和大局考虑，就想通了。再说了，留下来也是继续进行酒钢建设，巩固拓展我们的建设成果，我们在这里熟门熟路，也能发挥自己的优势。十一中队留下来在这里'单兵独斗'，确实会遇到大家讲到的困难，我们应如实向上面反映，找到好的解决办法,相信大队领导也会比较周全地进行考虑和安排。我建议两点:一是在中队干部中要统一认识,坚决拥护和执行大队把十一中队留下来的决定。二是对干部战士要做耐心细致的思想工作,大家已在准备出发,对新的地方已有美好憧憬,现在突然'刹车',一些战士会想不通。如果思想不通,即使留下来,在施工中也发挥不了积极性。具体办法是开一个班长和骨干的座谈会,让他们谈出真实想法,然后进行引导。是不是这样做,请中队长定夺。现在我们处于特殊时期,特别要加强连队的集中统一领导,一切请牛中队长做主,我们积极配合做好工作。"

王永学发言时,牛幸娃在一旁直点头。王永学这些话,说到了牛幸娃心窝子里。其一,别看这小子平常和自己疙疙瘩瘩的,但关键时刻却不含糊。王永学心里的小九九,他也清楚,但关键时刻能丢弃个人想法、服从大局,这一点让人佩服。其二,这小子到底文化程度高,当过学毛著积极分子,在政工干部岗位经受历练,讲起话来有理有据,一套一套的。不像自己,就会说"服从命令是军人的天职",许多时候是采取压服的办法,说到底,自己是靠身先士卒做工作的,不太懂做思想工作那一套,有时甚至认为那些是耍嘴皮子的,"尽说些没用的"。这一次细听王永学一讲,他说的还真有道理。要想带好队伍,还真离不开耐心细致的思想工作,离不开政工干部,为此增加了对王永学的好感。其三,王永学在发言中有意突出"牛幸娃",提出凡事由他做主、由他"定夺",这是主动维护他的领导,这让他心头一热。在没有中队长、指导员的情况下,他这个"代理中队长"就是"十一中队"的"一把手",但毕竟有"代理"二字,心里很不踏实。一是不知"代理"何时是头,最后能不能把"代理"二字去掉;二是害怕别人不服气,毕竟自己名不正言不顺。这一点在官场上混的人都有切身感受。谁要在职务前加上"代理"二字,就忧喜兼具,心神难定,在工作上不敢使大劲,也不敢不使劲,遇事不敢不负责任,也不敢太负责任,戴着"代理"这项帽子处理问题真是不好拿捏。虽说牛幸娃为人直率,没那么多顾虑,但他也是吃五谷杂粮长大的,也是有阅历的,在履职时不能不有所顾虑。王永学在关键时刻能放下身段,"臣服自己",让牛幸娃感动。而恰恰是王永学的一席话,扭转了会议的被动局面,如果他也在那里发牢骚讲怪话强调困难,那他这个代理中队长主持的会议就"砸锅"了,后果不堪设想。

4

作为十一中队的"主心骨",牛幸娃在部队去留的问题上,秉承一贯服从命令的想法。他和中队多数干部战士想法不一样,总是忘记不了那一次"罐笼事件"牺牲的11个战友,虽然自己侥幸躲过一劫,但他总认为自己在他们中间,和他们是同生共死。因为自己从小是孤儿,家乡也没有什么亲人,老家那里没有什么牵挂。他现在唯一牵挂的就是在镜铁山施工中牺牲的那些兄弟,尤其是本中队的那11个战友。每到过年过节,都要带烟酒到这些烈士墓前,点上烟,洒上酒,陪战友们说说话,叨咕叨咕中队里那些事。接到中队即将迁移的命令后,他来看烈士们的次数更多了。一次又来到这里,在墓前遇到杨全来大队长也来看望战友,他感伤地对杨大队长说:"我们这一走千里万里的,以后谁来看望他们?谁来陪伴这些寂寞的战友?"杨大队长把采来的一束野花放在烈士墓前,眼中也闪现着晶莹的泪光。

杨大队长是牛幸娃成长的领路人,牛幸娃一个放牛娃能有今天,有杨大队长悉心栽培之功。这是牛幸娃在成长道路上,又一次受到的命运之神的眷顾。

杨全来大队长认识牛幸娃,还是在牛幸娃入伍的新兵连。那时杨全来任新兵团副团长,下新兵连去检查训练情况,看见了下面一幕:连里伙房的脏水桶里漂着一个馒头,为此新兵连进行紧急集合,连长站在队列前,指着脏水桶里已经泡涨了的馒头,板着脸严肃地问:"这是谁干的?给我站出来!"

新兵们没人应声,你看着我,我看着你。这时牛幸娃走出队列举手说:"是我干的。"

连长火了:"你一个放牛娃,当了兵,就忘了本,把白花花的馒头扔掉了,要做出深刻检讨!"

被训得眼泪巴巴的牛幸娃,动手要捞出来吃掉这个已经在脏水桶中泡了一夜的馒头,被看到这一幕的杨全来拦住了。

杨全来问:"你叫什么名字?"

"我叫牛幸娃。"

"你为什么站出来承认是自己干的?"

"做人要诚实!"

"为什么扔掉馒头?"

"因为高原反应,实在咽不下去,馒头又掉在地下弄脏了。首长,我错了!"

杨全来面向所有新兵说:"牛幸娃扔掉馒头是错误的,应当严肃批评,但他勇于承认是自己干的这件事,值得充分肯定,做人就是要诚实,诚实是做人最为重要的品格,这一点,我号召大家向牛幸娃同志学习。"

就是因为这件事,杨全来对牛幸娃留下了深刻印象。当牛幸娃在第十一大队勇于排哑炮的事迹报到大队部后,杨全来全面了解了牛幸娃在中队的表现,提议他越过王永学当了排长。而提拔牛幸娃当代理中队长,是因杨全来在巷道掘进中看到了另一幕:一次,杨全来去镜铁山正在掘进中的井巷视察施工情况,正赶上牛幸娃在2940水平面施工。牛幸娃亲自领钎,指挥打槽探眼。就在机头轰鸣、打眼正酣的时候,他被冒顶的石块砸中头部,幸亏安全帽起了重要作用,不然后果不堪设想。尽管如此,那块比鸡蛋大的石块还是砸透了他的安全帽,头皮也被砸出了一道大口子,顿时鲜血直流。一位战士大声疾呼:"牛排长受伤了!"大家立刻停止作业,有的为他擦脸上的鲜血,有的提出要送他去卫生队包扎。他推开众人,镇静地说:"没事儿,大家继续施工,别为我这一点儿小伤耽误了进度。"就在他与战士们说话间,头上的鲜血很快就流到了脸上、脖子上。"排长,你看你,血都流到脸上、脖子上了,还说'没事儿',快去卫生队包扎一下吧!"战士们心疼地埋怨他,有的欲上前扶他去卫生队,他却生气地说:"我说没事儿就没事儿,大家

39

继续干吧,啊!"说完,只见他用手擦了一把脸上的鲜血,手一甩,血水抖落一地,可他全然不顾,捡起地上的安全帽往头上一扣,操起凿岩机又干了起来。在暗处看见这一幕的杨全来没有走上前来,他选择了悄悄离开。分明血流如注,满脸鲜血,却再三说"没事儿",这牛幸娃真是一个"要铁不要命"的主儿啊,在这样的连队干部面前,有什么连队带不好呢?十一中队段中队长在"罐笼事件"中牺牲后,杨全来力荐牛幸娃做了代理中队长。

这次在部队即将撤离镜铁山矿时,地方上因为二期工程上马的需要,请求第十一大队留下一个中队支援矿山建设。在请示支队得到批准后,大队首长就留下哪个中队进行了认真研究。杨全来提出留下十一中队,因为十一中队技术力量强,打各种井巷经验丰富。也有的团领导不同意,说十一中队目前领导班子不健全,中队长还是代理的,指导员又长期空缺,远离大部队单独执行任务怕是顶不起来。杨全来说:"活是干出来的,干部是使用出来的。毛主席教导过我们,只要我们思想解放,大批干部就站出来了。你觉得'代理'中队长不合适,把'代理'两字去掉就是了;你提出空缺指导员,给配上就是了。"既然大队长杨全来支持,其他领导也都同意。政委董大民提出,此事上会前,先让杨全来跟牛幸娃谈一谈,私下征求一下他个人的意见,如果他个人同意,再上会决定。

杨全来认为还得认真做点说服工作,没承想,牛幸娃爽快地答应了。他"嘿嘿"笑着说:"大队长,我正想睡觉哩,你就给我递过来了枕头。说真心话,我不想离开镜铁山,我离不开段中队长和那些牺牲的战友。你们走吧!我一边组织施工,一边守着那些牺牲的战友,让他们不感到寂寞。"说着,眼圈还红了。

杨全来说:"我知道你舍不得离开段老虎他们,但这可不是感情用事的事。把你们留下,你可得把施工任务给我完成好,不要坏了咱十一大队在镜铁山创下的一世英名!"

"大队长你放心,我牛幸娃说到做到,指哪打哪,无往不胜!我笨嘴拙腮,不会说太多的话,以后在行动上见吧!"

看到牛幸娃态度如此坚决,杨全来给他交了底。一是大队会在十一中队原有人员装备基础上,进一步充实施工力量,兵员将增加一倍,增添多个辅助工种,变成一个加强中队的规模;二是对中队领导班子要调整充实。末了强调说:"你可要不辜负组织信任,经受得住组织上的考验。"碍于组织纪律,杨全来只是点到为止,没有说去掉"代理"二字,而是留了充分余地。他问牛幸娃:"假如说任命你当中队长,带这个中队,你对指导员的配备有什么意见?"牛幸娃想了一想说:"施工任务这么重,连队思想政治工作确实需要加强,从外面调一个指导员来也好。"

杨全来说:"知道了。"

天下万事万物都在变化中。天上的云彩在变化,地上的河流在变化,田野中的花朵在变化,河里的鱼在变化,人的思想也在变化。牛幸娃刚开完传达大队留十一中队在镜铁山施工决定的干部会,他的思想就发生了变化。他匆忙而又紧凑地做了会议总结,要求把精神传达下去,同时做好思想政治工作。交代王永学副指导员筹备骨干座谈会。他对大家说,他自己要立即赶到大队部,向大队领导汇报各位在会上提出的意见,以使领导决策更加周全。其实,他心中十分着急的是另一件事。

见了杨全来大队长,牛幸娃把大家提出的意见做了简要汇报,紧接着说:"大队长,上次说到指导员人选的事,我的意见是从我们中队产生,王永学就是一个非常合格的指导员,我推荐由他担任。"

杨全来笑了:"你想明白了?你小子又进步了,学会全面看人看事了。这下把你们十一中队留在镜铁山,我就更加放心了!"

第 三 章

1

第十一大队做出留下十一中队在镜铁山矿参加二期工程施工的决定后,对后续工作给予高度重视,综合部队、地方和十一中队各方面意见,对中队员额和施工力量进行了重新配置。大队党委责成参谋长严炎南具体负责落实此事。严参谋长出生于湖北天门,1951年7月入伍,参加过抗美援朝战争,1971年调入基建工程兵部队,一直在第十一大队任参谋长,对部队情况非常熟悉。经过调查研究,给十一中队定编273人,全中队根据当时完成施工任务需要,设五个排,每排四个班;外加炊事班、汽车班、测量班、炸药警卫班、仓库材料班、设备安装班。这样的配置在以前的第十一大队从来没有过,这是根据十一中队留下来独立执行任务的实际情况,从实际出发提出的,报上级批准后,十一中队实际上拥有了两个中队的兵力,号称加强中队是名副其实的。

配备充实健全十一中队领导班子,尤其是选好中队长、政治指导员,作为重中之重考虑,由政委张宇庆亲自负责。中队长、指导员建议人选是大队长杨全来提出的,张政委带政治处人员按照用人程序予以认真考察,最后提出的意见是:牛幸娃符合任职条件,任命为中队长;王永学因为任副指导员的时间较短,暂不任指导员,任命为代理指导员,其余中队干部等中队长、代理指导员到任后,根据他们两个人的意见再做调整。因为连级干部的任命权限在支队,牛幸娃、王永学两个人的任命经大队党委会通过后,呈文上报支队政治部待批准。

为了给十一中队留在镜铁山执行二期施工任务提供必要的配套支持,大队党委会决定成立镜铁山二期工程工作组,简称"工作组",负责部分事务协调和后勤保障工作。工作组由8人组成,由一名副营职协理员担任组长,下设技术、后勤、政工、医疗4个小组。明确规定"工作组"负责技术后勤保障和协调,没有指挥管理权限。指挥权限在大队;施工任务由酒钢建设指挥部下达,十一中队实行独立核算,根据完成任务情况予以奖惩;技术和后勤保障由工作组负责解决。各方责权分明,努力提高工作效率。"工作组"由后勤处长王志光负责筹建,尽快落实人选,以便在大部队撤离后即开展工作。

上述各项工作正在进行的同时,大队领导要求牛幸娃、王永学注意干部战士的思想动向,做深入细致的思想工作,在"走"与"留"的问题上服从组织决定,从镜铁山矿建设的大局出发,愉快地留下来投入到二期工程建设中去。

此时此刻,中队干部战士的思想确实有些混乱,私下里说什么的都有。有的埋怨道:"上级机关早干什么去了,现在东西都捆好了,就等着出发了,突然来这么一下,这不是逗人玩儿吗?"有的叨咕十一中队"魔咒说",说:"十一中队成立以来就没好事,啥不好的事都让咱们给摊上了。"也有人传播毫无根据的小道消息说:"十一中队留下来干两年,干部战士就脱军装了,就成了镜铁山矿工人了,一辈子别想离开这个地方了。"还有的对提出留下他们在镜铁山矿不满,说:"留下我们就是给矿上当苦力,今后凡是最艰苦、最危险的活,都得部队上。"文书申力明把这些言论搜集上来之后,写成文字给牛幸娃和王永学看,两人感到事态严重,决定开一次由班长和骨干参加的座谈会,进行正面引导。

座谈会由代理中队长牛幸娃主持。牛幸娃性情刚烈,说话开门见山,办事雷厉风行,只要是认准了的事情,就要坚决干到底。他身上有一股子"蛮劲",做事有时候也有一些"蛮横",现在杨全来大队长已给他交了底,他觉得留下十一中队,是组织上对十一中队的信任,也是对他牛幸娃的信任。现在他心中的激情已被点燃,就像燃烧的火炉一样,因此说话的嗓门儿比较大,调子也比较高:"同志们,现在大队党委做

43

出了留十一中队继续在镜铁山参加二期工程施工的决定，这是对我们大家的信任，是我们的无上荣光。军人以服从命令为天职，革命军人更要自觉服从命令，我牛幸娃带头执行命令，也希望大家能不折不扣地执行上级指令。下面请各位发言表态，要表现出革命军人应有的样子，不要撒'娘娘腔'。"

"铁匠"苏明远压根就不想离开镜铁山矿，因为是"铁匠"，他对镜铁山、酒钢有特殊的感情，现在部队不走了，正合己意。况且，他对牛幸娃有特殊的感情，真心支持他的工作。平常不怎么言语的他，今天却打头一炮表了态，扯开嗓门儿说："留下正好嘞！听说让咱们中队去陕西华县金堆城开什么钼矿，什么馍呀、饭呀的，咱们搞不懂，咱就知道钢铁比什么都厉害。我支持中队留下来搞镜铁山二期工程。得嘞，我的铁匠炉又支起来了！"

慕古秀一心想往陕西老家去，事先打听知道钼矿是一种十分珍贵的有色金属，可以用来制合金钢，是比黄金还稀缺的"灰金"。有人说，陕西省华县金堆城发现的属于世界级钼矿，其意义不亚于发现大庆油田，对我国军工发展有重要意义。他为家乡发现大型钼矿而高兴，也为能去亲手建矿而自豪，结果还没有出发，就"原地不动"了。他也为不能离家乡近些而失落。听苏明远这么一说，心里的火"腾"地一下蹿起来："什么馍呀、饭呀的，你懂个啥！那钼矿比铁矿重要得多，作用大得多。你天天打铁，就知道铁、铁、铁的，不懂不要在这里装大头蒜！"

"你说谁装大头蒜！"苏明远也火了，站起来冲慕古秀喊道。

"就说你，你就是大头蒜！上炕认识老婆，下炕认识鞋，除了你那铁匠炉，你还知道什么！"慕古秀无名火蹿得更高了。

苏明远平常就看不上慕古秀，五大三粗的大老爷们，除了施工，就是盘着腿织毛衣，还热心带徒弟，像个娘们似的，现在没事找事，找碴和自己过不去，那打铁人的脾气就爆发了，只管叮叮当当下锤，不管他火星四溅，说话不干不净，连四川骂人的"锤子榔头"都上了，更不应该的是，他说了句不该说的话，一下子捅了"马蜂窝"。他说："谁不知道你们陕西娃儿想回老家去，嫌这里的馍蒸不熟，回去吃暄腾腾的白面馍红枣糕去,你到处宣扬你们家乡好吃的东西多去了,你就是'吃心不改',这下好了,天天在镜铁山享用'军用馒头',做你的黄粱美梦去吧!"说完,他还为用了"吃心不改""黄粱美梦"这两个词在那里洋洋得意。

慕古秀气得脸都变了色,一起变色的还有陕西籍几个班长和骨干,苏明远一篙子打翻了一船人,给自己树了众多对立面,在座的"老陕们"不干了,纷纷指责苏明远,说他贬低陕西兵,说他们"吃心不改",是挑拨陕西兵和其他省籍兵的关系。在十一中队,陕西籍兵多,势力也大,现在又占在理上,弄得苏明远很尴尬,一时递不上话来。越是这样,陕西兵越不饶他,七嘴八舌,会议局面眼看就要失控。

在这关键时刻,王永学说话了。王永学毕竟是"文革"前初中毕业生,比牛幸娃多读几年书,算是个有文化的知识分子,性格外柔内韧,平易近人,说话也会看火候,而且有独到见解,也能以理服人。他看着牛幸娃,牛幸娃示意他发言。王永学说:"我是陕西人,说起陕西的吃,我也有发言权。故乡的土亲,故乡的水甜,故乡的馍好吃,这是人之常情。这次听说要调咱们中队去陕西华县执行施工任务,我也高兴得几天几夜睡不着,我也想天天吃家乡的大白馒头,枣花馍。听说不调我们去了,我内心也很失落。但是,我们是革命军人,不是图什么好吃的出来当兵的,如果是为了这些,我们还出来当兵干什么?苏明远不是说咱们'吃心不改',而是'痴心不改',是对革命事业有永远不改的信念,对家乡永远不变的感情。明远,你是不是这个意思呀?"

"是的,是这个意思,王指导员。"苏明远低声说。

王永学说:"好!今后我们发言说问题,有一说一,是什么问题就是什么问题,不要扯嘴动腮,更不要拿哪个省的兵说事。任何时候都不能一概而论,这不仅不符合实际,而且还会引发不同省籍战友间的矛盾。小苏,我说的对不对呀?"

苏明远回答:"您说得对,我错了。"

会场气氛就此平息下来,会议得以顺利进行。会议结束时,王永学还发挥自己特长,指挥大家唱起了《团结就是力量》这首歌:团结就是力量,团结就是力量,这力量是铁,这力量是钢,比铁还硬,比钢还强……

会议结束后,牛幸娃什么也没讲,但他在心里说:王永学这个指导员,这个搭档,自己是选对了。

2

进入9月中旬,第十一大队除十一中队外,全部撤走了。一部分去了河北迁安,参加首钢大石河矿的扩建工程,支援首钢铁矿石基地建设;一部分到陕西华县参加大型钼矿建设,国家建设需要大规模开采钼,为生产合金提供原料;还有一部分到了其他地方。

十一中队留了下来,留在了镜铁山。干部战士谁也没有想到,这一留就是8年。

和十一中队一起留下来的还有大队工作组。工作组留下来的人和十一中队干部战士有所不同。一是,留下的都是干部身份;二是,他们每个人都是自愿留下来的,不像十一中队干部战士是无条件服从命令。第十一大队是地方企业改编过来的,"工改兵"比较多,考虑到干部的实际情况和工作需要,大队对拟留下的工作组人员,采取了个人报名组织审批的做法。留下来的这8个人都是由于各种各样的原因,自愿报名留下的。大多是第十一大队的,也有的是从支队其他地方调来的。

工作组组长姓霍,名叫霍绍明,河南武陟人,原是后勤处副处长,是个参加过抗美援朝的老兵。1958年酒钢上马时,从部队上转业来的。"酒钢"下马后他参与留守。再次上马后,他"工改兵"二次入伍,是个"老酒钢",子女们都在酒钢工作,地方情况熟络,是个留下来的合适组长人选。因为文化程度不高,他在工作中很少给人讲大道理,就是用"中"或"不中"来回答,对特别肯定、特别满意的事,就加两个字:"中,老中。"这成了他的口头语,战友们背后都叫他"老中"。他听见了也不恼,遇事也不爱生气,是上上下下都喜欢的"老好人"。让他当组长,有利于协调地方和十一中队的关系,有利于协调工作组和十一中队的关系,有利于协调工作组内部的关系。这8个人从不同部门调来,8人就是八仙,没有点本事,还真团乎不起来。霍绍明起的就是"粘合剂"的作用。

工作组人员身份比较特殊的是工程师老金。老金名叫金昌浩,是朝鲜族,首都钢铁学院毕业的大学生,是个爱岗敬业的知识分子。1958年酒钢上马时,他主动从鞍钢来到大西北,"工改兵"时入伍,先是在支队工程科做工程师,后来主动要求调到镜铁山第十一大队工程股,这一次又申请留下来,理由是他对镜铁山矿情况熟悉,愿意承担十一中队所担负任务的技术设计。大队长杨全来要带老金到新的矿区,老金自己却坚持留下来。留下来也好,十一中队在镜铁山参加二期施工,得有一个技术"大拿"。只是大家不理解,他40多岁孤身一人,在这里无亲无故的,为什么非要留在这里。

除老金留下外,还留下一个技术员,遇到要解决的问题时,给老金打打下手。留下来负责后勤保障协调的,是原后勤处的两个助理员。还留下大队政治处一个干事,主要职责是负责组织工作组和十一中队学习文件和马列著作,发放学习材料,并进行必要辅导,还兼管政保和宣传报道等工作,一身数任,起着大队机关政工干部的作用。他留下来的私下原因,是个人想写关于酒钢建设的长篇小说,反映基建工程兵战士的牺牲奉献精神和镜铁山矿从无到有的建矿工程,留下来是为了深入体验生活。此人姓阎,名叫阎芳州,甘肃天水人,因为常戴一副近视眼镜,大家背后称他"阎眼镜"。

最后说到的是留下来的军人中仅有的两位女性。一位是军医,名叫苗丽萍。她也是"工改兵"入伍的,入伍时被分在大队卫生队,后来被部队选送到西安第四军医大学上学,毕业后提拔为军医,分配在支队医院。不知什么原因,她主动要求留下来,而且来到了位于镜铁山十一中队的一个小诊所。一个年轻漂亮的女军医,年届25岁还待字闺中,这不能不引起人们的好奇心。她为何像小常宝那样,来到这深山老林,成了大家解不开的一个谜团。有一个解说是,她深爱着在施工一线的一个中队长,这个中队长在一次事故中牺牲了,她决心终身不嫁,留下来就是为了陪伴这位中队长,怕他一个人在这里孤独。但这也只是一

47

个传说，没有得到进一步证实。另一个留下的女军人名叫杨玉琼，是原支队医院的一名护士，她留下来的原因是正和嘉峪关市一个革委会副主任的儿子处对象，这个理由简洁明快，人们完全可以理解。不管什么原因，两个女军人留在镜铁山的指战员群体中，一下子使军营气氛热烈起来，使整个环境亮丽起来，引发了人们的想象，也引发了一些故事的发生。

十一中队干部战士对大队工作组的入驻，表示由衷地欢迎。似乎有了工作组，他们就有了主心骨，就不感到孤单了。况且，工作组负责十一中队的后勤保障、技术支持和学习安排，还有两位漂亮的女军医为他们疗伤治病，有了更多的新鲜感和密切感。牛幸娃带领干部战士，在中队部后侧背风的山窝平整出一块地，很快建起了一排干打垒住房，供工作组人员办公、休息和开办诊所。弄好后，让工作组成员前来参观，看是否满意。霍组长说："中，中，老中！"很快，工作组就入驻进来。由于人员少，单独开伙不方便，工作组就在十一中队搭伙。"在一个锅里搅马勺"，使工作组和十一中队干部战士的感情更加密切起来。

3

时值9月中下旬，若是在内地河南、河北、山东，庄稼已到收割期，玉米、高粱、大豆相继成熟，像五彩缤纷的画布覆盖着大地。即使在山海关外的东北，虽然时序比关内晚一个月左右，但也山川绿绕、大地锦绣，田野进入茂盛期，一望无际的青纱帐郁郁葱葱；已结金盘的向日葵铺天盖地，树上的果实已开始收获，山上的树木呈现出不同的颜色，正在向更加浓烈的色彩过渡。从小在长白山林区长大的金昌浩，对东北秋天的景色很熟悉。面对光秃秃的镜铁山，金昌浩有一种对家乡的神往，也会自然地在脑海中对二者的景象进行对比。镜铁山的自然条件很差，说什么"北风卷地百草折，胡天八月即飞雪"，那是指塞外戈壁，镜铁山由于高寒缺氧，连草都是很难生长的。镜铁山属于祁连山脉，分明是夏季，却展示出春夏秋冬四种景色：山脚下有花有草，春意盎然；稍许上移,红柳、沙枣树诉说着盛夏的炎热;向上百米,都是树叶干枯的小柏树、半死不活的小松树和一些藤类植物,一派深秋景象;距山脚200米以上,即为雪线,白雪皑皑,覆盖万物。这里的气候瞬息万变,忽而阳光灿烂,忽而风雨弥漫,忽而暴雨如注,忽而狂风呼号。但缺氧的高山反应、恶劣的气候变化和贫瘠的植被状况,都不能改变金昌浩扎根镜铁山的决心。到这里来工作和生活,是他自觉自愿的。

许多人都知道嘉峪关市的来历是:因矿设企、因企设市、因关得名。何为因矿设企?就是因为发现了镜铁山矿,才决定设立酒泉钢铁厂。1958年1月,冶金部决定将厂址定在酒泉西北22公里处、距嘉峪关关城东北约6公里的戈壁滩上。1958年2月,冶金部把建设这座钢铁厂的任务交给了鞍钢的冶金建设总公司,鞍钢以"在西北建设第二个鞍钢"为号召,向职工做了动员。金昌浩是第一批报名参加酒钢建设的人。当时他踊跃报名,是因为他在动员报告中了解到以下情况:西北五省面积占全国面积的五分之一,人口占全国7%,工农业总产值在当时只占全国的5.4%。西北地区没有一个大型钢铁企业,人均每年钢材消耗量为0.039吨,与全国消费水平0.04吨差不多,但生产钢铁水平人均每年不到0.01吨,和全国平均水平0.05吨相去甚远。西北少钢缺铁,建设酒钢是发展西北、稳定西北的重大举措。时任鞍钢冶金建设设计院技术员的金昌浩,对数字特别敏感,记住了以上数字后,他就下定了赴西北建设酒钢的决心。隐藏在内心的,还有一个不为人知的秘密:他的初恋情人、毕业于长春地质学院的女技术员苗淑娟,两年前在勘查发现镜铁山桦树沟铁矿后,不幸从一座山崖上坠落身亡,他要前赴后继,完成她未竟的事业;也是想离她近些,过节时来扫扫墓,遇到什么事时,来和初恋情人诉诉衷肠。

说起金昌浩和苗淑娟的关系,还要追溯到两人的父辈。金昌浩的父亲金元京是日本占领朝鲜后,从朝鲜流亡到中国来的,他和妻子逃难到东北延边后举目无亲,在汪清的一个小村子里寄居下来。借给他们房子住的就是苗淑娟的父亲苗长义。苗长义也是苦出身,12岁时家贫吃不上饭,逃荒到此地靠给别人放牛为生,逐渐积攒家业定居下来。他对同是苦出身的金元京援手关照,两家结下了深厚情谊。金昌浩和苗淑娟出生后,自然从小就成了玩伴,可谓"青梅竹马,两小无猜"。后来苗长义和金元京一起参加抗日民主联军,在极其艰苦的条件下从事抗日斗争。抗日战争胜利后,两人被分配到东北民主联军第三纵队,1950年随40军参加抗美援朝战争。长期的战争考验使苗长义和金元京结成了生死兄弟。在朝鲜战场,他们兄弟情义又得到了升华。在坚守一个高地的战斗中,苗长义和金元京并肩射击,突然从左侧窜出三个敌人,苗长义眼疾手快,射倒了敌人,却被正面射来的子弹打中了。是他挡住了子弹,救了金元京的性命。金元京爬过来抱住他,苗长义大喊一声"快打敌人,不用管我!"就昏过去了。金元京趴在苗长义身上痛哭,苗长义苏醒过来断断续续地说:"好兄弟,我不行了。你若能活着回去,替我照顾好你嫂子和孩子,我那两个闺女,送你一个做儿媳妇。"说完,头一歪,就再也没有声息了。

此时此刻,炮声隆隆中,在纷飞战火中,金元京并不知道,他们两人的儿女已分别上了大学,正在新中国的大学课堂里深造。金昌浩和苗淑娟在延吉高中毕业后,分别考入了首都钢铁学院和长春地质学院。金昌浩立志"炼钢",苗淑娟立志"探矿",决心为社会主义建设贡献力量。大学毕业后,金昌浩被分配到鞍钢冶金建设设计院当技术员,留在了东北,苗淑娟则报名到西北参加建设,成为西北地质局645队一名技术员,参加了为酒钢建设开路的镜铁山探矿工作。他们队从酒泉出发,进入祁连山腹地,寻找铁矿资源。苗淑娟是队里唯一的女队员,她和男队员一起艰难跋涉着。一位藏民告诉他们,附近一个山沟里曾经发现不少又黑又硬的石头,掂起来很重。大家听后十分激动,第二天一早,地质队员根据藏民提供的线索,沿头道沟出发,又一连走了两天,爬过一座雪岭,蹚过两条冰河,再翻过一座雪岭时,突然被地下一处乌光闪闪的石块吸引住了。带队的严工立即用铁锤扒开泥土,将这块石头敲开,原来是一块又黑又重的铁矿石,它的边侧处闪耀着镜子一样的光。大家继续前进,不久又发现了矿石,而且一块比一块大,但山势却是一步比一步更陡峭。当最后爬上了悬崖绝壁时,他们终于发现了一个铁矿露头。就在大家欢呼庆祝的时候不幸发生了,苗淑娟一脚踩空,从山崖上坠下。

金昌浩得知苗淑娟为探矿献身的消息,已是两个月之后。两个热恋中的年轻人一直保持着密切的通信。去祁连山参加探矿,苗淑娟在信中告诉了金昌浩,金昌浩知道在深山通信不便,没太在意。但苗淑娟在酒泉寄来的信,似乎透露着不祥。她在信中说:"毛主席说过,要奋斗就会有牺牲。我们探矿也是这样。今天传来不幸消息,先后有四名同志不幸罹难,骨埋深山。假如有一天我牺牲了,你不要难过,尽快从悲痛中走出,另择佳偶,还请替我照料我母亲和小妹。"读到这一段,一向文质彬彬的金昌浩,竟学着东北老年人那样"呸""呸""呸"地吐了一气,希望这几个"呸"能消掉不吉利的厄运。他已和苗淑娟谈婚论嫁,正在盼望着新婚的美景,这不仅是两家父母的愿望,也是两个年轻人发自内心的期盼,"佳偶天成""百年好合"的句子,不知道在他们的脑海里过了多少遍,苍天怎么会允许发生拆开他们的不幸之事呢?但是,不幸还是发生了。拿着西北地质局给他的回信和苗淑娟牺牲的证明,金昌浩关在房间里放声大哭,直到昏死过去。

1958年12月15日,酒钢开工庆典在嘉峪关下的茫茫戈壁滩上正式举行。这天,一万余名酒钢职工参加了这一具有历史意义的开工典礼。金昌浩就在这一万人之中。他清楚地记得,刚刚落成的一座新建筑物上,在古老的烽火台上,到处悬挂着建设者们的标语口号:"让祁连山低头,让北大河让路!""让镜铁山献宝,让戈壁滩变成天堂!""以空前的速度建设酒钢,在冶金工业建设中创造奇迹!"人们的冲天干劲无时不在地显示出来。不过,那时的条件真是艰苦啊!一望无际的戈壁滩上满目萧索。与他同来的一位技术员戏言道:"10里能望见撒尿的,20里望不见放羊的,30里看不见乘凉的,40里碰不见说话的。"

想起这四句调皮嗑,正在山谷野道上散步的金昌浩笑了。终于如愿以偿地留在镜铁山之后,金昌浩有空闲时,就爱在这山谷野道上散步,散步中回忆往事,散步中琢磨设计方案,已成为他的习惯。在别人看来,40多岁的老金身上神秘莫测,也不怎么入群。管他别人怎么看呢,老金每天就是这个样子地生活和工作着。

4

在第二期施工任务正式敲定下来之前,牛幸娃和代理指导员王永学商定,借这个空当抓一下军事训练和技术训练,这是提高军事素质和完成艰巨任务的需要,也是用"两训"把干部战士的时间填满。两人想到一块儿了。牛幸娃分工抓军事训练,王永学负责抓技术练兵,加上形势教育、政治学习、思想工作,把各项工作正常开展起来,使独立于大部队的十一中队有序运转。

牛幸娃的军事素质和军事训练的严格在全大队是出了名的,过去在全团会操和军事训练比赛中,十一中队是排在前列的。以前牛幸娃是代理中队长,在训练时还不敢太铆足劲,现在当了中队之长,那股劲头就淋漓尽致地显现出来了。他最讨厌"歪戴帽子斜穿衣,行走路上吃东西,敞胸露怀搭肩臂,调皮捣蛋嬉兮兮"那种"屌兵",认为他们不仅损伤部队战斗力,还会在老百姓中造成不良影响。因为有这种看法和情结,牛幸娃但凡看到一个兵,就想把他训练成标准的军人。现在任了中队长,又带领十一中队留在了镜铁山,这"一亩三分地"归他管,他就想显示一下能耐,不仅琢磨着如何把十一中队的兵训练好,还把手伸向了霍绍明负责的"工作组"。

"霍组长,我们中队在接受施工任务之前搞一下军事训练好不好?"牛幸娃问霍绍明。

霍绍明说:"好,老好。"这次他没说"中,老中",因为牛幸娃问的是"好不好",问啥答啥这是生活常识,没必要东拉葫芦西扯瓢。

"你们工作组参加不参加?"牛幸娃问。

霍绍明眨巴眨巴眼睛,这次也没说"好",也没说"中",他在琢磨牛幸娃是什么意思。

过了一会儿,霍绍明提起右裤筒,指着腿上的一处伤疤说:"在朝鲜战场向三八线推进时,一次行军,敌人飞机发现了我们的队伍,便开始投弹，很快就有战友牺牲了。部队任务艰巨，时间紧迫，大家踩着尸体前行，有敌人的尸体，也有战友的尸体，很惨烈。我这腿上的伤疤，是在接下来的一场战斗中挂彩的。团长让我去送情报，飞机就在我头上扫射，我只能躲到着火的弹坑里，抓机会向前冲。情报是送到了，但返回时挨了美军一冷枪，子弹钻到了右小腿里，直到1959年才取出来。那时我在矿上上班，右腿疼得不行，伤口处经常流水流脓，不得不手术。手术取出一看，子弹都弯了。奶奶的，还是老子骨头硬，把子弹都顶弯了。哈哈哈！"

牛幸娃听明白了，霍绍明不是在摆老资格，而是借此说明身体有伤，不能参加训练。他本来也没有这个意思。霍绍明若不是走路有点瘸，也许还不会留在镜铁山哩！

"你手下那些人如何？他们要不要参加训练？"牛幸娃开门见山地问。

霍绍明数着指头说："老金和那个技术员设计施工方案，不能参加；那两个后勤助理，忙着给你们十一中队调配施工物资，参加不了；那'阎眼镜'天天看书写东西，深度近视，若眼镜掉了，啥也看不清，怎么参加训练？唉，还剩两个女兵，就是军医苗丽萍、护士杨玉琼，你替我训练训练她们吧！"

牛幸娃一下傻眼了，本想多拉进来几个人一道训练，没想到弄来两个难缠的女兵，不答应吧，又会惹出几多麻烦！只好以退为进地说："那她俩同意参加训练吗？"

霍绍明说："我的兵我做主，只是要允许她们在训练时带上医药箱，万一干部战士有情况好救治。"

就这样，牛幸娃把工作组的两个女兵也收入自己帐下，训练队里多了两个穿军装的女娇娃。

牛幸娃之所以有些犹豫，是害怕女人动摇了十一中队的军心。这些常年战斗在镜铁山的干部战士实行封闭式管理，每天都是从施工场地到连队，又从连队到施工场地。跑操也是在荒无人烟的深山沟。有的战士几年下来没见过一个女人，有人戏言：连天上飞的鸟都是公的。

53

女人在这群军人眼里成了稀罕物。谁的家属来了队，一些人就不眨眼地盯着看。谁要是生了病、负了伤，都愿意向大队卫生队、镜铁山矿医院跑，因为那里有女医生、女护士，有来自女性的温柔和体贴。

苗丽萍和杨玉琼的到来，使大家很新奇，也满足了天天看到女人的愿望。工作组和十一中队在一个灶上吃饭，却不一起出操。工作组的人不出操，早上起来后就沿着山沟溜达散步，或者看战士们出操。

一天早上，牛幸娃像往常一样集合队伍，当他喊出"向右看齐"的口令后，战士们的眼睛却齐刷刷地"向左看齐"，原来，苗丽萍和杨玉琼，正在左前方看他们出操，战士们在向她们行"注目礼"。牛幸娃生气了，大声吼道："向左看齐！看吧，让你们看个够！"说罢，自己也忍不住笑了，战士们也都笑了，苗丽萍和杨玉琼两人不好意思起来，急忙抽身跑回自己宿舍。

现在真要把这两位女军人纳入训练中来，牛幸娃还真有些发怵。他身上有点儿看不起女人的"大男子主义"，也没有和女性打交道的任何经验，更不喜欢婆婆妈妈那一套。另一方面，他也有一点新奇和兴奋，想看自己在对女军人训练方面，能不能取得一点儿成绩。

牛幸娃就是抱着这种心情，开始了对苗丽萍和杨玉琼的军事训练，也开始了他和女人的第一次"密切"接触。

实际上，苗丽萍和杨玉琼都是接受过军事训练的。苗丽萍16岁中专毕业被特招到酒钢不久，就"工改兵"入伍，那时的训练也是极其严格的，经过"三五枪""三五步"和射击训练后，她成了一个标准的军人。后来被部队选送到第四军医大学读书，四军大是部队院校，对学员的管理非常严格，学员每天必须出操，定期参加训练，光解放鞋都跑坏了好几双，军服都磨烂了几套。艰苦学习和训练，不仅使她学到了高超的医术，也养成了军人的素养和作风。对训练场上这一切，苗丽萍都不陌生，急行军时她还帮战友背过枪。所以，参加军训她是情愿的，可以锻炼体能，使自己更好地适应在镜铁山高寒缺氧条件下的生活工作。再说，密切和十一中队干部战士接触，可以了解他们的体质和个人情况，一旦需要救治时也不隔膜。还有参加军事训练是参加集体活动，多参加集体活动能充实自己的心灵,不至于过于孤单和难熬。

杨玉琼在1973年入伍时也参加过军事训练,但基础差一些。她从小学舞蹈,是按文艺兵特招到部队的。入伍时新训工作已快结束,没几天就分配到了支队宣传队。她模样俊俏、身材单薄、性格单纯。据说她的父母是鞍山钢校的同学,1958年,新婚宴尔的他们来到了酒钢,住进用硬纸间隔、不到六平米的半间干打垒小平房,他们的女儿成为镜铁山矿出生的第一个婴儿,这个婴儿就是杨玉琼。她从嘉峪关艺术学校毕业后,被招收到支队宣传队,成了一名舞蹈演员。正在她发挥艺术专长时,部队接到上级命令,师一级撤销文艺宣传队。宣传队的人员被分配到机关和连队,她被分配到支队医院当了一名护士。因为她在演出时被一位革委会领导的儿子相中,初步建立了恋爱关系,就自愿留在了镜铁山,和苗丽萍成了搭档。

十一中队的干部战士用浓烈的"注目礼"欢迎两位女兵入列,和他们一起参加军事训练。在初始一段的"目光轰炸"后,他们把对两位女兵的好奇心变为内在的动力。主持训练的牛幸娃明显感到操场上的兵好带了,他们尽量表现得勇敢些、动作做得利落些、军姿更齐整些、说话更文明些。开始,牛幸娃觉得这是自己抓训练抓得及时,抓到了点子上,慢慢地,他感到似乎有一种什么潜在的力量在推动着。而在士兵们眼中,他们的中队长也和以前不同了:他的军姿更加严整、动作更加标准、口令更加洪亮,虽然比以前要求更加严格,但已很少说粗话、急眼骂人了,在雄壮中多了几分温柔,威严间多了几分爱意,好像换了大半个人。战士们也在琢磨着是什么原因,使他们的中队长发生了变化。

这些变化让牛幸娃受到鼓舞。他在经霍绍明同意并经大队领导批准之后,把训练场由连队操场改到团部大操场。大部队撤离之后,大队部原来的房屋空无一人,大操场每天也是空空荡荡的,正好满足他练兵的需要。大操场是以前大队部机关干部战士出操的地方,全团集合会操也在这里举行。牛幸娃把十一中队的练兵搬到这个地方,显得操练更加正规、更加有气势。他在检阅台旗杆上重新挂上一面红旗,自己就在检阅台上指挥部队操练,遥想当年大队长杨全来在这里指挥的情景,还真有点意得志满,对连队的军事训练愈发重视起来。

此时的十一中队,除了建制的五个排,还有炊事班、汽车班、测量班、炸药警卫班、仓库材料班、设备安装班,全中队加在一起,共计26个班,可谓兵强马壮。按排走队列,可走6个方阵,按班列队,可行进26列。场地好,人气足,身为中队长的牛幸娃高度重视,十一中队的军事训练紧张有序、有声有色地开展起来。

苗丽萍和杨玉琼同文书申力明、通讯员小龙分在炊事班,称为勤杂班。这十多个人统归申力明管,由他担任训练期间的班长。许多班长都很羡慕申力明,说两个美女在你手下,你可美炸了吧?一些兵就羡慕那些炊事兵,说好事都让火头军摊上了,他们做饭的吃得饱,这下眼也看饱了,天天和女兵一起操练,心里还不知怎么舒坦呢!

在这样的猜测议论中,十一中队的军训按计划进行。大家关注训练成绩,关注训练带来的变化,更关注苗丽萍和杨玉琼在训练中的表现。

苗丽萍是东北人,为人办事直爽实在,连操练中的动作都实实在在。杨玉琼的父母也是东北人,她属于酒钢的"东北二代",有东北人的豁达开朗,也有东北人的犟脾气。但开始她们都不显山不露水,和其他战士一样。等到单兵训练和操练实战技巧阶段,两人就显出近水远山高低不同。

牛幸娃和全中队士兵,谁也没有想到苗丽萍的军事动作和射击技术是那样熟练,女人的悟性,加上曾经的刻苦训练,她一招一式都是标准的军人动作,而且柔中有刚,刚中有柔,刚柔结合,不仅好看而且实用。这一切让牛幸娃刮目相看,也让全中队士兵刮目相看。士兵们私下说:"这下牛幸娃遇到对手了!"还撺掇他们在演练动作时比试比试。一次在演练时,两人还真的较量上了,结果上下不分。苗丽萍莞尔一笑,牛幸娃气得涨红了脸,在心中恨恨道:在实弹射击中再见高低!

和苗丽萍表现大为不同,杨玉琼的军事训练很不过关。走"三五步"还可以,操"三五枪"就差得远。手中的枪端不稳、瞄不准,劈出的枪刺像个棉花糖。牛幸娃指导她,她一枪刺差点戳到牛幸娃的鼻子上。

脾气暴躁的牛幸娃大吼道:"你,你这是什么兵?!"

杨玉琼低声答道:"文艺兵。"

"你入伍后摸没摸过枪?"牛幸娃问。

"摸过。"杨玉琼小声说。

"在什么地方?"

"舞台上。"

"摸的什么枪?"

"木头枪。"

两人一问一答,把一边看的士兵都惹笑了。

杨玉琼说的是实情,牛幸娃却认为对方是在拿话对付他,一下子更气恼了:"杨玉琼出列!连做20个劈刺动作!"嘴里还嘟哝道,"看我制服不了你!"

杨玉琼走出队列,接过申力明递过来的步枪就劈刺起来。她是边哭边劈刺的,劈到第十个动作,就把枪撂到地下,蹲在地上哭了起来。

牛幸娃大怒:"动作训练搞不好,还挤猫尿,看我今天怎么收拾你!"

从来没受过这么大委屈的杨玉琼大哭起来,一下子吸引了所有人的注意力。牛幸娃气得呼哧呼哧,在那里喘粗气。

苗丽萍过来劝解杨玉琼,杨玉琼哭得更凶了,扯着脖子哭喊,要把受到的委屈倾泻出来。苗丽萍转向牛幸娃:"牛中队长,女孩子有女孩子的实际情况,受到的训练也不一样,要因人施教,要有耐心。"

牛幸娃脖子一梗说:"我不管那些,归我管就得我说了算,就得严格要求!"

苗丽萍不高兴了:"你这样说就是官僚主义、军阀作风!"

"谁官僚主义了!谁军阀作风了!我这是为部队好,为她个人好,你扣这个帽子我不接受,爱咋地咋地!"牛幸娃和苗丽萍杠上了,旁边的人也不知说什么好,一时静得像时间停止了一样。

在此时刻,代理指导员王永学站了出来。他在一旁已观察多时,知道事情的来龙去脉,知道牛幸娃处理问题过激了,但又不能这么说,得想办法把目前的尴尬场面化解开。他笑着走过去把还蹲在地上抹眼泪的杨玉琼扶起来:"快起来,多大年纪了,还耍小孩子脾气。"

苗丽萍把杨玉琼拉过来,帮杨玉琼擦着眼泪。

王永学关心地说:"不要再哭了,在这里哭哭没啥,要是当年你在宣传队哭鼻子,哭成了花猫脸,咋上台演出呢!"又说,"我那年去支队开表彰大会,支队宣传队给我们专场演出,杨玉琼可是女舞一号,那舞蹈跳得绝了,师首长都一个劲儿地夸奖呢!"

杨玉琼不哭了,说:"指导员,你真的看过我演出?"

"真的,我还蒙你蒙大伙不成?当时我就想过,这得花多大功夫才能练成这个样子。只要功夫深,铁杵磨成针,你一定为练舞蹈下了很大功夫吧?"

"谢谢指导员对我的肯定。到医院工作之后,好长时间不练舞蹈了,也没有演出过,现在也给大家演不了节目。"

王永学说:"你身上的功夫都还在,好苗子就是好苗子,在哪里都一样,军事训练也不会差的,慢慢练就是了。"

杨玉琼动了感情:"谢谢指导员,谢谢大家,我跳不了舞就给大家翻几个跟头吧!"

"在哪里?"

"就在这里!"

王永学还没有回话,战士们就响起了热烈掌声。

个子不高、苗条机灵的杨玉琼把腰带紧了紧,活动一下腿脚,先躬身向下,突然把脸抬起,一跃身翻起了后空翻,一个、两个、三个、四个、五个、六个,一连翻了六个后空翻,然后又改变方向,一连翻了六个前空翻,动作一气呵成,速度之快,像绿色的旋风卷过。全部动作连贯和谐,手、脚、腰一起发力,显示了绝佳的功夫和高难度的技巧。旁边观阵的干部战士看呆了,响起一阵又一阵热烈的掌声。

5

  一场冲突被王永学化解了。牛幸娃也觉得自己性格太急躁,对女孩子不应如此,况且每个人有每个人的优长,要多看别人的长处。杨玉琼那丫头片子,一连串儿的后空翻、前空翻真的把自己镇住了。

  这事情就是训练中的一个"插曲",很快就过去了。但牛幸娃没想到,几天之后,有一个人却找他"算账"。这个人是谁?就是工作组的金昌浩,大家天天喊的"老金"。

  不知什么原因,平常挺和善的老金冲牛幸娃发起了脾气。牛幸娃来工作组找老金,想问问工程施工组织设计方案的进度。酒钢建设指挥部明确二期工程在海拔高度3060以上,并划定了施工区域,由十一中队多头掘进,建立开采巷道。中队之所以还没有施工,在那里进行军事训练、技术训练,是因为老金牵头的施工设计方案还没有"出炉","出炉"后还要经过镜铁山矿审定,看是否符合总体设计方案。方案审定后指战员才能投入施工。

  老金是制订施工设计方案的"大拿",在第十一大队都是出了名的。当年一期工程施工组织设计方案,就是他参与主持制订的。施工组织设计方案是承建方根据建设方的设计方案进行深化设计,是对施工活动实行科学管理的重要手段,它具有战略部署和技术安排的双重作用,是用来指导施工项目全过程各项活动的技术、经济和组织的依据,是施工技术与保证工程开工后施工活动有序、高效、科学合理进行的法理文书。接到任务后,老金领一帮技术人员在杨全来大队长领导下,全身心地投入设计工作。作为具体负责的副组长,他提出三点要求:第一,必须尽快地熟悉地质勘查资料。设计人员如果不熟悉地质勘查资料,就是瞎子骑毛驴——不知东西南北,设计出来的方案就是废纸一堆;第二,设计方案一定要科学,既要方便部队施工,还要方便矿上下一步开采,尽量节省施工成本和开采成本,为此要努力采取新工艺、新方法施工;第三,要提高工作效率,努力在三个月内交出设计方案。这三点,老金都身体力行去做。为了进一步核实相关地质勘查,他白天同年轻人一道早出晚归,累得大汗淋漓,口喘粗气也不休息一会儿。有一次差一点摔下万丈悬崖粉身碎骨,大家为他捏把汗,他却风趣地说:"放心吧,同志们,马克思知道我手里的设计工作还没干完,不会在这节骨眼上下通知的!"老金本来就是一个"工作狂",他是一个单身汉,每次领下任务,白天黑夜都在琢磨设计方案。这一次,他又把"工作狂"的内涵演示到极致,把时间抠得特别紧,最终三个月时间没到,就把一份长达387页的施工组织设计方案交到矿方领导面前。矿领导立即召集工程技术人员进行论证,得出如下结论:02部队第十一大队提供的施工组织设计方案别具一格,很有创意,出了奇招,奇就奇在"两下一上"施工法上,既可以缩短工期,还可以节省成本,一举两得,意义非同凡响。

部队为老金向上级请功,老金极力推辞,说:"上面有领导,下面有助手,工作是大家干的,成绩是大家取得的,怎么能把功劳记在一个人的账上。"他的谦虚是发自内心的,不像有的人是装装样子,嘴里说不要,实际上把口袋撑得很大,恨不得多装些东西。这样下来,老金不仅坐稳了"技术大拿"的位置,而且在人气上赢得了人们的尊重。他也不是什么长,也不是什么官,就是一个闲散之人,但在大队干部战士中说话很有分量,连大队领导都让他几分。为什么?不仅他说话有分量,而且还实事求是,有什么说什么,有时候让人下不来台。我行我素,老金就是这么个人。

十一中队接受镜铁山矿二期施工任务之后,同样要设计施工组织方案。俗话说,麻雀虽小,五脏俱全,每一道工序都不能少。况且还要考虑和矿上二期工程整体施工组织方案配套,这就增加了难度。老金领着工作组刘技术员和十一中队技术员严士范,共同设计这一方案。

这一天老金又在伏案工作,牛幸娃走了过来。牛幸娃和老金熟悉,上来递一支"兰州"烟说:"歇歇,咕袋烟!"

老金抬起头来,手却没接烟,直冲冲地朝牛幸娃来了一句:"牛中队长,你本事好大呀!"

这句话弄得牛幸娃丈二和尚摸不着头脑,他摸摸脑袋说:"我有啥本事,还是你老金本事大,我这不求你来了吗?啥时把施工组织方案搞出来?我们好投入施工呀!"

老金说:"你不用求我,你本事大得很哩!你要是本事不大,没能耐,能把一个女孩子在训练场上骂得哇哇哭!"

牛幸娃知道老金听说了他训哭杨玉琼的事了,就辩解说:"女娃儿娇嫩,多训练训练就好了,活是干出来的,兵是练出来的。我要是再严格些,怕她哭都哭不出来了。"

老金说:"严格训练我不反对,但要看训练的人是什么人,什么对象,因人实施,循序渐进,注意人和事物的特殊性。"

牛幸娃不服:"她杨玉琼有什么特殊,难道是市革委会副主任未来的儿媳妇,就不能严格训练了吗?"

老金不高兴了:"我是那个意思吗?我是说人家是个女孩子,刚从宣传队下来不久的女孩子。"

"女孩子就特殊吗?就不能严格要求了吗?"

老金火了:"女孩子能和男人一样吗?"

"咋不一样?女人能顶半边天!"牛幸娃说。

老金说:"当领导的,做事要考虑女人的身体特点和生理、心理特点,军事训练也是一样,不能蛮干。男人有男人的优长,女人有女人的优长,男人能做到的,女人不一定能做到,女人能做到的,男人不一定能做到。"

牛幸娃说:"我只知道男女平等,男女都一样。"

老金说:"都一样?女人能生孩子,你能生孩子吗?"

牛幸娃说:"能,没有男人,女人能生出孩子吗?"说完,还为自己的机智乐了起来。

老金又问:"女人有例假,你有例假吗?"

牛幸娃愣住了:"什么例假?我只听说过休假呀!"

这句话把老金逗笑了,老金说:"牛幸娃呀,牛幸娃,你真是一个瓜娃儿!"

牛幸娃一下翻脸了："你说谁是瓜娃儿？你说谁是瓜娃儿？"他最怕人家说他"瓜娃儿"，瓜娃儿四川话就是"傻瓜"的意思，说谁心眼儿不够，就说这人"瓜兮兮的"。

老金说："说你瓜，你就瓜，你连女人有例假都不知道，还说自己不瓜！"

牛幸娃平常牛气十足，但在老金这个大学毕业生、工程师面前还是有些软兮兮的，但他依然不服输："即便有什么例假，就不能训练了吗？人家苗丽萍军事动作那么好，不就是练出来的吗？难道人家身上没有例假吗？"

老金看牛幸娃对这事是真的不懂，也难怪，他从小是个孤儿，谁告诉他这些？参军后又在镜铁山施工，成天在男人堆里，你跟他说这些，一时半会儿说不清，老金不再扯这个，转个话题问道："杨玉琼是工作组的人，是归你管的吗？她军训不军训和你有关系吗？管好你那一亩三分地，练好你那些兵就行了！"

牛幸娃有些心虚气短，声音放低了说："这是经过'老霍头'同意的，我也不是非要训练她们。"

老金说："训练一下也可以，那么过分干什么？她们主要任务是为干部战士保健看病，要是在训练中伤着了怎么办？再说了，把关系处理好了，有利于发挥她们的作用。你发挥杨玉琼的专长，教大家唱歌跳舞，不是很好吗？那么活泼可爱的女孩子被训得在操场上哇哇哭，你不心痛吗？她能不伤心吗？"

牛幸娃是一个吃软不吃硬的人，老金说的这些道理，他听进去了，况且，人家工作组本来就不归他管，自己去讨这个没趣干什么？于是就赔着笑脸，又给老金递烟。

老金接过烟，点上，深吸一口，说："今后做事多动动这里。"说着用手敲敲自己的脑袋。

牛幸娃说："我哪能和你比，你脑子里全都是墨水，要不，你怎么能是咱大队技术大拿呢！"

老金说："咦，你咋学会了吹牛拍马呢！"

牛幸娃说:"我不拍你,你施工设计方案不给我快出!"

老金说:"瞎子磨刀,快了!没看我在抓紧弄吗?保你尽快投入施工,又省时省力。你现在还是抓紧进行军事训练和技术练兵吧,只是对两个女孩子手下留情些。"

牛幸娃高兴地走了。他对老金的设计水平、工作能力深信不疑,为很快就可以投入施工而高兴。心是放下了,但另一个念头却从心头升起:这老金为什么对这两个女孩子这么好,图什么呢?他把脑袋使劲拍了几下,也没有拍明白。

第 四 章

1

牛幸娃组织的军事训练继续进行。

这期间发生了一件事。大队严参谋长给牛幸娃打电话,传达团里决定:大队原先在镜铁山的弹药库交给十一中队代管。大队弹药库在镜铁山的一个山洞里,不仅存有武器弹药,还有施工用的大量雷管炸药。因为按照规定,军列不准运送大量武器弹药,只好仍留在镜铁山,派一个班士兵把守。弹药库事关重大,不敢有丝毫马虎,可谓军事重地。现在大部队调走,管理鞭长莫及,担心出问题,大队领导专题研究此事,决定下放权力,交由十一中队管理。要求严加看管,万无一失。牛幸娃压力很大,接过电话后来找大队工作组组长霍绍明商量此事。

霍绍明说:"我也接到大队首长电话了,让我抓紧和酒泉军分区协调,早日办理移交。这中间会有一个过程。此外,哪些是需要列入移交的,哪些是我们在施工中需要留用的,要厘清楚。在正式移交完成之前,你可要按照大队首长的要求,把弹药库看好了,绝对不能出一点儿纰漏,出纰漏拿你是问!"

牛幸娃说:"这么一整,我天天不就脑袋上顶着炸雷过日子吗?你舌头吧嗒的一下好说,我这得操多少心!"

霍绍明说:"你不愿操心早说,我给大队首长说,让他们派一个中队长来替换你,省得你在这里磨磨叽叽。"

牛幸娃说:"我是那个意思吗?我说不愿管了吗?我是说我们十

一中队管这个弹药库得操很大的心,原先4个战士昼夜把守,我接管后决定派6个,实枪荷弹,万无一失。"

霍绍明笑了:"如何看守是你的事,我只看结果。你还有什么想法,一起说出来。"

牛幸娃说:"俗话说,靠山吃山,靠水吃水。我们守着弹药库,军事训练总不能像过去那样一人一个手榴弹、十发子弹吧?我想放开一些,让大家过过瘾。"

霍绍明说:"你小子无利不起早,磨叽半天是想说这个。军事训练当然要进行实弹练习,多投投弹,多射击一些也好,但你要跟军务股请示,不能先斩后奏。到时我们工作组也参加实弹练习,别忘了我们那一份。自从下了朝鲜战场,我打枪就没有过过瘾。早些年还打些黄羊什么的,现在也不怎么打了,手早就痒痒了。"

牛幸娃一拍大腿说:"好,就按你说的办!我想大队那里也会同意,有些弹药到了期限,也该销毁了,正好借这次训练把它消耗消耗。"

说完这件事,牛幸娃还不走,他给霍绍明递了一支烟,还殷勤地上前点火。霍绍明吸了一口烟,缓缓地吐了一个烟圈,说:"你小子还有什么事吗?"

牛幸娃说:"还有一个想法,想让你帮我去跟大队领导沟通。"

"啥事?"霍绍明问。

牛幸娃用手抓抓头发,有点不好意思,但最终还是说了出来:"这些天在大队部操场训练,比在中队宽敞多了。我琢磨大队部搬走后,那些办公用房空闲着,闲着也是闲着,房子长时间不住人还会塌掉,不如给大队领导说说,让我们中队搬过来。中队增加编制后,房子不够用,挤挤扎扎的,内务卫生都不好搞。我们住着挤,你们工作组住着也不宽敞,要搬咱们一起搬过来,都宽绰宽绰。既然大队领导让我们接管弹药库,这些没人住的房子,我们也可以一起接管吧?"

霍绍明说:"你小子胃口够大的,相中了大队部的操场,又相中了大队部的房子,野心不小啊!你要想搬你就搬,别拿我们工作组说事!"

牛幸娃说:"搬过去对咱两家都是好事,塌了也怪可惜的,难道眼瞅着塌掉坏掉也不能住人吗?"

霍绍明说:"你把这个道理给大队长说去,给我说这个干什么!难道我不知道塌掉可惜吗?大队部当年的干打垒住房,我是亲手参加修建的。同处艰苦环境下的大队指挥机关,从大队长、政委到普通战士,司政后三大部门到机关各股室,与基层连队相比没有丝毫例外,同样住的是'干打垒',生的是土炉子,烧的是无烟煤,吃的是大锅饭,没有丝毫特殊,真正体现了干部与战士、指挥机关与连队同甘共苦。你自个说,这大队部的房子比你十一中队的房子好吗?只是比你们中队房间多些。现在看着空闲了,机关没撤走时,还不是挤挤扎扎的,干部家属来队,连个亲热的地方都没有。"

霍绍明的思绪回到了过去。那时的大队领导和机关真是艰苦和清廉呀!部队施工离不开水泥,每年经手的水泥成千上万吨,从上至下从未在生活上动用过丁点儿水泥,就连大队机关大院也与连队别无二致,同样是沙子地面、土质球场。全大队三四千人,没有大礼堂,没有电影院,部队开大会、看电影等大型集体活动就在露天操场举行,没有顶棚,没有排椅,开的是露天大会,看的是露天电影。在严冬夜晚看电影,一到放映机换影片的时候,身着皮帽子、皮大衣、皮大头鞋的干部战士,一起双脚跺地驱逐寒意,操场上的踏脚声惊天动地,构成了世界上绝无仅有的特别交响曲。全大队仅有一台老式伏尔加车,平时封存不用,唯有上级机关来人检查工作,在迎来送往时才能一睹容颜。大队机关风清气正,上下一致,官兵一致,没有任何特殊与特权,人们关系和谐,不分彼此,亲如兄弟……

牛幸娃打断了霍绍明的回忆,说:"你到底同意不同意,倒是表个态呀!"

霍绍明说:"我同意是同意,但我是丫鬟拿钥匙——当家不做主,这事得由大队首长定,我们得有一个拿得出的理由。"

牛幸娃说:"拿什么理由,把事情搞那么复杂干什么?"

霍绍明说:"那我就报告说,牛幸娃这个中队长想占大队部可以吗？"

牛幸娃说："这怎么能行！"

霍绍明说："你个瓜娃儿，遇事也不动个脑筋。说不出理由怎么能占用大队部？"

牛幸娃说："你说我是瓜娃儿，我就是瓜娃儿，你帮我出主意吧！"说完又递上一支烟，给霍绍明点上。

霍绍明猛吸了一口烟，说："理由有以下三条：一、大队部搬走后，没有任何单位来接收，成了无主房产；二、连队搬进去之后还可以及时维修，避免坍塌，也避免无人看管，成了别人的羊圈与马棚；三、连队住进去之后，离施工现场更近，不用过北大河上的吊桥，可以节省时间，避免不必要的危险。你看这个理由中不中？"

牛幸娃站起来冲霍绍明作揖说："中，中！姜还是老的辣，你就用这些理由帮我和大队首长沟通吧！"

霍绍明笑笑："咋？赖上我啦？我去沟通可以，但是先说清楚，我们工作组那些人可得住得宽宽敞敞的，卫生所也要多占几个房间，好给大家看病。"

牛幸娃说："老将出马，一个顶俩。你就去请示领导吧，领导同意后一切听你安排。"

第十一大队机关撤离镜铁山之后，大队部的几排干打垒房，之所以没有办理移交，一是不知怎么移交，二是不知向谁移交，因为房屋过于破旧，这些住了七八年的干打垒房已没有什么价值。镜铁山矿此时已有3000多名工人，这些人大部分坐通勤火车上下班，少数留矿值班的，也住上了砖混结构的房舍。加上和矿上不在同一区域，这一片干打垒房舍无人问津。与其任其倒塌，还不如让十一中队和大队工作组居住。霍绍明在电话里给大队首长讲了理由，大队首长同意牛幸娃的想法，指示要把这些房舍充分利用好、保护好。还动情地说："将来让子孙后代们看一看，前辈是如何在艰苦条件下创业的。"

牛幸娃如愿以偿，十一中队全体干部战士搬到早已空置的大队机关，大队工作组也随之搬了过来，虽然还是"干打垒"住房，但条件却得

67

到了很大改善。

牛幸娃让霍绍明搬到大队长、政委原先的办公室。霍绍明说:"你是一连之长,还是你坐中军帐吧。我'打道回府',还是去我的后勤处办公。"又让老金往里搬,老金说:"你看我是当官的料吗?我还是回我的工程技术股去。"这样一来,牛幸娃搬到了原来大队长的办公室,王永学搬到了原来政委的办公室,其他领导也都一人一间。中队的居住条件得到很大改善,每个排都得到了恰当安排。当然,工作组的其他同志也都各安其位,每人有了一间自己的办公室。政治处的三间办公室,一间归干事"阎眼镜"使用,另外两间做了诊疗室。整个十一中队连同工作组全都进入到新的生活环境。最大的不同是房舍增加了,空间拓宽了,离施工现场更近了;相同的是,仍然守着北大河,北大河的河水仍在脚下流淌,从祁连山深处雪峰上融化下来的水依然清澈明净,日夜不停地向山下流淌。干部战士听着北大河的波涛声入眠,河水把他们的梦带向远方。

2

十一中队由原驻地搬入原大队部机关,从原来偏僻的地方搬进有宽阔场地的场所,使这个已萧条沉寂的地方又一下子变得生机勃勃。

牛幸娃在搬家前,带着干部战士把破旧的房舍做了修葺,那些干打垒住房像上了年纪的老人,洗洗脸,刮了胡子,穿上一件新衣服,又一下子精神起来。当年第十一大队刚开进镜铁山时,机关和部分连队住在临时搭建的帐篷里,尽管有用于取暖的土炉子,但依然无法有效抵御大自然的冰冻严寒。大风是这里的常客。当地人戏言:镜铁山一年刮两场风,一场刮半年。一年四季,365天,天天光顾,没有一天缺席。帐篷在大风怒号中被掀翻、被吹走是常有的事。最可气的是夜晚刮大风,在人困马乏、睡意正酣的深更半夜,帐篷被怒吼的大风突然掀翻,冻得从睡梦中醒来的干部战士瑟缩发抖,不得不冒着零下30多度的严寒起来重新加固帐篷,待重新钻进被窝,麻木僵冷的身体还没有缓过劲来就该起床了。住宿成了部队亟待解决的最大难题,可又面临既无场地,又无建筑材料的困难。

好不容易熬过严寒的冬天,待初夏来临天气变暖,第十一大队大队长、政委开始琢磨建房。大队长带几个机关干部从帐篷里出来,逆北大河向上,过了通向火车站的九号桥再向北,来到北大河转弯处一片宽阔的河滩上,把钢锹朝河滩上一插说:"这就是我们的大队部。"于是干部战士一起动手,经过近半年的努力,一栋栋"干打垒"拔地而起,一个崭新的大队机关营区正式建成。从此,西北人住的"干打垒"与部队营房画上了等号,干部战士在"干打垒"房中学习、生活,一住就是七八年。住在这里艰苦不?寒酸不?确实艰苦,实在寒酸,但他们说:"居住环境虽然艰苦,但比起流血牺牲来,这点儿苦又算得了什么呢!"大队机关撤离了,干部战士迁走了,这些"干打垒"住房成了他们当年艰苦奋斗的见证。

这些虽已垂老的"干打垒"之所以没有倒下,和西北的气候有关。这里终年干旱少雨,用土坯建成的"干打垒"不会被雨水冲刷泡软,戈壁滩上修建的长城、关楼、烽火台能长期存在,同样有气候方面的原因。牛幸娃瞄准这些房舍带干部战士入住,延续了这些房舍的生命,使其有了存在的新的意义。

牛幸娃一连兴奋得几晚睡不好觉,每天半夜还背着手在营区转悠,琢磨把这些旧物充分利用起来。原来的机关食堂,成了中队食堂;原先的洗浴室,变成了干部战士沐浴洗澡的地方;原先的理发室也重新打开,干部战士在这里刮脸理发。刚开始,牛幸娃还提出在营区门口设上岗哨,像当年大队部在时那样,显得威武气派。这个想法被王永学否定了。王永学说:"设岗是有一定级别的。我们中队不应该设岗,一是设岗得占去几个兵,使施工战斗力减员;二是不利于镜铁山矿职工以及当地群众与我们来往。"王永学曾被大队抽调去当地搞社会调查,这里的人口虽然不多,一个公社才140多人,但他们愿意和部队干部战士交往,愿意和部队打交道,对部队有信任感。镜铁山矿和大队部是相邻相近单位,以前常派人来部队慰问。待十一中队和大队工作组住进来之后,这些事还会发生。站上岗就会有些生分,再说,这里除了镜铁山矿职工和少数当地居民外,基本荒无人烟,也没有设岗的必要。但王永学也做了妥协,说节假日可以临时设岗,显得庄重热烈。

十一中队和工作组搬入之时,正逢十一国庆节,举国上下隆重庆祝中华人民共和国建立25周年。牛幸娃带领干部战士举行了隆重的升旗仪式。他让霍绍明升旗,霍绍明说:"我年纪大了,选两个年轻的升旗手吧,年轻人是未来的希望。"王永学就挑选申力明、杨玉琼做升旗手。牛幸娃说:"巴适,硬是安逸得很!金童玉女很有风采哩!"

王永学说:"什么金童玉女,是帅男俊女,代表我们男女革命军人的形象哩!"

当牛幸娃"升旗"的口令发出,申力明和杨玉琼两人配合,把一面鲜艳的五星红旗缓缓升起。所有干部战士向国旗行注目礼,唱起了代国歌《义勇军进行曲》。现场庄严肃穆,歌声像炸雷排浪,震撼着每一位军人的心灵,一些干部战士的眼里噙着泪水,升旗仪式更增加了他们的使命感,坚定了建设伟大祖国的信心和决心。

听说留下执行二期建设任务的十一中队搬进了大队部,镜铁山矿宣传队还派人来给干部战士放了一场电影,片名叫《闪闪的红星》,使干部战士受到革命传统教育,丰富了连队生活。后来听说这是阎干事去主动联系的,大家开始对这个书呆子刮目相看。

搬进了新的住所,牛幸娃就想着各项工作要更上一层楼,要有一个新面貌。他继续抓军事训练,王永学继续抓技术训练,让干部战士在体质上和技术上做好准备,一旦施工令下,便以昂扬斗志、饱满热情投入到新的战斗中去。

军训场地固定下来,干部战士住进了大队部,吃住和训练在一起,大家的积极性更加高涨。军医苗丽萍和护士杨玉琼,继续和连队干部战士一起训练。苗丽萍越来越显示出自己的军事素质和军事技能,杨玉琼也不再哭鼻子,逐渐适应了严格的军事训练。

在200多号男人中,夹杂着两个女人参加军事训练,给军训带来了意想不到的效果。牛幸娃在和苗丽萍多次较劲之后,从心底叹服这个女人不简单,不仅医术高明,还有一身过硬的军事技能。苗丽萍在第四军医大学学习时,曾被抽出来参加过五项全能训练,代表学校参加过总后组织的军事技能比赛,现在身上的本领都一一展示出来,一些军事动作比牛幸娃做得还标准。

牛幸娃就是这种人,别管嘴上怎么说,如你有真本事他还真服你。对苗丽萍就是这样,他在心里由不服转为叹服,由较劲转为赞赏。嘴上虽然一句话也没说,但在行动上已表现出来。在军事训练中,每一个动作,他都让苗丽萍站在队伍前头做示范。苗丽萍是见过大场面的人,也不怯场,只要对训练有好处,就认真去做。何况,训练场如战场,指挥号令就是命令,必须坚决执行,不能有丝毫抗拒。这本身就是一个军人的基本素质。因此,当牛幸娃高喊"苗丽萍出列"时,苗丽萍就马上出列,按照牛幸娃的要求做示范动作。那些男兵们自然是眼睛一眨也不眨地看着,一丝不苟地照着做。几天以来,不仅在牛幸娃的心目中,就是在其他干部战士心目中,苗丽萍也成了让人叹服的"女神"。

杨玉琼的作用没有苗丽萍大,但自从那次被牛幸娃"训哭"后,也感到了自己的差距,训练中有了进步。牛幸娃看到了她的进步,也不再对她吹胡子瞪眼睛,态度好了不少。当然,这也是老金"教训"的结果,让他认识到了女兵的特殊性、特殊作用。每个人都有自己的优长,不要用一把尺子去量。杨玉琼虽然不会像苗丽萍那样在队列前做动作示范,但在训练休息时间,她的前空翻、后空翻做得更加漂亮,翻飞得像车轮转动、风卷残云,让人眼花缭乱、叹为观止。她也会做几个舞蹈动作,甚至跳一段独舞,这些都给文化贫瘠的战士带来精神享受,在促进训练中发挥独特作用。

天天在训练场指挥着200多号人操练,这200多人中还有两个优秀的女性,牛幸娃的心情,真是累并快乐着。他原以为这两个女人在军训中是累赘,会带来麻烦,没想到竟是捡到了两个宝贝,两个在黑夜中放光的夜明珠,为他们训练增光添色,使整个训练活动搞得有声有色。他文化不深,不懂多少理论,也弄不清其中的奥妙,但他确实感到了在军事训练这种特殊场合中,女性对男性的激励作用。

在晚上睡不着觉的时候,他苦苦思索这个问题,想弄清其中的奥妙而又不得要领。他从小是个孤儿,很少和女性打交道,尤其是年轻女性。独特的经历使之在性方面"开蒙"很晚。一次借宿在老支书家,尚在幼年的他和老支书的女儿共睡一床,在睡梦中醒来,伸腿不小心碰到了支书女儿的胸脯,发现那里高低不平,和自己的胸脯长得不一样,才意识到男女有别。当兵后一直在施工连队,连队没有一个女兵,偶尔去机关,见到几个女兵,觉得穿上绿军装男女都一样,没想到经老金一点拨,认识到二者的差别还真不小。男女之间有这么大吸引力,能互相欣赏互相激励。由此,他想到在四川农村的见闻:在水库工地干活,受到"女子突击队"的鼓励,一些男人干得更欢。有时去亲戚家参加婚礼吃宴席,席上如有几个漂亮女人在,那些男人们的动作就更文明些,明明急着吃,明明急着吃碗盏里的肉,却要先让女人享用,显示自己的文明和谦让。想来想去,想不明白,他一拍脑袋说:这和训练场上的两个女人有什么关系呢?苗丽萍、杨玉琼这两个人在他头脑中挥之不去。两相比较,苗丽萍年纪大些,阅历多些,经受过大学教育,说话办事稳当些;杨玉琼年纪小,才17岁,单纯活泼,可爱、任性,天真而倔强。从两人长相看,苗丽萍像一株红高粱,长得高大健美,有东北女人的漂亮开朗;杨玉琼在西北出生,像青纱帐里的一棵绿玉米,生机勃勃,活泼可爱,小巧玲珑。两个人的脸孔在牛幸娃面前交替出现,闹得他脸红心跳。他突然不好意思起来:我这是干什么,我这是干什么,两个女娃儿和我有什么关系?我想着人家干什么?越是想赶走两个面孔,两个面孔越是不肯离去,尤其是那个25岁的苗丽萍,怎么都不愿从他眼前走开。他突然吓了一跳:我这是怎么了?我怎么会有这个想法!他急忙从床上跳下来,走到过去是大队长的办公室里踱起步来,围着炉子一圈一圈地走,像个困兽似的,急吼吼地,却怎么也找不到出路。

自打搬进大队部营区之后,干部战士发现,中队长牛幸娃对内务卫生要求更严了。他每天早晨都围着营区转一圈。战士们只要看见他背着手,拉着一张严肃的古铜色的脸,就知道他要开始骂人了,不是嫌卫生没有打扫好,就是嫌垃圾倒的不是地方,再就是说哪个排哪个班内务没搞好,他大声动气地骂道:"到处脏兮兮的,个人卫生不讲究,还像个军人吗?对得起我们住的大队部吗?"大家一时纳闷:过去他也要求搞好内务卫生,但从没有这么邪乎呀,这是怎么一回事呀?

一天,牛幸娃找到王永学说:"我那军事训练继续抓,你那技术训练到此为止吧。技术训练需要在现场教练,如何打眼、放炮、出渣、掘进,到现场才能学会。你腾出手,抓一下内务卫生,这内务卫生,不抓可不行。过去十一中队挤在一个小角落里,太讲究没那个条件,也没谁来检查。现在搬到了大队部这里,条件好多了,住房宽敞了,得好好抓抓了。内务卫生事关战斗力,不可马虎。若军地领导到咱们营区来视察,也给人家一个良好印象。你现在就负责这件事,怎么抓我不管,只要见成效就行,限一个月彻底改变面貌。"

王永学说:"你是一连之长,就按你说的办。我尽量去做,确保取得成效。但你得答应我一个请求。"

"什么请求?"牛幸娃问。

"借我两员大将。"

牛幸娃笑了:"诸葛亮唱'借东风',你要借大将,借谁你说,中队里你随便挑!"

王永学说:"不是咱们中队里的。"

"那是哪里的?不是咱中队的,也不归咱们管呀!"牛幸娃说。

王永学说:"现在就在你手下!"

"谁?绕什么弯子,直说!"

王永学说:"就是苗丽萍和杨玉琼两个女兵,你同意她们每天随我检查一遍内务卫生,用不了多长时间。"

牛幸娃说:"要得,只要不影响军训就可以,军训时她俩必须参加。"

王永学说:"不影响军训,在早上或晚上进行。我,加上两个女兵,再加上文书申力明,我们四个人组成一个检查组,两个女兵随同检查,申力明负责打分统计进行评比,保证能把内务卫生搞好。"

牛幸娃说:"这得征得苗丽萍、杨玉琼两个女兵同意,毕竟人家不归咱们管,也会增加人家工作量。"

王永学说:"你同意就行,这个事包在我身上,我负责做两个女兵的工作。"

牛幸娃点点头,没再说什么。

3

王永学比牛幸娃文化程度高,担任代理指导员的他又酷爱学习,读了不少书,对男女关系有更多的了解,也有更多的理论层面的认识。虽然他分管技术训练,但对军训场上发生的一切都看在眼里、了然于胸。他巧妙地给杨玉琼解围,当然也给牛幸娃解了围。其实,解围的方法很简单,就是多看别人的长处,多说别人的好话,就是平常所说的思想政治工作以鼓励、激励为主。人才是严格要求出来的,这话不假,但人才也是鼓励出来的,是夸奖出来的。有些人不懂这个道理,对人一味苛求、责骂,最后使当事人失去了自信心,甚至破罐子破摔。王永学认为,严格要求,就像给小树旁枝打杈,夸赞和爱护则是给小树培土、浇水,两者缺一不可,后者甚至更重要。人都有良善之因,多夸赞就会激发他善的一面,使之表现得更加阳光和向上。对男女关系,他也有独特的见解,他认为女人,尤其是优秀女人,对男人的成长进步确有激励作用。在县中学读书时,他就发现了这一点。每当学校举行班级男篮比赛,只要那些校花、班花在一旁观战,场上的男篮队员就神勇无比。他们知道,有一双和几双女性的眼睛在注视自己,自己表现的时候到了,要把勇敢和技巧淋漓尽致地表现出来。其实,他们中的多数人和这些"花"们并无关系,甚至都不认识。但女人就是有这个力量,她们能把男性的创造力激发出来。当了副指导员之后,他围绕干部战士的思想工作和心灵建设读了不少涉及心理学等多个方面的书。在读革命导师和领袖著作时,他也关注这方面的论述,有的革命导师还论述过爱情和两性的吸引力问题。他自己也搜集到一些书,在名著中读到不少这方面的例子。有的书中说,一个好女人就是一个好教官;又说,一个好女人就是一所好学校。好教官、好学校教出来的学生一定是优秀的。

牛幸娃别出心裁,引进苗丽萍、杨玉琼参加中队干部战士军训,无意中开发利用了这个优质资源,其效果,王永学是目睹的。他也想利用这一资源,去完成牛幸娃交给他的内务卫生见效果的任务,也想再一次证实优秀女军人在连队建设中产生的影响。

王永学去卫生所,把来意给苗丽萍和杨玉琼讲了。苗丽萍说:"让我们参加军训,是为了提高我们的素质。参加连队内务卫生检查,不属于我们的工作范围吧?"

王永学笑笑:"怎么不是你们工作范围?你俩随大队工作组留下来,不是为了给十一中队干部战士医疗保健查病治病吗?内务搞整洁了,个人卫生搞好了,干部战士少得病,不也是你们的成绩吗?健康从基础抓起,预防在先,不是和你们医疗工作相关联吗?"

"那倒也是,我没想这么多。"苗丽萍说。她对指导员已有好感,这个连队干部讲道理,不像有的人遇事就吹胡子瞪眼睛,蛮横耍态度。

杨玉琼那天在训练场上正遭遇尴尬之时,王永学给她解了围,还夸赞她舞跳得好,言语和蔼可亲,自然愿意配合工作。她笑笑说:"指导员,需要我们具体做什么事吗?"

王永学说:"那倒不用,只要我带队检查卫生时,你们随我而去,我们每次做一个评比,哪个排哪个班做得好,符合要求,就在评比栏上给他加一个红五星。"

苗丽萍拍手道:"这样好,我们在院校时检查内务卫生,也是这么搞的,发挥相互竞争和激励作用。每天一星,一周一评,一月一总结,保证见效果。"

王永学说:"太好了,谢谢你们的支持!加上文书申力明,我们组成一个检查评比组,每天检查一次,上榜一次,具体工作让申力明去做。你们随我走走,看到那些做得不到位的地方随时指出,或在下面提出建议。每天一个小时就足够了,占不了你们太多精力。你们这也是为连队建设出力,我代表中队领导谢谢你们了!"

苗丽萍说:"指导员,你太客气了。保证十一中队指战员身体健康,是我们的职责,是应该做的。"

王永学说:"你们看,我要不要去给'老霍头'打个招呼?"

苗丽萍爽快地说:"不用了,职责范围内的事,我们可以定。霍组长那里,我和玉琼去说。啥时候开始,你定个时间,通知我们就行。"

王永学这是和苗、杨两位女军人第一次密切接触,没想到两人这么爽快和通情达理。他对她俩产生了好感,尤其是其中的苗丽萍,让他产生了一种心仪的感觉。

基建工程兵属于"以工为主"的工程部队,施工连队的内务卫生一向是个老大难问题。不太好搞和不太容易见成效的原因,有以下几点:一是干部战士上班一身汗,下班一身泥,衣服湿了不能及时晾干,衣服脏了不能及时换洗;二是上班四班倒,正睡得实,一声哨响,爬起来就得去上班,整理内务时间紧张;三是营房条件差,大多是"干打垒",也有一些是荆条抹泥的墙,所有的墙都四面透风,而且场地狭窄,给搞内务卫生带来了许多不便;四是一些干部战士认为,我们是搞基本建设的兵,不用像野战部队那样严格要求。说自己"身穿工作服,头戴安全帽,一脸汗,浑身泥,黑不溜秋,脏不拉叽的,穷讲究什么"!虽然部队一直在抓内务卫生,十一中队搞得也不错,但与野战部队比也还有一定差距。为此,牛幸娃气得直骂。搬到大队部营区之后,骂得更凶,但改观不大。为了集中精力搞军训,他把整顿内务卫生的任务交给了王永学。

让人没想到的是,王永学这一招还真灵。他带领苗丽萍、杨玉琼、申力明每天检查内务卫生,并进行评比,评比结果上榜,半月不到,连队的内务卫生就发生了显著变化。走进各排宿舍,正规化的内部场景让人眼前一亮:虽土墙砖地,但洁净整齐,各种生活用品置放有序,挎包、军帽、腰带分别在墙上一字排开;军绿色茶缸里的牙膏、牙刷,就像军人队列向右看齐一样整齐昂扬;通铺下,胶鞋、布鞋摆放规矩整齐;通铺上,床单干净整洁,被子方方正正,有棱有角,俨然像绿色的豆腐块……

变化如此之大,牛幸娃没想到,许多人都没想到。霍绍明挨个宿舍走了一遍,边走边夸赞:"中,中,老中!和我过去在野战军一个样!上级领导来视察,地方领导来参观,满能拿出手。这下十一中队真的是要上一个台阶了!"

说到变化的原因,有的说,还是王永学有办法,弄了这么个评比办法。也有的说,这是女军人有魅力,苗丽萍和杨玉琼往哪里一走一过,谁还不麻利地把自己的内务弄好?弄不好让人家看不起自己哩!有的编顺口溜说:"王永学是能人,也不骂人也不训人,带来两个女军人,天天检查屋和人,内务卫生搞不好,自己感到砢碜人。"无论什么原因,变化是有目共睹的事实。为了防止"反弹",王永学领着她们天天坚持检查评比,效果一天比一天好。

如此一来,苗丽萍、杨玉琼和战士们更加熟悉,大家天天在一起训练,检查卫生又常常见面。谁有个头疼脑热,背着医药箱的苗丽萍现场就给解决了,或是问诊,或是给药,一举两得,防大病于未然,也兼防传染病,把医疗诊治关口前移,而且和干部战士建立了密切关系。苗丽萍那个热心、细致、周到,像大姐对弟弟一样的温暖;杨玉琼那个天真、活泼、单纯,都给大家留下了美好印象。两人下班排接地气,也了解了干部战士的所思所想,知道了牛幸娃中队长对战士的关心爱护,以及指导员是如何细心地做思想工作,遇事循循善诱,以理服人。营房就像一个大家庭,苗丽萍、杨玉琼成了这个大家庭的一员。

一天早上,王永学又带着苗丽萍、杨玉琼、申力明到班排检查内务卫生。到了三排十一班,一个姓晁的新战士坐在床铺上不肯起来,因为要检查床铺卫生,申力明就让他站起来。小晁不仅没站起来,还"哇"的一声大哭起来。

苗丽萍忙问:"你哭什么?"

小晁抽抽搭搭地说:"苗医生,我生病了!"

"什么病?"苗丽萍问。

小晁没回答,站起身来,床铺上有一摊洇湿未干的痕迹。刚才小晁就坐在这痕迹上面,以遮挡检查。

杨玉琼说:"呀,你这么大还尿床呀!"

苗丽萍一把把杨玉琼拉过来:"别胡说!和尿床没有关系。"

杨玉琼说:"那一摊一摊的是什么呀?"

苗丽萍没说话,朝王永学看了一眼,王永学会意地点了点头。苗丽萍说:"小晁,不是什么大病,你一会儿跟我到卫生所,我开点儿药,你服用几次就好了。现在我就带你过去。申力明,你找个床单给他换一下。"

苗丽萍和杨玉琼带着小晁去了卫生所,申力明在张罗换床单,王永学百感交集,为苗丽萍的善良,为小战士的无知,为杨玉琼的单纯。

几个老兵故意坏笑着问王永学:"指导员,新兵小晁是真的病了吗?"

王永学说:"你们说呢?"

其中一个四川老兵说:"这个娃儿长成了,晚上擦枪走火,把枪油放出来了。"

王永学笑道:"你小子明知故问,你床单上印的地图还少吗?少在这里耍贫嘴,一会儿小晁回来,不准笑话他!笑话他看我怎么收拾你!"

过了好一会儿,新兵小晁回来了,脸红红的,一脸的不好意思。

那个四川兵逗他:"小晁,苗医生给你说什么了?你得的是什么病?"

"没病!"小晁只说了这一句,就再也不肯说话了。

那个四川兵说:"你个瓜娃儿,今晚可别再尿床了!"旁边几个兵都笑了起来。

上午正常进行军事训练。下午苗丽萍来中队部找王永学,说是来研究内务卫生检查的事。待两人单独谈话时,她从新兵小晁的"遗精"说起,提出要在十一中队对干部战士进行性教育。这一想法,让王永学一下子惊呆了。

4

代理指导员王永学的惊呆,和他农村孩子的出身、经受到的教育和目前的身份有关。他绝没想到苗丽萍会提出这个问题,也从没想到要在十一中队搞什么性教育。他入伍当兵后,直至当了代理指导员,接受过各种各样的教育,也布置过各式各样的教育,但从来也没有听说过,从来也没有进行过什么性教育,甚至性教育这个问题都是第一次听说。他以为听错了,朝苗丽萍说:"你说啥?你再说一遍!"

苗丽萍认真地一字一字地说:"我想在十一中队对干部战士开展性教育。"

王永学这下听清了,虽然刚听说"性教育"这个词,聪明的他也知道苗丽萍说的这个教育是什么意思、什么内容,他脸上"腾"地升起一片红云。

这自然被苗丽萍看在眼里,愈发感到在十一中队进行性教育的必要性。连文化程度高、经见识广的指导员都如此,那连队的战士有几个有性知识、懂得性常识呢?这些年来极左思潮泛滥,性与爱这些知识不能传播,甚至连这些词语都消失了。古人云食色性也。人的性欲望和饮食一样,是人的基本本能之一,有道是饮食男女,可见饮食和男女的性欲望性需求一样重要。但多年的社会压抑,使人们谈性色变,性和耍流氓画上了等号,讳莫如深。造成的后果是,人们对性知识普遍缺少了解,对性行为有许多误解,甚至认为握手、拥抱都可能造成怀孕。像新战士小晁这样,本是正常的"遗精",却被当成得了"一场大病"。早上和小晁的对话,让善良的苗丽萍感到莫名的悲哀。

来到苗丽萍的办公室,关上门,小晁哭得更凶了:"苗医生,我这是得了什么怪病了吗?"

苗丽萍按惯例问诊。

"你叫什么名字?"

"晁立新。"

"今年多大了?"

"17岁。参军时,我父亲找村支书,把我年龄改大了一岁。"

"噢!像你这种情况,以前有过吗?"

"有过。开始是以为尿床了。我小时候爱尿床,尿床湿了褥子,我妈就让我顶着褥子晒太阳,说这样可以治尿床,以后就不尿床了。没想到当兵后又尿床了。开始没在意,觉得不好意思,就躺在湿的地方把它暖干。这一次是在天亮时发生的,被你们看见了,也遮不住了。我觉得和过去尿床不一样,不会是得什么怪病了吧?"对苗军医的询问,晁立新愈加紧张起来。

苗丽萍把凳子拉近,和蔼地说:"我今年25岁,你17岁,我是你的大姐姐,你是我的小弟弟,我以姐姐的名义告诉你,你没得什么怪病,而是长大成人了,有心事了,开始想女人了,这是一个男人的正常生理心理现象,不必大惊小怪,成熟的男子都经历过,说明你也是成熟的男人了,姐祝贺你!"

晁立新自然相信这位大姐姐军医的话,他有点儿放心也有点儿疑惑地问:"这不是病是什么?"

苗丽萍说:"这叫遗精,也叫梦遗,是未经性交而在无意中流出精液。男子在夜间有时遗精是正常的生理现象,次数过多的遗精才是病理现象。从你说的情况看,你这属于正常的生理现象,不是病,不要紧张,不用吃药打针,正常对待它就是了。"

晁立新放心了,说:"那别的战士也有这个现象吗?我听一些老兵私下说什么晚上画地图,擦枪走火,是不是也是指这个?"

这下轮到苗丽萍脸红了,她说:"这个是你们男兵的事,我可不知道。"虽然是医生,但她毕竟是女人,是一个没有结婚的女人。

晁立新又问:"你说次数过多了才是病,那怎么避免次数过多呢?"

苗丽萍说:"把精力集中到工作、学习、训练、施工上,一心想着去完成工作,树立一个人生奋斗目标,坚持不懈地为实现人生目标而奋斗。你的人生才刚刚开始,多想着在部队入党、提干、进步,没事多读书学习,少去听黄色笑话和故事,不过多想女人,结婚成家是以后的事,先立业,后成家,做一个有作为的男人。"

晁立新笑了,动情地说:"姐,谢谢你。以前没人跟我说这些,我啥也不懂,自从发生这样的事,心里就压上了一块石头。现在,你把这块石头给我搬开了,还给我讲人生的道理。你说这些,我都信服,而且会照着去做。"说罢,给苗丽萍敬了一个军礼,欢快地一阵风似的跑走了。

晃立新跑步走了,但他的影子在苗丽萍眼前挥之不去,他的话依然在耳边响起,多么可爱的小战士,多么可爱的小弟弟呀!自己一定要以自己学到的知识、掌握的技术为他们服务,让他们身体健康、精神健康。现在许多战士连基本的性知识、性常识都没有,像晃立新这样的新兵,连正常的"遗精"都当成是病,把一块石头压在心上。在支队医院工作时,她也听说过因为不懂性常识,不知这些是正常的心理生理需求,有的战士被《少女之心》等不好的书所吸引,为此还发生了违规违纪行为,有的还被判了刑。虽然是咎由自取,但她也为这些战士惋惜。现在到了基层连队,亲历了晃立新的"遗精"事件,作为对连队干部战士身体健康负责的军医,她认为有必要对干部战士进行性教育,让大家掌握有关知识,增进身心健康。她认为这样做,是尽一个医生的职责,也是向社会传递真善美,避免一些战士因性无知而伤害身体,甚至付出更沉重的代价。

作为一个未婚女人,提出这一问题不是没有顾虑的,但站在医生角度说,一切顾虑都应打消。医者仁心,一切为生命健康去做的事情都应该去做。传播生命的知识常识,正是医生的职责。自己站在医生的立场上,没有任何邪念,有那么多顾虑干什么!

因此,苗丽萍向王永学提出在十一中队干部战士中开展性教育,是经过深思熟虑的,是下定了决心的。

王永学的想法和苗丽萍不同。王永学"文革"前已中学毕业,算是一个小知识分子,读书多见识广。关于性的基本常识,他在中学的生理卫生课上就了解。中学毕业回到农村,他担任过一段时间的生产队长,对男女之间的事也多少知道一些。农村不比城市,政治运动再猛烈,农村那些人情世故、风俗习惯、生活琐碎都是存在的。他们当地的习惯,嫂子和小叔子是可以闹着玩儿的,有时闹得兴起,几个本家嫂子合起伙来,要脱他的裤子,吓得他赶紧跑开,否则真有可能会把他的裤子扒下来。有的嫂子还开玩笑吓唬他说:"把永学的裤子扒下来,看他的雀毛长全没长全!"老家农村还有闹洞房的习惯,一些男娃儿或藏在新婚夫妻的床下,或躲在新房窗外,去听人家两口的"好事",因此,他也是长了见识的。当然,农村也有一些老实不开窍的男孩子,到了娶媳妇时,还不知咋回事。说是一个男孩子要娶媳妇时,他妈怕他"不开窍",就专门把他舅请来,事先给他说一说。他舅说完,他点点头,总算是明白了。待到"合房"时,却到处找他舅,问:"妈,俺舅呢?俺舅哪去了?"在他老家那一带传为笑谈。

对苗丽萍提出的在十一中队干部战士中开展性教育这件事,王永学不置可否,他没说同意,也没说不同意,只蹦出一句:"这件事要慎重考虑。"

"为什么?为什么要慎重考虑?你有什么顾虑吗?"苗丽萍问。

"是!"王永学直爽地回答,又说,"自打'文化大革命'开始后,'性'这个话题就成了敏感问题,性知识更是没人敢传授,传授性知识和耍流氓混在一起。在部队,更是没人敢提起这个话题,怕被当成传播资产阶级生活方式、追求资产阶级享乐思想受到批判,这可是一个禁区呀!"

苗丽萍说:"你看问题是从你的角度,我看问题是从医学的角度。从医学角度看,性、性欲望就是一个生理心理问题,属于医学知识的范畴,和传播污秽色情内容、追求资产阶级生活方式毫不沾边。再说了,什么是资产阶级生活方式?性、性爱是人类共有的,是一种美好的东西,怎么能贴上资产阶级的标签?咱们无产阶级就难道成了无性繁殖,和性、性爱没关系了吗?这显然是一种误解,我们要用实际行动把它正过来。"又说,"革命导师也不反对性、性爱和爱情,马克思和燕妮,为我们树立了榜样。听说毛主席还指示让重印《红楼梦》,供大家阅读。《红楼梦》中有性描写,什么'贾宝玉初试云雨情'。既然让读,就是不回避这个问题。你说,部队从来就没有搞过性知识教育,那我问你,部队有明令禁止不让搞这方面教育活动吗?"

苗丽萍伶牙俐齿,说得王永学答不上话来。不等他回答,苗丽萍又继续说下去:"我想搞这个教育活动确实是部队的实际需要。一些小战士不知'遗精'是怎么一回事,背上了沉重的思想包袱;也有的对性过于好奇,走上了犯罪道路。根据我的观察,战士们太缺少性方面的知识了,这对他们成长不利,甚至会产生终身不良影响。别说战士,有的干部也不一定有这方面的知识。我听金大哥说,连牛幸娃都不知女孩子'例假'是怎么回事,把'例假'和休假混为一谈,所以才发生训练场上那一幕。有鉴于此,我提出这个问题,希望在十一中队尝试一下,并希望能得到你这个指导员的积极配合。"

王永学半天没吱声,搓了一会儿手说:"苗军医,我佩服你的善良和勇气以及你的执着,你把我说服了。既然你敢闯这个禁区,我也绝不含糊,积极配合没有问题,但我有两点建议请你考虑。"

苗丽萍说:"你讲。"

王永学字斟句酌地说:"一个是活动的名称不叫'性教育',而是叫十一中队干部战士卫生常识教育,教育分若干专题,把性知识这部分放在生殖系统专题去讲,讲得细点都可以。我的性知识就是这么获得的。这样安排,性不被过于突出,而是含在其中。至于怎么讲,讲到什么程度,完全由你把握。"

"另一个呢?"苗丽萍问。

"另一个就是,这项教育活动是配合中队内务卫生整顿一并进行的,是由中队领导提出来的,具体说,是由我王永学提出来的。你苗军医和杨护士是予以配合。我是组织者,你是我们请来的老师。一旦出了什么问题,上面若有人追查,由我顶着,和你们无关!"

苗丽萍一下子被感动了,她有些冲动地说:"王指导员,你说这些话让我感动。第一条说明你善于动脑筋讲策略;第二条说明你敢担当。平常看你这个指导员婆婆妈妈的,没想到遇事这么有钢条。我苗丽萍也把一句话撂到这儿:假如你因为搞这次教育活动受到处分,或被转业复员,你转业到哪,我也转业跟到哪;你去天涯海角,我也跟到天涯海角!具体的组织安排由你考虑,我即刻回去备课做准备。出了问题,咱俩一起承担!"说罢,苗丽萍告辞了。

王永学感到苗丽萍的热辣实在,充满了对自己的信任,他久久回味着两人的谈话,好像如云似梦一般。尤其是那一句"你转业到哪,我也转业跟到哪;你去天涯海角,我也跟到天涯海角",像鼓槌一样敲击着王永学的心,让他心情激动浮想联翩。王永学提干之后,别人也给他介绍过几个对象,一个是某市领导的女儿,见了一面,看人家居高临下、颐指气使的样子,他害怕门不当户不对,自己打了退堂鼓;另一个是嘉峪关市百货大楼的营业员,他装成买东西的顾客偷偷去相看过,那姑娘确实长得漂亮,身高1米65左右,梳着一根长长的辫子,白里透红的脸蛋,很受人看。但只见了一次面,听说自己老家兄妹多、负担重,还得照顾老人,人家姑娘就打退堂鼓了。这一次让他受到很大打击,使他一见处于市中心的百货大楼,就感到自己是一个失败者。他也想像有的部队干部一样,找一个女军人做伴侣,但部队中未结婚的女军人太少,零星几个,还多被别人薅了去,自己连想都没敢想。今天突然"天上掉下个林妹妹",苗军医给自己做了明确的暗示。两人年纪相当,职务相当,好像农夫一下子遇到了田螺姑娘,难道好事真的要降临到自己身上了吗?

但转念一想,王永学又失望了。人家苗军医说的是"假如",并不是说真的那样,是有前提条件的,也许是一时兴起说出的话,是不能当真的。再说,刚才在交流中,苗军医还说到牛幸娃,说金大哥说:牛幸娃连女孩子"例假"都不知是怎么一回事。这么私密的话,金大哥都能给苗军医说,说明人家之间关系更近。而且,人们都称"老金",苗军医却称"金大哥",可见人家关系不一般。这么一想,他倒忘了"天涯海角"那句话,开始琢磨起老金和苗丽萍的关系。他俩到底是一种什么关系呢?

第 五 章

1

　　王永学向中队长牛幸娃汇报说:为了巩固内务卫生的良好成果,他想在全中队进行一次卫生常识教育活动。牛幸娃说:"教育活动归你指导员管,你抓起来就是了,只要把内务卫生保持好,怎么开展教育活动都行。"又说,"这一阶段我忙于抓军训,再就是老金让我参与研究施工组织设计方案,现在到了启动的时候,争取在中下旬定下设计方案,把施工器材运到施工现场,在大雪封冻前进洞施工。连里的其他工作,你就多抓一些。"

　　这样一来,在王永学主导下,全中队卫生常识教育活动就开展起来了。苗丽萍担任授课教员,杨玉琼和申力明担任助手,为她准备相关器材、模型和挂图。这时候,申力明的身份也发生了变化。苗丽萍找到牛幸娃,提出十一中队这么大一个中队,应该设立一个卫生员,主管全中队的卫生防疫工作。牛幸娃同意后,申力明愿意担任卫生员,但文书工作离不开,就让他以文书身份兼任卫生员,主要与苗医生和杨护士配合。申力明乐意为之,他在军事训练中担任她俩的班长,又配合她们进行内务卫生检查,已与之熟悉起来。在即将展开的卫生常识教育活动中,申力明和杨玉琼成了苗丽萍的左膀右臂。

　　苗丽萍理解了王永学的苦心,也明白了他的意图,在授课前进行了认真的备课,在备课中感到了王永学看问题全面、辩证、客观。进一步认识到,战士们不仅缺乏性知识,其他方面的卫生知识也缺乏,不仅需要普及性知识,还要普及其他方面的卫生知识。她和第四军医大学的授课老师取得了联系,要到了各个学科的最新教材,结合基层战士的实际情况,撰写通俗易懂的讲稿。她还用自己的工资托人在第四军医大学开办的书店,给每排购买了一本《医疗卫生手册》,给每班购买了一本《卫生常识读本》。当然,授课的重点还是放在性知识、性教育上,她认为战士们处于青春期,了解这些有好处。她也想在这次教育中探索一些经验,收集一些样本,为今后写作这方面的医学论文做一些准备。尽管目前这一课题被视为禁区,将来总有一天会打开,会开放的。她坚信违背常识的东西是不会长久的,顺应人性、符合人性发展的东西才有生命力。她坚信这一点。她愿意做一个探索者,即使做出一些牺牲,付出一些代价也在所不惜。

苗丽萍的讲稿按八个专题准备,内容包括人类的起源和卫生健康意识的形成、人体的构成、人体运动系统、神经系统、内分泌系统、血液循环系统、呼吸系统、消化系统、生殖系统、泌尿系统等,既有理论,又有实践经验的描述;既有一定深度,又通俗易懂。为此,她对在军医大所学知识进行回顾,又阅读了一些新的资料,使之充实、新颖、有趣。比如,在人类构成这个专题里,她先讲到了人体构成元素。人体是由化学元素组成的,组成人体的元素有60多种。其中有钙、钠、钾、镁、碳、氢、氧、硫、氮、磷、氯等11种必需的定量元素,集中在元素周期表头20个元素内,另有铁、铜、锌、锰、钴、钒、铬、钼、硒、碘等十余种必需的微量元素。其中钙、钠、钾、镁4种元素约占人体中金属离子总量的99%以上。

每个专题预设在60分钟以内,另留出30分钟,由战士提问,苗丽萍作答,既授课又回答交流,尽量生动活泼。讲课采取全中队大课授课方式,为此请木工班做了授课桌,还扯了电线,安装了话筒,在墙上挂了挂图。七十年代中期,干部战士的文化程度普遍不高,不少人写家信还要让别人代笔,苗丽萍了解这个情况,她要让自己的讲座适合这一状况,把有关知识从高难艰深化为通俗易懂,注意语言的通俗化和举例的实证效果。她记得毛主席在延安时,曾批评有人写标语把"人"字写得复杂难认,是"故意让人看不懂"。现在这种故作高深的情况也不少,她要反其道而行之,让干部战士以通俗易懂的方式认知人体医学卫生知识。

第一堂课由代理指导员王永学主持。牛幸娃正好去矿上参加施工组织方案论证,没能参加。其他中队领导也很忙,听课的除王永学和司务长刘柱锁外,其余便是全中队班排长和战士。

王永学先对前段内务卫生状况进行讲评,对取得的成绩进行充分肯定,接着讲此次请苗军医开授"卫生常识课"的重要意义。也把主讲人做了一番介绍。虽然苗医生和大家在一起摸爬滚打,也天天来宿舍检查卫生,但并不了解她是第四军医大学毕业的高材生,有多篇研究论文在学校内刊发表,而且有精湛的医术,还是自愿留在镜铁山为十一中队干部战士服务的。了解到这些之后,大家欢迎她讲课的掌声更热烈,也更加发自内心。记得一个什么人说过,一个人的外表、行为、内心、灵魂都应该是美丽的。在十一中队战士眼中,苗军医就是这么一个人,她的一切都是美丽的,她讲的课也是新鲜的。入伍后他们经受过各种各样的政治教育、传统教育,但听苗医生讲卫生常识课还是大姑娘上轿——头一遭。人人把眼睛瞪得大大的,集中了自己的全部精力。

第一堂课效果出奇地好。苗丽萍生动形象地讲了人类起源,讲了由猿到人的变化过程,讲了人类在抵抗疾病和瘟疫的过程中,如何树立了卫生意识,发展了医术,讲了卫生和防治疾病的关系。讲的人津津乐道,听的人津津有味。除了苗丽萍的讲课声,战士中没有一点声响,真是连掉一根针都能听得见。在接着进行的答问环节,全会场却像一锅开水翻滚,战士们争先恐后踊跃地提出各种问题,问题也提得五花八门,千奇百怪,有的让人笑破肚皮,把杨玉琼笑得蹲在地上捂着肚子。

仓库材料班班长、铁匠苏明远说:"苗医生,你说我们人身上都有铁、有铜,哪一块是铁,哪一块儿是铜呀?"不知他是真的不清楚,还是明知故问。战士们轰的一声笑起来。

会编织毛衣的班长慕古秀好不容易抢上提问的机会,他粗门大嗓地说:"我听我奶奶说,人是叫女娲的神用土捏出来的,男人女人都是黄土捏出来的,捏时加水多的就成了女人,因此说,女人是水做的。请问苗医生,不知我奶奶说得对,还是你说得对?"

苗丽萍耐心地解释说:"人体身上的铁呀,铜呀,都是微量元素,肉眼是看不见的。其表现形式与镜铁山的铁和铜不一样。要是一样,咱们就不需要千辛万苦到镜铁山找铁矿石了。"接着苗丽萍面向慕古秀说:"刚才这位战友讲,老奶奶说人是泥捏的,这说的是女娲抟土造人,是一个神话故事。关于人类起源,还有多种多样的传说,比如上帝造人说、亚当夏娃说,这都是人类初始阶段对自身来源的一些想象。我刚才讲的是理论学说,是更接近真相的一种真实。是不是这样,还需要继续进行科学探讨,比如,有人说人是来源于鱼类的、来源于蛙类的。多几种说法并存也没有什么不好,百家争鸣也有好处。我这里介绍的是关于人类起源的一个基本看法,并没有穷尽已有的认识,大家多读一些书,对这方面的知识就会了解得更多些。"

苗丽萍的一席话和蔼可亲,又知识渊博,让听课的战士们折服,听她讲课的愿望就愈发强烈了。

长话短说,一晃二三周过去,讲课终于到了讲生殖系统专题了。这是本次卫生常识课发起的源头,也是苗医生授课的重点,但这个重点是隐含在整个课程中的,也是过去的禁区和现在授课的难点。讲生殖系统,就必然涉及男女性器官,涉及性知识。以生殖系统为主题而不以"性知识"为主题,是为了避免过于刺激人的眼球,引起一些人的敏感。以系统掩饰重点,以题目来涵盖内容,这是日常生活中人们常用的障眼法。把许多食材放在锅里一起煮,是什么东西你就看不清了,东北人叫"乱炖",大概就是这个意思。但在炖的人心目中,什么是主要食材,自己心里是一清二楚的。一些政治家借此来回避矛盾平衡关系解决难题,是深得个中三昧的。

苗丽萍没想那么多,她就是一个医生,以救死扶伤为天职,以传播科学知识为己任,头脑没那么复杂,之所以想得多一些、周全一些,她是替代理指导员王永学考虑。一个农村孩子出来当兵不容易,好不容易入党、提干,当上了代理指导员,正巴望着何时把"代理"二字去掉,如果因此事坏了人家前程,岂不让自己心里不安。虽说那天在一来二往的交谈中,自己以鲜明态度表示"你转业复员到天涯海角,我跟你到天涯海角",但这是自己下了决心的表示,并不是真想看到这种结果。想到这里,这个爽朗的东北姑娘脸上腾起一片红云,自语道:"哎呀,我怎么会这么说,难道是爱上了人家不成?"说完,回头看看,确认身边没有人这才放心。放心倒是放心了,但一个姑娘的心事却再也放不下来。

2

苗丽萍今年25岁了,已经是一个成熟的女人,她也有女人的心事,也有自己的梦,自己的追求。可是,自己的心事能对谁言?只能藏在心底。她从小在吉林延边汪清长大,是个典型的东北姑娘,有东北女人的漂亮,也有东北女人的直爽性格。她两岁时,父亲在抗美援朝战场上牺牲了;7岁时,又传来了姐姐在甘肃镜铁山探矿时牺牲的消息。父亲牺牲时,她尚不记事。姐姐牺牲的消息,是姐姐的未婚夫金昌浩带回来的,他同时拿来了姐姐的遗物。她记得当时的场面:金昌浩扑通一声跪在母亲面前,眼含热泪地说:"妈妈,淑娟牺牲了,虽然我俩还没结婚,但我这一辈子就是你的女婿,小萍就是我的亲妹妹。我会给你养老送终,把小萍抚养成人,让她继承姐姐建设西北的遗愿。"从此,妈妈就接受了这个朝鲜族女婿,她也就有了这个多情多义的大哥。金昌浩说到做到,就像亲儿子一样照顾妈妈,像亲哥哥一样呵护萍妹。每次探亲回来都住在苗丽萍家里。几年后,金昌浩报名参加酒钢建设,来到茫茫戈壁嘉峪关。虽然离得更加遥远,但对苗家母女的照顾并未减少。他让弟弟每天去一趟苗家,帮助干些家务活,也守护母女俩不受欺侮。每月的工资除自己留用一部分,剩下的分成两份,一份寄自己家,一份寄苗家,一直到苗丽萍中学毕业参加工作。就是靠这些资助,苗家母女才衣食无忧,苗丽萍才顺利读完中学。苗丽萍面临毕业时,"文化大革命"开始了。延边属于边疆,局势很乱,金昌浩就从嘉峪关赶来,托已成家的弟弟照顾苗母,他把苗丽萍领到酒钢,酒钢正好筹建"三九医院",就找人把苗丽萍安排到医院当了一名护士。1966年8月实行"工改兵",

成立02部队,金昌浩和苗丽萍都穿上军装,成了中国人民解放军一员。老金分到支队工程科,苗丽萍到了卫生队。那时老金33岁,苗丽萍才17岁,两人以兄妹相称,来往依然密切,老金就像对亲妹妹一样呵护着苗丽萍,苗丽萍像对亲哥哥一样尊敬和依赖着老金。她已经出落成大姑娘了,褪去稚气一天天漂亮起来,引得周围的男兵们注目。星期天节假日,苗丽萍就到老金的宿舍或绘图室,或帮他洗衣服,或在绘图室看老金绘图。在苗丽萍这个少女的心目中,金大哥不仅是好人,而且是完人,他多才多艺,完美无缺,专业领域的工作拿得起,放得下,其他方面也不含糊。朝鲜族能歌善舞的基因,在老金身上有充分体现,会唱朝鲜族歌,跳朝鲜族舞,还会吹洞箫,弹伽倻琴。他不仅会绘图,还会绘画,画的工人、农民、学生等活灵活现,形象逼真。他还给苗丽萍画过一张,那是她穿军装之前穿工装照的,身穿白大褂,手托药盘,一脸稚气透露着活泼。她把这张画珍藏起来,作为自己"青春的记忆"。老金常年一个人,生活自理能力很强,自己补衣服、缝被子、织毛衣,还极讲究卫生,每天都把内务搞得整整齐齐,物品摆放得井井有条。在绘图室,老金的桌子上是最整洁的。苗丽萍愿意和老金待在一起,看他制图、绘画、织毛衣,或听他吹洞箫、弹伽倻琴,有时也会伴着旋律翩翩起舞。老金话不多,说话语言温和,分析问题条理清楚,重点突出,一下子就能抓住要害。这也是苗丽萍愿意和他交流的原因。老金身上这一切,都得到少女苗丽萍的欣赏。但她更欣赏的是老金的有情有义有担当。老金和姐姐并没有结婚,但就是因为一句托付的话,因为一言承诺,就把照顾母女俩的责任承担起来,一担就是十多年,这不是一般人能做得到的。这是一个讲情义的人,这种情义是因为对姐姐刻骨铭心的爱,是一点一滴汇聚起来的,就像一条一条溪流,最后汇聚成一条大河。这条河不是自然的河流,而是心中的河流,这个河流在心中流淌,时刻拍打着一个少女的心。苗丽萍情窦初开时,爱上的第一个人就是老金,她的亲姐夫。在睡梦中,老金的面孔经常闪现,有时还有渴求让老金拥抱抚摸的欲望。节假日若见不到老金,她会郁闷惆怅,见面分别后又有点恋恋不舍。在反复认真思考后,她确认自己爱上了老金。内心涌上来羞怯,但并不特别难为情。她这样想:虽然年龄相差十多岁,但年龄不应成为相爱的阻碍;虽然老金是自己的姐夫,但他和姐姐并没有结婚;即使他和姐姐结婚了,姐姐牺牲了,自己和老金结婚,照顾姐姐的心上人,也是理所应当的,姐姐若在天有知,应该是会赞成的。再说历史上现实中妹替姐嫁、姐妹易嫁都多有发生,有的还传为佳话。想想这些,少女苗丽萍心里坦然了,但她把对老金的爱藏在心里,只字未吐,因为她觉得自己论水平能力学历都配不上老金,老金是大学生,自己才是初中生;老金是副营职干部,自己只是个"小护士";老金是"技术大拿",自己只会在病房发药打针。这种距离感,使她把心中的爱紧紧密封起来,并成为她努力成长改变现状的动力。

　　自然,苗丽萍对金昌浩的爱是一种单相思,老金是不知道的。他始终把自己和苗丽萍的关系定位为兄妹关系,绝无任何邪念。苗丽萍一点点长成成熟女人,就像看着延边的苹果梨一天天成熟,先是枣粒大一个果儿,渐渐长开,像沙果一样大,后来就长成拳头大,表面由青变黄,黄里透白,白上抹上一抹红晕,如少女的粉腮。老金对越来越漂亮的苗丽萍的欣赏,是兄长对妹妹的欣赏,是欣赏美,就像看一幅画一样。他和苗丽萍的交往,别人是有议论的,这一点老金猜得出,也听到过。但他从不表白,也不辩解。他认为清者自清,浊者自浊,没有必要去费口舌。他是一个我行我素、不管别人品评的人,谁爱说什么,让他说去吧,身正不怕影子斜。即使苗丽萍越变越漂亮,引人注目,那也和以前一样与之交往,这样做,老金还有一个目的:就是用这种方式挡住别人对苗丽萍的觊觎。女人越漂亮,越会引起别人关注,也会惹出是非、掉进陷阱。小萍人生经验不足,也许难以处理。有人认为她和老金有特殊关系,就会望而止步,会心有悸怕。老金以"护花神"的面目出现,确实让苗丽萍少惹不少是非,把精力用到学习和工作成长进步上。这就是金昌浩要的效果,他内心为之高兴,甚至是自豪。不过这一切都是他自己内心想的,从来没有和苗丽萍交流过。他盘算等苗丽萍提干后有了解决婚姻问题的条件,他就疏远她、离开她,或利用自己的人脉资源,为苗丽萍介绍一个如意郎君。因为苗丽萍思想积极进步,工作中表现优良,被推荐上了西安第四军医大学,老金这才放了心。丽萍已是一名大学生,更加成熟起来,有了把握自己和分辨是非的能力,自己就不用太为她操心了。再说两人分隔千余公里,想关心也关心不上,只保持着书信联系。看到这一切,人们的议论也渐趋沉寂。

老金的心是放下来了,苗丽萍的心却是"才下眉头,又上心头"。上了四军大,接触的战友更多,学到了知识,眼界更加开阔。西安又是一个古老的大都市,校里校外的浸润让她对事物的认识更深刻、更全面,对性、爱、爱情有了自己的看法,虽然那时不能公开讨论,学医科的大学生们对此是不回避、不掩饰的。他们比别人更懂得这种事情的奥妙。不公开讨论的内容,大家也心似明镜,就好像"地火在燃烧",来自人性的东西,是难以扑灭的。班里学员年龄参差不齐,来自全军各个系统。优秀人才汇聚,一些人开始"就地取材",为自己物色对象。一些人把目标锁定苗丽萍,有写纸条的,传信的,写爱情诗的,苗丽萍都无动于衷,她说自己已有对象,在嘉峪关基建工程兵部队。渐渐地,来趸摸她的人就少了。

上了四军大以后,自己获得了成长进步,还在学校入了党,毕业后即可提为干部,苗丽萍认为自己和老金的差距缩小了,有了爱的"资本",对老金的爱可以表白了。

入学的第三年夏天,老金到西安出差,办完公事后,去四军大看望苗丽萍。两年多不见,苗丽萍愈发艳丽漂亮,就像东北大地上的一株红高粱,健壮丰满,益然吐艳。两人一起游览了大雁塔、小雁塔,中午在老金住的旅馆旁边一个不大的饭店就餐。老金见到萍妹格外高兴,就点了几个硬菜,每人要了一碗羊肉泡馍。菜上来了,苗丽萍对老金说:"金哥,我要喝酒!"

老金一下子愣住了:第一个愣,是苗丽萍不再称他"姐夫",而是称"金哥";第二个愣,苗丽萍怎么学会喝酒了!老金是朝鲜族,喜爱喝酒,以前两人在一起吃饭时,都是老金一人喝,苗丽萍在一旁看着。她不喜欢酒,也不理解那么辣的东西男人们怎会那么喜欢。现在竟然学会喝酒了。

老金高兴了:"看来你在学校收获不小,不仅学到了知识,还学会了喝酒。今天咱兄妹俩喝个痛快!"说罢,点了一瓶西凤酒。西凤酒在西北是上档次的,价格也不便宜,难得萍妹有兴致。他又点了一盘油炸花生米,作为下酒菜。花生米上来,酒瓶也打开了,老金给每人倒了一杯,又把花生米舀了一小勺放到丽萍的碟子里。

苗丽萍来了幽默劲,指着碟中的花生米说:"金哥,你知道这道菜的名字吗?"

老金说:"不就是花生米嘛!"

苗丽萍说:"不对,这就叫战斗(豆)到底!"

老金哈哈大笑:"萍妹越来越幽默风趣了!今天咱俩就喝个透,我奉陪到底!"

酒逢知己千杯少,一杯又一杯,两人边喝边聊分别以后的情况。此时,苗丽萍的母亲已过世,她就剩下眼前这一个亲人了。老金是看着苗丽萍长大的,看到她如今如此漂亮文雅,如此有出息,酒就喝得更顺畅更有滋味了。

两人也聊到各自关心的问题。老金说:"丽萍,在学校如有合适的男同学,可以考虑自己的婚姻大事了。有追求你的人没有?"

丽萍说:"有,我告诉他们,我在嘉峪关部队有对象了。"

老金瞪着一双眼睛说:"谁?我怎么不知道?你从来没跟我说过呀!"

苗丽萍说:"这个人你认识!"

"我认识?是机关的,还是连队的?什么情况?"老金急于知道,他太把苗丽萍放在心上了。

苗丽萍说:"不说了,喝酒,喝酒!"

老金有点儿难过地说:"萍妹长大了,与哥生分了,连找对象这么大的事都不告诉我!"说完,一仰脖把一杯酒喝了进去。又自个儿倒了一杯,接着喝了进去,看来是有点生气了。

苗丽萍也跟着喝了一杯,因为喝得猛,被呛得咳嗽起来。老金过来给她捶了几下背,又倒了一杯开水说:"不能喝,别逞能。你不愿告诉

93

我就算了！你是大姑娘了，有自己的心事了。以后自己照顾好自己，找个对象好好相处，成个家，金哥就放心了！"

苗丽萍哪里会喝什么酒，她是想借酒盖脸，说出埋藏在心底的话。喝了几杯就有点儿不胜酒力，说话也有点醉意了："我不告诉你，是害怕把你吓一跳！"

"吓我一跳，这人是三头六臂吗？是天仙超人吗？不就是嘉峪关咱们部队的一员吗？他是谁？"

苗丽萍端起酒杯，又抿了一口，脸上腾起一片红云："远在天边，近在眼前。"

老金放下酒杯，朝前后左右看了看，除了服务员，就是几个低头吃羊肉泡馍的人，哪有什么精精神神的年轻人？他疑惑了。

苗丽萍说："看什么看呀，金哥，你就是我要找的人！"

老金愣住了，没反应过来："找我？找我做什么？我不就在这里吗？"

苗丽萍笑着说："我姐不知怎么会看上你这个憨包，长着榆木疙瘩脑袋，我要找的对象就是你，我要嫁给你！"

老金用手摸摸苗丽萍的脑门说："喝高了，喝高了吧？"

苗丽萍说："是喝高了，喝高了才这么说的。"

老金听苗丽萍这么说，知道她说的是醉话，就不再劝她喝酒，草草吃完饭，就准备回旅馆休息。这时苗丽萍已有醉态，连自个走路都有点儿困难，老金连扶带架，把她弄到自己的房间，想让她喝杯茶，醒醒酒，再送她返回学校。苗丽萍说她请了一天假，晚上熄灯前要赶回学校。

没想到进了房间，苗丽萍就一头栽倒在床上，有点不省人事了。老金用手放到她鼻前试试，感到呼吸正常，看来真的是喝酒喝多了。她从来不喝酒，今天不知怎么来了邪乎劲。弄成这个样子，老金始料不及。他给苗丽萍倒了一杯水放在床头柜上，又给她盖好了被子，便坐到另一张床上去。也许是累了，也许是醉了，他不知不觉地歪在床上睡着了。

老金不仅睡着了，还做了香甜的梦。他梦见了苗淑娟，梦见了苗淑娟千里迢迢来和他相会,多时不见,两人紧紧相抱互诉衷肠。苗淑娟比在以往的梦中都主动,她无限柔情,要与自己共度良宵。他感到一个温柔如水的女体在贴近自己,用双手紧紧搂着自己,一会儿又松开来在他身上抚摸。他有点情不自已,嘴里喃喃喊着"淑娟,淑娟",尽情享受着无比的快乐。就在他渴望进一步深入享受时,梦醒了。睁眼一看,自己怀里确实有一个女人和自己拥抱着,但不是淑娟,而是丽萍。苗丽萍的手紧紧搂着他,两只乳房紧紧贴在他的胸前,嘴里喃喃地说:"金哥,金哥,我要……"

老金突然像脚上落了红炭块一样,欲一跳而起,无奈苗丽萍抱得太紧,他一时无法挣脱,就边掰苗丽萍的手边说:"丽萍,你这是干什么!快松手!"但无论怎么掰,苗丽萍就是不松手,两人在挣脱与反挣脱中从床上滚落到地下。苗丽萍死不松手,老金又怕大声说话被别人听见,只好低声相劝。两人就头并头靠着床帮,手握着手对话交流。

老金:"你疯了!你这是干什么?"

丽萍:"我爱你。除了你,我没有爱过任何人。"

老金:"昏了头,我是你姐夫!"

丽萍:"什么姐夫?你和我姐没结婚。"

老金:"我比你大十六七岁。"

丽萍:"我不嫌。"

老金:"我不能这么做!"

丽萍:"你不喜欢我?"

老金:"喜欢。但喜欢和爱不是一回事。"

丽萍:"在我看来就是一回事!"

老金:"我喜欢你,也爱你,但我不能接受你的爱!"

丽萍:"这是为什么?"

老金:"我答应过你姐,照顾好她的母亲和她的妹妹,我最后把她的妹妹照顾成了自己的妻子,这合适吗?"

丽萍:"是我自觉自愿的。"

老金:"万万不可!君子一言驷马难追,照顾就是照顾,绝无私心。

95

我如果娶了你,让我怎么跟你姐姐解释?让我给乡亲们如何交代?我还有何脸面活在世上?"

丽萍:"金哥,脸面就那么重要吗?我是真心爱你,想和你度过一辈子呀!这种爱还抵不过脸面吗?"

老金:"这不是脸面的问题,这是做人原则问题,我如果和你结婚,就说明当初帮助你们时就有私心,甚至心怀叵测。践行诺言,完成你姐姐的托付,这是我的初心,这个初心是永远不会改变的。我不愿落个貌似君子实则利欲小人的名声。我知道你是真心的,但我若应允,将把自己置于何地?我还有何脸面再见家乡父老?"

苗丽萍哭了,大滴大滴的眼泪从眼眶里涌出,在脸上汇成小溪,声音也逐渐由小到大痛哭起来。老金一手给她擦眼泪,一手去捂她的嘴,擦着捂着,也动了感情,流着眼泪说:"萍妹,你的真情,哥哥收下了。这一辈子没有缘分,若下辈子再遇到你,我一定娶你为妻!"苗丽萍哭得更痛了,眼泪像决堤的小河一样流淌。

两人就这样坐在地上,依偎着交流着。看天色将暗,苗丽萍的酒已醒了,也快到了归队的时间,老金先站起来,用双手把苗丽萍从地上拉起来,说:"快去外面水池洗洗脸,一会儿我送你回学校。"

老金送苗丽萍回学校,在第四军医大学门口目送着苗丽萍的背影消失,他转身回旅馆办了退房手续,直奔西安火车站,买了一张站票上了西去嘉峪关的火车。

3

大约过了一年多,苗丽萍才从沉迷老金的情感中解脱出来。这期间她给老金写过信,明确表示自己愿意与老金结为终身伴侣的愿望,她怕那次当着老金面表白的话,被老金当作醉话、玩笑话,从而引起误解,就在信中做了告白。但这些信如同泥牛入海,老金只字未回,而且长时间没有音讯。

聪慧的苗丽萍知道,这是老金让她"死了这条心"。既然是剃头挑子一头热,遭到人家明确回绝,慢慢地这方面的心也就淡些了。大学快毕业时,班里的一个同学向她表示情感,希望以朋友相处,这个同学是班里副班长,各方面条件不错,她就默认了,两人逛了几次街,在雁塔照相馆照了相,算是正式交上了朋友。但是后来发生了一件事:班里的一位女同学因父亲病重,着急回家,苗丽萍就陪她去西安火车站买票,自己的男朋友主动陪着去。在购票排队时,苗丽萍背着的军用挎包被几个流窜犯抢了去,欺负她是个女孩子,明目张胆地进行抢劫。苗丽萍也不示弱,一把把挎包夺过来斥责道:"光天化日地,你们想干什么?!"看苗丽萍敢于反抗,几个流窜犯不服,一下子围过来,有的还拿出了刀子。苗丽萍练过擒拿格斗,她三下五除二,把看似头目的人反剪双手按在地下,高声喊道:"我是解放军战士,给我老实待着!"说罢,用目光去找她的两个同伴,那位女同学正在窗口买票,没有见到这一幕;而那位副班长、她的男朋友,看对方掏出刀子,就赶快跑开了。幸亏铁路公安来得及时,才控制住了局面。事后那位男同学解释说,他一看事态不妙就跑去站前派出所报警去了,为紧要关头自己的离开给出了合理解释。但他的举动还是深深伤了苗丽萍的心,她及时果断地斩断了两人的关系。她喜欢像老金那样有担当的男人,不喜欢没有担当的孬货,更不会选择这样的人做终身伴侣。一个男人和心爱的女人在一起,遇到险情不伸手相助,还脚底板抹油——溜之大吉了,这样的男人能信赖吗?可以托付终身吗?因此,在选择伴侣时,她把遇事勇于担当作为首要衡量标准,找不到这样的男人宁可不嫁。她是按照老金这一榜样来作为选择标准的。大学毕业后回到部队,她依然坚持这个标准。没想到,"众里寻他千百度,那人却在灯火阑珊处",她在代理指导员王永学身上发现了这个"闪光点",点燃了她爱情的火花,开始了对此人的细致观察和追求。

十一中队卫生教育系列活动顺利结束,苗丽萍的卫生知识讲授获得圆满成功,连不太好讲的"生殖系统"都顺利通过,获得全中队战士的好评。有的战士说,自己入伍时和对象接了一个吻,就生怕女方怀孕,背上了沉重的思想负担。经苗军医这么一讲,自己就放心了。苗丽萍让申力明、杨玉琼作为男人女人的人体示范"标本",展示示意一些动作,让大家了解男女人体构造方面的区别。讲到生殖系统、生殖器官,则用挂图来一一说明。这些男女生殖挂图和有关性知识概念,看得战士们脸红心跳,听得他们目瞪口呆,有的人不好意思看,就从手指头缝里向外张望。这些听到的看到的新奇知识,填补了他们这方面的空白,也解除了他们的一些困惑,使大家集中精力投入到训练和施工中去。整个授课任务完成之后,苗丽萍在十一中队战士中的形象更高大,联系更密切,一些人称她是"编外指导员",不仅找她看病,遇有思想问题也找她求解。她医术高明,看病时耐心细致,首先从思想上让患者打消顾虑,去掉精神负担,然后对症下药。对战士们提出的无论哪方面的问题,她都耐心解答,解答不了的问题就找王永学商量和请教,两人接触日渐多了起来。

从接触中,或从战士口中,苗丽萍了解到王永学除了有担当,还有一个最大特点,就是心地善良,他凡事与人为善,能换位思考,对战士充满理解和同情。同意她在十一中队搞卫生常识教育、传授一些性知识,就是从战士们的身心健康考虑。进而认为,他能这样做,不仅是履行一个政治指导员的职责,更是体现了一颗善良的心。王永学说:"你把战士放在心上,战士才会把你放在心上;你把他们当回事,他们才会把你当回事。"这是他工作经验的总结,也是平等善良之心的具体流露。这样的人,是合适的指导员人选。那么做人生伴侣,王永学是合适的人选吗?在认真思忖之后,苗丽萍的回答是肯定的。

人非草木,岂能无情?有了情自然就会流露,虽然说尽量掩饰着,但她在和王永学接触中就会透露一些爱意出来。她不会做鞋垫、织毛衣,但洗衣服、缝被子,以前这些事,她只给老金做,现在多了个王永学,王永学享受到了老金的待遇。她发现王永学有胃病,就发挥自己的特长,找几味中药配制了冲剂,装到一只一只口袋里,叮咛王永学按时服用。王永学说自己总掉头发,苗丽萍就寻来何首乌切成片,让他泡水服用,说何首乌可以固发、生发……

王永学"文革"前初中毕业,算是有文化的人,脑袋不笨,对男女之事早已开窍,他能对苗丽萍"无声的表达"毫无感应?苗丽萍频频"放电",所做的事都是"带电作业"。虽然是"微电流",但王永学是感受到的。他初始激动,继而感动,最后却选择了回避。不是不想和苗丽萍结为秦晋,他对这位女子很有好感,甚至在梦中都几次梦见她。但他心里有一种自卑感,认为无论才能、文化程度及其他方面条件,他都比人家差得远。尤其是自己是初中毕业生,人家是大学毕业生,这里面有着一道很深的鸿沟。那次与嘉峪关百货大楼那个女营业员没有处成,人家嫌其家里条件差、负担重,给他很深的刺激,也留下了心理阴影。给他介绍这个对象的随军职工费师傅,不好意思地说:"没想到这个女娃儿如此嫌贫爱富!这样吧,我家有两个女儿,都到了适婚年龄,你随便挑一个吧!"王永学谢绝了费师傅的好意,他认为这是费师傅对自己的施舍,再说婚姻是需要以爱情为基础的,自己还是要寻找属于自己的爱情。从此之后,凡条件好于他的,不管谁介绍,他都拒绝见面。现在面对苗丽萍的"放电",他自然是这个态度。当然,两人不见面是不可能的。两人工作上需要配合,苗丽萍也常来找他,怎么能不和人家见面呢?但心中已暗下决心:这件事是万万不成的。即使人家不嫌弃咱,咱也有高攀的嫌疑。像苗丽萍这样漂亮有素质的女孩儿,理应有更如意的郎君、更好的归宿。对这样的女孩儿,只能像画一样远观,不可近身相亲。他怕污染这朵圣洁的荷花、稀世的宝物,只能在心里赞美和呵护。如遇到困难他会出手相助;如遇到色狼侵袭,他会舍命相救。但要与她组成家庭,这是不敢奢望的。因为有这些想法,他把自己和苗丽萍的关系划了底线,这个底线就是:做生死战友,行;以兄妹相处,行;就是不能建立婚姻关系,不能把一朵鲜花插在牛粪上。虽说自己不是牛粪,但属于牛一样的低等人物,无论怎么想,自己都和仙女一样的苗丽萍不般配。

其实,王永学在对这件事上心里也是矛盾的,行动上也会表现出来:他既欣赏喜欢这个女人,又不敢亲近人家;既盼见到人家,人家来了,又刻意回避。这种回避不是躲藏、躲开、躲起,而是在心灵上设置了屏障。他坚持正常交往,决不违规越矩,在言行上分外严谨,不给苗丽萍任何正面信息反馈。你"放电",我不回电;你示爱,我装傻,坚决拒"敌"于国门之外。最终把你逼走,再去瞄向别的目标。

对王永学这种做法,苗丽萍不理解。她是一个敢爱敢恨的东北姑娘,认准的事不轻易回头。对王永学的漠然,她认为是"木讷""不解风情",是在大山里待傻了的缘故。她"放了电",王永学不回电,是因为"电量"不够,她要进一步加大"放电"力度,因而对王永学的"好"就更加明显地表现出来。

苗丽萍对王永学的"示好",让另一个人、与苗丽萍关系密切的老金看了出来。苗丽萍在第四军医大学毕业后,本可以留校,但她还是提出返回原部队效力。是部队送自己上大学的,应该把学到的医术用到干部战士身上。学校人才众多,医疗资源丰富,并不缺她一个人,但部队就不一样了,尤其是医护人员缺乏,这里更需要自己。如果自己学完就留在学校、留在大城市,对不起远在嘉峪关的战友,自己在良心上过不去。另一方面的原因,她还惦着老金,虽然老金不愿与她结婚成家,有点儿伤她的心,但也能理解老金的作为,在心里更尊敬这个老大哥。现如今老金仍单身一人,快40岁了,也没有人照顾。长期以来,两位异姓兄妹相依,也依出了感情,她回到部队,也是回来陪伴老金,使他一人不过于孤单,虽不能侍奉箕帚,但洗洗涮涮还可以做。果然,苗丽萍学成归队,老金分外欣喜。老金说:"萍妹做得好,萍妹回来对。没有部队推荐,你能上大学吗?做人得知道报恩,报部队的恩,报组织上的恩!"苗丽萍回来那天先去了老金那里,老金高兴了,一会儿吹洞箫,一会儿弹伽倻琴,她欢快地伴舞,两人又回到了无拘无束的时光。回到02部队医院后,苗丽萍经常会来和老金相聚。

一次,苗丽萍直言相问老金:"金哥,你为何不抓紧找个对象成家呢?这样孤身一人长期下去怎么能行?"

老金也直言相告:"我这不是惦念你嘛,等你结婚成家,我就放心了,你姐交给我的任务就算完成了。"又说,"只要你结了婚,我就立马成家。哪怕找一个离婚带孩子的也行,那样更好,不用自己费事就有孩子了。"老金说得很轻松,实际上,他是以这种方式迫使苗丽萍尽快处理个人问题。

　　老金确实是这么想的。当年恋人苗淑娟牺牲前托付他照顾自己的母亲和妹妹。现在他已为苗淑娟的母亲养老送终,把苗丽萍也已抚养成人,而且成长进步,在组织关怀下读到大学毕业。接下来就是结婚成家,等这件事办妥,他的任务就彻底完成了,给恋人的承诺也就兑现了。苗丽萍回到部队后,老金就帮她物色对象,但鲜有合适者。部队完成酒钢建设任务要撤离嘉峪关,正在准备离开之际,得到第十一大队十一中队留在镜铁山参加二期工程施工,需要成立一个工作组留下配合。老金首先报了名,因为苗淑娟牺牲的地方就是镜铁山凤凰峰,来到恋人牺牲的地方工作,具有特殊的意义。听说老金报了名,苗丽萍也毫不犹豫地报了名,她要留下来陪牺牲的姐姐和重情重义的老金。就这样,老金和苗丽萍不仅没有因为部队调动而分开,反而离得更近了。他们俩分在一个工作组,老金负责工程设计和技术指导,苗丽萍分管给干部战士医伤看病,天天朝夕相处,这是以前根本没有料到的。正因为朝夕相处,老金对苗丽萍的变化看得出来,对她给王永学的示好看在眼里,喜在心头。老金在心里说:"萍妹成熟了,会自己选择对象了。"

4

　　面对苗丽萍的"示好",王永学坚持"你有千条计,我有老主意",但内心也增添了不小的纠结和烦恼。一方面,他觉得自己配不上人家,不愿"接招",一方面又怕如此下去耽误苗丽萍。他屈指算一下,苗丽萍和自己是同年生,今年25岁,女孩子25岁已算大龄。自己不愿意和人家好,又不明说,不吐不咽的,这不是害人吗?思索再三,他决定去找老金,让老金给苗丽萍过个话。在交谈中,苗丽萍给他讲过自己和老金的关系,从两家的关系讲起,讲到老金和她姐姐的关系,以及姐姐牺牲后老金对母亲和自己的照顾,从中了解了老金和苗丽萍自愿留在镜铁山的原因,对早就敬佩的老金更加敬佩。原先认为他就是个"技术大拿",现在更知道他是个极重情义的男子汉,心里增加了敬仰感,也增加了亲近感。他要把自己的心里话说给老金,关心苗丽萍的老金会理解自己,把话传递给苗丽萍。

一天晚上,王永学在巡岗之际,走过工作组的办公室和宿舍,发现老金一个人在屋里看书,就返回自己宿舍,从箱底翻出一瓶西凤酒,从桌上提起一小袋花生米,放在军用挎包中,手提着挎包去了老金兼做宿舍的办公室。

老金见王永学进来,放下书本说:"稀客!"

王永学从挎包中掏出西凤酒、花生米,又从兜里掏出一包天津产的"海河牌"香烟,从中抽出一支递给老金:"金工,抽支烟。"

老金接过烟说:"王指导员,你这是干啥,这是请我喝喜酒?"

王永学说:"喝什么喜酒,是喝闷酒,是遇上难心事了,想让你帮我排解。这瓶酒是我父亲来嘉峪关时,我买了孝敬他的,他说什么也不喝,一直留到现在。现在拿来孝敬您,您可得帮帮我!"

老金说:"噢,你当指导员的,天天做战士思想政治工作,还有什么破解不了的难题?有啥解不了的,说出来听听。"老金和王永学接触不多,但对这个心慈面善的中队代理指导员印象很好。当苗丽萍告诉他,在军训场上牛幸娃如何把杨玉琼训哭,王永学如何站出来化解矛盾时,老金就对王永学赞赏有加,说他不仅善良体贴人,而且有解决问题的办法。在和工作组的协调中,他也能让就让,不像牛幸娃那样咄咄逼人。

老金找杯子把酒倒上,王永学把花生米倒进一个饭碗里,两人手抓花生米就酒开聊。如此这般,王永学把心里话吐完。老金一拍大腿说:"老弟,这是天上掉下来的好事呀!你仰脖接着就是,躲什么呀?"

王永学说:"自己长什么样自己清楚,自己有什么家底自己知道,我配不上丽萍呀!今天借着喝酒,你让我把家里情况细细道来。"

老金说:"好,今晚你敞开说,老哥洗耳恭听。"

此时的镜铁山天已黑透,山谷也已沉寂,常刮的大风似乎也停止了,连队干部战士、工作组其他人,或在休息,或在读书,也没有太大的声响发出,唯有北大河的流水声隐约可闻。此时此刻,王永学回忆的往事像小河流过,在老金的眼前流淌。

王永学告诉老金,由于家里穷困,母亲生他那天还在地里干活。由于白天干了一天活,过于劳累,晚上正准备小解睡觉时,就把他生下来了,不小心掉入了尿盆,多亏邻居常老奶奶来得及时,一把从尿盆里把他抓出来,当时他已被憋得快没气了,常老奶奶用双手抓起他的两条腿倒控,用手拍打他的屁股蛋,直到他哭出了声才松手,经过这番周折才来到世上。他从小爱读书,成绩也好,但他知道父母多病,家里孩子又多,家境困难,拿到县中录取通知书后没敢告诉家里。父亲知道了,说就是砸锅卖铁也要供他读书。为了供他读书和给父母看病,他大哥自愿休学参加生产队劳动。大姐为给他筹集学费去割草卖钱,被从深草中突然飞窜出来的一条大蛇咬了一口,经过救治才保住了性命。几个弟妹还小,全家省吃俭用,他才有背到学校入伙的粮食。冬天只穿着空壳棉袄,连件衬衣衬裤都没有,空洞洞的。母亲给他做了一条毛蓝裤,让他在人前体面一些。这条裤子他在中学穿了三年,洗了又洗,穿了又穿,裤腿薄得都已透亮。有一天上体育课,全班同学一起做广播体操的下肢运动,突然听到两声刺啦啦的响声,原来是他穿的毛蓝裤子从膝盖处全部撕开。他急中生智,急忙把裤腿挽了起来。为了减轻家里负担,上中学期间,他还承担了一片防洪林的看护,加上暑假的劳动,能为家里挣回几百工分。现在自己当兵了,提干了,有出息了,每月挣六七十元工资了,成个家过个小日子挺滋润的,但家里的父母兄弟姐妹能不管吗?家里困难能不帮助解决吗?连在出生时把自己救活的常老奶奶家,他都要定时寄回一些钱去,难道不应该吗?这些都是他应该负担的。除掉这些工资就不剩多少了。王永学说到这里,指着手中的"海河牌"烟说:"因为这种烟便宜,我一年四季就抽这个。"

　　当王永学讲了第二个顾虑,说自己中学毕业和苗丽萍学历悬殊太大时,老金把杯中的酒一口喝干,又倒上一杯说:"既然你信任我,来找我交流,我就实话实说,你听了别不高兴。活在世上,人人都有难处,难道有难处就做懦夫吗?就没有做人的尊严吗?就没有获得爱情的权利了吗?就不能去追求幸福了吗?家里的困难需要克服,亲友需要接济,但这与获得爱情和建立家庭有矛盾吗?常言道:志不求易者成,事不避难者进。找一个心上人成为伴侣建立家庭,两人共同面对困难共挑重担,不是更好吗?再说,无论谁的家庭困难都是暂时的,按事物发展规律,一切都会发展变化,你过于纠结这个干什么?面对困难,面对选择,不仅要自尊,也要自信。不要一朝被蛇咬,十年怕井绳。你以为所有未婚女子选择对象,都像嘉峪关百货大楼那个姑娘一样吗?"

两人碰一次杯,各自喝一口。老金继续说道:"我家和丽萍家在东北延边那疙瘩是邻居,两家都是穷苦家庭。我家过境到延边汪清时,房无一间地无一垄,就借住在丽萍家里。丽萍的父母都是穷苦人出身,靠给地主家扛活度日。解放后家境好了,也是一般家庭,像丽萍这种苦出身的女孩子,会看不起你的家庭出身?会因为你家庭困难就止步不前吗?"

老金又喝了一大口酒,王永学给他续上,继续听老金讲。老金说:"至于你说的学历差距,这的确是一个事实,但这不是一个不可逾越的鸿沟。你是老中学毕业生,基础好,可以结合工作进行自学呀。文学、历史、哲学,这些都可以自学,结合工作和实践自学更好。你不是叫王永学吗?永远学习不停步嘛!"

王永学被逗笑了,说:"因为出生时不顺利,父母为了我一生平安顺利,就给我起了王顺利的名字。上中学后语文老师王少光说:天天叫顺利,顺利都让人家叫没了,我看你挺爱学习的,就叫王永学吧。于是,我就按王老师的建议,改名叫王永学了。"

老金说:"没想到你这个名字还有名堂哩!你今年25岁,保送上大学机会不多了,但还有上军政院校深造的机会,目光不必过于短浅。只要自己爱学习,和丽萍就会缩短学历方面的差距。现在强调实践出真知,衡量一个人的本事,也不能光看学历,你说是不是?"

王永学点头说:"是,那这件事我再琢磨琢磨。"

老金把酒杯朝桌上一蹾说:"还琢磨什么呀!我告诉你,过了这个村就没有那个店了!"

第 六 章

1

十一中队的军事训练进入实战操作阶段。今年的军训不仅时间长,而且实战操练弹药充足。经请示大队领导同意,训练用的弹药足量安排。因为有些弹药已经过期或临近过期,如果不使用,还要专门安排销毁。现在一举两得,正好把这些弹药派上用场。牛幸娃早就手痒痒了,一是想过把瘾,二是想和苗丽萍比试比试,在射击成绩上压她一头。被称为"老霍头"的霍绍明也乐颠颠的,这个从抗美援朝战场上下来的老兵雄心未老,总想展示一下当年的风采,给牛幸娃这些人看看,让他们认识到,锅是铁铸的,姜是老的辣。在军训后期,这个老兵也提着枪参加到训练队伍中来了。

牛幸娃带领战士们在北大河沿河水流向右侧,选择一块平坦的场地设置了靶场,靶场足够宽大,周边划了警戒线,设置了岗哨,确保万无一失。在射击站位的地方还挖了掩体,供射击时用不同体位使用。在远处,还用席棚搭了男女厕所。尽管女性只有苗丽萍、杨玉琼二人,但也设了女厕所供她俩专用。牛幸娃性格暴躁倔强,办事像个猛张飞,但也有心细之时,为两位女性想得很周到。就是这个女厕所的设置,引发了苗丽萍、杨玉琼对牛幸娃最初的好感,开始扭转这个人不近人情的印象。

投弹是在山谷中进行的,划出一块区域,每人五枚手榴弹,五次分别记上投弹米数,用每个人的总分来决出前几名。"铁匠"苏明远投弹成绩名列第一,他天天打铁,臂力无人能比,又熟练掌握投弹技巧,抓个手榴弹随便一扔,就是50米以上。陕西兵慕古秀自从上次和苏明远"口舌之争"后,就和他较上了劲,干啥都要决个高低。但无论怎样掷,也赶不上苏明远掷的远,他那双织毛衣的手比不过打铁的手,气得蹲在地上骂道:"奶奶的,早知道这样我也去学打铁,投弹干不过他,射击场上见。"

听说牛幸娃向上级申请到充足弹药供军训使用,射击分手枪、步枪、冲锋枪三种,大家可以放开过过瘾,十一中队干部战士都兴奋了,工作组的人也兴奋了。因为基建工程兵的建军方针是"劳武结合,能工能战,以工为主",部队的战斗力主要体现在完成施工任务上,体现在工效上。军事训练,包括实弹演练都弱一些,用的武器也多是野战部队淘汰下来的。有的部队刚成立时,一个班才一支步枪,供站岗放哨使用。现在这些拿风钻、操大锤的手,也要好好摸摸枪,就像久违的恋人一下来到自己面前,有一种好奇感,有一种神秘感,有一种亲近感,又唤起了刚当兵时"扛枪保家卫国"那股激情,因此个个训练刻苦认真,盼望到射击场取得好成绩,显示"能工能战"的良好素质。

这样的兴奋同样击打着苗丽萍的心。十一中队和工作组的人没人知道,苗丽萍在第四军医大学学习期间,作为女子射击队员参加过全军后勤系统召开的运动会,还取得过比较好的名次。时光回到1972年9月,苗丽萍经过层层射击选拔赛,入选第四军医大学体工队女子射击队,一同入选的还有四名女兵,她们的目标是在部队后勤院校中胜出,参加全军后勤系统运动会射击比赛。经过艰苦训练,她在部队后勤院校选拔赛中,和另一个女战友拿了女子步枪团体第一名,她自己拿了单项第二名,两人都入选了后勤院校系统代表团,苗丽萍还被任命为女子步枪班班长。为了取得比赛的好成绩,女兵们抓紧进行射击和越野训练。中午就在靶场就餐,饭后擦过枪,紧接着就进行举哑铃和卧、跪、立三种姿势无依托持枪各30分钟的训练,一直到晚上10点钟才能休息。大运动量的艰苦训练,使苗丽萍的射击技术提高很快,在女子射击队中表现优秀,最终作为女子步枪射击手参加了总后系统运动会射击项目比赛。但遗憾的是,训练时子弹打得太多,她参赛的枪扳机打松了,验枪时超出规定。在比赛现场,虽然调整了扳机的重量,但在训练中已经适应的她,在更换扳机后却找不准感觉,致使她这个在队里期望值最高、拿到名次可能性最大的队员,在比赛中无法果断射击而名落孙山。这件事是苗丽萍埋在心中的隐痛,她从来没和谁提起过。而这一次实弹射击演练,她要找回昔日的感觉,验证一下自己的射击技术。她知道牛幸娃想在射击成绩方面和她叫板,她也想借此教训一下牛大中队长,老太太抹口红——给点儿颜色看看,让他知道人外有人,天外有天,不要天天脸朝天走路,今天骂这个,明天训那个,也替被训哭的杨玉琼出口气。这么想,肯定有年轻人的好胜心,但也有年轻女孩儿的调皮劲,她想让牛幸娃和她在射击场上叫板时出点儿洋相。为此,苗丽萍在射击训练时就不动声色地用劲,她找到了几年前射击训练时的感觉,自以为在实弹射击比赛中打出好成绩是有把握的。

军训如期进入实弹射击阶段。按照牛幸娃制订的方案,射击以班为单位,分两轮进行,一轮是实弹射击成绩测试,一轮是实弹射击比赛。全中队 26 个班,再加工作组和连部人员。工作组组成一个班,由"老霍头"任班长,苗丽萍为副班长,"阎眼镜"因为高度近视不参加比赛,全班共计 7 人。连队干部和文书、通讯员等组成一个班,牛幸娃任班长,王永学任副班长。在 28 个班实弹射击之后,按成绩先后,每班选两人参加射击比赛。比赛就步枪射击一个项目。手枪、冲锋枪只是作为训练项目不计分,不参加比赛。

牛幸娃对这次实弹射击和射击比赛分外重视,他穿上一身新军装,军姿庄重,口令严整,第一天带全体参赛人员熟悉射击场地,进行适应训练。第二天组织官兵实弹射击,排出每一个人的分数和名次,从中选出参加比赛者。

工作组这一班成绩排在前两位的是"老霍头"、苗丽萍。连部人员这一班排在前两位的是牛幸娃、申力明。加上 26 个班选出的 52 人,共 56 人进入比赛阶段。

56 人通过分组赛、预赛,最后进入决赛的是苗丽萍、牛幸娃、申力明、"老霍头"4人，4人分两组半决赛。苗丽萍对申力明，经过一轮对决，苗丽萍胜出；牛幸娃对"老霍头"，牛幸娃胜出。"老霍头"把枪一撂说："老子在朝鲜战场打美国鬼子时，你牛幸娃还穿开裆裤哩！老子现在是眼神不济了，论枪法绝对不会输你！"牛幸娃咧嘴笑着说："我服你还不中吗？"

最后的决赛是在牛幸娃和苗丽萍之间进行。要说两人基本技巧、枪法都差不多，牛幸娃在第十一大队军事素质是数一数二的，苗丽萍在学校为参赛经过严格训练，若两人发挥得好，成绩难分伯仲。但打枪这玩意，说一千道一万，要看临场发挥。就像踢足球，有的人技巧、体力都很好，到场上缺少最佳发挥，临门一脚功亏一篑。现在牛幸娃和苗丽萍站在同一起跑线上，谁能发挥得好，谁就会胜出，而发挥得好，很大程度上取决于心理状态。此时，苗丽萍毫无心理负担，进入最佳心理状态，不仅持枪姿势优美，而且心里很稳，气喘得很匀，站在那里像一个雕塑。牛幸娃则不然，他的心情是又喜又惊。喜的是终于有机会和苗丽萍对决，实现在训练场上说的"在射击场上比试比试"的愿望；惊的是这女娃儿竟然"过五关斩六将"，一路顺利地进入决赛，这可非同小可，可见枪法了得！自己要是真的栽在这个丫头身上，那可会在全中队、全大队成为笑谈。这个念头一闪，当射击口令下达，手上就有一些迟疑。两人射击完毕，报靶员报告成绩：1号靶标10发子弹95环，2号靶标10发子弹93环。苗丽萍站在1号靶位置，牛幸娃站在2号靶位置。头一轮，苗丽萍领了先；换了卧姿，两人都得95环，是一个平局；再换跪姿，苗丽萍93环，牛幸娃只得了85环。牛幸娃满脸通红，心里不服，也只好认账。全中队官兵欢呼跳跃起来，欢呼他们心中的"女神"得了第一。屈居第二的牛幸娃心里不服，脸色也不怎么好看，大喝一声："嚷嚷什么！""老霍头"不管那个，冲着牛幸娃说："咋地！不服？这是苗丽萍的胜利，也是我们工作组的胜利。今天就是让你看看高人之外有高人，强人还得强人磨！不服气这个，不服气那个，这下知道马王爷几只眼了吧！"

让"老霍头"这么一激，牛幸娃虚荣心上来了："我就是不服！打固定目标不算啥,咱们比试打移动目标!"

"老霍头"四下望望说:"你也没设移动目标呀?"

牛幸娃说:"我早设置好了,咱们移地再战!"说罢,吩咐王永学带领队伍回营,只把苗丽萍、"老霍头"、申力明和几个战士留了下来。等大队伍唱着"日落西山红霞飞"离开靶场之后,牛幸娃向停在旁边的一辆大卡车一挥手,卡车开了过来。牛幸娃朝司机耳语几句,几个人跳上车,车就向山谷深处驶去。

到了北大河一个拐弯处,牛幸娃让车停下,几个人持枪跳了下来。牛幸娃指着远处一个小山崖说:"目标,正前方,对准移动目标,射击!"说罢,"呼、呼、呼"三枪,只见3只岩羊从上面滚落下来,申力明等几名战士欢呼着去捡岩羊。

牛幸娃笑了,他冲着"老霍头",实际上是说给苗丽萍听的:"瞧,瞧,你有这个本事?"

"老霍头"说:"奶奶的,你几枪把岩羊都惊跑了,让老子打什么!"换了个地方,"老霍头"也有收获,他开了5枪,打了一只岩羊、一只野鸡。到底年纪大了些,眼神不济,手也有些颤抖,战果自然逊色于牛幸娃。

牛幸娃还要换个地方,让苗丽萍打。苗丽萍说:"牛中队长,我服了。我从未打过移动目标,也从未打过猎,眼前的猎物和山体是一个颜色。我以后向你虚心学习。"实际上,她是不想射杀岩羊和野鸡。

牛幸娃要的就是这个效果,他哈哈大笑说:"好,收兵,今天晚上杀鸡宰羊改善生活!"此时,他那在射击场上因失利引发的不快早已烟消云散了。

别看牛幸娃没多少文化,看着木讷、憨厚,但有时也藏着鬼心眼。眼看在射击场输给苗丽萍颜面尽失,突然想到了自己的长处,就是打移动目标。什么移动目标?就是岩羊、青羊、野鸡等。他有打猎的爱好,为了给战士们改善生活,常在周日去山中转悠,知道哪里的野物多,它们的习性如何。山里的野物都有自己的习性,掌握了习性就掌握了它们的特点。比如东北的傻狍子,你打第一枪时它不跑,还要停下来回头看看，就成了人们比较容易猎杀的目标。长期在镜铁山转悠，又有很好的枪法，牛幸娃每次出手都有收获。一个周日，他带着申力明又提枪去山里转悠。一枪撂倒一只岩羊，去捉捕时岩羊反抗，抓逮时沾了一身血污。刚回到中队，大队参谋长来中队视察，看到他的狼狈样，问他干什么去了？只好如实回答："打岩羊、野鸡去了！"参谋长瞪他一眼说："胡闹，下不为例！"但在晚上留参谋长在中队用餐时，他让炊事班把那只野鸡炖上，又切了一块岩羊肉，参谋长没再批评他，只是说："这野味还是很好吃的嘛！"从那之后，牛幸娃打野物少了，但手痒痒时，还会去山上转悠。打野物是他的长项，今天他发挥己长，扬长避短，终于挽回了面子，还改善了连队伙食，心情的喜悦是自然的。

2

牛幸娃此人喜好争强好胜，但他对有真本事、让他服气的人还是敬重的。嘴上不说，心里却竖起大拇指，对苗丽萍就是如此。开始时，以为她不过是读过几年大学、背个医药箱子的丫头片子，哪里会有什么过硬的军事素质。但操场上的比试和靶场上的过招，让他看到，这个藏而不露的女子，竟比他这个在全大队有一流军事素质声誉的男人还出色，让他刮目相看，进而心悦诚服。

在吃了岩羊肉、野鸡肉，庆祝军事训练圆满结束的这天晚上，牛幸娃这个过去头一沾枕头就打呼噜的壮汉，却怎么也睡不着觉。他反复想着这样一个问题：一个学医的弱女子，怎么有这么好的军事素质？她的一身本事是怎么练成的？想着想着，就想到了苗丽萍本身，这个漂亮女军人的身影、面容、姿势、动作，老在他眼前晃来晃去的，一直晃到天亮。"我这是怎么了！"早上起来，牛幸娃坐在床沿边，用手拍着脑袋，怎么也想不明白。突然一激灵："我是喜欢上这个女子了吗？"他急忙穿衣站起，向室外走去，借去巡哨的机会，平息内心涌起的波澜。但心里的波澜怎么也平息不了，还愈加翻滚起来，就像北大河的流水，哗啦啦地流淌，到了转弯处，看似平缓了一些，但过了转弯处，仍波激浪涌着一路奔腾。

不知不觉间,他巡哨来到了工作组住处,来到了苗丽萍宿舍的窗前。工作组是十一中队的警戒范围,来这里巡哨是正常执行任务,但以前从未来过,今晨却鬼使神差地来到这里,站在了心仪女人的窗前。天空静悄悄的,大地静悄悄的,站在这个挂有粉红色窗帘的窗前,牛幸娃心中有一只岩羊在狂跳,跳动的声音自己都能听得见。待头脑清醒过来,急忙转身大步离开,好像有什么撵他似的,心里有几分胆怯,有几分羞怯,也有几分甜蜜。

牛幸娃今年已27岁,在当时那个年代已属于大龄青年,至今没有婚配,有工作繁忙的原因,也有他自身的因素。老家那边曾有人给他介绍对象,有的他还认识,从小一起长大,但他都没有打拢,因为是孤儿,从当兵那一天起,他就不准备再回故乡,他决心把军营当家,在部队干一辈子。对象还是要找的,家还是要成的,但他想在部队驻地"就地取材"。他已是连级干部,有这个条件。在驻地找一个婆娘最大的好处是,免得探家浪费时间和付出辛苦。许多两地生活干部的那个辛苦,他是看在眼里的。铁路运输紧张,车票不好买,只好买个站票,上不去车就从窗户爬进去,铺一张报纸躺在座位下,或是干脆躺、蹲、坐在过道中,人们上厕所或上下车,在车厢中无处下脚,到处是头,就像半夜里到了西瓜地。说是"就地取材",却又谈何容易!牛幸娃最想在镜铁山寻找,但在镜铁山矿施工和工作的,不是解放军干部战士,就是矿上工人,绝大多数是男人,到处是和尚、光头,长头发的女人很难见到。矿上倒是有一些女的,有开卷扬机的,有在矿上搞化验的,但大多年纪偏大,且大都成了家。大队机关和卫生队倒是有几个女兵,但全大队那么多男干部,眼睛盯得像充血一样,根本挤不上槽,能看上几眼,就算是幸运。

牛幸娃是孤儿,他的表现和情况,部队首长都知道,一些领导和家属就张罗给他介绍对象,但介绍了几次,相看了几次,都没成。原因多种多样。一次介绍又没成,问介绍人原因,回答说:"人家嫌你文化低。"牛幸娃眼一瞪说:"我文化低,我还嫌她个头高呢!1.75米的个头，人高马大的，亲个嘴还得踮着脚尖呢！"这句话这件事传为笑谈。今年春天，终于成功找了一个对象，结识了一个女朋友。女方是嘉峪关市第二小学的数学教师，人家满意牛幸娃的条件，牛幸娃愿意和人家处对象。事情基本定了下来，但部队要调离嘉峪关的消息传开，干部战士要离开这个战斗了八年的地方，牛幸娃也不例外。坚持不愿过两地生活的他，以部队调离隔太远为理由，把人家姑娘给辞了。哪承想，大部队是调走了，离开了嘉峪关，他们十一中队却留在了镜铁山。等大队首长找他谈话，把这件事落实，他急忙下山去市里找那位数学教师，得到回答是："我已另择人家了。"还撂下一句话："像你这种朝三暮四、来回反复的人，我就是没找对象，也绝不嫁你。"牛幸娃自找没趣，自讨羞辱，气得无处发泄，走出校门后朝路边树上狂踢几脚。他后悔、懊恼，但去留是上级决定的事，自己能左右得了吗？一会儿这么说一会儿那么说，虽说是事出有因，但谁听了会高兴呢！罢，罢，罢，回到镜铁山该干啥干啥，此事再也不提。

现在在军训中见识了军中美女苗丽萍，从较劲到折服，牛幸娃怦然心动了。他是个敢想敢干的人，做事很少顾虑，也不计后果，有一点"明知山有虎，偏向虎山行"的劲头，有一分希望就做百分的努力。当然，他做事也是动脑筋的，讲策略的，努力追求效益最大化的。但首先是敢作敢为，这体现在工作上，也体现在为人处事上。对让他"怦然心动"的苗丽萍，既然有了那样的想法，他就不做掩饰，开始发起正面进攻。

当天正好是星期天，正常休息的牛幸娃换上一身新军装，把很久不穿的牛皮鞋拿出来擦了擦灰，又刮了胡子，还让申力明给理了个发。申力明开玩笑说："中队长，这是去相亲呀！"牛幸娃给了他一拳："相你个龟儿子哟！"说罢，哼着一句川剧唱腔出了门。

在诊疗室门前犹豫一下，牛幸娃手捂着肚子进了诊疗室。杨玉琼坐火车去嘉峪关市里会男朋友，苗丽萍自己在清理登记药品，见牛幸娃进来，手还捂着肚子，就急忙站起来说：

"你这是怎么了？"

牛幸娃愁眉不展地说:"肚子疼。"

苗丽萍拉过凳子让牛幸娃坐下,关心地问:"是不是昨晚吃野味吃多了,受凉消化不好?"

牛幸娃说:"60岁尿炕——老毛病了。"

苗丽萍笑了:"你真行!疼得龇牙咧嘴,还在这里说笑话。"说罢,走到靠近窗前的一张诊疗床前,招呼牛幸娃道:"中队长,你过来,我给你看看。"

牛幸娃说:"别中队长,中队长的,在你这里都是病人,就叫我老牛或小牛吧!"

苗丽萍说:"叫你老牛,你没有那么老;叫你小牛,你没有那么小,那叫啥?"

牛幸娃说:"那就叫我中牛吧。"

苗丽萍说:"哪有这么叫的,我就叫你牛队吧。"接着说,"牛队,你躺在床上,把裤腰带解开。"

牛幸娃不理解地问:"解裤腰带干什么?我就坐在床上,把衣服搂起来,露出肚子就行了。"

苗丽萍笑了:"你一个大男人,这么封建干什么?这是看病,不要想那么多。"

等到躺下解开裤腰带,牛幸娃用双手捂住裤腰,一副紧张的神情。

苗丽萍把手放到牛幸娃的肚皮上,按了按,还要往下伸,看到牛幸娃的窘态,就有点想发笑。她有点严肃地说:"把裤子褪下来,这么遮遮掩掩的怎么检查?"

牛幸娃把双手松开,裤子向下褪了一些。

苗丽萍说:"向下,再向下。"把手伸开在肚子上又摸了摸,"好像就是受了点儿凉,不是胆囊炎和别的什么病。但也不好说,我给你开个单子,你去镜铁山医院检查一下。"说罢,站起身说,"可以了,起来吧。"

牛幸娃从诊床上坐起,把腰带束好,却没有走的意思。他没话找话地说:"苗医生,你的射击水平我服气,是怎么练的呢?"

苗丽萍说:"我上大学时代表后勤院校参加过全军后勤系统运动

会,项目是女子射击比赛,经过艰苦训练。"

牛幸娃说:"取得名次了吗?"

"遗憾得很,枪扳机松了,换了扳机后找不到感觉,没有进入前三名。"说到此事,苗丽萍还有点懊丧。

"你参加比赛是哪一年?多大年纪?"牛幸娃问。

苗丽萍识出了牛幸娃的目的,他是想问自己多大年纪了,就直爽地说:"我今年25岁了,和新中国一个年龄。"

牛幸娃脸红了,红着脸问:"我看你单身一人,有对象了吗?"

"有了。"苗丽萍回答。

"哪里的?"牛幸娃又问。

"镜铁山的。"苗丽萍答道。

"是谁?"牛幸娃紧追不舍。

"你认识。"苗丽萍到此打住,再也不肯多说了。

牛幸娃一下子泄了气,不再多问,站起来穿上皮鞋说:"谢谢苗医生,麻烦您了。"

牛幸娃走了,苗丽萍站在那里陷入了沉思。

3

中饭后干部战士午睡,牛幸娃没有怎么睡着。起床后到各班转一转,到炊事班瞧了瞧,约莫3点多钟,转到了老金的办公室。

老金主持拟定的镜铁山二期施工组织实施方案,已交酒钢建设指挥部和镜铁山矿审查,待审批下来后便可组织施工。这几天正好是空闲,今天正好又是星期天,老金正在画一幅女人画像,是铅笔画,只见老金用铅笔在纸上噌噌地画着,女人的脸部轮廓已出,但眉目不清,不能判断是谁的画像。但从轮廓上看,应该是苗丽萍的。

"金工,在忙什么呀?"牛幸娃边问,边递一支兰州烟过去。

"明知故问。"老金接过烟点上,美美地抽了一口。

"这是谁的画像呀?"

"你猜。"

"猜不出。"

"你认识。"

"谁?"

"苗医生呀!"

两人一问一答。待老金说出了谜底,牛幸娃终于证实了自己的猜想,心里像打翻了五味瓶,什么滋味都有。

但是他仍不死心,反而激发了探出老金和苗丽萍关系实底的愿望。上次在训练场上把杨玉琼训哭,老金把他训了一顿之后,他就一直在琢磨:老金并没参加训练,怎么知道这件事,而且还发那么大火?这中间一定有人传话。这个传话人是谁,而且能让老金把他训一顿?想来想去就只有苗丽萍,看来两人关系不一般。那么,两人到底是什么关系?过去部队曾有他俩关系的传闻,个别得不到苗丽萍的人,攻击老金"作风不正,是老牛想吃嫩草"。后来这些议论没有了,老金和苗丽萍的密切交往依然如故。人们认为他俩会结婚,但两人却至今互相守望,并没有成家的意思。

牛幸娃心里想,要攻下苗丽萍这个山头,必须弄清苗丽萍和老金的关系,这是最为重要的问题。如果两个是兄妹关系,自己弄个妹夫当当也有可能;如果两人是异性朋友关系,那也并不影响他去追求苗丽萍。假如说人家两个是恋人关系或已经订下婚约,那自己还在这里瞎子点灯白费蜡干什么!上午在苗丽萍那里正面进攻,没得到结论,下午来老金这里迂回包抄,看是否能得到有用情报。虽然目标明确,但不能暴露自己意图,要把围绕目标的圈圈划得大一些,在别人不知不觉中知道事情真相。况且,老金这家伙是不怎么好对付的,一旦知道自己在和他争一个女人,这个果子可不是好吃的。以后执行施工任务时,工程技术方面还得多靠老金,把他惹毛了,准没有好果子吃。这一点牛幸娃心里清楚,故今天的"探底"必须小心翼翼、含而不露。

"金工,你给苗丽萍画像,不用看人就能画,看来你俩很熟悉呀!"牛幸娃说。

115

老金说:"认识很多年了,我这里有她不少照片,照着照片画就可以了。"

牛幸娃问:"你这么熟悉了解她,知道她为什么大学毕业还回部队,这次又主动申请留在镜铁山吗?"

老金回答:"你一定知道苗淑娟烈士,就是五十年代为在镜铁山探矿坠落悬崖的那个女地质队员吧?"

"知道呀,我们中队干部战士都知道,就是从凤凰峰上坠落下的那个女英雄呀,我们还经常去她牺牲的地方祭奠呢!"牛幸娃说。

"苗丽萍是苗淑娟的亲妹妹,唯一在世的亲人,她留下来是割不断对姐姐的思念呀!这孩子重情重义,她常去镜铁山英烈纪念馆中看姐姐的照片,也常去姐姐牺牲的地方凭吊。留下来就是为难以割舍的亲情呀。"老金动情地说。

牛幸娃也动了感情,他赞叹道:"真是一个重情重义的女子。不瞒你说,咱们部队调离时,我也想离开镜铁山,但却割舍不了段中队长和那些牺牲的战友,最后还是决定留了下来。知道我是为了这个心思,杨全来大队长说,那你就留下来,把烈士墓给我守好了,年节时,给他们祭奠祭奠,不要让他们孤单。我这也是受首长嘱托留下来陪烈士们的,苗丽萍也是这个目的,我俩是想到一块去了。"又说,"以前光知道她医术高明,军事素质好,没想到她有一颗重情义的心。你这么一说,我内心就更加敬佩她了。"

老金附和道:"丽萍这姑娘从内心到外表都很美好,打着灯笼也难找啊!"

牛幸娃进一步深入:"苗丽萍说她今年25岁了,这个年纪,要是在我们四川农村,娃儿都好几个了,她怎么还不早点嫁人?这么拖着为什么?"

老金警觉起来:"你有什么合适的人给她介绍?"

牛幸娃是一个不会撒谎的人,老金这么一问,他竟不知道说什么好,冷场半天后,冷不丁地说:"若是她目前仍没合适的对象,我愿意和她处处。我比丽萍大两岁,虽然文化水平赶不上她,但我会一辈子对她好的。"最终还是没有搂住,把心里话秃噜了出来。

老金欣赏牛幸娃的直爽和敢作敢为,但婚姻大事可不是儿戏。苗丽萍既然选中了王永学,而且在频频示好,老金也力劝王永学接招应战,现在突然冒出一个牛幸娃,若是不立即制止,就会形成苗丽萍一个人面对两个追求者,牛幸娃和王永学成了竞争关系,最后结果可想而知。与其让牛幸娃在知道真相后受到伤害,莫不如现在就给他"踩刹车",让这台车及时停下来。但又不能把苗丽萍看中了王永学,把两个人正要相处的真相告诉牛幸娃。首先是苗、王两人还没有既成事实,牛幸娃并没有丧失追求的权利。其次是让牛幸娃知道真相,他和王永学的关系还怎么相处?如果掺杂个人感情在里面,那连里的工作怎么能搞好?老金在脑海中快速盘算这个问题,边盘算边有了方案。

老金说:"牛队,你这个想法很好,你也是合适人选,但常言道先来后到,你老弟迟到一步了。"

牛幸娃一时没反应过来,说:"我迟到了,那谁先登了?"

老金十分认真地说:"我呀,我老金呀,我和丽萍早就订下婚约了。丽萍说等她姐姐牺牲过了20周年我们就办事,到时请你喝喜酒。"

一听老金这话,牛幸娃心里是彻底瘪茄子了,但他依然像很开心的样子,站起来,抓起老金的手说:"老金,祝贺你,祝贺你和苗丽萍终成婚配!"他那两只干惯重活的手,把老金细嫩的手握得生疼,握了半天不松开,直到老金直呼受不了了,才松手而去。

4

牛幸娃回到中队部,晚上饭也没有吃多少,然后披着一件军大衣,沿北大河溯流而上。天色渐渐暗了下来,河岸边的山体、浅滩已模糊不清,但这对牛幸娃来说不算什么。他一入伍就来到镜铁山矿,天天经过这条河流,没事儿就在河边游走,就像熟悉自己手掌纹一样熟悉这条河流,熟悉两侧的山体、沟谷、石崖,即使在夜间行走,也不会掉到河里被冲走。

北大河亦称讨赖河,属黑河水系,古代文献中称"呼蚕水",因发源于祁连山中的讨赖掌,易名讨赖河。"讨赖"是匈奴语的译音,又译作"讨勒""托来""讨莱""洮赉"等名称。因河水自冰沟口出峡谷后,经酒泉北侧流出,当地人们也称北大河。这条河流发源托来山和托来南山之间,流经镜铁山桦树沟、冰沟、冰沟口出后,造成西南向东北倾斜的洪积冲积扇形洲,向东北流淌的河道在扇形洲上冲积出一条80米至120米深的峡谷,成为嘉峪关南翼的天然长城。它年平均流量为20.87立方米/秒(6.584亿立方米/年),是嘉峪关的重要水源,而且因两岸地形地貌特殊,起着守护嘉峪关的天然长城作用。当地人们对这条河流有很深感情。第十一大队入驻镜铁山之后,干部战士和这条河流建立了感情。他们在河中提水做饭,在水浅处沐浴,在结冰的河面上游玩,在河边选景照相寄给家里。有什么心事,也会来到河边交谈;有什么苦恼,也来河边倾诉。对河流说说话,心里头就会轻松;对河流倾诉倾诉,心里的哀愁就会减少。大部队在时,干部战士是这样;大部队走后,留下来的十一中队干部战士也是这样。这不,中队长牛幸娃就在夜幕下和河流攀谈,诉说自己的苦闷,河流也像一个忠实的朋友,压低了喧嚣声,安静地听他诉说。

牛幸娃是幸运的,一路走来似有神佑,年纪轻轻就掌管一个中队,带200多名干部战士在镜铁山独立执行任务。一路顺利增加了他的自信,但由于过于自信,在受到挫折,受到来自老金的一个"大窝脖"时,心情便极其郁闷。他一边在河边行走,一边在心里叨咕:牛幸娃呀牛幸娃,你的幸运都到哪里去了?你要是答应嘉峪关二小那个数学老师,大概快要张罗成家了,哪用现在豁出脸面去追求苗丽萍?去追求也就罢了,为什么话说得那么直接?让人一下子给怼了回来。又一想,难道老金说的"先来后到"没有道理吗?老金除了年纪大些,哪方面配不上苗丽萍?自己不自量力去瞎趸摸,不是自讨没趣吗?自寻烦恼吗?在河边倾诉一番,心情好了一些,但回到中队部时,不良情绪又上了心头。申力明给他打了洗脚水,从不挑剔的他,却一会儿说热,一会儿说凉,弄得申力明不知所措。这个聪明的浙江兵看出牛幸娃有心事,就关心地问:"中队长,你遇到什么不顺心的事了吗?"

面对身边可以信赖的"亲兵",牛幸娃说:"八年了,别提它了!"这是京剧《智取威虎山》中猎户李勇奇的一句台词,牛幸娃把它搬到了这里。

申力明说:"中队长,你是在射击比赛中输给苗医生不服气吧?"

"那倒是,比不过人家,面子栽了,这壶酒钱我认,但我不能认自己就这么轻易败下阵来!"牛幸娃说。

申力明说:"怎么是败下阵来?你不是通过打岩羊扳回面子了吗?"

牛幸娃说:"我说的不是那个,嗨!""嗨"了一声之后,把下午如何找老金、老金如何回复他的事全都说了出来。末了说:"这次我可是把脸丢尽了!"

申力明道:"这不可能!"

牛幸娃说:"什么不可能,你说我和苗丽萍不可能?"

申力明说:"我是说老金和苗丽萍不可能!"

牛幸娃瞪大了眼睛:"此话怎讲?"

申力明说:"上次老金数落你之后,你让我注意一下老金和苗丽萍的关系,我领命之后,利用各种机会侦察了,老金和苗丽萍没有那种关系。"

"什么关系?"牛幸娃问。

"男女关系。"申力明说。

"怎么证明?"牛幸娃问。

"我已经注意一段时间了,老金虽然常常和苗丽萍独处,却没见过两人拉过手,没见过两人拥抱过,两人怎么可能是恋人关系?"

牛幸娃眼睛瞪得更大了,什么也不说了,等着申力明继续说下去。

申力明说:"他俩的称呼也不密切,老金称苗丽萍叫萍妹,苗丽萍称老金叫金哥,活脱脱的就是兄妹关系,哪里像恋人关系!"

牛幸娃说:"是老金亲口说的,说他们等明年就要结婚了。"

申力明说:"这怎么可能?老金40岁了,苗丽萍也25岁了,都属于

119

大龄了,要结婚早结了,还等什么呀!"

牛幸娃说:"你的意思是老金糊弄我?"

申力明说:"这我可不敢说,但其中肯定有诈!"

"诈,诈什么呀?"牛幸娃拍开了脑袋。

申力明说:"非常举动一定有非常之因,至于为什么这样做,我也说不清楚。"

牛幸娃说:"你小子人小鬼大,看得还挺仔细,说得也有道理,继续仔细侦察!"

"得令!"申力明端着洗脚水走到门口,又被牛幸娃喊了回来。申力明问:"中队长还有什么吩咐?"

牛幸娃说:"把你嘴上两扇门给我关紧了,这件事你知、我知、天知、地知!"

5

下午牛幸娃离开之后,老金的画也画不下去了。"这可怎么整?"他像磨道驴似的,低着头在办公室转开了圈。

聪慧的老金感到事态严重。一是,自己为了阻挡牛幸娃向苗丽萍发起进攻,免得形成牛幸娃和王永学两虎相争的局面,把自己豁了出去,信誓旦旦地说他和苗丽萍订了婚约,用不了多长时间就会结婚。这个消息要是传出去,会产生什么影响!别人的看法不说,首先苗丽萍就会生气,她会认为老金口是心非,言行不一,和她对面时"死不吐口",在外面又去散布两人是婚恋关系。老金这是想干什么,绕这么大一个圈子干什么?这不仅会把关系弄成一个乱线团,还影响到对自己的评价,假如丽萍真信了这话,又把"绣球"抛过来,自己是接还是不接?这样一弄,自己就很难做人了。老金是一个爱惜自己羽毛的人,为这件事让人说三道四,心里会感到窝囊。但情急之下不这么说,就说苗丽萍对王永学有好感,两人已开始相处,那牛幸娃是一个不管不顾的莽撞人,非要攻苗丽萍这个山头,夺下这个目标,那苗、牛、王三人关系怎么相处?这样一摆,可以看出自己当时所言并无不当,但现在怎么补救?

二是,牛幸娃是胡同里抬竹竿——直来直去地谈了自己想法,看来他喜欢苗丽萍是真心的,假设他发现老金并没有和苗丽萍有婚恋关系,而是假以虚名,是为苗丽萍和王永学两人处对象打掩护,而且苗、王的恋情悄然进行,最后让他发现,这也是会对牛幸娃造成伤害的。

在房间里转了不少圈儿之后,老金终于决定找苗丽萍把这件事捅破,好让她有个思想准备,一旦传出什么,她也知道事情的真相。

老金住的地方与诊疗室不远,他踱着步就来了。苗丽萍正在清洗医疗器械,急忙放下手中器物,用毛巾把手擦干,招呼老金坐下:"金哥,你怎么来了?哪里不舒服吗?"

老金说:"你金哥像金刚一样,身体结实着呢,你可不要拿话咒我。"

苗丽萍笑了:"当医生的都养成了这个习惯,好像来找自己的人都是病人。到了这里,也只能这么问。不这么问,还能问金哥你吃了吗?"

老金说:"净耍贫嘴,越来越不着调了!你和王永学的事怎么样了?我那天和他交谈后,有没有进展?"

苗丽萍说:"和你一样,都是榆木疙瘩做成的脑袋。不过,他现在也开化了一些,不再躲着我了。"

老金说:"那就好,没有化不了的冰,继续努力吧。"又说,"你这两天见到牛幸娃没有?"

苗丽萍说:"今天上午才见过,他来我这里看病,说是肚子疼。"

老金说:"他不是肚子疼,他是脑袋出问题了。"

"脑袋出问题了,怎么了?受伤了吗?从我这里走时还好好的呀!"

老金不再兜圈子了,就把牛幸娃如何找他投石问路,如何想与苗丽萍处对象,如此这般地说了出来。

苗丽萍沉思半天说:"怪不得他东扯西问地打听我的情况,包括我的年龄等,原来他是操的这份心呀!这可咋整?"

老金说:"我告诉他咱俩在处对象,很快就要结婚,把他的车刹住了。"

苗丽萍说:"金哥,你咋这么说呢?直接告诉他我有对象了不就行了吗?何必把自己牵扯进来呢!"

老金说:"告诉他你有对象,能不告诉他对象是谁吗?能说是王永学吗?"

苗丽萍说:"怎么不能!我和王永学是光明正大地处对象,你情我愿,和牛幸娃有关系吗?"

老金说:"你俩不是刚刚开始吗?王永学还在犹豫,我怕牛幸娃来进攻,你夹在中间会为难的。他俩又都是连队主官,如果因此影响了工作方面的配合,那就更不好了。"

苗丽萍沉思了一会儿说:"你说的也是,还是你想得周到,也是为我考虑,怕我受难为。那现在怎么办呀?"

"我就是为这个来找你商量的呀!"

苗丽萍说:"金哥,你真的告诉牛幸娃说咱俩订了婚约,很快就要结婚了?"

老金说:"是,我说等过了你姐牺牲20周年就结婚。"

苗丽萍说:"这就好办了。既然你这么说了,咱俩就按你说的办,我就嫁给你得了,反正我和王永学也没说透这件事,他也没拿定主意。你替我姐照顾我妈和我,我替我姐照顾你一辈子。一还一报,也让我心理平衡些,又能摆脱目前这个尴尬局面,中队长、指导员面对同一个女人,难免不把个人感情掺杂到工作方面,这样也避免留下后患伤到他俩!"

"不行,不行,这个话题不能再提,我是绝对不会答应的!"

"金哥,你还是不爱我,没相中我!"苗丽萍说着,还委屈地哭了。

老金从架子上扯过一条毛巾给苗丽萍擦眼泪,边擦边说:"又来了,又来了,在西安咱俩见面时,不是说得很清楚吗?我说和你订了婚约,那是为了蒙牛幸娃,也是没有办法急中应对。万万使不得!"

苗丽萍生气了:"那你说怎么办吧?你替这个考虑,替那个考虑,就不为自己考虑,要是知道你为了我至今还单身一人,我姐我妈还不骂死我!"

老金说:"我怎么会单身一人呢?等你结了婚,我就把自己嫁了!"

苗丽萍笑了:"你一个大男人嫁什么嫁,到时我帮你介绍一个好姑娘嫁给你!"

"要得!这就对了嘛!"老金学着四川话,和苗丽萍开起了玩笑。

老金见时机成熟,就说出了自己的看法。他说:"其实,牛幸娃这个人也很好,苦出身,为人正直,有责任心,身上有军人的革命英雄主义精神和牺牲精神,值得信赖。他至今未婚,也有追求心仪女人的权利,他说出的话也是发自心底的。王永学当然也很好,是你首先心仪的男人。问题是你只能在他们中间选一个,不可以脚踩两只船。因为王永学至今未回痛快话,牛幸娃和他是站在同一起跑线上,这就需要你在两相比较中做一个选择。"

苗丽萍说:"我还是更喜欢王永学,这个人文化程度相对高一些,有思想水平,遇事能换角度思考,多替别人考虑。这一点像你,有你身上的良好品质。你不答应我嫁你,我就找一个和你相似的。总之,我喜欢心地善良的人。我和王永学接触一段时间,从来没有见到他说话伤人,即便是说真话、批评人的话,他都说得很婉转,让人家能够接受。和人相处,也能够忍让,有宽广的胸襟,这一点也像你。"

老金说:"打住,打住,你说王永学,把我牵扯进来干什么!既然你做出了选择,金哥也为你高兴,乐见其成,只是和牛幸娃的关系如何处理?"

苗丽萍说:"我刚才有一些冲动,这事是不能和牛幸娃明说的,牛幸娃争强好胜,若是知道我找的对象不是金哥你,而是指导员王永学,这不仅让他有受欺骗之感,心灵上还会受到伤害,这个关系必须要处理好。"

"你有什么想法?"老金问。

苗丽萍说:"也只有按你说的,以咱俩已订婚约为名,暂时掩饰一段时间,之后视跟王永学相处的情况再做决定如何应对,毕竟王永学这边还没有明朗的态度。"

老金说："你这些想法我都支持。找对象不是挑选干部,也不是挑选什么班子成员,是选择自己的终身伴侣,因此,对人要多方面考察,要慎重。目前,你对王永学只是有一个初步意向,还不是最终拍板的时候,虽然要抓紧处理此事,但不能急于求成。王永学对你也有了解接受的过程。这件事现在不定,只做一般的朋友相处,等到明年春天再做结论。这样,牛幸娃暂时也不会受到伤害了。而且更为重要的是,十一中队在镜铁山参建二期工程的施工设计方案已经审批下来了,马上就要组织实施,一场硬仗大仗马上就要开打了。十一中队留下来,这是一个重要的开局,关系到整体施工的成败。牛幸娃和王永学此时都不能有丝毫分心。在大局面前,个人的事再大也是小事,个人利益再大也要服从大局。"

苗丽萍说："这个道理我懂。在这个时候,一定不能让他们分心,在思想上添乱,这还涉及安全生产,精力不集中会出问题的。你既然说咱俩订了婚约,咱就演戏给牛幸娃看,把他的刹车踩得更牢些。"

老金说："萍妹真的成熟多了,考虑问题有大局观、他人观了。"

苗丽萍说："近朱者赤,近墨者黑,还不是让你熏染的。只是咱俩得装得像一些,别露出破绽。"

老金说："那是自然,但不许你再打歪主意,演戏就是演戏,当不得真的。"

苗丽萍嗔怪道："真是的,以前看电影,知道有搞地下工作假扮夫妻的,没想到,咱俩成了假扮恋人,用这种方式去掩人耳目。"

老金说："到什么山上唱什么歌,不是赶到这里了吗?我没有向你收演出费,你就偷着乐吧!"

苗丽萍乐了："咱俩这是无偿演出,观众就一个人。"

老金说："对,这是二人转,一人看,演出完了还不管饭。"

苗丽萍上来搂着老金的一只胳膊说："金哥,咱俩到营区走一圈儿?"

老金说："胡闹!让王永学看见了怎么办?"

苗丽萍说:"看见更好,都看见了才好呢!到时我嫁不出去,就只有赖在你金哥身上了!"

老金说:"又不正经了,别再打歪主意了!"说罢,他甩开苗丽萍的手,大步流星地走出诊疗室。

第 七 章

1

镜铁山矿二期工程施工组织设计方案下来后,十一中队干部战士立即投入了战斗。

战斗的前奏曲是先要让施工所需的各种设备到位,"工欲善其事,必先利其器",在镜铁山开采铁矿,没有施工设备是不可想象的。

中队召开了战前动员会,要求干部战士发扬一不怕苦、二不怕死的精神,人背肩扛,在10天内让所有施工设备到位。这一目标实现起来是很艰巨的。过去大部队在时,各中队协同作战,互相配合,按照不同分工完成专一设备到位即可。现在十一中队孤零零地留在镜铁山,没有其他中队配合,没有人伸出援手,所有设备到位都要靠自己。而施工任务没变,需要的设备哪一样也没减少,遇到的难处可想而知。困难是有的,但干部战士不惧困难,只是要吃更多的苦罢了。

镜铁山矿二期工程全部在海拔高度3060米以上,施工现场没有现成的道路,所有施工设备都要卸成零部件,靠肩扛人抬运上去,到了施工地点再组装。矿山施工的设备都是笨重设备,一台装岩机的一个电机就有五六百公斤,它的变速箱更是在一吨以上。要把这些笨重的设备零部件在崎岖的山道上抬到施工现场,绝不是容易的事。需要人工抬的施工设备有装岩机、电瓶车、矿车、水泵、搅拌机、卷扬机、抓岩机、爬岩机等,这些设备拆卸开来,一件一件地运上去,从3060水平搬到3127水平以上,再组装归位,缺一个零件都不行,参加搬运的人谁也不能落后耽误。除了搬运这些设备,战士们还要背上工程所需的石子、沙子和水泥,提前进行备料。每人每次最少背 30 公斤,有的战士一次背 50 公斤,在严重缺氧的高山上行走,没有强健体力和坚韧的毅力是很难办到的。十一中队的干部战士办到了,因为,在他们前面带队的是牛幸娃、王永学、靳开军等中队领导干部,干部和战士一样肩扛手抬,吃一样的苦,流一样的汗,缺一样的氧。东西背到目的地之后,也一样坐在地上起不来。靳开军是"工改兵"入伍,年纪在中队最大,牛幸娃不让他爬上爬下,留在下面坐镇指挥。靳开军不服气,说:"我这把老骨头硬着呢,还想为镜铁山二期工程做贡献呢!谁要不服气,咱就比试比试!"结果因为逞能,非要一趟扛 50 公斤水泥扭了腰。牛幸娃在背东西上山时,踩脱一脚,差点儿滚下山去,幸好抓住了一旁的干柏树根,才没有坠落,但右脚崴了一下,走路一瘸一拐的,还在现场坚持着。这一次是真的伤着了,但他坚持着没去苗丽萍处诊治,让申力明去找一贴膏药贴上了。

　　十一中队投入施工的战斗打响后,工作组按照分工,全力做好后勤保障和技术指导工作,工作组成员也各安其位,自己忙乎自己的事,除了在吃饭时和中队干部战士见个面,像过去在军训时那样密切接触就很少了,大家在一盘棋思想指导下,努力做好本职工作,为完成大队交给的任务在坚守着、战斗着。

　　十一中队终于在 10 天内让施工器材、材料到位,在镜铁山入冬前进入施工流程。这个中队的干部战士不仅特别能战斗,而且擅长矿山建设中技术含量高的竖井、天井、斜井和平巷的建设。根据酒钢建设指挥部审批同意的二期工程组织设计方案,牛幸娃决定先啃硬头,在确定施工部位后进行"多头掘进",四班轮流作业。因为工程地质情况复杂,存在多重危险性,施工正式开始后,中队干部除跟班劳动,还要在晚上轮流值夜班,恨不得连睡觉都要睁着一只眼睛。每当夜里听到电话铃响,精神立刻高度紧张起来,生怕施工现场有什么情况。井巷施工程序复杂,绝不是简单的打眼放炮,每个班都可能出现预料不到的情况,出现不安全因素,如塌方、冒顶、片帮、残炮、盲炮、断钎、透水、漏水、泥石流、矿车掉道、出轨等。照明的唯一手段是电石灯,若下班时电石灯电石耗尽,就只能用脚摸着铁轨走,还要牢记走过的道岔,否则是摸不出巷道的。这一切大大增加了施工的难度,整个工程在艰难地推进着。

此时,中队单体作战的另一个弱点显示出来。因为02部队大部队撤走,原先负责后勤供应的兰州军区按照规定撤销户头,实行"断供",十一中队后勤供应渠道断了,干部战士的伙食差,碗里油水少了。司务长刘柱锁使出浑身解数,求爷爷告奶奶地四处联系,效果不明显,被牛幸娃骂得狗血喷头。

牛幸娃说:"你这个司务长是干什么吃的?断供了就不吃饭了吗?干部战士在前方拼命,连饭都吃不安逸,影响施工我找你龟儿子算账!"

刘柱锁被训哭了,他揉揉发红的眼睛,坐上镜铁山去嘉峪关的火车,没出站就转车去了兰州。到了兰州军区后勤部,总算找到了管事的人,对人家说:"你可得帮帮忙,再不帮忙,我这个司务长就被撤职了。二百多号人就在镜铁山喝西北风了,那可要影响国家的重大工程呀!"

那个助理员说:"部队撤走了,户头销了,谁知道你们还留下这么一个中队,这可怎么办?"

刘柱锁说:"无论如何,你得给我想想办法。"

助理员一拍脑袋说:"噢,这次供应野战部队和边防哨所后,还剩一批猪肉、牛肉、鸭肉、鹅肉罐头,要不调拨给你们?"

刘柱锁说:"太好了,太好了!"握着人家的手一个劲地说"谢谢",差一点儿就给人家跪下了。他进一步诉说了十一中队在镜铁山施工遇到的种种困难,把办公室几个人都感动了。其中一个首长模样的人说:"特事特办,为了解燃眉之急,这次调拨的罐头我给派个军卡送去,你一个人押车没有问题吧?"听人家这么说,刘柱锁感谢的话都说不出来了,他激动得流下了眼泪。

一大卡车各式肉罐头拉到镜铁山十一中队驻地,干部战士欢呼跳跃起来。不仅是因为能吃上这么好的罐头,这些罐头是兰州军区后勤部用卡车送来的,说明有上级惦记着他们,他们在这里施工并不孤单。

这批罐头产生的热量,不仅是卡路里,更是组织上送来的温暖。牛幸娃组织了隆重的欢迎仪式,还让王永学写了一封感谢信,让卡车司机带了回去。

这车军用罐头,可使远在镜铁山深处的十一中队干部战士开了眼。在高寒地区施工,干部战士执行的是二类灶标准,每个月伙食费不低,如有加班,还另有待遇。一些特殊工种还享有特殊待遇,会零星地发一些罐头,但那可是个稀罕物。不少战士在老家都没有见过这种铁皮罐头,对此很好奇,一个罐头一个班在一起享用,觉得解了一回馋。这次一下来了一卡车罐头,堆下来像小山一样,人人心里乐开了花。当天晚上罐头就上了餐桌。有的是用罐头炒了菜,有的是把罐头加热后倒到了菜盆里,还有的是直接启开罐头享用。这些成天操纵机械的手,打开这些铁皮罐头就不是个事,手到即开,一时间,饭堂里弥漫着罐头的香味。

几个中队干部吃饭时坐在一起,牛幸娃表扬刘柱锁说:"你小子还真有本事,再弄一车来,我让大队给你记功。"

刘柱锁说:"我有什么功,功劳都是你骂出来的!"就把牛幸娃如何骂他,他哭着上火车去兰州,到军区后勤部求情的经过说了一遍。

王永学说:"人家兰州军区真够意思,咱们都撤销户头了,还给咱们调拨罐头,还专派一辆军卡送来,让人感动。"

牛幸娃说:"你说这罐头是我骂出来的,好,那我就多骂你,骂你能骂出好吃的东西,我天天骂!"

刘柱锁给牛幸娃夹一块罐头肉说:"牛队,你饶了我吧!即使你不骂,我也会格外用心的。搞好连队伙食是我司务长的职责,我会去努力多开辟一些渠道。"

牛幸娃端起饭碗,和刘柱锁碰了一下,说:"继续努力,有你弄回的这卡车罐头垫底,咱们今冬明春的生活就有保障了,工程进展也能得到保障。我代表全中队干部战士感谢你!"

大队工作组自然也知道十一中队弄回了一卡车罐头,大家都感到惊奇,尤为感到惊奇的是"老霍头",他在灶上吃饭,和中队干部战士一样,见饭菜不济,油水减少,正在帮忙想办法,还没有想到辙,一车罐头就来了,心里美滋滋的。"老霍头"说:"过去在朝鲜战场哪有这么好的罐头,就是一把炒面一把雪,要是有这些好吃的,老子还会多干掉几个美国鬼子。"

牛幸娃给"老霍头"碗里添了一些罐头肉说:"多吃点,吃罢好上朝鲜战场!"

"老霍头"笑骂道:"奶奶的,你以为老子老了,上不了战场了?谁要敢犯我们边境,我照样提枪上战场!"

俗话说饱暖思淫欲,主要是说吃饱了穿暖了就有一些更高的要求,或有一些其他方面的想法。牛幸娃不是这种人,但既然有这些罐头在手,他就想借机请一下大队工作组的同志们,一是显摆一下,二是感谢他们的支持。十一中队留下之后,工作组也就相应留下,两个单位同甘苦共患难,工作组给他们许多指导和支持,也帮助解决了不少难题,但从来也没有在一起聚餐过,更不要说喝顿酒了。工作组无论男女,和干部战士吃一样的伙食,从没有什么特殊。现在既然有了条件,他就想找个机会聚一下,表示一点儿心意。

牛幸娃找到王永学,说:"那座山雕在威虎山上摆的什么宴来着?"

王永学说:"百鸡宴。"

牛幸娃说:"我想摆个罐头宴,请一下工作组的同志们,你看呢?"

王永学说:"我同意。只是要隐蔽一些,选个合适时间合适地点,避免在干部战士中造成不良影响。"

牛幸娃说:"啥不良影响?参加聚会的都是干部,能和战士完全一致吗?毛主席说过,长官有马骑,那是革命工作需要。你那么多顾虑干什么?我不光要聚会,还要喝酒,庆祝我们十一中队顺利开工,感谢大队工作组的指导支持。酒是我从四川老家背回来的,两瓶五粮液,放了好几年,都没舍得喝,这次把它贡献出来!"

看牛幸娃这么说,王永学就没有再说什么。

牛幸娃和"老霍头"说了,"老霍头"表示同意,说:"中,老中。聚一下庆祝你们十一中队顺利开工,也祝贺我们两家合作愉快。"

牛幸娃说:"什么合作愉快!是你们指导我们,你们代表大队来指导我们的工作,给我们提供保障,没有你们的支持,我们能顺利开工?"

"老霍头"说:"你说这话我爱听。你小子咋枣核丢进油壶里,学会又尖又滑了,会用嘴糊弄人。"

牛幸娃说:"咋用嘴糊弄人?我拿保存多年的两瓶五粮液给您喝。"

"老霍头"说:"老中。我也带两瓶河南的名酒张弓大曲,是老家亲戚捎来的,河南那里叫'张宝林',有名号哩!"

牛幸娃问:"啥子叫'张宝林'?"

"老霍头"说:"是张弓大曲、宝丰大曲、林河大曲的简称。河南人出去办事,带上这种酒就是好酒,再弄一条黄金烟,那就是'手提二十响,怀揣手榴弹',威力大得很呢!"

牛幸娃说:"好,一言为定,就在周日晚上咱们聚。周日我给干部战士放假一天,好吃好喝,再痛快洗个澡,这阵子可把大伙累坏了。咱们也放假休息一下。只要连队在施工,我都是睁着一只眼睡觉。"又说,"聚会地点选在哪?"

"老霍头"说:"就在老金那里,他喜欢喝酒,能热闹起来。这次设计组织施工方案,老金可出了大力了,没黑没白地干,他不出设计方案,你施什么工?这次聚会也算是对老金的慰劳吧!"

牛幸娃说:"要得,要得!组里的两个女娃儿别忘了通知,她们为干部战士医伤看病,尽心得很哩!"

"老霍头"说:"记着哩,我还不知道你惦记啥?保证叫她们到场!"

牛幸娃、王永学和大队工作组的聚会,如期在老金办公室举行。工作组八个人全数到场。"阎眼镜"本不想来,说自己要看书,牛幸娃去拧着耳朵,把他薅了来,说:"看什么书,再看,就真成瞎子了!"

一干人坐定,一桌罐头就摆上了,牛肉的、猪肉的、鸭肉的、鹅肉的、鱼肉的,老金还把罐头用煤油炉加了热,边忙活边说:"过去在下面当技术员,发了劳保罐头,都是用喷灯加热。"王永学在一旁协助他,两人又找一些杯子出来倒酒。

苗丽萍、杨玉琼说:"我们不会喝酒,不用给我们倒。"

牛幸娃说:"今天我俩代表十一中队干部战士请大队工作组的同志们,请大家一定赏光。喝多喝少是水平问题,喝不喝是态度问题。倒上,都倒上!"

"老霍头"说:"点到为止,点到为止。"

无须细说,这顿酒自然喝得轰轰烈烈,两瓶五粮液,两瓶张弓大曲,全干完了,连受到关照的苗丽萍和杨玉琼也没少喝。大家都有些醉意了,"阎眼镜"还当场作了一首诗,给宴会助兴。他这首诗激起了大家更高的兴致。

老金搬出一台手摇式电唱机,把大脑袋磁针往黑胶唱片上一放,一曲朝鲜族歌曲就播放出来。这是一首朝鲜族民歌,名叫《道拉基》,又称《桔梗谣》。一时间悠扬活泼的曲调在房间弥漫开来。

  道拉基道拉基道拉基,
  白白的桔梗哟长满山野,
  只要挖出一两根,
  就可以装满我的小菜筐,
  哎嘿哎嘿唷,哎嘿哎嘿唷,哎咳唷,
  你呀叫我多难过,
  因为你长的地方叫我太难挖。
  道拉基道拉基道拉基,
  白白的桔梗哟长满山野,
  挖出桔梗装在篮里,
  挖出给儒仅用裙包,
  哎嘿哎嘿唷,哎嘿哎嘿唷,哎咳唷,
  你呀叫我多难过,
  因为你长的地方叫我太难挖。
  你借口去挖桔梗,
  其实到情郎坟上去献花,
  哎嘿哎嘿唷,哎嘿哎嘿唷,哎咳唷,

你呀叫我多难过，

因为你长的地方叫我太难挖。

你呀叫我多难过，

因为你长的地方叫我太难挖。

牛幸娃敬老金一杯说："你们朝鲜族真能整，把倒垃圾也能写成歌，还这么好听。"

老金瞪他一眼说："什么倒垃圾！道拉基就是桔梗，是朝鲜族人民喜爱的一种野菜。这首歌反映的是朝鲜族人民群众采桔梗时的欢乐场面。不懂乱讲，罚酒！"

"认罚，认罚！"牛幸娃把半茶缸酒倒进嘴里。

老金说："我今天不光让你听听朝鲜族歌曲，还要让你看看朝鲜族舞蹈。"说罢，就在房间的空场跳起舞来。大家急忙往一边挤，给他让出更大一点地方。老金能歌善舞名不虚传，他随着旋律身姿轻盈，做着各种舞蹈动作，在场的人，除了苗丽萍，全都惊呆了。

苗丽萍受到感染，拉着杨玉琼也跳了起来。苗丽萍在延边少数民族地区长大，耳濡目染，学会了朝鲜族歌曲和舞蹈，一听到朝鲜族歌曲就兴奋，今天喝了酒，按捺不住地跳了起来。杨玉琼是学舞蹈的，对朝鲜族舞蹈也很熟悉，平常又受苗丽萍影响，两人的舞姿优美，和老金配合得恰到好处。

看到这个场面，"老霍头"也按捺不住了，他主动"跳出来"说："这个舞蹈我也会！"边说边站起来跳起舞来。你还别说，虽然他有一条腿有点儿跛，但跳起舞来却看不出来，跳得有模有样。

待坐下来，有人问"老霍头"："你咋也会跳朝鲜族舞蹈？"

"老霍头"说："在朝鲜战场，跟朝鲜族战士学的，也和当地老百姓联欢过。我们在朝鲜时，和那里的人民处得很好。不少朝鲜姑娘来给我们志愿军洗衣服，等我们走时，还恋恋不舍。"

牛幸娃问："那你没有带回一个朝鲜姑娘？"

"老霍头"说："那是违反组织纪律的。我们连有一个战士，和当地一个姑娘谈恋爱，回国时想把那姑娘带回来，把她装在一个汽油桶里被发现了,还挨了处分。"

"老霍头"还在这边白话,却听那边苗丽萍哭了起来,"呜呜呜"的,哭得很伤心。

王永学问:"怎么了?怎么了?"

老金说:"丽萍想起她父亲了,她父亲在朝鲜战场上牺牲了。"说罢,朝苗丽萍走过去,给她擦擦眼泪,对大伙说:"我送她回自己房间去。"

老金扶苗丽萍走了,余下的人一时沉默无语,聚会也到此结束。

2

任何没有诗意的单调、重复的东西,日久就会让人生厌。以"文革"中八个样板戏为例,这些作品精心打造堪称经典,也符合经典永流传的标准,但在其他文艺作品缺少的情况下,天天看这些,场场演这些,也会让人觉得枯燥乏味。因为人的精神营养、文学素养是有多方面需求的,不可能单调单一。人的胃口也是一样,需要多方面饮食提供才能满足,才不至于日久生厌。一个人喜欢吃面条,可以吃一辈子,但面条是要不断变换花样做的,如果天天顿顿吃西红柿鸡蛋面,那恐怕见了西红柿就会红眼,见了鸡蛋就躲着走,一定是会厌倦的。十一中队干部战士吃着吃着这些美味罐头,就开始厌倦了。

开始,这些从兰州军区调拨来的罐头,极受干部战士欢迎,大家为之欢呼,为之雀跃,它一下子满足了肠胃需求,增加了身体的营养,也满足了感官需求。从来没见过这么好吃、好看的罐头,开启又简单,打开往茶缸里一放,或打开即食,或用喷灯烧一下,加热了食用味道更美,一时间食堂里、操场上、施工现场都弥漫着肉罐头的香味。

约莫十多天之后,干部战士食用罐头的积极性开始下降。又过几天,便从欢心、开心变成了堵心、烦心、烧心、闹心,那么好吃的东西,竟觉不出什么好来。班长慕古秀在罐头刚运来时,一次吃四五个,现在连一个也吃不下去了,最后见了罐头就想躲,宁可吃没有油水的土豆、白菜、大萝卜"老三样",也不来问津这些让他曾经视为最爱的东西,还散布说:"这些罐头,吃起来像鸡屎一样。"

牛幸娃听到了一些议论,嘴里没说啥,心里却在想:"还是饿得轻!"当听到慕古秀的言论,他再也忍不住了,在大会上批评说:"有的人忘了本,小时候没吃没喝,像小学课本里说的,'那时候,你瘦得像个猴,三根筋挑起一个头',现在参军了,能吃饱了,还有肉罐头吃,却在底下说什么吃这些罐头像吃鸡屎一样,胡说八道!你家的鸡能拉出罐头肉,逮一只来给看看!这不是忘本是啥?不是不知好歹是什么?说这种话的人要做出深刻反省,认真做检查,否则,想吃鸡屎也没有!"

牛幸娃并没有点慕古秀的名,但慕古秀知道是说他,气得跑到北大河边哭了一鼻子,哭完了,在回中队的路上自言自语地说:"不见罐头影子更好,一见它我就想呕吐哩!"

慕古秀没有呕吐,倒是在中队搭伙的工作组成员杨玉琼呕吐了。中午吃饭时,刚夹了一块罐头肉就呕吐起来,吐得稀里哗啦。这女孩子年龄小,模样又清秀,还会跳舞、翻跟头,大家都喜欢,一饭堂的人都过来关心她。有的倒一杯开水来,有的舀一碗汤来让她压一压,但都无济于事。苗丽萍说:"大家快吃饭吧,我扶她回去休息一下就好了,也许是着凉了,也许是呛着了。"于是就扶着杨玉琼走出了饭堂。在回诊所的路上,杨玉琼又蹲在地上吐了两气。苗丽萍心里想:"坏了,坏了,这小姑娘一到星期天就去嘉峪关市里会男朋友,莫不是不小心怀上了?"但嘴里还不能说破,只得绕着弯子说:"玉琼,你年龄还小,年纪轻轻的处对象,可得把控好了,把控不好,遭罪的是你自己。"

杨玉琼说:"你什么意思呀,什么把控不把控的?"

苗丽萍像大姐开导小妹一样说:"把控不好怀了孕,就会不住地呕吐,那是妊娠反应,难受着呢!"

杨玉琼听懂了,脸腾地红了:"这个分寸我会把控住,我呕吐和那个没关系,是吃罐头吃的,现在我一见罐头肉就想吐!"

苗丽萍心中将信将疑,心里说:"先观察观察再说,现在先不下结论。"没想到,也许是受到传染,苗丽萍晚上吃饭时,一见到罐头肉就想呕吐,好不容易才忍住了。这才信了杨玉琼的话,确认是厌食引起的应激反应。

也许男人没有女人敏感,吃罐头呕吐的人倒没有,但大家渐渐不怎么爱吃了,不喜欢这道美食了,一些人也吃不下去了,甚至产生条件反射,一听到罐头二字就有了想吐的感觉。包括连队的几位干部,虽然嘴里不说,也不怎么愿意吃了,吃饭时见到罐头就好像见到冤家仇人,个个愁眉苦脸。工作组那些人是在中队搭伙的,人家都是干部,工资高,条件好,不吃罐头,还可以在煤油炉上弄个菜,不至于太凄苦。而十一中队的干部战士们则从罐头狂欢中跌落,尨摸挖掘肉菜来源和供货渠道,否则大家的体力是难以保持的。再说,冬天已至,在冬天施工,进洞一身水,出洞一身冰,走路咔咔响,像个盔甲兵,那是更需要营养和热量的。中队长牛幸娃眉头皱得更紧了,司务长刘柱锁更着急了,急得一趟一趟地往镜铁山外跑。

把这一切看在眼里的王永学自然也心急火燎,战士们吃不饱吃不好,做什么思想工作都难见成效,与其去给战士们说一些空话,莫不如也去想想办法。想起自己曾经参加部队组织的社会调查,认识当地的一些住户,于是就琢磨着主动到当地牧民中去联络联络,也许能打开一条供应渠道。

镜铁山矿在业务上归酒钢管,是酒钢的下属企业,但所处的地盘却归甘肃肃南裕固族自治县管辖。镜铁山高寒缺氧,人烟稀少,常住人口屈指可数。王永学1971年到附近的祁青公社搞过社会调查,那时全公社人口包括牧民才104人,加上所有公社干部才121人。这些人分布在几个村寨里,其中有藏族村寨,裕固族村寨,还有的没有村寨,常年就住在分散的帐篷中。由于担任指导员,他常带着干部战士到村寨中学雷锋做好事,村寨中的村民大都认识,尤其是那些管事的当家人。这些人遇到什么困难,也来部队寻求帮忙。一次一位藏族老阿爸的羊被狼群咬了,跑来中队找他,他带几个战士拿着枪就跟过去了,到了那里朝天一阵鸣枪,狼才四散逃走了,从此,大军帮牧民驱狼护羊的故事也传开了。在平时的交往中,部队从不给当地群众添麻烦,不扰民是一条基本准则。但现在在饮食供应方面遇到困难了,王永学就抱着试试看的想法,向桦树沟深处的一个藏族村寨走去。

这个藏族村寨,就是王永学带申力明去找未爆手榴弹时进过的那个寨子。因为这里藏民的汉姓都姓余,就叫余家寨子。寨子边住的藏民叫余学栋,在寨子里是个管事的。他有个独生女叫余秀英,是个基干民兵,进行民兵训练时,当时还是排长的王永学当过她的教官,两人认识。部队准备撤离时,王永学还按当初拿回未爆手榴弹时许下的承诺,让铁匠苏明远给余秀英的阿爸余学栋打了一把铁榔头,派申力明专程送来,并代表中队干部战士向父女俩告别。

王永学穿着军装来到余学栋家,余秀英年轻眼尖,一下子认出是十一中队副指导员王永学,又疑惑又惊喜地迎上来,似乎不敢相信自己的眼睛:"王指导员?你真的是王指导员吗?"

王永学说:"才多长时间不见,就不认得我啦!"

余秀英说:"哪是不认得,是不敢相信是你呀!不是说你们调走了吗?调到很远很远的地方去执行新的施工任务去了吗?怎么又回来了?"说着,就回头招呼阿爸:"阿爸,你快来呀,王指导员到咱们家来了!"

余学栋听到招呼,看见果真是王永学,就热情上前握手,边握手边说:"啊呀呀,真没想到,上次来送铁榔头的那个小伙子,说你们部队要调防啦,因为是部队机密,我也没好问。你现在在哪里?怎么又回来了?"又说,"你送我那个铁榔头真好使,我一使用它,就想起你来,就想那些常来我们这里的干部战士们。本以为这辈子再也见不到你们了,哪想到突然就见到了你。我刚看到天上有祥云,你是坐祥云从天上下来的吗?"

王永学被余学栋逗笑了:"老阿爸真能说笑话,从天上降下来,我就是神仙了,那多省事呀!我是走路过来的。"

余秀英惊讶地说:"几千里地,你都一路走来?"

王永学说:"老阿爸、秀英,是这么回事。我们十一中队已经做好撤离准备,突然接到上级指示,单独把我们留下来,继续参加镜铁山矿二期工程开发，所以，我们中队压根就没有动地方，就在镜铁山扎下来了。"

余学栋拉着王永学的手说："这是真的？这样最好，最好。知道你们撤离，我难过好几天呢！咋说也相处这么些年，割舍不了呀！"

王永学也动了感情："老阿爸，我们也想你们呀！这不是来看你和秀英来了吗？请你们原谅，因为忙着施工准备和开工，一时也脱不开身，就没有来看你们，也是不想打扰乡亲们。这次是实在没有办法了，就来找你合计合计，看有没有什么办法帮助解决一些燃眉之急。"

余学栋说："部队遇到什么困难了吗？是需要我们带路，还是出人力上矿支援？你说一声，老阿爸我还是有号召力的，一声召唤，出人出力出物，一切不在话下！"

余秀英端过一杯热腾腾香喷喷的酥油茶，递到王永学手里，说："指导员不急，坐下慢慢说。你和阿爸慢慢聊，我去给你弄吃的。"

王永学制止道："秀英，不忙弄吃的，我不饿。是中队干部战士在伙食上遇到一些问题，遇到了一些暂时的困难，我是向你们求援来了。"尔后，如此这般地把部队目前遇到的困难叙述了一番。

父女俩知道了事情原委，了解到部队在饮食方面遇到了难处，马上答应帮忙。余学栋豪爽地说："军民一家亲嘛，牛呀，羊呀，赶去就是了！"

王永学说："也要不了那么许多，你们还要留牛留羊生产生活，就是想让你们拿出几头牛羊，公平交易，我们中队出钱来买。"

余学栋显然生气了："说什么话呢？军民关系是买卖关系吗？是金钱关系吗？送可以，卖不行。"由于生气，汉话也说得不够流畅了。

余秀英对王永学说："你这就不对了，咱们是什么关系，怎么能说出买卖这种话呢？"又说，"这样吧，你需要几头牛几头羊，我们准备好，你们派人来牵去，再不要说钱不钱的话了。把我阿爸惹急了，别说一头羊，连这里的一根草都拿不去。他性格烈着呢，可别再惹他生气了！"

王永学着实为难了："这，这使不得呀！白拿老百姓的东西，是违反部队纪律的。"

余秀英现在已担任寨子妇女队长,常去公社开会,也增长了见识,对自己民兵训练时的教官也不见外。她说:"这不是军爱民、民拥军,两相情愿吗?等我们有困难时,你们帮我们不就扯平了吗?非要在这里斤两计较,不是把关系搞生分了吗?"

王永学说:"也好,那你们眼下有什么困难需要我们帮助解决的吗?"

余秀英没有说话,把眼睛转向阿爸余学栋,余学栋显然已接受女儿秀英的看法,不再生气,思忖一会儿说:"既然如此,我就说了,也向你们伸手了。"

王永学说:"老阿爸,你说,我一定努力办到!"

余学栋说:"我到寨子里各家走了一趟,觉得今年防寒准备工作没做到位。公社接到上级通知,说今冬会遇到少有的严寒,让各家各户做好防寒准备,但现在下手已经晚了。我以前到你们部队去过,看到你们用煤炭烧火炉取暖不错,也学着弄了几个,冬天放在屋里还挺好,只是因为煤炭紧张,又闲置不用了,如能用起来,今年冬天就好过了。不知你们有没有多余的煤,处理给我们两吨?"

王永学说:"两吨够不?"

余学栋说:"差不多了。"

王永学说:"一言为定,给你四吨。"

余学栋说:"太感谢了,太感谢了!这下子全寨子今冬的取暖就解决了!"又说,"多少钱一吨呀?"

王永学学着余学栋的口吻说:"送,可以,卖,一吨也不给。"又说,"我还给你配上几个火炉子、烟筒。"

余秀英看着两个男人如此"较劲",忍不住乐了,一拍双手说:"这叫互利互惠、取长补短,军民情深!按你们汉族规矩,拉钩上吊,一百年不许反悔!"

王永学临走时,紧紧握着余学栋的手,一时不知说什么好。他回到中队部,见到紧锁眉头的牛幸娃,把这件事一说,牛幸娃朝王永学肩膀上搗了一拳说:"我那个神呐,你这可是救了急,若不弄来新鲜牛羊肉,我可挺不住了。我牛幸娃就是幸运,遇到了你这么个好搭档。明天咱先把煤送到寨子里,进不了汽车,让战士们一担一担地挑进去。军民关系搞好了,还缺吃的吗?"边说,边扭着宽臀厚腰,学唱在电影中学到的歌曲:"猪呀,羊呀,送到哪里去呀,送给咱亲人解放军……"申力明和通信员小龙也跟在后面扭着,像捡了金元宝似的乐呵。

3

对一个有责任感的人来说,压力可以变为动力。

铁人王进喜有句名言:人无压力轻飘飘,井无压力不出油。说的也是压力可以变为动力。在压力面前,有的人成了强者,有的人成了懦夫。是龙是蛇,在很大程度上取决于受压者是否有担当,有无责任感。有责任感,就会挺身而出,越战越勇;没有责任感,就会顺势倒下,从此一蹶不振,甚至破罐子破摔,在事业上无任何作为。

十一中队司务长刘柱锁是个有责任感的人,做事注定和别人有不一样的结果。这刘柱锁也是一个从农村入伍的苦孩子。家在湖南农村,从小体弱多病,父母怕他活不长,就天天用绳子把他拴在柱子上,再用一把锁锁住,这是听信民间传闻用的土办法,他的名字也由此而来。到了十一队,分到了炊事班,也许是吃喝不愁,身板日益强壮起来。因为表现积极,提升为上士,从上士提为司务长,成了一名23级干部,这是他没想到的。如果不是到了部队,不是到了部队上受到培养,自己是万万没有今天的。也是自己幸运,要不是那年遇到接兵的段中队长,自己过不了当兵这一关。那时段新虎任新兵连连长,去湖南刘柱锁老家接兵。刘柱锁初中毕业在家务农,特别想去当兵,恰巧遇到了去报名参军者家家访的段连长。

段连长问刘柱锁:"你为什么要去当兵?"

刘柱锁回答:"当兵能吃饱。"那时家里穷,吃不饱饭,刘柱锁天天盼望吃饱饭,就如实回答。

段连长见刘柱锁说话实在,有初中文化,人也机灵,就喜欢上这个小伙子了,很想把他带到部队上,但体检出现了状况:因为刘柱锁从小就在老家山中挑担,双腿有点X形,站直了双腿合不拢,医生说:"双腿中间能钻过一条狗,不合格。下一个!"听医生这么一说,刘柱锁心凉了半截儿,急忙去找段连长,就说自己虽然从小体弱,但看父母不易,很早就参加劳作,挑担一气能走几十里山路,腿就是这么压弯的。段连长受到感染,大概也想起了自己的童年,就说:"你当兵的事包在我身上,回家准备参军入伍吧!"不仅让他如愿当了兵,还把他分到了炊事班,遂了能吃饱的心愿。由于知道感恩,身上又有责任感,一个农村孩子在部队一路走来,有了让人羡慕的成就。

大部队撤离后,十一中队的粮油副食关系被"断供",在生活方面遇到意想不到的困难,身上压力最大的是刘柱锁。自己是中队司务长,司务长是干什么的?就是管中队干部战士吃喝的,中队干部战士吃不饱喝不上,要你这个司务长有屁用!中队里没人对他说这个话,但这句话却是时时响在自己心里的。因为心里响着这句话,他就努力把工作做到位,把伙食尽量搞好,让成天在山上施工的战友们吃饱喝足。在施工中队中,十一中队的伙食是一流的。那时伙食标准高,不差钱,关键是能采购到东西。他利用自己的机灵和韧劲,打通了不少渠道,让中队锅里的油水多了起来,也体现在干部战士红扑扑的脸上。

刘柱锁最后悔的一件事,是在十一中队准备撤离时,把那头能生崽的老母猪处理掉了。盘算着老母猪又不能赶到军列上,杀了吃肉又不好吃,便再三琢磨怎么办。正在这时,当地祁文村一个村干部找到他,想把这头老母猪买走,去村里发展养猪事业。那时上级号召"大养其猪",那个村干部在中队抓走过一个猪崽,现在听说部队要撤走,就盯上能下崽的这头老母猪了。

脑袋灵光的刘柱锁见机会来了,怎么说也不吐口,拐着弯儿回答:"这母猪不能卖给你,部队不能卖猪给老百姓,收钱多、收钱少都不合适;白送给你个人也不行,这是国家财产,怎么办?"他揉一下脑袋就不说了,"怎么办"下面就没有下文了。那个村干部说:"那你看这样行不行?我用三头毛驴来换一头猪,咱们谁也不吃亏。"

刘柱锁终于吐口了,出言还很痛快:"什么换不换的,这么好的关系,如此见外干什么?这叫各取所需,以物易物。你回去把三头驴赶来,把这头老母猪赶走。"

刘柱锁把和那位村干部达成的交易,说给牛幸娃听,牛幸娃喜得一蹦老高:"你小子成精了,竟用这个运不走也杀不得、杀掉了也煮不烂的家伙,换回来三头驴。好,好,今天晚上咱就吃驴肉馅饺子!"

哪知计划没有变化快,这驴肉馅饺子刚下肚,还没有消化掉,上级命令就到了,让十一中队留在镜铁山继续施工。刘柱锁那个后悔,把大腿都拍青了,自个埋怨道:"刘柱锁呀刘柱锁,你是让驴踢脑门子了,还是让驴肉馅饺子馋疯了?竟干下这等糊涂事,把一个正能生崽的老母猪处理掉了。这要是不处理,赶出去配个种,下一窝小猪崽养着,这干部战士还愁猪肉吃吗?这下好了,母猪没了,猪崽也没了,猪圈空空的,怎么给干部战士改善生活?"一想到经常磨刀霍霍,时不时杀头猪的日子,更是后悔不迭。但世上没有后悔药,难道还能去祁文村找那个村干部把那头母猪要回来吗?那绝对不可能,就是一辈子不吃猪肉,也不能干这种事。"罢了,罢了,另想办法吧!"终于苍天开眼,上级关心,让他弄来了一卡车罐头。

能从兰州军区调拨一卡车肉罐头,这是难以做到的事,就是大部队在时,也没有人能做得到。刘柱锁为此而兴奋,也为此骄傲自大了好几天。没想到干部战士对肉罐头的兴趣,从风起云涌,不久就风流云散。开始他还埋怨大家不给他面子,是饿得太轻,后来自己也吃着厌烦了。看着大家对肉罐头一天天不感兴趣,宁可吃"老三样",也不愿用罐头下饭,牛幸娃的眉头又紧锁起来。一种无形的压力在刘柱锁肩头升起,并在全身蔓延开来,促使他去想新的招法,去开辟新的渠道。这时,王永学从藏族寨子里弄出的牛羊,让他受到激励。他独自在心中感叹:看看人家指导员,人家是做中队战士思想政治工作的,却能从大局出发,从完成战备施工任务的高度出发,去帮着解决实际问题,而不是在那里空喊政治口号。刘柱锁政治水平不高,政治斗争意识也不很强,他只会从实际出发看问题,他只知道目前干部战士没肉吃,碗里没油水,会影响到施工任务的完成,这是当前最大的政治。解决这一问题,比在那里坐而论道、空喊口号强得多。由此,他从内心敬佩这个干实事、出实招、求实效的指导员。王指导员帮他解决了一段时间的困难,更让他受到一个启迪,这就是办法总比困难多,只要动脑筋,肯去琢磨,肯去开拓,就一定能找到解决问题的办法。国家对施工部队是照顾的,每天伙食六角钱,下井再加一天一角钱保健补助,不发给个人留作食堂共用。因此说,连队伙食上是不缺钱的,现在缺的是供应渠道。难道还能再去找兰州军区吗?人家对咱们够关照的了,给哪个部队这么关照过?难道还盯着藏族村寨那些牛羊吗?那是牧民们生产生活用的,能挤出一些给我们已很不易,绝不能把它作为一个经常使用的渠道。刘柱锁是个不惧怕困难,也从不认输的人。他怀揣"兰州烟",去了镜铁山矿后勤服务处,想从他们那里挤些份额,捡些"洋落",结果干磨了半天嘴,一个羊腿也没弄到。但他也没白来,在一个老采购员嘴里得到一条重要信息:从镜铁山往南的青海省祁连县托勒牧场,可采购到牛羊肉。只是路途太遥远,离镜铁山十一中队驻地150公里,要翻过六重雪山,最高的山路海拔5000米。那个采购员说,他几年前曾经去过,但因路途太遥远、太险峻,后来就不去了,现在是个什么情况也不知道。因为那里不通电话,业务都是电报往来。如果你实在需要,可以去试试。

听到这话,刘柱锁比牵几只羊回来还高兴,羊吃光了就没了,但打开了一条采购牛羊的渠道,那肉品就源源不断地涌过来了。

经过再三思索,刘柱锁下定了决心。常言道:方向明,决心大。刘柱锁下决心排除千难万险去闯,去试,去开辟一条新路。两天后,他给牛幸娃递交了休假报告,说家里来信告诉母亲患病,想休探亲假回去探望。牛幸娃与王永学商议后,并给"老霍头"打了招呼,同意刘柱锁回湖南慈利老家休假,并开具了休假介绍信。刘柱锁因为要出门,个人做了充分准备,除了所需衣物,还去牛幸娃那里借了一把手枪带着。

牛幸娃说:"你个龟儿子,回去探家,又不是执行任务,带枪干什么?"

刘柱锁说:"我们那里过去土匪多,社会治安不太好,带着防身用。"

牛幸娃说："那就多带几发子弹，万一有个用场。"

刘柱锁说："谢谢中队长关心！"

牛幸娃说："关心你个头！记着把枪看护好，要是弄丢了，咱俩都得挨处分。"因为过去部队有干部探家期间发生过随身枪支失窃事件，牛幸娃一再提醒。

实际上，刘柱锁不是回湖南慈利探家，而是去青海托勒牧场联系肉食品供应，此行先去探探路。因为不知真实情况，也不知有无效果，就没给牛幸娃、王永学讲实情，假借探亲为名来一个远途奔袭。以前在部队出差，都是从镜铁山坐火车向北出山，奔嘉峪关方向，而此次是沿反方向南行，路途险峻莫测，自己又从来没有去过。别说他从没有去过，十一中队战士也从没有人去过，没有这方面的经验。但基本常识刘柱锁是知道的，一是要防寒，二是要防野兽袭击。向牛幸娃借枪，就是做防野兽袭击的准备。过去在镜铁山，干部战士见过狼、狗熊、金钱豹，有的野兽凶猛，破坏性很大。一次，一只金钱豹不知怎么进的变电室，能进去却出不来，在里面急得直转圈。它在里面急，战士们在外面急，报告大队严参谋长，严参谋长带领一帮人端着冲锋枪赶来了。最后商量的结果是：不能伤害它，如引起报复，后果不堪设想。只好找人想办法把门打开礼送这位"不速之客"离开。还有一次，一只黑狗熊把连队猪圈里一头猪咬伤了，听到猪狂叫，干部战士围拢过来，见是一只凶猛的大黑熊，大黑熊见人来了，急忙跃墙逃窜，被牛幸娃一枪撂倒栽倒在猪圈墙外面。看不见黑熊，又不知它落地的地方，干部战士一人捡一个石块砸将过去，"噗噗咚咚"一阵乱扔。刘柱锁悄悄过去"侦察"，他大喊道："别扔石头了，狗熊都被石块埋住了。"大家方才松了一口气。

因为有这些经历，为防不测，刘柱锁向牛幸娃借了手枪，万一有事，一支枪在手，总是可以壮胆的。

刘柱锁携带背包、枪支，身穿军用大衣，上了由镜铁山去嘉峪关的火车，等送行的战友刚一离开，他就跳下火车，离开站台，转过九号桥，逆北大河流水方向而上，拦住一辆开往镜铁山深处的卡车。在这里开车的人都是镜铁山矿的,刘柱锁大都熟识,他们一看见穿军装的就知是02部队的。十一中队留下继续进行二期工程建设,矿上人都知道。司机问他去哪里?刘柱锁已查了地图,知道大致方位和沿途经过的一些地方,就说往祁青公社方向。坐了一段顺路车,司机不往前行了,就和刘柱锁分了手。

从镜铁山去往青海省祁连县托勒牧场,只有一条用石头子儿铺的战备公路,这是一条备用路,很少有汽车通过,汽车也不好过,不是路况太差,就是路况太险,路上也很少见到行人。从镜铁山到祁青公社,这30公里还好些,因为沿途有藏民放牧,他们3至5人一个小组,游牧到了哪里就在哪里住下,住的全是帐篷,冬天零下三四十度也住在里面。

刘柱锁下了卡车一路行走,天快黑时到了祁青公社所在地,实际上只是内地一个生产队的规模。他想住下来歇歇脚,不敢去牧民的帐篷,害怕违反群众纪律,只好去公社打问有无招待所可住。

公社干部是一个四川人,说:"这里有啥子招待所哟,经常都没得个人来,你来这里做啥子?"

刘柱锁说:"我是镜铁山部队上的,想去青海托勒牧场看个亲戚,你能否帮我找个住的地方待一宿?"

那个干部说:"要得,我们这里剩有空房,你要是不嫌脏就住下。我劝你歇一晚早点返回,去啥子托勒牧场?远得很哟,翻雪山,走崎岖山路,别找不到亲戚把自己走丢了哟!"

刘柱锁在祁青公社借住一宿,次日在公社伙上吃了早餐,留下粮票和钱。他没听那个好心的公社干部的劝阻,一路南下,朝既定目标托勒牧场进发。

第八章

1

托勒牧场是海北州州属国营牧场。位于青海省西北角,祁连县西部。东距祁连县城209公里。牧场东北、西南与野牛沟公社相邻,南与海西州天峻县、西部与甘肃省肃南县为界。场区范围东西100.5公里,南北68.2公里,总面积2556.69平方公里。"托勒"为蒙古语,有说因兔子石得名,也有说因兔子多得名,反正与兔子有关。民国后期,青海省政府在托勒设立牧场,曾拥有各类牲畜3.3万余头(只)。至1949年前夕,牧场自行解散,人畜流失,下落不明。1955年6月,青海省畜牧厅重新建场。1958年9月,因筹建国营221厂,海晏县有461户2183人迁往托勒牧场。该牧场后发展成为青海最大的国营牧场,也是亚洲面积最大的国营牧场。1969年归祁连县管辖,1972年归海北州政府管辖。牧场管辖三个畜牧大队和黑裘皮分场、养鹿分场。

托勒是两大山脉相夹的一块闭合草地,整个地区由走廊南山、托勒和托勒河三部分组成。两大山脉绵延于南北两侧,托勒河自东向西流贯全境,下游为甘肃省境内的北大河。境内最高峰为瓦黄寺西岔主峰,海拔5287米,最低处是二珠龙滩地,海拔3281米,场部驻地公庄3360米。南北两侧山脊高达4000米,终年积雪不化,现代冰川广为分布,天然草场主要分布在托勒河谷滩地和两侧山地,以高寒草甸和山地草原类草场面积最大,植物群落以禾本科、豆科、莎草科、蓼科为主,营养丰富,适宜发展畜牧业。年降水量272.7毫米,牧草生长期135天左右,青草期100天。这一天然牧场早就被人发现被利用,据清末路经此地文人记载:"从金佛寺入山,坎坷逼仄,约五日程至讨来川(讨赖)。豁然开朗,水草丰茂,原隰从未耕犁,故泥土粘固。汇流澄澈,多鳞莫渔,举杆可戳。野牛出饮,群以千计。弥望沃野,胜于酒泉。"而作为牧场大规模开发,则始于民国时期青海省政府。新中国成立后重视发展畜牧业,青海省逐渐把这里发展成为亚洲最大的牧场。

对托勒牧场这一切,在镜铁山中封闭施工的刘柱锁,自然是不知道的。他只听镜铁山矿老采购员说有这么一个地方,这个地方可能有肉食品供应,就不顾要翻过六重雪山的艰难,越过最高海拔为5000米山路的险阻,也不听祁青公社那位好心人的劝阻,就一个人闯去了。他也不知道营房旁那日夜奔涌的北大河,就是从托勒牧场的托勒河流下来的,他沿河逆流而上,就可以找到北大河的源头。他只有一个目标,那就是托勒牧场,知道沿脚下的这条战备公路就可以到达目的地。这条公路日后发展成为我国215国道的一部分,成为连接甘肃玉门和青海祁连的关键路段,路况得到极大改善。但在刘柱锁在这条路上行走那个时候,却是崎岖难行的。刘柱锁坚信人比山高,脚比路长,总有走到托勒牧场的那一天。

刘柱锁计算一下行程,从镜铁山到托勒牧场,大约150公里,估计7天可以走到,他为此准备了7天的干粮,这些干粮大部分就是连队干部战士不愿吃的那些罐头。他还偷偷地准备了一些炒面。"老霍头"动不动就说他在朝鲜战场一把炒面、一把雪的那些往事,由此可见,炒面在关键时刻也可以充饥,他也想尝试一下。当然,还是那些罐头派上了用场,不仅吃起来方便,罐头盒还可以舀水喝。开始,他走累了的时候,或口渴的时候,就去找帐篷讨水喝,但牧民们一看是解放军,就非要给他喝酥油茶。他一来喝不惯,二来也怕太打搅人家,就在沿途就地取材解决问题了。反正沿途水有的是,有河流,也有刚下的雪,捧在手里,雪就化成了水,是天然的饮料,而且雪是源源不断的,往前面走还越来越多。

第二天晚上,看着天色向晚,正愁去哪里找地方住下,看到了路旁的"九只青羊道班"。道班是为维护道路而设立的,建有比较坚固的房舍,能遮风避雨。道班有一个班长,三个工人,他们见有一个解放军来投宿,表现出极大的欢迎,也许他们很少见到生人,来了人能说说话减少点寂寞,从内心欢迎他的到来。刘柱锁拿出两盒罐头和几个人分享,班长从铝壶里倒出一茶缸酒,给每人倒了一杯,把其中的一杯递给了刘柱锁说:"天寒地冻的,喝杯酒暖暖身子吧!"

当听说刘柱锁从镜铁山过来,是到托勒牧场探亲,几个人就七嘴八舌地议论开了。

一个鼻子上长有雀斑的小伙子说:"探亲?是去看未婚妻吧?干啥的?长啥样?一定跟仙女一样,不然你咋有这么大劲?这翻越冰山可不是闹着玩的。"

刘柱锁笑笑,没吱声。

另一个小伙子说:"你懂啥,一个男人爱一个女人,劲儿大着呢!要是有一个如花似玉的大姑娘在托勒牧场等着我,我爬冰卧雪也要过去。"

那个年纪大一些的老工人说那个小伙子:"爬冰卧雪过去?说得轻巧,只怕到时连裤裆里那个鸟都冻掉了,哪个姑娘还要你?"几个人都笑了起来。

道班班长也劝刘柱锁不要往前去了,他出主意说:"要去也可以,换个时间,现在已开始下雪了,再往里走,就大雪封山了,你又是一个人,确实有些冒险哩!"当刘柱锁说,已和对方约好,不能回头时,班长换成赞扬的神情:"中,这样的男人有种!我要是个女人,我也嫁给你!"

还是那个年纪大的说:"净说些没用的,没看你裤裆里长的是啥!"几个人又笑了。

又喝了一阵酒,班长看到刘柱锁主意已定,就不再劝他,反倒告诉他一些注意事项:一是夜晚一定要找个地方住宿,不能在野外露宿,那样非冻死不可。沿途有几个道班,争取赶到道班住宿。赶不上道班也不要紧,道班为了巡路方便,沿途也建了一些空房子,空房子长期没人住已经破损,但也比露天宿营强;二是防止迷路,一直沿着公路方向走,但下了大雪之后,路和山林就分不清了,一旦迷路,就会因寒冷、饥饿困死在山林;三是防野兽袭击,山里野兽见孤身的人时特别容易欺生,以前有一些人就被狼和狗熊袭击过,也有丢失性命的。听说刘柱锁带有短枪,就交代他无论行、住,都要枪不离手,以防万一。

  那个年纪大的补充说:"见不着道班时,也可到路旁藏民帐篷借宿。但要注意分辨帐篷的颜色和大小,这里面很有讲究。帐篷大的、黑色的,一般都是全家居住。帐篷小的、白色的,是未出嫁的女儿住。白帐篷前没摆男人的靴子,就可以进去,因为这时的女孩处于择偶阶段,男人进去是欢迎的,生了孩子也由女方领养,和男人无关。这是当地的民族习俗,你可别进错了帐篷。"大概是酒喝多了,也许是勾起了往日的回忆,老工人讲了他的一段经历。刘柱锁听了很好奇,同时,也在心里给自己敲响了警钟:千万别去帐篷里投宿,避免遇到意想不到的麻烦,违背了群众纪律。

  次日,告别了九只青羊道班的几个热心人,刘柱锁又上路了。刚开始的一段路还平坦好走,看着眼前的朱陇关河哗哗流淌,似乎是北大河水在眼前流淌,也引他想起了十一中队队长牛幸娃、代理指导员王永学等干部,想起了在镜铁山施工的全体指战员,想起他们拼死拼活地干活,得不到饮食上的补给,顿觉肩上的担子更重了,此行的目的也更清晰了,脚步也变得轻快起来。他还特意下到河边洗把脸,让自己更加精神起来。他精神抖擞地上了路,迎着飘飞的雪花,还唱起了"日落西山红霞飞,战士打靶把营归"这首《打靶归来》,只是眼前飞的不是红霞,而是雪花,雪花飞舞,更增添了他的豪情壮志。

  及至到了甘肃省和青海省交界处的托勒山主峰,海拔越来越高,氧气也越来越稀薄,刘柱锁才感到了呼吸的困难和行走的艰难,肩上背的东西越来越重,走路像踩在棉花上。真的是累了,困了,他好想一屁股坐在地上歇歇脚,但道班班长的话在耳边响起:千万不能在冰天雪地中坐下或躺下!一旦坐下和躺下,人就完了。他凭毅力挣扎着前行,终于看到了一座闲置备用的道班房,推开门走了进去。关好门,用顶门棍把门顶死,他才一屁股坐在背包上,好半天才缓过气来。定睛看时,发现房间里有一铺炕、一个灶台、一个当桌用的破木架,墙角有一堆柴,旁边是一个火坑,有燃烧过的灰烬,看来也曾有人在此借宿。他掏出火柴,把柴火引着时,身上暖和起来,房间有了热乎气儿,气氛也热烈起来,噼里啪啦的燃柴声引燃了他的饥饿感。他掏出炒面袋,又去外面弄些雪来融化,就有了和"老霍头"一样的一餐饭。此时他来了豪情壮志,想起了《智取威虎山》中杨子荣上山那一段。杨子荣上山时,也是在路上住宿一晚,但那是在用雪砌成的四面雪墙里,而自己则是在烟火祥和的道班房,自己所住的条件比杨子荣好多了。杨子荣都能克服千难万险上山擒住"座山雕",自己还有什么困难不能克服呢?想到这些,刘柱锁心里安逸了,把背包打开,一条被子一半当被一半当褥子,上面再盖上军大衣,竟很快地进入了梦乡。

一觉醒来,已是天亮时分。刘柱锁着装整齐,起来吃了早餐,又烧了热水灌进军用水壶,把手枪检查一下放好,做好了翻越托勒山的准备。托勒山在祁连山的南侧,相向并立。祁连山海拔高度5547米,托勒南山5148米,都是出了名的大山,翻越了托勒山,就到了青海省境内。所幸公路在托勒山主峰前拐了一个弯,避开主峰,没有进入青海省境内,而是沿主峰甘肃一侧南下,走过了不长的山包后,变成了下山路,走起来变得轻松起来。其实,在托勒山主峰前,是有一条小路通向托勒牧场的,在这条小路前,刘柱锁犹豫了半天,最后听从那位道班班长的劝说,没敢从这里走,假如进山迷了路走不出来,可就没救了。他耳畔响起了陕西兵爱唱的那几句信天游:"哥哥你出门走大路,切莫走小路,大路上的人儿多,拉话解忧愁。"得,还是听小妹妹的劝告,走大路吧。刘柱锁面朝山峰看了几眼,选择了山峰下一侧的公路,翻过一道不高的山梁,就进到下山的路上。下山的路自然省力得多,好像有人推着向前走,你想停下都不行,一来坡度大,二来背后有风吹着,身上背的东西,压力也变成推力推他向前,就是想停都停不下来。

这走得最轻松的一段路,给刘柱锁留下了终生难忘的印象。就在一路欢快前行时,他突然感到有两只手搭在他的双肩上,开始以为是幻觉,把风吹当作有人推着,进而觉得不对,这两只手,不是在后身推,而是搭在肩上。这两只手毛茸茸的,不像是人手,好像是野兽的蹄爪。紧跟着,又闻到脑后有明显的喘息声,这种喘息声一步不离地响在脑后。再仔细一听,身后还有脚步声。刘柱锁脑里突然激灵一下:"妈呀,我是遇到狼了!"这一激灵,使脑瓜完全清醒,清楚自己处于极度的危险中,浑身顿时惊出一身冷汗。

对狼这种动物,刘柱锁并不陌生,他曾带战士去驱赶狼群保护牧民的牛羊。听连队的老职工讲:一个人走路时,遇到狼爪扒肩这种情况,千万不能回头,一回头就会被狼咬断脖子。你不回头,狼受颈椎局限没法下口,也许跟着跟着,它就自己走了。刘柱锁努力使自己镇定下来,按这个经验继续走,他一会儿快点,一会儿慢点,试图摆脱这只狼,但这只狼很有耐心,你快走它就快走,你慢走,它就慢走,你停下不动,它就停下不动,似乎在比耐力和体力。这么一来,刘柱锁害怕了,如果被狼一咬毙命,不仅实现不了自己的愿望,还让人说不清自己为何会命丧这里。他悄悄摸出怀里的手枪,手枪在手,自己就有斗狼的胆量。他又想起小时候老人们的告诫,说狼是"铁头豆腐腰",头很结实,腰却是薄弱环节,就像打蛇打七寸那样,必须找到狼的软肋,狼的软肋就是狼的腰部。刘柱锁不再犹豫,他悄悄将子弹上膛,头部始终保持原来的姿势,迅速回手朝狼的腹部扣动扳机,"啪""啪"连续两枪,打过后,头仍旧不回,继续向前行走,只听"扑通"一声,那只狼像一只面口袋似的重重摔在地上。直到这时,刘柱锁才回头看了一下,确信狼已被击毙。心里刚有点轻松,又害怕起来,因为狼是群居动物,一旦把群狼招来,那可不是好玩的。他还没瞅清倒在地下的狼长什么模样,就按20公里越野行军的速度奔跑起了,正好赶上山路下坡,跑得越发快起来,一直跑到路旁"一道班"驻地的房屋前,才停下脚步。以前常说,谁跑那么快像后面有狼撵似的,现在真就有狼在后面撵着,让人不得不逃命似的奔跑。

一道班是个大道班,有六七个工人,看到一个解放军跑得直不起腰,扒着门框直喘粗气,就把他扶到屋子里。听到刘柱锁如此这般地一说,大家都说:这下你帮我们除了害了!这里常发生"狼搭肩"的事,甚至有人命丧狼口。你只身斗狼,就像武松打虎,可得好好庆贺一下。又说:你斗狼的方法完全正确!对待"狼搭肩",就得胆大不慌,冷静沉着。一次牧场一个女牧民去割青草回来,就被狼"搭了肩",这位女人可不得了,装着照常走路,回手一镰刀捅进狼的腹部,把狼捅死了,牧场还给她奖励呢!

晚上一道班全体聚会为刘柱锁庆功,逼着他喝了三碗酒,说:武松三碗不过冈,你要喝下这三碗,接下来的行程狼虫虎豹就都不怕了。这顿酒确实给刘柱锁压了惊,没有这顿酒,晚上还真睡不着觉呢!一想到狼搭肩的情形,心里还着实有点后怕。

2

在"一道班"熟睡一晚,刘柱锁精神大振。一道班的工人讲,过了一道班,就进入甘肃青海交界处,再往前不远,就完全进入到青海祁连县地界。热心的一道班工人派两个代表送刘柱锁进入祁连县地界,并一直送到七道班,把他只身斗狼的事迹一讲,七道班的工人也都佩服,留他住了一宿,又喝了几杯酒庆贺他大难不死。第二天一道班两个代表和七道班的工人送刘柱锁到路口,交代他沿这条路一直走下去,到六道班住一晚,次日就可以到达托勒牧场驻地公庄。谢过道班的工人,刘柱锁一路跋涉而去。

托勒山的气候变化无常,从七道班出来两个多小时,天下雪了,开始如沙粒盐沫,后来就变成了鹅毛,纷纷扬扬,遮天盖地,把道路、山林、草地、河流、沼泽、泉源都变成了白色。初时,刘柱锁还能辨清道路,因为道路平整、瓷实,他一边观察,一边用脚探路,步伐慢了下来。雪还在下,地上的雪还在增厚,凭脚去探路渐渐有些吃力,也感到不那么准确。四野没有一人,天色渐渐暗下来,按照时间推算,应该快到六道班了。但走了一程又一程,怎么也看不到六道班的房舍,刘柱锁意识到可能是迷路了。他停下脚步,仔细辨识一下,发现自己离开了大路,走到了一条小路上,因为小路两旁的树木都是规则的,是人工修理过的,通往小路的地方,也一定会有人家,只能到那里先歇歇脚了。想起九只青羊道班班长的告诫,心里有点儿发慌,一旦在山里迷了路,能不能走出去很难说。一时恐惧感涌上心头。本来还有些饥渴感,经过这么一吓,饥渴感也没了,一步一个雪窝地挪动着,后来竟发现转了一圈又回到了原地,像遇到了"鬼打墙"似的。这时心里着实害怕,他提醒自己镇定下来,给走过的地方做个标识,避免走回头路。有几次跌倒在雪坑里,他都挣扎着爬起来,害怕一旦倒下,就再也站不起来了。终于,他看到了一排房屋,看到从房屋中射出的灯光,但他的力气已尽,走也走不动,喊也喊不动了,就在将要再次倒下之际,他拔出手枪,朝天空放出了枪里剩下的三发子弹。

突然响起的枪声,惊动了房舍中的人。一些人跑了出来,朝枪声响起方向奔来,他们在雪地上看到一个将要冻僵的身躯,这个人身穿人民解放军军装,手枪扔在一旁的雪地里。

刘柱锁真是三生有幸,他倒的地界是托勒牧场一队,这里离场部公庄还有近30公里。他的目的地是公庄,却鬼使神差地迷路到了牧场一队。一队的队长带人把他救起,挽救了他一条生命。但说起来好笑:他们是把他当成特务抓起来的,因为他虽然身穿解放军军装,开的路条,却是回湖南老家探亲。去湖南探亲却跑到了青海,又是孤身一人,还身带枪支,不能不让人怀疑他的身份。那时候人们的阶级斗争意识很强,遇事爱问几个为什么,这一问,不就问出疑问来了吗?前几年三支两军时,牧场来过一些青海军区的干部战士,后来都撤走了呀,怎么冷不丁地冒出了这么一个人,也没有来牧场的介绍信,冰天雪地地来到这里,岂能不让人怀疑?也许是伪装成解放军的坏人,是来破坏牧场生产,还是来刺探情报?人们一时议论纷纷。经过按摩、灌喂热汤,冻僵的躯体得到恢复,但人还是不太清醒,叨叨咕咕地说着胡话,大概是病饿得不轻。队长做出决定:救命要紧,赶快套马车把他送到公庄场部卫生队急救!立即有几个年轻人套上马车,拉着仍然处于昏迷状态中的刘柱锁向场部驶去。他们常年生活在这里,闭着眼睛就能找到道路,在半夜时分到了公庄,急匆匆地把人送到了卫生队。卫生队医生一边进行抢救,一边派人去报告场部领导。

托勒牧场场长夏云龙是一位老红军,长期担任牧场领导,有丰富的人生经验。听来人汇报说抓到一个假冒解放军的"特务",他怎么也不相信。托勒农场地处偏远,没有战备任务,特务来这里干什么?来这里数牛羊的头数吗?这里牛羊头数都是公开的,再说特务也数不过来;来破坏牧业生产,怎么破坏?是放火,是投毒,还是宰杀牲畜?他当即否定了此人是"特务"的说法。但当他听说这位军人开的证明是去湖南慈利老家探亲,却跑到了和那地方根本不相干的托勒牧场,不能不让人疑惑时,夏场长也疑惑起来:是呀,这确实是一个谜团,是一个需要解开的地方。更让他没想到的是,此人居然是回慈利探亲,那就一定是慈利人。而自己也是慈利人,是从慈利跟着贺龙出来当红军的。难道此人和自己有瓜葛,是原想回慈利探亲,却临时改变主意,到这里探访他这个老前辈?疑团套着疑团,使老场长对这个人这件事更加重视起来。他对牧场一队的工人说:"谢谢你们救了解放军一条性命,做了一件大好事,我代表场部领导对你们的做法提出表扬。"他打发几个工人回去,交代他们路上注意安全,说余下的事由场部处理,请他们放心好了。工人们高兴而去,他们抓的不是特务,而是救了一名解放军的性命,回去一说,全队的人自然都会高兴。

夏场长快60岁了,个头不高,头发斑白,开始有点儿驼背,全无当年当兵杀敌的英武劲儿,就是一个普通和善的小老头,就是这个普通的小老头掌管着偌大的牧场,是一个在牧场说一不二的角色。"文化大革命"前,他是13级干部,本来还可以定得更高些,官做得更大一些,起码去省里弄一个畜牧厅厅长干干,但听说他犯了错误,挨过处分,一辈子没结婚却有一个如花似玉的亲生闺女。这到底是怎么回事,也是一个有待解开的疑团。

夏云龙来到场部卫生队时,医生正在给牧场一队送来的那个解放军输液,此人已无生命危险,但神志和意识还处在恢复中。医生说:"从此人的情况看,是经过长途跋涉到牧场的,饥饿、寒冷、惊吓,使他患了重感冒,目前高烧仍没有全退,好在从41度逐渐下降,不再说胡话了。"

夏场长问:"他都说什么了?"

医生说:"他'狼''狼'地喊。"

夏场长说:"他受到狼袭击了?"

医生说:"没有看到伤口,但肩上有动物的爪痕。"

夏场长说:"那是狼搭肩!狼搭肩大难不死,可真是侥幸呀!"说罢,他开始一件一件翻看医生护士帮这个人脱下的衣服。翻看后确信这位解放军有"狼搭肩"的经历,还在军大衣内怀发现了"镜铁山十一中队刘柱锁"一行字,基本确认了此人的身份,心里也有了主意。在交代医生对病人精心照料、待完全清醒及时报告之后,夏云龙回到自己的办公室,一边踱步,一边思索着,他在心里锁定:此人不是来探亲,就是执行一项特殊任务。当务之急是弄清他的身份,弄清身份才好做出结论。

待牧场员工上班后,夏云龙让电报员给镜铁山矿发报,请帮助查清一下有无十一中队这个单位,这个单位有没有刘柱锁这个人,此人是什么身份等。因为托勒牧场和镜铁山矿有业务往来,他在矿领导层有认识的熟人,对方很快就回电报告知:十一中队是基建工程兵02部队留在镜铁山参加二期施工的一个连队,刘柱锁是连队司务长,湖南慈利人,近期由组织安排回乡探家去了。得了这个信,这位年过半百的老红军、老场长竟心潮不能平静,差点掉下泪来。他确信:刘柱锁是他的一个什么亲属的后代,是借探家之际,绕道到这里探望他这个老前辈来了。

夏云龙出生在湖南慈利县零阳镇,贺龙在湘鄂西创建根据地时,15岁的夏云龙就参加了红军,他和贺龙的妻子蹇先任是同乡,蹇家先后有几十口人参加了革命,受他们影响,他走上了革命道路,参加了红军。红军长征时,夏云龙已是连长,转移到贵州盘县时负了伤,幸无大碍,继续随部队行动,参加了长征途中的历次战斗,身上伤痕累累,在红二方面军将要和红一方面军在甘肃静宁将台堡会师时,他在和敌人战斗中又一次负重伤,昏迷不醒,被安置在当地一个农户家里。身负重伤的他,在农户家一养就是三年,最后挽回了生命,却失去了和组织的任何联系。为了谋生,他告别了那家农户,留下了组织留给他的所有银圆,孤身一人四处流浪,以给人家放牛放羊为生,最后流落到托勒牧场。在这里,他一边谋生,一边寻找组织关系,和另外几个党员建立秘密党组织,开展革命活动,在青海解放前夕,为保护牧场资产减少流失做了许多工作。全国解放后,党组织对他的红军身份进行了认定,肯定他在保护牧场资产方面做出的贡献。1955年青海畜牧厅创办新的托勒牧场时,任命他为第一任场长,从此,他就长期在这里任职,除了"文革"头几年受冲击外,一直担任场长到现在。

从离开家乡慈利那一天起,到现在几十年过去了,他一次也没有回故乡去过。一则是父母早亡,许多亲友因参加革命或受到参加革命的人的牵连,被敌人杀害了,回去有伤心之痛;二则是自己在当场长时犯过一次错误,受到过处分,干了一辈子还是个县团级,一些事又说不清楚,有难言之隐。再者,自己一直担任场长,工作繁忙,也着实离不开。如今年纪大了,常常有思乡之情涌上心头,思念故土,怀念家乡的亲人。如今来了一个小老乡,让他这种思念更加强烈,是不是自己多年没回故乡,家乡的亲人也思念自己,派人来寻找和看望自己来了?想到这一切,老场长的心情激动起来。

等刘柱锁逐渐清醒过来,夏云龙又一次去看望他,还让女儿玉珠炖了鸡汤,用棉垫子包得严严实实地端了过来。

3

刘柱锁冲天开了三枪之后,就人事不知地昏迷过去了。牧场一队的工人赶马车把他送到场部卫生队,他不知道;老场长来看过他,他也不知道。饥饿、寒冷、惊吓混合到一起,重度昏迷高烧不退,一直到住进卫生队第二天,他才完全清醒过来,才知道昏倒在牧场一队地界,被一队工人送到了托勒牧场卫生队,现在是躺在卫生队的病床上。

慢慢梳理一下思路,对从镜铁山走过来的历程进行回忆,别的都想起来了,就是想不起自己开的那三枪,一点儿印象都没有了,如果不是鬼使神差,就是自己的下意识驱使,是濒临死亡的应急反应。没有那三枪发出的枪声,工人们就不会出来救他。这一路,几次到了死亡的边缘,又被拉了回来。人们都说,大难不死,必有后福,自己这一路奔波,有什么后福呢?自己有没有后福不重要,关键是要实现此行的目的,能组织到牛羊肉货源,为在镜铁山奋斗的兄弟们提供上热量,这样,这一趟才没白来,这一趟苦才没白吃,这一趟艰险才没白经。

正思忖间,热心的医生问话了:"你和我们夏场长是亲戚?"

刘柱锁不知说什么好,只是点点头。

"我们夏场长很关心你,几次来看过,让我们照顾好你,还炖鸡汤给你喝。老场长说你叫刘柱锁,是湖南慈利人,是他的一个亲戚,是代表亲戚来探望他的。"医生又说。

刘柱锁惊呆了:"场长来看过自己?自己的名字他怎么知道?自己怎么就成了场长的亲戚?是代表亲人们来探望他的?这哪跟哪呀?是怎么联系上的?"

正在疑惑不解间,那位医生又讲话了:"我们场长夏云龙,是从你们慈利出来当红军的,几十年没回过家乡,知道家乡人来看他,心里高兴得很哩!"

刘柱锁有一些明白了:"一定是自己昏迷期间,有人在自己身上发现了那张探亲休假证明,那上面写有自己的名字、籍贯、探亲地点、探亲时间。最终没去湖南慈利而是到了托勒牧场,被误以为是改道来这里探望老场长,因为老场长是慈利人,不是探望老场长,是探望谁?"

用这个逻辑一推断,看来老场长误以为是探望他,也在情理之中。

问题是,他来托勒牧场的目的,不是探望老场长,而是组织牛羊肉货源,怎么能给人家撒谎?为了把撒谎变为事实,刘柱锁开动脑筋想啊想,想在脑海深处挖出这个亲戚来,但是挖了半天也没挖出来,就在要失望之时,突然脑袋瓜灵光一现,他想起母亲说过,她有一个娘家远房的表哥,是县城零阳镇的,贺龙闹红军那年跟着红军走了,几十年过去了,没有音讯,后来听说在青海一个什么牧场,这辈子怕是见不着了。

脑袋一道闪电过后,他确信这是天意的安排,让他找到了远离家乡和母亲失联多年的表舅。即使对不上茬,他也决定假戏真做,用这个行动去慰藉一个老革命的心。再说,认上了场长这个亲,组织牛羊肉货源肯定会得到关照。这么一想,他就想起一些细节,似乎别的亲戚也说到过这个人,说他因为当红军,家里有几个亲人被敌人杀害了。把零零星星的线索、片段拼凑起来,刘柱锁确认自己是歪打正着,这次探亲可真是探到点子上了。

医生把刘柱锁得到较快恢复正在清醒的消息,向夏云龙场长做了汇报。夏云龙即带女儿玉珠前来探望。待两人坐下,医生便退出忙自己的事去了。

"柱锁,你好些了吗?"夏云龙问。

"好多了!您怎么知道我的名字?"刘柱锁问。

夏云龙笑了:"我不光知道你的名字,还知道你是镜铁山02部队十一中队的。"

"您是怎么知道的?"刘柱锁问。

"你大衣内怀上写得清楚着呢!"夏云龙说。

刘柱锁说:"表舅不愧是当过红军的,啥都瞒不过您的眼睛。"

这回轮到夏云龙惊讶了:"表舅?你叫我表舅?你还知道我当过红军?你是谁家的孩子?"

刘柱锁说:"我妈叫夏春香,是您的表妹,她常给我念叨起您。"边说边看夏云龙的表情。

夏云龙上来一把抓住刘柱锁的手说:"孩子,你是夏春香的儿子?春香是我的小表妹呀!当年我长征时,她拉着我的手送我,这一别就是几十年了。你妈还好吗?你们全家好吗?"老场长真个动了感情,边说边擦着眼角的热泪。

刘柱锁说:"我妈好着呢,全家都好,就是几十年没见您的面,我妈常念叨您,大龙哥长大龙哥短的,早就让我寻机会来看您。"虽然说的是假话,刘柱锁说得很真诚。现在对上号了,两家确实是亲戚,妈妈确实是夏场长的表妹,这就不算瞎话,不算假冒。在中国农村生活,一方水土养一方人,家家户户打断骨头连着筋,全都连着拐弯亲。刘柱锁和夏云龙连上亲戚关系并不奇怪,只是连的有些奇巧罢了。刘柱锁假戏真做半真半假地把戏演下去,即使其中有一些谎言,谁不认为这是善良的谎言呢?

问过刘柱锁的年龄,夏云龙把玉珠拉过来说:"玉珠,这是你柱锁哥哥,来认认亲。"

玉珠大大方方地过来握一下刘柱锁的手说:"表哥好!欢迎你到牧场来看我爸!"

夏云龙接话道:"你来时也不发个电报,好去接你!"

刘柱锁说:"也是临时决定的。原想回老家探望父母,后一转念,就到您这里来了。没给您发电报,是想给您一个惊喜。"

夏云龙说:"给我一个惊喜?没把我吓死!你昏迷中直喊'狼''狼',衣服和肩膀上又有被兽爪抓过的痕迹,你一定是遇到'狼搭肩'了吧?怎么摆脱的?"

刘柱锁说:"幸亏我带着手枪,实在摆不脱,就冲狼的腰部开了两枪!"

玉珠拍着双手说:"表哥真了不起!武松是打虎英雄,你是打狼英雄!"

夏云龙对付狼有丰富的经验,他说:"遇着狼,首先不要害怕。人怕狼,狼也怕人。遇狼时不要跑,不要退缩,用眼睛直视狼的眼睛。对面遇到狼时,可以装着蹲下捡石头打它,也可以把木头举过头顶,狼怕高大的东西。很多时候,狼是不伤人的。'狼搭肩'的,一般都是饿狼,是以人为袭击对象的,对恶狼就不能客气。一次我去牧场巡查,就遇到了'狼搭肩',我头也不回,一匕首刺到狼的腹部。你这次斗狼的方法是对的,不过也很危险,是在险中取胜,你这一趟来看舅舅真不容易哩!还差点儿迷路走不出来。要是有个三长两短,我可怎么向我那春香妹交代!"说着,又感慨起来。

"爸,到现在还想着你那春香妹子呢?"玉珠开玩笑说。

"去!没大没小的,去一边去!"夏云龙笑骂玉珠。

玉珠笑着跑开了。夏云龙把医生叫来,问了问医生刘柱锁的恢复情况。医生说:"已经没有大碍了,再恢复将养几天就可以了。因为劳累过度,需要好好休息一下,在生活上调理调理。"

夏云龙说:"既然这样,柱锁就不在这里住下去了。他是来我这个表舅家探亲的,还是住我家里为好。让玉珠给他做些好吃的,加强点营养。住在一起,说个话也方便。多少年没见家乡的亲人了,实在是想念得很呐!"

医生说:"这样也好。如有什么需要,打一声招呼我就过去。在家里做吃的方便,也不用跑来跑去送饭了。"

说话间,刘柱锁的东西也都准备好了,玉珠跑去找司机,场里的吉普车也开来了,三个人坐上吉普车到了夏云龙家里。

这样一来,刘柱锁真的弄假成真,把为中队采购牛羊肉变成了探亲之旅。

托勒牧场经济效益不错,场部职工住的一色青砖瓦房。夏云龙住瓦房三间,宽敞明亮。中间一间是客厅,是会客的地方;右侧一间是夏云龙的卧室;左侧一间是玉珠的卧室。夏云龙的卧室放着一大一小两张床,大床是夏云龙的,小床是玉珠小时候用的,玉珠长大成人之后另住一间,这张小床就空置下来,平常堆放些东西。夏云龙让玉珠把床上东西搬走,他要在小床上睡,把大床留给刘柱锁,刘柱锁死活不干,说:"您是长辈,身上又负过伤,怎么能让您睡小床?我是晚辈,身体都恢复了,怎么能住大床?这床大小可以不分,人可不能大小不分。您是长辈,还是老红军,若在部队,您就是师长、军长,我就是您手下的小兵。您就把我当成您的警卫员,我睡小床理所应当。"说罢,又跳起蹦了几下,证明自己的身体已经恢复好了。

这大床、小床是顺着放的,晚上睡觉时头并头,说话方便。头一晚上,夏云龙就和刘柱锁聊了半宿。他问家乡每位亲人的情况,家乡的变化,刘柱锁拣知道的给他说。连零阳镇东头那个大水坑还在不在都问,说有一年在水坑里游泳,差点儿淹死,是邻居一位叔叔救了他一命。后来,他和这位叔叔一起参加了红军,他在战场上救了叔叔一条命,算是命命相抵了,后来这位叔叔在西征中战死了。说着说着,老场长就陷入对往事的回忆中,刘柱锁也从他的叙述中了解到前辈们更多的往事。

玉珠今年刚从西北民族学院音乐系毕业,正等待分配。青海畜牧厅为照顾老红军子女,提出安排她到省畜牧厅机关党委工作,玉珠本人却想回托勒牧场,她从小在这里长大,和阿爸十多年相依为命,她离不开阿爸,也想就近照顾他老人家,她想到牧场工会教职工唱歌跳舞,活跃牧场文化生活。夏云龙对玉珠的这个选择不置可否,让她自个儿拿主意。此事还没有定论,正赶上刘柱锁来探亲,她就在家里照顾刘柱锁,变着花样做他可口的饭菜。空闲时这对青年男女就在一起闲聊。玉珠不像阿爸关心家乡那些事,而是喜欢听部队干部战士的故事,讲他们在镜铁山施工,如何克服意想不到的困难,以及日常生活中发生的各种趣事。也许阿爸是老红军,也许是当时的社会风气使然,玉珠对军人是敬仰的,对军营生活是向往的,对军营的一切都感兴趣。刘柱锁则喜欢听玉珠讲她在西北民族学院的学习生活,自己这辈子没缘进大学学习,对大学围墙内的生活充满了向往。

这一年刘柱锁24岁,玉珠20岁,两人年龄相近,说起来有无尽的话题。天气好时,两人就搬凳子坐在房前用水泥做成的院坝上,一边晒太阳,一边聊天。院坝的半边没有打水泥,种着几棵树木和一些草花。如今已是冬日的天气,严寒来袭,大多数树木花草已进入冬眠状态,只有几朵不知名的花,仍顽强地坚持着在开放,显示着不屈不挠的精神。

渐渐地,两人几乎无话不谈,只是在刘柱锁问到玉珠的阿妈时,玉珠才沉闷不语,说:"这事你问我阿爸去!"

刘柱锁注意到,玉珠房间里既有汉族服装,又有藏族服装,她有时穿着汉族服装,有时穿着藏族服装。而在跳舞时,她更愿着藏族服装。她穿藏族服装跳起"锅庄舞",是那样的轻盈优美。那么,玉珠到底是什么民族呢?汉族?藏族?刘柱锁没好意思多问,也许她阿爸犯错误的谜底就在这里,还是不问为好。

幸福的日子总是过得很快,再过几天就到归队的时间了,到现在购置牛羊肉的事还没有跟夏场长说过,刘柱锁心里急得很。不是不想说,而是没有找到机会。如果没找到恰当的机会,说得不合适,夏场长就会觉得自己探亲是假,来托他办事才是真。他原本是想到这里撞撞运气,也没想到找谁,现在一下撞个正着,这牛羊肉不是场长正管着吗,还用找谁去批?所以有顾虑,是怕伤了老红军的心,让人家产生不愉快的想法,好像来认亲就是为了让人家办事的。他几次想给玉珠说,也没有说出口,憋到最后再说吧!

临要走那几天,刘柱锁对夏云龙说:"表舅,我假期快到了。部队规定,干部结婚的,假期30天,没结婚的,假期20天,我准备一下,过几天就回部队了。"

夏云龙说:"你小子在部队当了干部,还找不到婆娘?"

刘柱锁开了一个玩笑:"我的婆娘,还不知在哪个丈母娘肚子里怀着呢!"

夏云龙笑了,看似无意,实则有意地说:"你看我家玉珠怎样?看上没有?要是看上,我把玉珠给你!"

刘柱锁说:"不行!不行!人家玉珠是大学生,我是部队的一个司务长,配不上人家!"

夏云龙说:"怎么配不上?现在姑娘找对象,第一选的就是军人。我们牧场流行的说法是:一黄二蓝三教员,宁死不找庄稼汉。'黄'就是指当兵的,穿的黄军装;'蓝'是指工人,穿的是蓝制服;教员就是子弟小学的老师;庄稼汉指的是农民。我看你和玉珠挺能说得来。"

刘柱锁内心里是喜欢玉珠的,嘴里却说:"玉珠长得太漂亮,我配不上人家,因为小时在家挑担走山路,还挑出了一个罗圈腿。"

夏云龙大笑:"你个龟儿子,有这么作践自己的吗?我也挑过担,还常年骑马,不也是罗圈腿吗?不也没影响当场长吗?不也生出如花似玉的姑娘吗?"

刘柱锁见火候已到,说:"您把玉珠给我当媳妇,招我做上门女婿,总不能不让我见见丈母娘吧!您不结婚却有这么漂亮的女儿,这到底是怎么一回事呀?"

"行,为了成全你和玉珠的婚事,我就把我和她阿妈的故事说给你听听。你是咱老家来的外甥,我让你知道这件事的来龙去脉,将来有传播歪理邪说的,你也好给我以正视听。"

就这样,一个红军出身的老场长,向一个年轻后生细伢子,打开了藏有心底秘密的话匣子。

4

夏云龙给刘柱锁讲了一个十分奇特的真实故事。

1954年秋天,夏云龙被任命为托勒牧场筹备组负责人,已明确告诉他,牧场于1955年正式建立后,他就是牧场场长,要求他在筹建阶段就要负起全面责任。按照当时的规划,要建立起规模大些的牧场一队、牧场二队。而当时的实际情况是,下面有许多类似互助组、合作社式的小队,要把这些众多分散的小队相对集中起来,要做许多组织和说服工作。夏云龙把筹备组的几个组员分了工,自己主动到最偏远的畜牧小队去做工作。因为不懂藏语,他还带了一个懂藏语的翻译。组织工作日见成效,筹备工作在顺利进展。就在这一年冬天,在去一个偏僻牧点的路上,天空突然下起暴风雪,在暴风雪无情袭击下,他和翻译走散了。水和干粮都由翻译背着。干渴、饥饿和寒冷使他神志不清,最后迷了路,茫茫雪野怎么也走不出去。就在他快要绝望时,突然看见了雪地里有一顶白色帐篷。因为是白色的,和雪一样颜色,他好不容易才分辨出来。他告诉自己,也许是一种幻觉,不管是不是幻觉,求生的欲望促使他向帐篷走去,走不动时就跪下来向帐篷爬去……

不知过了多长时间,已经昏迷多时的他,终于醒了过来。他做了一个梦,梦见自己在一个温柔的天堂里,享受着无尽的甜美。当醒来睁开眼时,却发现自己是在一个女人裸体的怀抱里。那个女人用赤裸的胴体温暖着他的身躯,使他冻僵的躯体和四肢缓解过来。那胴体一丝不挂,而他外面冰冷的衣服已被脱了下来,只穿内衣内裤,和女人紧紧抱在一起。女人慈祥地微笑着,毫无邪念,就像纯洁的圣女一般,在用大爱去拯救他的生命。他俩始终没说一句话,没有任何一句交流,相抱相拥着等待暴风雪结束。雪过天晴，走出帐篷时，他回头看着已穿上衣服的圣女，依然没有说什么，但那圣洁的形象、温柔的胴体，已深深印在他的心里，连同那顶白色的帐篷，也融入他永远的记忆。

这之后，鬼使神差般地，即使没有下雪，再没有发生那样紧急危险的情况，他也借巡查路过之际，来到这个帐篷。这个帐篷就像磁铁一样，吸引他的心，那圣女般的容貌、温柔的胴体，就是磁芯，使他心驰神往。终于两颗相爱的心碰出火花，男女那美妙的身体结合到了一起，让他享受到了从未有过的快乐，而这快乐又遍及全身，让他一次又一次地神往。当他和这个女人的婴儿出生，终于纸里包不住火，事情败露。他这时已是场长，上级有人提出撤销他的场长职务。更高一级的领导不同意，说给他一个处分，让他戴罪立功，实际上是放他一马的意思。

他在检讨会上感谢组织的挽救，提出辞去场长职务，和这个女人正式结婚。组织上坚决不同意，认为以前的错误是偶犯，是属于立场不坚定，现在提出结婚，是死心塌地、死不悔改、不可救药，会在群众中造成不良影响。如果一意孤行，会给予最严厉的处分。那个圣女般的女人也体谅他的处境，劝他服从组织决定，怕自己劝解不了他，就谎称家里不同意他们的婚姻，如果硬要坚持，那可真要破坏民族团结。在这种情况下，夏云龙只好忍痛割爱，但他明确向女方表示：他希望在适当时候接回他们爱情的结晶——女儿玉珠，他情愿一辈子不结婚陪伴女儿。女人答应了他的要求，在玉珠6岁时，把玉珠送回到他的身边。怕夏云龙再来联系自己，就随父母游牧到甘肃祁连山那边去了，至今杳无音讯。

刘柱锁听了这个饱含激情的故事，一下子受到感染，他说："表舅，我表个态，如果玉珠不嫌我配不上她，我愿意和她结婚成家，我们两人照顾你一辈子！"

夏云龙一下子从沉闷转为兴奋："好，就这么说定，我明天就去问玉珠。"

夏云龙跟玉珠说没说并没回告刘柱锁，但刘柱锁感到玉珠对他更好、更加关心，掩不住的兴奋之情溢于言表。

看到火候已到,刘柱锁说:"玉珠,我有一件事要求表舅。"

玉珠说:"啥子事?说嘛,一家人还客气啥!"

晚上吃饭时,玉珠炒了几个菜,给阿爸、刘柱锁倒上了酒,自己也倒了一杯,说:"阿爸,咱们今天庆贺一下!"

"庆贺啥呀?"夏云龙明知故问。

玉珠也不含糊:"庆贺啥?庆贺你有了一个养老女婿呗!"

刘柱锁脸"唰"地红了起来,他有些不好意思,聪明的他立刻改了口,说:"阿爸,请喝酒!"

"亚克西!"夏云龙一饮而尽。

"阿爸,我还有一件事要求您老。"刘柱锁说。

"什么事?说!"

刘柱锁说:"我在连队担任司务长,大部队撤走后,兰州军区'断供',我们中队牛羊肉供应成了问题,热量跟不上,影响施工。您看能不能帮我们解决一些?"

夏云龙说:"你这就不是问题,需要多少我供应多少!"

玉珠说:"阿爸,你这不是以权谋私吧!"

夏云龙眼一瞪说:"什么以权谋私!我们这几年产量增加,正愁打不开销货渠道哩!丑话说在头里,价钱上可不能关照,别人什么价你就什么价,我不能拿公家的东西送人情。具体事宜你找供应科去谈,价钱你们定。如果你们目前急需,我可以让场部派一个卡车把货送过去,对部队给这一点儿优待还是可以的。"

刘柱锁说:"谢谢阿爸,你给供应科打招呼后,我就去洽谈,争取早日发货,我也随车返回部队。"

玉珠说:"我也去,我也搭卡车去一趟柱锁哥的部队。"

"胡闹!你去干什么?"夏云龙说。

玉珠说:"你不是让我深入了解一下刘柱锁同志的情况吗?我去部队,就是完成你交给我的任务呀!"

夏云龙笑了:"好,好,你去!你俩是画好个圈,让我往里跳吧!"

玉珠说:"是阿爸您和柱锁哥画个圈,让我往里跳哩!"三人顿时大笑。

很快，刘柱锁就和供应科签订了供货协议：买牛羊肉不按秤称，按头数交易，带骨头计算斤数。一头牛算150斤肉，一头羊算50斤肉。牛肉每斤0.2元，羊肉每斤0.25元，按头数算账付款，概不赊欠。如需运输，按里程另计运费。为了体现对部队的关照和第一次建立供货关系，刘柱锁订购的第一批牛羊肉，免费予以运输。

刘柱锁剑走偏锋，大功告成，不仅实现了采购牛羊肉的目标，还领回了一个热恋中的女朋友，乐得像中了状元一样。私下里高兴地喊道："妈呀，这运气来了挡都挡不住！"

为了确保卡车路上安全，夏云龙通过关系，让交通局通知各道班维护好道路，选了一个晴天丽日，让刘柱锁带着车，由玉珠陪伴，拉着一车宰杀好的新鲜牛羊肉，向镜铁山驶去。

老场长站在道旁挥挥手，依依不舍地看着卡车扬雪而去。

第 九 章

1

刘柱锁和玉珠押着一卡车宰杀的牛羊,翻山越岭向镜铁山驶去。汽车到底比人走路快得多,150公里路,赶紧一天当天就能到达,但夏场长不让他们赶,怕赶太紧了出事,冬天走山路可不是闹着玩的。刘柱锁听从劝告,便按两天路程安排。

待车到九只青羊道班时,天还没有黑尽,司机说:"还可再走一段路。"刘柱锁说:"不赶了,咱就住在九只青羊道班,这里的人熟,地方也宽敞,过一宿没有问题。"

刘柱锁指挥司机把车停在道班的院子里,玉珠从驾驶室里跳下来。道班班长一下子认出了刘柱锁,上前拉着他的手说:"这不是去托勒牧场探亲的那位解放军吗?你把媳妇儿也带来了?"

刘柱锁没顾上回答,他让司机进到车厢的帆布篷里,把一只宰杀好的羊扔了下来。刘柱锁接住羊说:"刘班长,今天晚上我请客!那天多亏你指点,不然,我就被狼吃了。这只羊是我花个人工资买下来的,好好孝敬一下你和兄弟们!"

这时,道班的几个工人都出来了。他们也不看羊,只是盯着玉珠看。玉珠调皮地说:"看吧!看吧!让你们看个够!我是学唱歌的,不怕让人看!"说罢,还把头上的围巾摘下来,露出红扑扑的脸蛋。

玉珠这么一说,倒让那几个道班工人不好意思起来,其中一个说:"哟,还是一个辣妹子哩!"

上回劝阻刘柱锁进山的那位工人说:"怪不得不顾生死往山里跑哩,有这么漂亮的妹子在那里等着,不往里跑才怪呢!"

另一个插话道:"我说我也爬冰卧雪过去,你们还笑话我!你看,这不让解放军同志抢了先了!"

那个年纪最大的工人说:"人家是有媳妇等着哩,谁在那里等你?还人家抢了先,那本来就是人家媳妇,你爬过去连个毛都没有。"

刘班长笑骂道:"都胡咧咧什么,快收拾羊去!晚上清炖羊肉,咱们好好喝一壶!"

刘班长把刘柱锁、玉珠和卡车司机带进道班,安置司机去休息,就拢上一堆火,和刘柱锁、玉珠摆谈起来。

当刘柱锁讲了进山时遇狼和迷路的经历后,刘班长说:"你遇到的这些事,我都是预料到的。当时看劝不转你,见你身上又带着枪,就没有再多说什么,看来这枪还真帮了你大忙。没有这支枪保命,咱们能不能见上面还两说道呢!"又说,"你走了之后,他们几个人埋怨我没有劝住你,怕你出危险。我说你们懂什么,漂亮可人的女人就像磁铁吸铁钉一样,谁能劝得住?力量大得很哩!"

刘班长说完,又转向玉珠:"姑娘,你是遇到可托付一辈子的男人了。为去见你连命都不顾,差点儿落入狼口,这样的男人你去哪里找?"

玉珠脸红了,只是笑笑,没有搭腔,但心里已受感染。她了解到路途的艰辛、工人们的劝阻,以及刘柱锁的坚定执着。虽说是探望阿爸,而不是像工人们猜测的那样去会见自己,但这种重亲情而不惧困难的行为让她感动。亲眼见到刘柱锁自个儿出钱买羊答谢道班工人,这样重情重义知恩图报,玉珠在内心里欣赏这个人,认定下这个人。

这天晚上的羊肉宴席自然是一番热闹。桌上不光是羊肉,还有道班工人存下的好吃的、好喝的,全都拿出来共享。酒自然是要喝够喝透,男人们自不必说,玉珠也加入进来,入进了大碗喝酒这一伙。刘柱锁心里高兴,弄一车牛羊肉归来不说,还打通了供应关系,解决了连队的日常需求,还领回来一个如花似玉的玉珠。酒不醉人人自醉,一会儿敬这个,一会儿敬那个,又敬玉珠,敬卡车司机,不一会儿就喝高了,被扶上火炕盖着军大衣睡着了。卡车司机喊困,也去睡觉了。那几个道班工人就逗玉珠:"你这个兵哥哥,对你如何呀?"有的问:"你们是怎么认识的?"还有的问:"你们何时圆房呀?"尽管玉珠爽快开朗,也有点不好意思,说:"喝酒,喝酒,你们男人们也不一定能喝过我呢!"就讲起在西北民族学院上学时的一些趣事,一些喝酒闹出的笑话,学着新疆人的腔调:"酒嘛,喝嘛!肉嘛,吃嘛!"最后几个人就比起酒来,谁输了就讲一个笑话,或经历过的故事。就这样一直到天亮。

用完早餐上路,已是上午10点了。刘柱锁、玉珠和九只青羊道班工人们依依惜别后,带车经祁青公社返回十一中队。

快到十一中队,也就是原来的团部时,刘柱锁和玉珠耳语几句,让司机将车停下,自己身穿军大衣,爬上了卡车后面的帆布帐篷里。

"滴——""滴——"卡车鸣叫着开进中队大院,停在篮球场上。此时,十一中队干部战士正在列队准备进饭堂吃午饭,眼见开进来一辆卡车,从驾驶室跳下来一个漂亮女人,眼珠子一下子瞟了过来。牛幸娃喊声:"稍息!"就大步流星地朝卡车走去,冲着跳下车的姑娘问:"你是谁?干什么的?带车到连队也不打个招呼!"

玉珠并不惧怕神态严肃的牛幸娃,笑嘻嘻地说:"我叫夏玉珠,是青海托勒牧场的。"

"你来干什么?"牛幸娃问。

"我来找刘柱锁!"玉珠说。

牛幸娃听说这个女的找刘柱锁,就格外认真起来:"找刘柱锁?他回湖南老家探亲去了!你是他什么人?"

玉珠说:"我是他的一个朋友,他让我送一车牛羊肉给十一中队牛幸娃中队长。"

"我就是牛幸娃。"牛幸娃说,接下又说,"他没给我说送一车牛羊肉的事呀,不会是搞错了吧?"

玉珠说:"这一车牛羊肉你要不要吧?你要是不要,我就送到镜铁山矿上去!"

"别,别,别!"牛幸娃听玉珠这么一说,真有些着急了,就给玉珠解释说,"我不是不要牛羊肉,我是害怕情况不明,违反群众纪律嘛!"

玉珠说:"不违反群众纪律,这是刘柱锁采购的,让我押车送过来的,我是他的女朋友,牛中队长放心好啦!"

牛幸娃不再说什么,回头招呼队伍:"一排长带人过来卸车!"当他来到卡车后面帆布篷前,正要向里探头看时,车上"扑通"一声跳下一个黄乎乎的东西,以为是没宰杀的牛羊窜了出来,吓了一跳。还没叫出声,看见刘柱锁从军大衣下钻出来,朝他做着鬼脸说:"中队长,是我,我是刘柱锁!"

"你个龟儿子,搞什么名堂嘛!"牛幸娃一下子抱住刘柱锁,抱着他原地转了两圈。他没想到,刘柱锁在被放下来时,搂住他脖子大哭起来:"中队长,我终于回来了,我差点儿见不到你了!牛羊肉保证供应了,咱们完成施工任务有保证了!"说罢,咕咚一声坐在地上昏过去了。

在场的干部战士都看到了这一幕,也都猜测出刘柱锁历经千辛万险弄回一车牛羊肉,也带回了一个漂亮的未婚妻。玉珠蹲下来摸一下刘柱锁的额头,冲牛幸娃说:"没事的,他是太兴奋太激动了。去托勒牧场一路上,他遇到了'狼搭肩',遇暴风雪迷路,差点丢了性命,见了战友情绪激动,躺一会儿就会好。"

正说话间,军医苗丽萍赶了过来,她掏出听诊器,伸进刘柱锁胸前听听,又把了把脉搏,很有把握地说:"没什么事的,放心好了,送到诊室输点儿液就好了。"又对牛幸娃说:"中队长,你带人卸车吧,我和玉琼把他扶到诊室去。"

牛幸娃不放心,对王永学说:"指导员,你跟着过去,有事好照应一下。"玉珠也过来了,几个人扶着刘柱锁到诊室去了。

刚输上液,刘柱锁就醒过来了。待有了精神头,能够说话时,牛幸娃安排好卸车和干部战士吃午餐,也赶了过来。刘柱锁断断续续地叙述,加上玉珠的补充,牛幸娃、王永学和在场的人,知道了事情的经过、历险的过程以及美满的结局。刘柱锁如实叙述了事情的经过,连在托勒牧场没有跟玉珠明说的一些事,也都一五一十地做了交代。讲了自己如何去托勒牧场撞大运、遇狼和迷路的经过,以及当老场长误以为他去探亲时,他将错就错却弄假成真,如何认识了玉珠,怎样和牧场建立了供货关系等,全都和盘托出。他这么一说,反而让玉珠更加感动,更认为这是一个有极强责任感的军人,是可以托付一生的男人。

讲到最后,刘柱锁说:"中队长,我要特别感谢你借给我那支枪和五发子弹,没有这支枪和那五发子弹,我打死不了狼,也不能在迷路昏倒前鸣枪示警。枪是我的救命恩人,你也是我的救命恩人!"

牛幸娃说:"当时你冲我借枪,我就觉得哪里不对劲。借了就后悔了,害怕你小子带枪闯祸,想不到还真派上了用场,救了你小子的命!"

玉珠说:"中队长,我也得谢谢你。你要不借给他枪,他保不了命,我俩就见不上面,也不能有恋人关系。"说完,站起来向牛幸娃鞠了一躬。

牛幸娃哈哈大笑说:"过去听说有花为媒、书为媒、树为媒,咱这叫'枪为媒',枪不会说话,我来给你俩保媒!柱锁好好将养身体,玉珠留下来也好好休息几天,过几天我和指导员给你俩设'订婚宴'。"

王永学说:"好、好,大难不死,必有后福!拉一车牛羊肉回,携一个美人归,必须好好庆贺一番。"

经过认真准备,刘柱锁和玉珠的订婚宴在三天后进行。开车的司机回托勒牧场了,玉珠让他给阿爸带回一封信,说自己还想在部队停留一些日子,反正大学毕业后工作岗位还没有确定,不用急着回去上班,在这里过几天愉快清闲的日子,也深入了解一下刘柱锁的为人,看可否一辈子托付终身。让阿爸放心,自己在这里一切安好,勿用惦念。

订婚宴在中队饭堂举行,费用由牛幸娃和王永学出,两人各掏了一个月工资,备了丰盛的酒菜,邀请参加的人有中队干部、班长和战士代表,大队工作组人员悉数参加。

订婚宴自然由牛幸娃主持,他大声豪气地宣布今天宴会的主题:一是庆贺刘柱锁和夏玉珠订婚;二是刘柱锁圆满完成采购任务,和托勒牧场建立牛羊肉供应关系;三是庆贺刘柱锁大难不死顺利归队。说罢,举起手中装酒的大碗,"咚咚咚"喝了下去,一下子把气氛点燃起来。

霍绍明、王永学先后致辞。苗丽萍和杨玉琼献上彩布做成的花。"编织匠"慕古秀给两位订婚者各织了一件线背心,说这是"心心相印";"铁匠"苏明远给两人各打了一把"同心锁",说这是"锁锁连心"。每进行一道程序,大家就一起喝一碗酒。酒酣面热之际,众人就提出让玉珠唱歌,玉珠在西北民族学院音乐系是学声乐的,唱歌是她的本行,答应为大家唱歌,但非要找一个人伴唱,大家起哄让刘柱锁"妇唱夫随",无奈刘柱锁酒喝高了,已站立不稳。即使没喝高,五音不全的他,也和玉珠配不上对。霍绍明说:"找什么刘柱锁,老金就是最合适的伴唱人选,什么歌他不会?新的、旧的,中国的、外国的。有一次,我还听他在唱套什么车呢!"

王永学说:"不是套什么车,而是《三套车》,是俄罗斯民歌。"

两人这么一说,大家都把目光视向老金,老金好像做好准备似的,站起来走向玉珠,很绅士地把手放在胸前,行了一个礼:"一切听从玉珠同志吩咐!"大家哗哗地鼓起掌来。

老金和玉珠合作的节目叫《逛新城》,是一首著名的二重唱经典音乐歌曲,藏民族风格浓郁,采用男女声对唱的形式,塑造了翻身农奴父女俩的形象,反映了拉萨的新气象新变化,唱出了翻身农奴的新生和喜悦。歌曲旋律风趣、欢快,好听好学,在六七十年代广为流传。其载歌载舞的形式,很能营造感染人的欢乐气氛。老金饰演阿爸,玉珠饰演女儿,两人的年龄相差较大,还真像一对父女,把这首歌的意境发挥到了极致。

金珠合:雪山升起了红太阳
　　　　拉萨城内闪金光
　　　　翻身农奴巧梳妆
　　　　父女双双逛新城呀

老金:女儿在前面走哇,走得忙
　　　老汉我赶得汗呀,汗直淌
　　　一心想看拉萨的新气象

　　　　迈开大步我紧呀紧跟上呀

老金:哎,哎,为啥树干立在路旁
　　　上面布满了蜘蛛网
玉珠:电线杆子行对行
　　　纳金日夜发电忙
　　　接起线来家家亮
　　　拉萨日夜放光芒呀
玉珠:阿爸呀
老金:哎
玉珠:快快走
老金:哦
玉珠:看看拉萨新面貌
老金:女儿吔
玉珠:哦
老金:等等我
　　　看看拉萨新面貌
金珠合:快快走来快快行呀
老金:哦呀呀呀呀呀

老金:哎,哎,为啥公路上尘土飞扬
　　　为啥拉萨城内人来人往啊
玉珠:农牧物资大交换
　　　城市乡村紧相连
　　　团结一起互相支援
　　　共同建设繁荣的新西藏呀
玉珠:阿爸呀
老金:哎
玉珠:快快走

173

老金:哦

玉珠:看看拉萨新面貌

老金:女儿吔

玉珠:哦

老金:等等我

　　　看看拉萨新面貌

金珠:快快走来快快行呀

老金:哦呀呀呀呀呀

　　……

　　老金和玉珠载歌载舞,歌好,舞好,气氛好,让人受到感染,有的人从酒桌上下来加入演唱,有演阿爸的,有演女儿的,饭堂一时间成了欢乐的海洋。

　　曾经的舞蹈演员杨玉琼再也按捺不住了,跃跃欲试也要上场,她对苗丽萍说:"丽萍姐,我给大家演个节目可以吗?"

　　待《逛新城》演完,苗丽萍站起来拍拍手说:"各位静一静,下面请杨玉琼给我们表演舞蹈《红色娘子军》片段。"

　　杨玉琼早有准备,她已换上舞鞋,在众人的欢呼声中出场。她站在场地中央,以优美的握抱姿势,一连串抬腿吸腿转,双腿交叉前后开合跳跃打击,动作轻盈舒展,干净利落,将战士瞄准、射击以舞蹈独特的肢体语言形象地表现出来,然后身体前倾碎步后退,一个大跳,接着连做两个倒踢紫金冠。这可是一个高难度技巧,必须有很强的爆发力,只见她高跳起跃,两条腿在空中180度一字劈开,上身后仰,头触到踢出的小腿,手触到脚,整个身体凌空腾起,在停顿的一瞬间,犹如空中一具美丽的雕塑,震撼人心。这个造型干部战士只在芭蕾舞剧《红色娘子军》吴清华的剧照中看到过。紧接着,她双手展开与肩平行,用脚尖直立满场平转留头甩头,"嗖嗖嗖",如一股旋风扑面而来,看得人眼花缭乱,飞舞中那宽大的军装难掩她那婀娜的身材,藏在衣内的一双小白兔也随着动作的起伏在跳动,柔软的手臂如行云流水,雪白雪白的脖颈宛如高傲的天鹅,美得不可方物,最后以一个优美的迎风展翅亮相收场。

"哗哗哗",掌声像潮水一般涌来。一曲舞罢,她满脸绯红,脑门上沁出了细细的汗珠,俊俏的脸上笑容更加动人。在雷鸣般的掌声中,她给大家敬了一个军礼。

人们被杨玉琼的表演惊呆了,似乎还沉浸在方才的观看表演中,没人说话,也没有任何动作。玉珠和苗丽萍上来拥抱杨玉琼,三个美女一起站在众多男军人面前,撩得他们春心萌动。阎干事"阎眼镜"当场赋诗一首:"军花绽放舞蹁跹,飞起倒踢紫金冠。婀娜多姿随风展,惊叹就在一瞬间。"当他念完,众人高呼"好诗,好诗!喝酒,喝酒"!本来不擅饮酒的阎干事,这一次却喝得烂醉如泥。

2

小护士杨玉琼竟有这么高的舞蹈艺术造诣,这让除了她自己之外的所有人都惊呆了。以前十一中队干部战士和工作组的人,见过她的前滚翻、后滚翻,专业术语叫"前桥""后桥"的前后翻滚动作,偶尔跳一段独舞,因为她是支队宣传队下来的,欣赏之余也没有格外惊奇,但这一次超水平舞蹈表演,和电影上的芭蕾舞《红色娘子军》也不差上下,真让人惊叹不已,最为叹服的是工作组的干事"阎眼镜"。他虽然近视,但对杨玉琼的表演尽收眼底。"阎眼镜"酷爱文学艺术,读过中外许多文学作品,也见到过不少描写表演方面的诗词,如杜甫《观公孙大娘弟子舞剑器行》、白居易《琵琶行》等,受到多方面艺术熏陶,立志写作一部长篇小说,没事时就认真搜集素材。及至看了杨玉琼的舞蹈表演,突然眼前豁亮:去哪里搜集素材,去哪里寻找人物原型,这杨玉琼不是现成的吗?他决定深入挖掘杨玉琼的成长史,让她成为自己未来小说中的一个典型人物。

既然有这个想法,思想支配行动,"阎眼镜"就和杨玉琼主动交往起来。杨玉琼也敬佩"阎眼镜"的才华,在自己舞毕当场赋诗,出口成章,这可不是什么人都能做得到的。因此对"阎眼镜"的接触"投桃报李",两人的交往也就多了起来。当听说杨玉琼的父亲是第一代酒钢建设者,母亲是怀着身孕来到酒钢工地,在干打垒房子里生下杨玉琼,生下这个第一代酒钢建设者的第一个孩子时,"阎眼镜"更觉得挖到了"金元宝",为写作搜集到了重要素材,决心不遗余力地把这姑娘身上的故事挖掘透,让她成为自己小说中的灵魂人物。

让"阎眼镜"更没想到的是,杨玉琼这个女子是那样聪明剔透、洁白无瑕,毫无心机和邪念,而且极其善解人意,当听说"阎眼镜"对她的成长经历感兴趣,想为以后写作搜集素材时,便爽快地答应了,说:"只要不耽误工作,啥时找我都行。""阎眼镜"提出用采访的形式,杨玉琼调皮地笑了:"我是一个小护士,又不是什么大人物,你这不是用高射炮打蚊子吗?"但当"阎眼镜"提出这样的采访有条理、便于整理时,杨玉琼便答应了,说:"随你便,你认为怎么对你今后写作有利怎么来。""阎眼镜"为眼前这个貌美如花艺高胆大而又心地善良的女孩所折服,在认真做了准备之后,开始了对杨玉琼的精心采访之旅。

两人面对面地采访进行了多次。

这里记录的只是采访过程中的一些片段。

"阎眼镜":"你是什么时候爱上舞蹈的?"

杨玉琼:"10岁吧,大约在10岁上。"

"阎眼镜":"这么早呀!"

杨玉琼:"我从小学二年级就进入学校宣传队,后考入市少年宫文艺宣传队。我在宣传队唱歌跳舞、朗诵、报幕样样都行,可以穿着布鞋立着脚尖跳舞,我是宣传队台柱子。教练看我有艺术的灵感和悟性,动作协调,模仿力、表现力高于周围的小伙伴,对音乐的理解和感悟比较准确,表演欲很强,是个搞舞蹈的好苗子,就着意培养我,让我从小接受正规的专业训练。我也刻苦训练,醉心于此,常去专业团体观摩训练,提高鉴赏能力和舞蹈技巧,跳遍了藏族、维吾尔族、朝鲜族、阿佤族、蒙古族舞蹈。

"12岁时,我被四处张贴的芭蕾舞宣传画吸引住了,当时最为流行的是中央芭蕾舞剧团的芭蕾舞剧《红色娘子军》,我在银幕上观看了演出,心里树立起想跳芭蕾舞的目标。我常常盯着"常青指路"的宣传海报看,把它深深地印在脑海里,时时刻刻都梦想着什么时候自己也能立起足尖,跳上一段精彩的'常青指路'。"

"阎眼镜":"你家里支持你吗?父母是什么态度?"

杨玉琼说:"我爸不表态,我妈坚决反对,主要是怕我耽误功课,她认为舞蹈是吃青春饭的,不如好好学习,将来找一份踏实的工作。她也怕自己女儿吃苦,知道练舞蹈是很辛苦的,尤其是芭蕾舞。她把我锁在家里,不让我出来,让我在家好好温习功课。后来,还是我的舞蹈老师做通了她的工作。一天我大胆地向老师提出练芭蕾舞'常青指路'那段舞蹈,而且穿着拉带布鞋竟然立起了足尖,还做了几个动作。老师一看我的膝盖和脚背的动作都有些芭蕾舞的韵味,就知道我私下练了一段时间了。老师受感动了,他对我妈说:'玉琼有这么好的条件,你不让她练,是会耽误她的呀!'我妈没再说什么,只撂下一句话:'功课绝不能耽搁!'"

"阎眼镜":"后来呢?"

杨玉琼:"老师全力支持我,到处给我找跳芭蕾舞的足尖鞋,整个嘉峪关市,别说跳芭蕾舞,就是见过足尖鞋的,也没有几个,最后终于从一个退休后到嘉峪关儿子家定居的老舞蹈家那里,找到了一双旧的苏联出产的足尖鞋,因为号码大,老师在足尖处给我垫了棉花。我看到老师拿来的足尖鞋,欣喜若狂,穿上就跑上练功场所的那个舞台,立起足尖连续做一些动作,嘴里高喊:'我有足尖鞋了!我有足尖鞋了!'舞伴们看我如此兴奋,就鼓掌让我多做一些动作,我也一再满足他们的要求。没想到这么一逞能,晚上回到家就受不了了。晚上洗脚时,袜子脱不下来,双脚十个脚趾顶部都起了泡,有的地方还渗出了血,袜子往下拽时,脚趾钻心地疼。我妈在一旁说:'叫你逞能!这么遭罪,还是不练了吧!'我是一个性子很刚的人,她这一说,反而坚定了我练芭蕾舞的决心。那天晚上一觉醒来,看到我妈抱着我的双脚,放在自己的怀里,我默默地流了眼泪,也暗自下定决心:一定要练出个样子,回报老妈的关心。"

"阎眼镜":"可怜天下父母心,儿女们也只能这样来报答父母了。"

杨玉琼:"从此我练功更加刻苦。我的老师一次去北京出差,一下子给我背回70双足尖鞋,我练功用坏了35双。我们排练了芭蕾舞剧《红色娘子军》'常青指路,奔向红军'片段,我扮演吴清华,是嘉峪关市少年宫跳芭蕾舞第一人。开始练芭蕾舞之后,我们宣传队采取走出去、请进来的方法,多次请省里和兰州市的专家来指导、编排,也走出去观看表演和学习。我在实践中体会到,练舞蹈光刻苦还不行,还得有高人指点。期间陪母亲看病去过北京,住在亲戚家里,一个表姐在总政文工团当演员,她带我到团里,让我演一遍'常青指路',给懂行的老师们看。一个导演模样的人很欣赏我,但也很不客气地指出:你在舞蹈中只追求技巧,而没有进入人物内心世界,面部表情上也太死板,紧绷绷的,像个木乃伊似的,这不行。于是就开始给我说戏:吴清华从椰林寨里逃出来时,一定是恐惧的,应该四下张望一下,表达出警觉的神情。当接到洪常青给她的银毫子时,心情是激动的,一个从不曾受到关心的人,一下子受到关心和尊重,内心一定是波浪翻滚的,这时,应提起来,眼里的泪水潸然而下,把内心的激动体现出来。这个'点评'一下子戳中了我的要害,我不计较他语言的尖刻,细心地琢磨导演的话语,较快地提高了自己演出的水平,成了当地的一个小名人,被邀到许多地方演出,许多人已不知道我的姓名,背后用'小吴清华'称呼我。"

"阎眼镜":"你印象最深的演出是哪一次?"

杨玉琼:"1972年春天,酒钢指挥部的郭军长,要派一个优秀的演出团体去慰问建设酒钢的部队和相关协作单位,市里选中了我们宣传队,以嘉峪关市慰问团的名义去演出。我们在镜铁山矿、西沟矿等部队营区演了六场;又去兰州、金昌、张掖、玉门、敦煌等地演出十几场,所到之处无不引起轰动,尤其在部队,这个节目引起了罕见芭蕾舞演出的干部战士的欢迎,他们见到我在'雷声中惊醒'后,用足尖碎步从舞台的一侧,一直走到另一侧,都瞪大了惊奇的眼睛。这一节难度最大的是"指路"的经典造型,好多专业团体的演员单脚站立都控制不到5分钟,我却能控制5分钟以上。为了练这个动作,我把脚趾甲都练掉了,终于能把这个造型完成得比较完美,干部战士都报以热烈的掌声。

"说实话,我对每场演出成功还是有把握的。无论是基本功还是舞蹈表演,还是舞台演出,我在宣传队中算是佼佼者,心里是有底气的。但在刚回到嘉峪关市的总结汇报演出中,差一点出了洋相。因为有郭军长等党政军大领导在台下,心里未免有一些紧张。上台后的'足尖碎步'怎么也走不利落,旋转受到限制。什么原因?低头一看,妈呀!上个节目演京戏,因有翻跟头的动作,台上铺上了红地毯,舞台间歇时地毯没有撤下来。我的足尖鞋立在地毯上,就像踩在棉花套上,因此动作做得不利落。台下宣传队领导不知何故,心里想:杨玉琼这是怎么了?关键时刻掉了链子。好在,我很快冷静下来,用眼神在舞台上瞟了一眼,发现红地毯边缘和台口还有一段距离,那是实木地板,可供我踩用。调整心绪后,我缓慢前行,到了地板上,如鱼得水,心里较着劲,把动作做得更优美完满。一直到演出结束,总算松了一口气,跑到台下大哭起来:'你们为什么不撤地毯!为什么不撤地毯!你们害死人了,差点儿砸了场子,让我丢尽颜面!'老师劝我说:'玉琼,不哭了,人活在世上,什么事都会遇到。你遇事不慌,及时调整,既完成了演出任务,又积累了人生经验,值得庆贺!'老师这么一说,我才不哭了,想想也是,自己遇到这样的事,也算是一次人生历练。这件事让我至今牢记不忘。"

"阎眼镜":"难能可贵,难能可贵!由此可见,你是一个聪明、善于调整自己的人,我内心很佩服。像你这样的优秀舞蹈演员,怎么到了咱们部队呢?"

杨玉琼:"渐渐长大了,也有了自己的梦想,梦寐以求地想去当文艺兵,总政文工团、总后文工团都报了名,结果都在第一轮被刷了下来,原因是个头不够。总政文工团一个招考老师反复量我的个头,最后叹惜道:'姑娘,可惜了,就差个头了。'我大哭一场,回家还哭了一鼻子,怨我爸妈把我生得个子太低。我妈没生气,反倒笑了:'你从小练芭蕾舞,我就不同意,这下好了,就待在我身边,将来找个踏实工作算了!'我仍不死心,咱们02部队在嘉峪关招文艺兵时,我又报了名。这一次遇到好人了,一个姓周的女考官说:'个头是低些,但她还长呢!'一句话,就让我到了咱们部队,去了文艺宣传队。我是不是台柱子,我就不说了,你是知道的。"

"阎眼镜":"你在咱们文艺宣传队绝对是主角,这我知道,但是怎么到了镜铁山工作组呢?"

杨玉琼:"上头有命令,撤销师一级文艺宣传队,咱们支队宣传队也被撤销了,我被分到支队医院当护士,工作安逸,离家又近。哪承想部队又要调走了呢!在这前后,我妈给我介绍了一个对象,是和我爸妈一起来建设酒钢的一对夫妻的孩子,我也认识。我妈说:'知根知底的,他爸又是市革委会副主任,儿子在市机关交通局工作,年龄也相当,我看挺合适。'我自幼拗着我妈,惹她生了不少气,心想这件事就由她做主吧!这样就稀里糊涂地处上了对象。为了将来不两地分居,听说成立工作组留下协助工作,就报名留了下来。留下来不容易,是我妈找人才留下来的。"

"阎眼镜":"你今后有什么打算?"

杨玉琼:"能有什么打算?当了护士就好好当护士,以后有机会呢,争取去读个医科大学什么的,不行就调整自己,安心本职工作。"

"阎眼镜":"不做舞蹈梦了吗?"

杨玉琼站起来,比画自己的个头,说:"你看我还能长个头吗?虽说不做职业舞蹈梦,但我也看到了我在干部战士中的价值,如能给他们表演文艺节目,活跃他们的生活,解除他们的疲乏,提高他们的审美水平,我愿意用身上有的舞蹈技艺,为大家服务。因为有这个想法,我在丽萍姐支持下,在工作之余,每天坚持体型和舞蹈技能训练,基本功捡了回来,又可以演过去的节目了。干部战士的需要,就是我的努力目标。我不仅在他们生病时看护他们,还要在他们的精神世界置入艺术细胞,提高欣赏能力,使大家的生活更丰富更美好。"

杨玉琼的一番话,让"阎眼镜"受到震撼,小小年纪,竟有这样的胸怀。通过采访,"阎眼镜"认识到杨玉琼不仅聪慧、刻苦,而且生性善良、诚实、通情达理、乐于助人、正直、爱憎分明、与人为善,打心眼里佩服这个年纪比自己小得多的女兵。在采访结束后,赋诗六首予以夸赞。

一

十岁年纪即登台,
跳罢锅庄新佤来。
民族舞蹈全跳遍,
又向芭蕾展高才。

二

脚趾连心痕斑斑,
不因足痛裹不前。
从小就有凌云志,
不畏艰辛不畏难。

三

正是青春成长时,
幸有恩师多扶持。
一双舞鞋情义满,
艺术生涯有相知。

四

常青指路谱新篇,
清华感恩泪涟涟。
踏破舞鞋三十五,
舞台撑起半边天。

五

才高却因个头挫,
好事从来费折磨。
舞台远去舞还在,

翻唱白衣天使歌。

六

为兵护理为兵演，
巧使双手与足尖。
军营同谱欢乐颂，
劲舞一曲动心弦。

不久，"阎眼镜"把六首诗修改定稿后，工工整整地抄录下来，送给了杨玉琼。杨玉琼把这美好的情意珍藏下来。

3

玉珠在军营留了下来，她成了深受十一中队干部战士欢迎的人。因为闲着没事，学声乐的她，就教干部战士们唱歌。军营是歌声最嘹亮的地方，但因为地处深山，干部战士会唱的歌不多，而且多是老歌，比如《三大纪律八项注意》《一不怕苦，二不怕死》《打靶归来》，老是反复地唱，虽然气势如虹，但有时似显单调一些，色彩不够丰富。玉珠的到来，打开了人们的眼界，她带来一本《战地新歌》，上面有许多新歌，还有八个样板戏中的一些经典唱段，再就是包括青海在内的西北民歌。她又专事音乐教育，懂得教授方法，因此就成了中队的"唱歌教头"。玉珠人又长得美，说话声音甜，声调把控准，教起来效果很好。有时是一个排、一个排教，有时是整个连队教，有时是一个班先挑出一名骨干学，很快大家就学会了，一传十、十传百，大家都会唱了。她本着先易后难的原则，先教容易唱的，再教难唱的；先教歌曲，再教戏文，有时还找杨玉琼来伴舞。像《白毛女》中的一些唱段，就由玉珠教、看杨玉琼伴舞学会的。有的学会了杨白劳的唱段："人家的闺女有花戴，你爹我钱少不能买，扯上了二尺红头绳，给我喜儿扎起来，哎扎呀扎起来。"有的学会了喜儿的唱段："门神门神骑红马，贴在门上守住家。门神门神扛大刀，大鬼小鬼进不来，哎进呀进不来。"战士在搭对演唱时，大多数想演杨白劳,杨白劳属男声,好唱,也能占点小便宜,当唱到"你爹我"把字咬得很重,似乎自己真就成了爹爹一辈。也有的开玩笑说:"我啥也演不了,就演门神和大鬼小鬼吧!"铁匠苏明远把嘴一撇,用四川话说:"演你个卵子哟,谁见过门神和大鬼小鬼,长个啥子样哟!"把战友们逗得大笑起来。总之,玉珠的到来,给军营带来了更加欢快的歌声,也带来了欢乐的气氛。

中队长牛幸娃和代理指导员王永学都看到了这一点。王永学是抓连队思想工作的,教唱歌是文化活动,属于思想政治工作一部分,看到连队如此生机勃勃,心中格外高兴。牛幸娃当然也高兴,干部战士精神抖擞、士气高昂,自然对完成施工任务有利。使他感到不解的是,一个女子来教教歌,竟有这么大的威力?以前也让爱唱歌的老金来教过,又是看五线谱,又是普及"哆软咪发嗦啦西哆"音乐常识的,咋就没有这么好的效果?

王永学笑笑说:"这是同性相斥、异性吸引的原理发挥了作用。"

牛幸娃不以为然:"什么相斥相吸的,你不要讲那些高深理论!我就问你:为什么玉珠教歌效果好?"

王永学说:"这是很明显的,玉珠年轻漂亮,具有女性吸引力,人又长得美,歌又唱得甜,再加上杨玉琼来伴舞,那就更有吸引力了,战士们唱歌能不卖力气吗?"

牛幸娃说:"难道老金长得就不美吗?就不好看?老金也是朝鲜族美男子,怎么就没有那么大的吸引力呢?"

王永学说:"不是说老金没有吸引力,老金长得精神帅气,肯定有吸引力,但他更多的是吸引女人,女人会对他更加感兴趣。"

牛幸娃一拍脑袋说:"怪不得的,那老金是对女娃儿有吸引力,要不,苗丽萍怎么会欣赏他,两人很快就要结婚呢?"

王永学吃了一惊,表面上却不动声色地说:"有这么回事?我没听说呀?"

牛幸娃说:"老金亲口对我说的,难道会有假?老金真是有福气,能摊上苗丽萍这么好一个女人。"

王永学不再说话了,他不知事情的来龙去脉,不好深问,就转移了话题:"中队长,你发现没有,自打苗丽萍、杨玉琼、玉珠来了之后,咱中队干部战士文明程度提高不少。以前随地吐痰的,说粗话的,尤其是说话带把的,一下子改变不少。"

牛幸娃说:"是哩,是哩。不说别的,就说说话带把这件事,咱俩少强调了吗?一些人就是改不了,现在一下子几乎绝迹了。我亲眼看到一个老兵正要骂'妈的',突然看见玉珠走来,立即改口道:'妈呀,下了这么大的雪!'你说笑不笑人?"

王永学笑了:"这样的事我也遇到过,几个美女对连队建设的作用,可要充分肯定哩!不光是她们漂亮、有气质,她们身上的美德,比如对人和善,对工作认真负责,对咱们干部战士都有影响哩!"

牛幸娃直点头:"是哩,是哩,这几个女娃确实不简单,做出的事、说出的话让人佩服。别的不说,就说玉珠对婚事的处理,就让咱们敬佩三分哩!"

牛幸娃说的是刘柱锁和玉珠订婚后的一些做法。那天吃订婚宴,大家都喝多了,玉珠也有点多,有的人就把她送到刘柱锁的宿舍,说既然订婚了,就早点"圆房"吧!副中队长靳开军开玩笑说:"早进洞晚进洞,早放炮、晚放炮,就是那么回事。今天就让刘柱锁当新郎官得了,订婚宴变成结婚宴算啦!反正是一层窗户纸,早晚得捅破,说不定在托勒牧场早就捅破了。"说完便笑着和几个人离去。

其时玉珠虽然喝多了一些,但头脑还很清醒,把靳开军说的话听个一清二楚,心里虽然有些生气,也不好计较,而且他们已经离去。玉珠把刘柱锁的外衣脱了,扶他上床睡觉,又倒了一杯开水给他喝,看看他无事,就关好门朝亮着灯的中队部走过来。牛幸娃还没睡,喝点酒,有些兴奋,在和值班的王永学闲聊。玉珠进来,把两人吓了一跳,以为发生了什么大事。玉珠平静地说:"两位领导,刘柱锁喝酒喝多了,我已扶他上床去睡了,看他没什么事,我就不陪他了。你们能否派个人送我回苗军医那里去?我这几天晚上都在她那里住,已经习惯了。"

牛幸娃和玉珠对视一下,看她不像开玩笑,也不像是生什么气,就说:"好呀,好呀,我今天喝多了,让王指导员送你到苗军医那里去,他正好值班巡查,这就送你过去。"

玉珠的认真不光如此,还有比这更认真的,说出来都不好启齿。她因为听了靳开军"说不定在托勒牧场就捅破了窗户纸"那句话,心里很不舒服。虽然她是个现代青年,但对婚姻问题还是严肃的。自从和刘柱锁交上朋友后,拉个手、拥个抱是有的,但出格儿的事绝没有过。刘柱锁也没有这方面的要求。他们两个是想好好处下去,深入了解,没想到两人在部队被"订了婚",当然,这是两人愿意的。"订婚"就"订婚","订婚"又不是结婚,离结婚还有一段距离。两人按照当时的观念,认为结婚必须得到双方家长同意,并得到组织批准,否则是不合适的。至于"圆房"那更是结婚的表现形式,不结婚怎么能"圆房"呢?俗话说:到什么山上唱什么歌,现在还没有上那个山,怎么能唱那个山的歌儿呢?玉珠对阿爸是有深厚感情的,她从6岁开始,就由阿爸一人拉扯大,怎么能不经阿爸允许,去办结婚以后才能办的事呢?个别干部战士有那个想法,她也不生气,因为在托勒牧场,也有对婚姻不严肃不慎重的,没有结婚就挺着大肚子的也有。但人家是人家,自己是自己,各人处事方法不同。玉珠有自己的原则,她也不想在这上面让人小看自己,但如何才能证明呢?

想了两天,玉珠想到了一个好办法,她让苗丽萍和杨玉琼给她检查一下身体。苗丽萍关切地问:"你怎么了?"

玉珠说:"不知为什么,下身有些疼。"

苗丽萍给她检查时,她让把杨玉琼也叫来,也不说为什么。

检查中,玉珠说:"你看我那个地方完整不?"

"什么地方?"苗丽萍问。

玉珠有些不好意思:"就是处女膜。"

苗丽萍检查后说:"完整呀,怎么啦?"

玉珠也不回答。说:"让玉琼也看一下。"

杨玉琼看了之后说:"姐,你放心,是完整的。"

此时玉珠没有说话,眼泪从眼角涌了出来。

等检查完毕,玉珠才把检查的目的如实道来。她说:"那天订婚宴后有人要送我到刘柱锁住处去'圆房',还说我说不定在托勒牧场就和刘柱锁捅破了'窗户纸',我对此事很在意,想检查一下证明自己是完整之身,并没有在正式结婚之前和他有那种事情。我爱刘柱锁是真心的,但一切得按规矩办事,也不想让别人背后戳我。请丽萍姐方便时跟牛中队长、王指导员说一下,证明我的清白,别让一些人在背后瞎议论。我是一个思想保守的人,正式结婚之前谁也别想突破我这道防线。"

苗丽萍、杨玉琼被玉珠对婚姻的至诚折服了,三个人拥抱在一起,真正成了坦诚相见的密友。

也许被军营火热的生活感染,也许是不愿与恋人刘柱锁分开,也许是三个密友相处得舍不得分离,玉珠动了参军留队的念头。她先把这个想法说给苗丽萍、杨玉琼听,她俩自然希望玉珠参军,三人朝夕不离,但不懂其中的程序,建议玉珠去问问牛幸娃和王永学。

玉珠是个单纯的姑娘,她认为自己刚从西北民族学院毕业,尚未分配工作,年纪在规定范围内,未婚夫又是军人,参军入伍应该没有问题,岂不知参军入伍有参军入伍的规定,每年定期征兵,即使特殊需要调干,也要走复杂程序。

牛幸娃、王永学听了之后感到为难,又不好拂了玉珠参军留队的美意,就说:此事中队做不了主,我们请示一下看看。私下里对刘柱锁说:这可是老百姓上山唱信天游——没谱的事,不敢让玉珠寄太大希望。但他俩还是去找"老霍头"合计此事。

"老霍头"说:"玉珠姑娘想参军,这是好事呀,应该支持呀!这两年走后门当兵的不少,哪一个条件能和玉珠比!我找上面领导说说去,你们等信吧!"却没料到一张口就碰了钉子。

杨全来大队长说:"咦,你'老霍头'长本事了,敢私自招兵了。这招兵招干的事是你我能决定的吗?"

"老霍头"把刘柱锁进托勒牧场建立供应关系的事说了一遍,杨全来受感动了,说:"那你直接找支队干部科,就说我让你找的,镜铁山留守工作组特殊需要,可否作为特殊情况处理?"

为此,"老霍头"专门去了一趟嘉峪关市邮局,在那里和支队干部科通了电话,提出了征调一名大学毕业生入伍分配到工作组工作的要求。干部科一位科长说:"不好办呀,事先没有分配到咱部队的计划呀!""老霍头"说:"什么计划!这几年不少走后门当兵的,都列入计划了吗?你们每年不也直接从地方调干参军吗?怎么到我们下面需要就不行了呢?"

对方说:"我们从地方调的都是技术干部,没有直接调过大学生呀,这不符合规定呀!"

"老霍头"说:"这我不管,你们留我在镜铁山做工作组组长,就得支持我的工作!"

对方知道"老霍头"是参加过抗美援朝的"老资格",不敢得罪,得罪了搞不好会找支队首长骂娘,就放软话道:"这件事我们记下了,我们通盘考虑,只要有机会就解决玉珠的参军问题。她爸是老红军,也理应受到照顾。"

"老霍头"放下电话笑道:"这还差不离!"但等他坐火车回到镜铁山给牛幸娃、王永学一说,都感到支队干部科的话,说了等于没说,等下去何时是头?老等下去也不是办法呀!

俗话说,情急生智,"老霍头"突然一拍大腿说:"有了!"有什么了?他说:"如果玉珠实在不愿回青海托勒牧场,就先留在镜铁山矿工会工作,一边等部队那头消息。即使将来参不了军,也不会和刘柱锁分离,到连队教唱歌也不耽误,还是军地两用人才哩!只是不知玉珠同意不同意留在镜铁山矿工作,如同意,我去找矿领导。"

牛幸娃、王永学认为这是一个好办法,进攻退守都很得体,最终能解决刘柱锁和玉珠结婚后两地分居问题。刘柱锁和玉珠一说,玉珠答应了。"老霍头"出面找到镜铁山矿领导,矿领导满口答应,知道这是托勒牧场夏云龙场长的女儿,过去矿上得过老场长不少恩惠,正好借此回报一下,就把玉珠安排在矿工会当了文娱委员,兼做部队十一中队的唱歌教员,每月去几次,均是分内工作,是促进军民团结的一个具体体现。玉珠从此如鱼得水,活跃在矿山和营房之间。

当这一切都已办妥,玉珠才坐牧场又一次给十一中队送牛羊肉的卡车返回牧场,给阿爸说了这一切。阿爸有点怪她没给自己商量,就决定了留在镜铁山矿这件事。但当她凑在阿爸耳边说了几句悄悄话后,阿爸原来有些不快的脸上,绽开了奇异的笑容。

第 十 章

1

俗话说,月儿弯弯照九州,有人欢喜有人愁。刘柱锁从托勒牧场携得美人归,玉珠又到镜铁山矿上班,两人长相厮守、其乐融融。而代理指导员王永学却遇到了人生的一次磨难,有人写信告到支队,说他动用军用物资生活用煤,去当地老百姓那里换取好处,严重违反军纪。支队派调查组来核查,核实情况后提出了初步处理意见。

在调查组来工作组找"老霍头"核实情况、听取他的看法时,"老霍头"骂娘了:"他娘的,用一点儿煤去换些牛羊肉,给干部战士解决燃眉之急,犯了哪条王法了!你们到了新的驻地吃饱了喝足了,就不管山沟里这些兄弟们死活了吗?走之前为什么不把留守干部战士的伙食供应解决好?人家兰州军区'断供'了,自个儿想一些办法解决,就成了违反军纪了!哪有这样看待问题处理干部的!"

支队来的调查组包组长说:"你也不要怪我们,还不是你们内部有人检举,要不检举,我们会跑这一趟!"

"老霍头"脸都气青了,咬着牙说:"他妈的,让我查到谁是检举人,看我怎样收拾他!"

开始接到上级要来调查的消息时,牛幸娃决定把这件事揽到自己身上,当他向王永学提出时,被王永学断然否定了。王永学说:"事情是我办的,是我去找老乡落实的,你揽过去,不符合实事求是原则。现在施工开始不久,正在节骨眼上,你受到处分怎么办?被调离怎么办?

那连队蒙受的损失就太大了。我无所谓,我是代理指导员,受到处分,调离岗位,再换一个人来接替我,损失不大。咱俩就不必再争了。"

牛幸娃不再说什么,只是恨恨地骂道:"要是让我查清是谁写信瞎告的,我把他碎尸万段!"说罢还不解气,一脚把一只凳子踢飞出去老远。

支队调查组在核定事实后,根据王永学的认错态度,提出了初步处理意见:给予行政警告处分,调离工作岗位到支队教导队学习半年。支队原已决定去掉他指导员前的"代理"二字,也因为将要受到处分而搁置了。

"老霍头"、老金、苗丽萍都让王永学向上级申诉,讲清理由,争取取消处分,王永学不干,他默默忍受着这突然袭来的磨难。他来到北大河边,此时河两旁的冰已开始融化,河面处于半开半合状态,河水流淌,听着哗哗的流水声,心里不免有一丝忧伤。想起大半年前传说部队将要调离时,自己站在河边石崖上,让思绪信马由缰那些往事,不由哑然失笑。那时自己想离开十一中队,怕和牛幸娃合作不好,后来中队留在镜铁山了,两人合作得还不错,中队与工作组的关系也处理得很好,自己对镜铁山已有些留恋了,对这里的人际关系开始熟络和喜欢,而且苗丽萍已向自己表示了爱意,成与不成两说道,但这种爱烧灼他的心,使自己有一种幸福感。这一切都让王永学留恋。他也有过申诉的念头,但随即否定了。既然上面认定"以煤换牛"是一个错误,那就得有人来担责。如果这件事作为特殊情况看待,就不是什么事;如果按常规情况对待,应该属于违纪。从什么角度看,那是上面的事,是由人家认定的,自己申诉管用吗?而且还会造成上级对自己的坏印象,保不齐处理自己转业,那不连翻身的机会都没有了吗?再说,挨个处分,又不是什么撤职,让去支队教导队学习,也不是什么坏事,让去就去吧。自己是当指导员的,常做战士思想工作,难道自己遇事就想不开了吗?想到这里,眼前河面的冰似已化尽,更加开阔起来,那流水声不再忧伤,仿佛已变成了欢笑。

然而,对这件事的调查与处理,却有截然不同的看法,认为王永学蒙受了冤屈的大有人在。藏族村寨中余家父女就对这件事很不理解,认为部队为牧民送煤解决取暖问题,这是促进军民团结的大好事呀!部队的煤用不完,送一点给牧民也没影响施工和生活;牧民为感谢送几头牛、几只羊,有什么问题呀?不是唱"猪呀,羊呀,送到哪里去呀?送给咱亲人解放军吗"?当部队调查组来找阿爸和余秀英核实情况时,他们说有人写信把王永学告了,说他"以煤换牛"严重违纪,也许会为此受到处分。还说,毛主席他老人家说过,锦州那个地方出苹果,一个不拿是高尚的。你们这里产牛羊,一头不牵才是高尚的。牵走了老百姓的牛,拿作为战备物资的煤来换,不是违纪是什么?这哪跟哪呀?余学栋明知王永学没有错,却说不过人家。

女儿余秀英急得直跺脚:"你们这不是冤枉好人吗?连队干部战士不挑煤来,寨子中的牧民就难以过冬,牲畜也会冻伤,做了好事怎么成了罪过了?"

调查组的一个军人说:"挑煤来没有错,错在牵走了你们的牛,这不成了等价交换买卖关系了吗?这在我们部队是不允许的。"

余秀英说:"不管怎么说,王指导员肯定是被冤枉了,你们要是真处分王大哥,我就去部队上访,去找能说理的地方!"

调查组的同志说:"也不一定处分,我们只是核实情况,回去由上级机关决定吧!"

既然知道了情况,就不能不惦记,余学栋让女儿余秀英把王永学找来,向他赔礼道歉,说:"我当时不该提出让你们帮助解决用煤的要求,让你受连累了,心里过意不去呀!"

王永学安慰老人家道:"没什么事呀,就是让我去上级机关参加学习,提高提高水平呗!"

余学栋说:"如果因为这件事,让你受处分,影响你进步,我这辈子可要后悔死了!"

余秀英年纪不大,却很有主见,看了阿爸一眼说:"后悔有什么用?去年没有部队送的这些煤,咱们能过冬吗?突遇严寒袭来,咱们又没有准备好,部队同志可是雪里送炭呀!煤是煤,牛是牛,怎么就成了交易?

即使是交易,也是公平的、双方情愿的。干部战士生活遇到困难,赶几头牛过去犯什么错误了?如果说有错,那双方都有错,为什么只处理王大哥一个人!这不公平,不合理。如果王大哥真的受到处分,我就去部队为他鸣冤叫屈!我还要去公社、去县里找领导反映情况,通过组织上去做工作。反正,谁处理王大哥,我就不干,我们不站出来说话,就是忘恩负义!"说着,说着,余秀英还哭了起来。

王永学为如此有情有义的话语所感动,他过去拍拍余秀英的肩头说:"好妹妹,谢谢你!事情没那么严重,用不着你找大老爷击鼓升堂!"

余秀英笑了,用小拳头捶着王永学的胸部说:"什么时候了,还开玩笑!"

余学栋看到了这一幕,也注意到女儿余秀英在说话中,把称呼"王指导员"换成了"王大哥",这闺女难道有什么心思不成?想想,自个儿也笑了。

2

无独有偶,要站出来为王永学鸣冤的,还有一个女人,那就是苗丽萍。

苗丽萍到中队部找到王永学,说:"你不申诉,我替你申诉;你不写材料,我写材料,我就不信部队没有说理的地方!你用这种方法公平合理地解决了双方需求,又促进了军民关系,体现了很高水平和处理问题的技巧,上级应该表扬你才对,怎么还要处分你?这不是黑白颠倒了吗?你不申诉,就是是非不分,不实事求是。我不怕,我替你出头!"

王永学说:"看把你急的,这和你有什么关系?"

"当然有关系!你换来的牛羊肉我吃了,工作组的人都吃了,大家都替你打抱不平,商量着以集体名义写申诉材料呢!"苗丽萍说。

王永学说:"小题大做,有那么严重吗?"

苗丽萍说:"说得轻松!一旦背个处分会影响你在部队的发展!"

王永学说:"大不了处理转业回家。"

苗丽萍说:"咱俩是有约定的,你若被处理转业,你上哪里,我跟去哪里;你去天涯海角,我跟你到天涯海角!"

王永学说:"这说的不是一回事。上回说的是对战士进行性知识教育,这回是'以煤换牛'违反军纪。"

苗丽萍说:"我不管,反正你去哪,我就去哪!"直接点明了对王永学的爱。

王永学深受感动:"这话可说得有点早,我这是到支队学习班学习,并没有到天涯海角,真要到天涯海角,你该哭鼻子了。"

"讨厌!"苗丽萍充满爱意地说。

过了一些时日,上级对王永学的处分下来了,仍是维持调查组提出的处理意见:警告处分一次,离岗到教导队培训半年。"老霍头"、苗丽萍、牛幸娃通过多种渠道反映情况,提出意见,都没有改变组织决定。上级机关回话说:单从这件事看,性质并不严重,也没有造成不良影响,王永学的出发点是好的。但这件事有典型意义,处理后可以在部队干部战士中产生影响,杜绝部队到新驻地后和老百姓以物易物的事件发生,给大家敲响时刻不忘遵守群众纪律的警钟。

在离开十一中队之前,王永学专门找老金和苗丽萍畅谈了一次。在他心中,老金和苗丽萍是自己可交心的朋友,心中什么话都可以讲。选在临离开前"借酒吐真言"。他和老金一杯一杯地喝,也不多说话,苗丽萍端个杯,时而抿一口在一边作陪。

喝了一会儿酒,老金看王永学有话要说,就说:"酸甜苦辣一杯酒,东西南北万里程,今日一别,不知何日相见,老弟有话就说吧!"

王永学说:"你俩是我最知心的朋友,你俩关系不一般,这样,我们三人就成了好朋友、好兄妹。我今天想第一次称你声金大哥,称苗丽萍一声小妹,如果你们不嫌弃我,咱们就是终生的朋友和好兄弟!"

老金和苗丽萍都点头答应,三人欣然碰杯,一饮而尽,结下了生死情谊。

王永学放下酒杯说:"我要和金哥萍妹说的就是一件事一句话:一

件事,就是拜托你俩一件事;一句话,就是说一句掏心窝子的话。"

王永学应该是思考多时,已胸有成竹,他说:"这件事非常重要,人命关天,非你俩出面做工作不可!"

老金和苗丽萍一下子紧张起来,什么事呀?还人命关天的。从接下来的叙述中,才知道他说的是十一中队的安全生产问题。

王永学说:"在矿山建设中,安全生产头等重要。但在过去我们重视得很不够,发生了一些不该发生的事故。据我观察,许多事故是不应该发生的,人员伤亡也是可以避免的。就拿我们十一中队来说,建队以来就死亡了十多人,尤其是那次'罐笼事件',一下子就死了11人,造成生命和财产的重大损失,在部队内外产生不良影响,也在十一中队干部战士心中埋下了阴影。事故发生后,我进行了认真调查,发现这是一起重大责任事故,但当时为了营造大战气氛和表彰英雄鼓舞士气,事故的本质被掩盖了,责任也没有追究。我私下对此是有看法的,但我不是领导,决定不了大局,只好顺应了这种看法。可是在内心始终认为这是一起可以避免的责任事故,其中的教训非常深刻。只要接受教训,完全可以少发生事故和不发生事故。毛主席他老人家说过,世间一切事物中,人是第一个可宝贵的,世界上只要有了人,一切人间奇迹都可以创造出来。在矿山建设中,也应该把人视为'是第一个可宝贵的'来对待。人命关天,敬畏生命,这是中国人最重要的理念之一。我们不怕牺牲,但决不轻言牺牲,不做无谓的牺牲。一个个年轻战士就是一条条鲜活的生命,从父母兄弟姐妹身边来到军营,是来锻炼成长的,不是来送死的,不能轻易让他们失去生命,让乡亲父老父母兄妹蒙受没有必要的伤悲。只要严格按操作规程办事,认真再认真,细致再细致,就可以减少事故挽回生命。每想到这一点,我就有一种责任感,在心里设定了十一中队在镜铁山矿二期工程施工中人员伤亡为零的目标,彻底打破'魔咒说',扭转人们对十一中队'难以逃离死亡'的看法,也为干部战士长期安全生产树立信心。"

王永学喝了一口酒,接着说道:"当我把这个想法告诉牛幸娃中队长,他不以为然,说搞矿山建设哪有不死人的,你这种想法是异想天开。

他崇尚的是'要铁不要命'的口号,我不同意,我提出'铁也要,命也要',他说,当铁和命不能兼得时,你要什么?我说:我宁可要命,要干部战士的生命。他说:你这是怕死,军人就应该不怕死!处处讲保命,还叫什么军人!我俩意见不一致,谁也说服不了谁,但他从此安全意识增加了不少。我除了做战士思想政治工作,就是把主要精力放在安全生产上,关注安全生产的一点一滴。我私下告诉战士:在没有安全保障的条件下,可以不执行任何人的命令,确保安全生产。现在我离开中队,最担心的就是安全生产,最怕的就是发生不该发生的事故,最不愿见到的就是不应该有的人员伤亡。"

"好兄弟!"老金把酒杯端起来一饮而尽,说,"你看问题很深刻,说到点子上了,工作也做到点子上了。"

苗丽萍流着眼泪说:"指导员,你的博大胸怀和善良,我又一次体会到了。"

老金又捆下一杯酒说:"你说,我们能为安全工作做些什么,尽管说!"

王永学说:"据我观察,牛幸娃在技术方面最服气金哥,在军事素质方面最服气丽萍妹,你们俩常在他耳旁提安全生产的事,他能听进去。他也不是不讲安全生产,只是在遇到硬任务时,就把安全生产扔在脑后了,你们多提醒他,对他有好处。还有,金哥去矿洞检查施工质量时,也把安全生产一并检查一下,提醒干部战士注意安全。丽萍妹给干部战士看病疗伤时,也多说些安全生产方面的话,让他们注意安全生产……"

老金眼圈红了,苗丽萍在用手绢擦着眼泪,王永学也不知再说什么好,眼睛翻来覆去在看那只酒杯,好像杯子里有什么猜不透的秘密。

沉静多时,老金打破了沉默:"永学老弟放心,这件事我和丽萍会上心的。说说那句掏心窝子话吧!"

"既然咱们是好朋友,我就直话直说。"王永学看了苗丽萍和老金一眼,继续说下去,"我从心里是爱丽萍的,丽萍对我的好,我也看得出来,我不是一个好歹不分的人。但再三掂量,我觉得配不上丽萍,无论

195

家庭、相貌和人品,我都差一大截儿。现在又挨了处分,更是老太太过年,一年不如一年,眼下又调离岗位去学习,学习结束后也不知发配到哪里,或者让我转业也未可知,如此漂泊,也不能给丽萍一个安稳的定所。为了不辜负丽萍的爱,我还是早些把话说清,割断这层关系,免得相互惦念,也耽误金哥和丽萍喜结良缘。"

老金不干了,眼一瞪说:"怎么扯来扯去扯到我身上了?你和丽萍的事和我无关。"

王永学说:"金大哥,你不要再说了,丽萍深爱着你,是谁都看得出来的,就是你梗着脖子不愿接招。连'老霍头'都说,你和丽萍是天造地设的一对。我刚听牛幸娃说,你很快就和丽萍结婚了,我真为你们高兴,啥时候结婚告诉我一声,我赶回来喝杯喜酒。"

老金知道王永学是误会了,急忙解释说:"嗨,那是我放出的烟幕弹。有一次,牛幸娃找我表示他喜欢丽萍,这时丽萍的心思在你身上。我也做了你们的工作,希望你俩成为一对。假如让牛幸娃中间插一杠,你俩一个中队长,一个指导员,关系怎么处?丽萍夹在中间也难办呀!情急之中,我就说'晚了,晚了,你来晚了,我已和丽萍准备结婚了!'那是糊弄牛幸娃的,你怎么也当了真!假如我喜欢丽萍,想和她结婚,怎么会去撮合你和丽萍?那我老金成什么人了,不叫战友们耻笑吗?"

苗丽萍在那里看着自己手指,闷不做声。

王永学说:"虽然说是情急之下说的话,但你和丽萍成为一家,大家都认为合适,太合适了。芝麻粒掉进针眼里——正巧!"

老金被逗笑了:"我也喜欢丽萍,像亲妹妹一样喜欢她。我是看着她长大的,丽萍这么漂亮有出息,能不动心?但我不能做这件事,我是她姐夫,是受她姐姐之托照顾她的,我要和她成了家,不是有谋私之嫌了吗?不让人戳我的脊梁骨吗?"

王永学认真地说:"这是金哥你想多了,什么姐夫?你又没结婚,历史上姐妹易嫁的事还传为佳话哩!只要你消除顾虑,一对新人就产生了,一个家庭就组建了,何必自设樊篱,让一对有情人不能成为眷属,在那里自寻烦恼呢?"

老金挠挠头说:"我看还是你和丽萍合适,你俩年纪正相当!"刚说到这里,苗丽萍号啕大哭起来,边哭边说:"我就那么不招人待见!让你们两个大男人在这里推来推去的!你们别再说了,我这辈子谁也不嫁!"说完,哭着跑出去了。

3

王永学来到位于河北迁安的支队教导队,才知道自己参加的是"批儒评法"学习班。这个班是根据上级指示举办的。当时全国正开展"批林批孔"运动,批儒评法,是当作一项政治任务来落实的。参加这个班的30名学员,大都是一些文化程度较高的基层干部,机关政工干部和连队指导员居多。任务是围绕批儒评法准备讲稿,准备到连队和附近农村宣讲。与在十一中队管理连队和参加施工相比,任务要轻松得多,每天就是听报告、看书、讨论,有时也组织到驻扎在附近的连队调研,到附近的人民公社和一些村庄了解运动情况,为给联系实际撰写讲稿准备素材。

从十一中队所在的镜铁山下来,一下子轻松许多,王永学却表现出严重的不适应。他天天迷迷瞪瞪,一副好像睡不醒的样子,头昏脑涨,听课听不进去,书也看不进去。去机关卫生所看了看,有经验的医生判定他这是"醉氧"。一下子从海拔四五千米的地方,下到平地,从氧气稀薄的高原下到氧气充足的平地,吸氧量增大,头昏脑涨属于正常现象。他问医生:"适应平原这种氧气状况,得多长时间?"医生说:"得半年左右。"王永学心一下子凉了:自己这个学习班才半年,难不成,就这样头昏脑涨一直到结束吗?又问医生:"有什么办法能立见成效呢?"医生答:"重回镜铁山,回你原来的十一中队。"王永学生气了:这是自己能决定的吗?是组织上让自己来的,自己说回去就能回去吗?心里愈加不爽,又不好表露出来。好在他"醉氧"的"怪病"传出,受到了教导队领导和战友们的关心,没人计较他迷迷瞪瞪的样子,日子也能轻轻松松过下去。

王永学内心清楚,自己天天头昏脑涨,"醉氧"只是一个方面原因,此外就是对工作生活环境改变的不适应。以前在镜铁山，每晚听着北大河哗哗的流水声入眠，无论多累多乏，无论有什么心事，在北大河哗哗的流水声中都能进入梦乡。现在教导队宿舍窗外，也有一条小溪，但溪流潺潺，远不能和北大河比，更没有北大河一泻千里的壮观。习惯于听北大河流水声入眠的他，在潺潺流水的小溪面前不适应。他不是睡不着觉，而是睡得迷迷糊糊，头脑不怎么清醒，上台演讲不怎么精神，有一次还在台上把"孔子杀少正卯"，错说成"少正卯杀孔子"，引起台下面的人哄堂大笑。

让王永学感到高兴的是，虽然自己背上了一个处分，但到了教导队之后，上级机关没有任何人、教导队没有任何一位领导来找他说"以煤换牛"这件事，没有让他就这件事做出深刻检讨和交代问题。他来教导队之前，对此是有准备的，检讨已事先准备好，但等了很长时间，却没有人提这件事，好像大家都遗忘了似的，他来学习似乎和犯错误无关。而别的学员就不是这样，有一个来自某大队宣传股的干事和女广播员发生了恋情，做出了出格儿行为，受到处分后也来这里参加学习班，中间就有人来找他，让他交代问题，要求他交代得"细些，再细些"，让他不胜其烦。王永学没有这方面的烦恼，不由得暗自庆幸。他哪里知道，有多少人为他上书申诉，为他鸣冤叫屈，甚至惊动了上级机关。及至见到了来部队上访的余秀英，他才对此有所了解，感受到来自不同方面的温暖。

一天，王永学正在撰写宣讲材料，有人叫他去支队招待所一趟，说招待所有个女的找他，听讲话是西北口音，也许是老家来亲戚了。

到了招待所门口，余秀英在等他。没等对方开口，他就急忙问："秀英，你怎么来了？"

余秀英大大方方地说："我来看看你不行啊！"及至进了她住的房间，才说出此行的真实目的，说："我是到部队为你的事上访的。我对这件事气不公，去找了公社、县里，公社、县里认可我的看法，县上还给我开了介绍信。我已把材料送给了你们政治部领导，他们安排我住在招待所，让我安心住下来听回信。"

王永学内心深受感动,这个姑娘为了给自己洗清冤枉,竟从几千里地外赶到支队机关,不知受了多少苦累。他眼圈红红地说:"你是怎么来的?路上吃了不少苦吧?"

余秀英笑笑说:"也没受什么苦,就是路上饮食不习惯。"说着,过来拉着王永学的手说,"王大哥,你看我瘦了呢!"

"是啊,秀英真有点儿瘦了!"王永学在心里说。他望着余秀英风尘仆仆的脸,心中涌起感动的浪潮。从余秀英柔软的双手上,传递出难以名状的情感。

也许想起了什么,余秀英松开手,从提包里拿出一些东西,说:"这是阿爸让我带给你的奶酪、茶饼和镜铁山中才有的吃食。他老人家以为你被关起来了,没想到在这里自由自在地参加学习呢!"

王永学说:"让阿爸和你担忧了,我在这里挺好的。你先休息一下,等我请个假,陪你到附近好看的地方转一转。"

余秀英说:"不,我哪里也不去,就在房间等部队领导给我回信,不收到回信,我决不离开!"

一直过了一个星期,余秀英都足不出户,王永学过来陪她,两人就一起聊天。连队的事,余秀英说不清,就重点说寨子里的变化,讲一些人和事,让王永学好像搞了一次远程社会调查。

这中间,政治部群工科袁科长找王永学谈过一次话,说甘肃地方上派人来上访,对"以煤换牛"的处理提出不同看法,政治部领导经过慎重研究,认为这件事确实有当时的实际情况,是帮助地方解决实际困难,可不予认定为违纪。处分的撤销需要履行程序,现在先把这个意见告知他。随后不久,余秀英就收到了政治部群工科出具的一纸证明:"王永学同志去年冬天'以煤换牛'的做法,不属于违纪行为。特此证明。"余秀英拿到这个证明无比高兴,比证明自己没有过错还高兴,她高兴得拥抱了王永学,王永学也任她拥抱,没有明显抗拒。

临要走的那一天,快要上路时,余秀英终于把窗户纸捅破了,大方地说:"王大哥,我年龄一天天长大了,阿爸逼我择偶成家哩!他问我:你看上谁了?我说,我看上王大哥了,但不知道人家看没看上我。阿爸说,那你见了面,不会当面问问他?我这么问你,你不会笑话我吧?"

王永学说:"不笑话。你是一个纯洁的姑娘,值得我去爱,容我考虑考虑,我也要征求一下家中父母的意见。"应该说,王永学对此毫无思想准备,以前也从未有过这种念头,但姑娘的情和义感染了他,使他不得不认真地考虑这个问题。

"要得!"余秀英对王永学的回答感到满意,她快乐地坐上了西去嘉峪关的列车。

在余秀英到部队上访,为王永学洗冤的同时,又有一个女人到了支队机关,向有关部门递交材料,要求复查和重新认定王永学受到处分问题。这个女人就是苗丽萍。她借到支队医院参加培训的机会,到了支队机关,却没有和王永学见面。王永学并不知道苗丽萍的到来,是从老金的一封来信中知道了这件事。

老金在信中问王永学:"你在支队教导队学习情况如何?见到前去看你的苗丽萍没有?你们之间发生了什么?为什么她回来什么也不说,还痛哭流涕?"王永学对老金信中所问感到诧异,回信说没有见到苗丽萍,没有发生什么事情呀。在老金的下一封信中,终于弄清了事情原委。老金说:"丽萍现在情绪稳定下来了,告诉我她去支队找了有关领导,领导肯定她积极主动去反映问题,说你的处分正在重新复查,可望做出新的结论。待要去找你告知时,听说你家里来了个亲戚,就去招待所找你。她看到你和一个女人在拥抱,这个女人就是十一中队下面寨子里的余秀英,这姑娘她认识,是在去寨子中送医送药时认识的。看到这一切,她什么都明白了,就没有打扰你们,参加培训结束就径直回镜铁山了。"

看了老金信中的这些话,王永学的心灵又一次受到震撼。他来到教导队营房后潺潺流淌的小溪旁,悄悄地坐在那里,不由自主地淌下热泪。自己何德何能,就因为遭受一点冤枉,就招来这么多人帮忙。"老霍头"骂了娘,牛幸娃发电报给杨全来大队长为他鸣冤,藏族老阿爸惦记他、安慰他,更有苗丽萍、余秀英两个人亲自跑到支队部,找支队领导为他"出头",这让他内心充满了温暖和感激之情。家里老人教育他:

滴水之恩当以涌泉相报,对这些恩,自己怎么才能回报呢?尤其是两个女人都向他表达了爱慕之情,自己的爱也只能给其中一个人呀,这让他面临艰难的选择。

面对小溪的潺潺流水,王永学产生了幻觉。那潺潺流水声,好似两个女人好听的说话声,一会儿是苗丽萍在说话,一会儿是余秀英在说话,声音或高或低,都是那样温柔可人。溪水积成的小潭水面平静,好似一面镜子,但里面不是天光云影,而是两位美女的容颜,苗丽萍笑盈盈的脸和余秀英活泼泼的脸,交替出现,使他目不暇接。这两个女人中选择谁为终身伴侣呢?这让王永学着实为难,选择一个就伤害了另一个,但又不能不选择。自己到了男大当婚的年龄,家中父母一再催促,而两个女人都伸出了橄榄枝,自己又不能"脚踩两只船",当一个玩弄别人感情的小人。

选择是痛苦的,但又必须选择,这就是王永学面临的处境。选择就要有比较,但他怎么也比较不出两人的优劣来,正所谓"彭祖遇寿星——各有千秋"。那就换个角度思考吧。爱的真谛是让伴侣获得幸福,在不得已时受到最小的伤害。那么,谁和他断绝关系受到的伤害会小一些呢?那自然是苗丽萍。苗丽萍失去了他,还有老金。这个女人本来是深爱老金的,只是因为老金"不肯就范",才另选去爱他人。人们都认为老金和苗丽萍是最合适的一对,有亲情相通、爱情基础、条件相当、爱好相合,没有比他俩在一起再合适的了。在镜铁山时一次和"老霍头"聊天,"老霍头"也这么认为,说两人相处了这么些年,除了身上最隐秘的地方,没有互不了解之处,这么相当的一对,不知老金在想什么!要是我,早扑上去了,还等到今天!

"老霍头"关心苗丽萍的婚事,是从"吃罐头宴"快要结束,苗丽萍哭鼻子开始的。自从知道苗丽萍的父亲和自己一样上了朝鲜战场,而且在战场上牺牲之后,"老霍头"就像关心自己女儿一样关心苗丽萍的婚事,希望她喜结良缘,早日成家,以告慰父亲在天之灵。他几次找苗丽萍闲聊,知道了姑娘的心事,也知道姑娘爱上了老金,但老金就是死不松口,不留半点余地。他也去找过老金,苦口劝说,老金就是绝不吐口,气得他骂娘:"娘的,不知你老金想找什么样的女人,心都长到云彩眼里去了!""老霍头"私下对人分析,老金不愿找苗丽萍,大概是两人太熟悉了,不好下手吧?这话传出去成为笑谈。

王永学并不这么认为,什么人太熟悉了,不好下手,人熟了才好下手呢!他认为"老金不下手"是有思想障碍,心中有一个"小鬼",把这个"小鬼"捉出来,才能扫清思想障碍。为此,还在教导队学习的他,给几千里之外的老金写了一封信。

信中首先对自己没有见到苗丽萍的事做了回应。他写道:

> 金哥,我向你坦率地讲,余秀英到教导队,是为我的处分来支队上访的,在支队招待所住了一周时间。其间,我常去招待所探望她,和她聊天。接触中,我们相互之间渐渐有了好感,余秀英也向我表达了爱意,我感觉我和余秀英比较适合,就和余秀英好上了。在相处之时,恋爱男女之间一些亲昵行为自然是有的。一定是这些亲昵行为被丽萍看见了,她自然会生气,没有见面就跑走了。现在事已至此,我对不起丽萍,我不能对丽萍有所隐瞒,我要向丽萍赔罪,向金哥认错,请你们原谅我的过错,我为让丽萍受到伤害表示深深的歉意。我现在唯一能做到的事就是"祈祷",祈祷丽萍能找一个一辈子不弃不离的如意郎君,这个郎君能一生呵护她,给她快乐、平安、幸福、安康,给她想得到的一切。而这个能获得丽萍芳心的如意郎君是谁呢?

在接下来的信文中,王永学话锋一转:

> 丽萍这个如意郎君非你莫属!你金哥是最合适的人选,没有比你再合适的了!你把这个男人介绍给丽萍,把那个男人介绍给丽萍,就是把自己忘了。就像一个人数在场有几个人,结果老是数不准,因为他把自己给忘了,没把自己计算在内。你就是那个很可笑的数数人。你没把自己数进去,不是智商的问题,而是心中有"鬼"。我今天把你心中的"鬼"挖出来。
>
> 你说你是丽萍的姐夫,请问,你和她姐姐结婚了吗?没结婚怎

么会成为姐夫？既然她姐姐拜托你把丽萍培养成人，也必然在自个儿缺位情况下乐见你俩喜结良缘。所以，你过去强调的两点理由都不能成立。归根到底，你是心里有"鬼"，这个"鬼"是什么呢？就是"爱"，就是你爱苗丽萍爱得太深了，只害怕照顾不好，照顾不到位，生怕伤害了自己心上人，总是小心翼翼、战战兢兢，不敢往婚姻方面迈步，以致出现惧怕感、距离感。但你想想，如果永远迈不出这一步，你怎么知道照顾丽萍不到位？知道该怎么照顾她？你要知道梨子的滋味，你就要亲口尝一尝，你不和丽萍结婚，怎么知道如何照顾她更好一些？你生怕丽萍受到伤害，但只有和她缔结婚姻，才有呵护其一生的资格。你现在把她介绍给这个人，介绍给那个人，这不是推卸责任吗？你把丽萍交给别人照顾，别人就一定会比你照顾得好、照顾得尽心吗？假如不如人意，你不后悔吗？如果丽萍得不到你的呵护，出现问题，你不有愧于她姐姐在天之灵吗？别人由爱而豁达，你却由爱而自私，成为一个不负责任的人，一个不愿向爱你的一方施爱的人，我对这种人真的很看不起，也不愿意和这样的人交朋友！赶快把你心中的"鬼"捉出来赶走吧！快去向丽萍求婚吧！一颗孤寂的心等待你去抚慰，一枝久旱的花朵等待你去浇灌，一片肥沃的土地等待你去耕耘。愿你做一个英雄、壮士、男子汉，而不是怂货、软蛋、熊包！我的话只能说到这个份上了，何去何从，由你掂量吧！

在信的最后，王永学缀了这么一句：

因为我辜负了丽萍的期望，构成了对她的伤害，你可将此信向她展示。祝你俩喜结良缘，早日步入婚姻殿堂。如鸿雁传书报喜，我定赶回镜铁山举杯致贺，不醉不休！

4

王永学用这样一封信，断了苗丽萍和自己好的路，消除了老金心中的魔障。不久,从镜铁山传来消息称:老金正在向苗丽萍这座"凤凰山"靠拢。王永学本想在教导队学习结束返回镜铁山后,再进一步给两人做些撮合工作,但因为又"捅了娄子",被搁置在教导队不让回去,未能实现这一愿望。

在教导队学习半年将结业时,队里要求每人交一份"批儒评法"宣讲提纲和一份学习总结,待审定合格后发给结业证书。王永学交上来的却不是这两份材料,而是一份《关于"7230罐笼坠落事故"的调查报告》。就是这一份报告,给他惹下祸端,带来了厄运,使他的人生发生了转折。

在"批儒评法"学习班这半年里,王永学的头脑大部分时间是昏沉沉的,尤其是讲到"孔老二""儒家""克己复礼""悠悠万事,唯此为大"这些时,他的头脑就更加昏沉。他初中毕业,也是读过书、受过教育的,也知道孔子为何许人也。不是教育家,不是封为"至圣先师"吗?怎么一下子就成了历史罪人了?过去对那些杀人如麻的统治者,不是给予谴责吗?怎么现在有的被封为"法家"受到吹捧了呢?王永学对这些搞不明白,越想搞明白,头脑就越昏沉;头脑越昏沉,就越搞不明白。自从那次在讲台上把"孔子杀少正卯"错说成"少正卯杀孔子",引起哄堂大笑后,他就失去了搞明白这些的信心,也没有这方面的积极性。平常学习时看着很认真,老老实实地在那里坐着,但那些内容一个耳朵进,一个耳朵出,入耳并没有入脑,讨论时也就是对付几句,好在有一些积极分子愿意发言,发起言来口吐白沫,好像口吐莲花,永远也吐不完。自己即使想讲也抢不上槽,也就坐在那里默默不语了。因此,他在学习班结束时写不出5万字"批儒评法"宣讲材料是自然的,他也不可能写出来,就是个随帮唱影,混到毕业的差等生。

但这半年里,王永学也不是时时刻刻都头脑昏沉,也有清醒甚至格外清醒的时候,只要一想到镜铁山,想到北大河,想到十一中队,想到十一中队那些正在施工的战友,他的头脑就格外清醒,那一座座山峦,一朵朵浪花,一座座营房,一个个熟悉的脸庞,就清晰地出现在自己的眼前。虽然离开中队几千里,但他的心还在中队,还在自己一入伍就进入的十一中队,他惦挂着这个中队,期望为这个中队的战友做点儿什么。离开十一中队,他别的什么都不担心,唯一担心的就是安全生产。牛幸娃中队长英勇顽强,能打硬仗,但性格暴烈,遇到难关险关和硬任务时,一句话"要铁不要命",就冲上去了,而且认为这是"一不怕苦二不怕死"精神的体现,一些干部战士也受到这种思想的影响,关键时刻容易出现事故苗头,甚至造成重大伤亡事故。王永学在中队时,除在战士中强调安全意识、落实安全措施外,还在关键时刻搂住"笼头",防止没有安全保障的硬打猛冲。离开中队时,他拜托老金和苗丽萍多关心十一中队安全生产方面的事,从多个方面影响牛幸娃,使他牢固树立安全意识。自己离开中队后,也不知安全生产怎么样了,出没出什么事故。他甚至违背自己不信神、不信鬼、不信天的理念,期盼苍天保佑十一中队安全生产,保佑战友们在施工中平安。作为代理指导员,他太爱这些战友们了,无论干部战士,天天朝夕相处,结下了深厚情谊,怎么能轻易让这些花朵一样的生命消失呢?怎么能轻易让他们致伤致残给今后生活留下创伤呢?一个军人,尤其是一个革命军人,不怕死是基本要求。常言道:"当兵不怕死,怕死不当兵!""马革裹尸""血染沙场",充满了军人的自豪感。在为中华民族独立解放的奋斗过程中,多少先烈献出了生命。他们的死换来了中华民族的新生,迎来了新中国的成立,捍卫了人民利益,是值得的,是让人千秋万代歌颂的。和平建设年代也有牺牲,有时候也需要献出生命,但这种牺牲和战争年代已大为不同。除少数必须外,应尽量避免牺牲,尤其是在担任施工任务的基建工程兵部队,应该把安全生产放在第一位,把牺牲降到最低限度,这就是按照施工规律办事,严格遵守操作程序。决不能把蛮干、乱干、不讲操作程序当作"不怕死",酿成不应有的悲剧。王永学参军入伍之后,曾经见了大大小小不少事故,现在,这些事故一幕幕从脑海闪现,他基本可以认定,哪些事故是可以避免的,哪些事故是难以避免的。他想起刚当兵时的一件往事:到了施工现场,排长让大家戴好安全帽,一个新兵就是不听话,说:"这头上也没有什么东西呀!"话没说完,上面掉下一粒小石子砸掉了他的门牙。想到这些,王永学就想笑,但回想起十一中队"罐笼坠落"事故，就怎么也笑不起来了。活生生十一条生命呀，在罐笼坠落到底的一刹那，就命丧黄泉了。说来也真是奇巧，那天发生这一特大生产事故之前，突然刮来一阵大风，把十一中队用铁皮做的黑板报架子吹倒了，"咣当"一声倒在地上，那期黑板报大标题就是"要把安全生产当成第一件大事来抓"，没承想，要求当成第一件大事来抓，还是发生了这样的恶性事故。看来说在嘴上、贴在墙上，没有落实到行动上的口号，是没有用的。况且，抓安全生产，光靠一个中队不行，十一中队罐笼升降安全保障，控制在别的中队的操作员手中。安全生产得大家都引起重视才行。"罐笼事件"成为部队安全生产不到位的一个典型事例，也成了王永学内心的一处隐痛，一想起就揪心、就难受。他认为这次事故是完全可以避免的，其中有沉痛的教训可汲取。如果这次事故没有发生，十一中队就不会连中队长在内亡故11人，也不会成为让人产生恐惧感的"死亡中队"，也不会有"在十一中队不得好"的"魔咒说"，使十一中队蒙上了不白之冤。

事故过去几年了，从陆续得到的各方面信息看，这绝对是一次安全生产责任事故。开始时，王永学对这一认识是感性的，现在发展成为理性认识。他决心利用在教导队学习这段时间，搞一些调查研究，找到一些证据，写一个翔实、有说服力的关于这次事故的调研报告。目的很简单，就是用事实为十一中队"魔咒说"正名，让干部战士树立安全生产的信心；同时供上级机关借鉴，在全部队作为典型案例起到警戒作用，把安全生产工作全面深入落到实处。既然写"宣讲材料"写不下去，一写就头脑昏沉，莫不如干些能使自己头脑清醒又有利于部队建设的事，以免天天大米白面吃着，什么事都不干，心里也不得安宁。

说干就干，王永学拟定了调研报告提纲。他根据自己所见所闻写出了一稿，在此基础上列出重点题目，利用节假日，或用让去连队调研"批儒评法"的时间，走访了相关连队的相关人，找了解情况的人深入采访。好在十一大队其他中队都调到了内地，现在的大队部离得也不远，他找人采访，查找资料，反复核对，一些当时在现场者和当事人提供了翔实资料。在调研中发现，当时对这一事故并没做任何结论，只是说发生了重大伤亡事故,干部战士做出了重大牺牲,为酒钢建设谱写了一曲壮歌,号召人们学习这种"一不怕苦二不怕死"的精神,努力把国家重点工程酒钢建设好。至于这次事故是不是安全责任事故,并没有提及。这是由当时的社会环境决定的,也许当时能够反映事故的材料不全,难以认定。现在根据这些材料,王永学进一步证实了自己的判断,而且证明,这次事故和十一中队伤亡的干部战士无关,他们只是罐笼的搭乘者,就像正常的坐电梯人一样,他们只是赶上了这起事故。大量证据表明:这次伤亡事故是重大责任事故,在关键环节发生了问题:一个是罐笼起降轨道最高处顶部的过卷开关被卸掉了,使罐笼失去缓冲空间,直接冲到了顶部钢梁上。这套卷扬设备由瑞典生产提供,是当时世界上安全性能一流的设备,包括卷扬机、升降轨道、运载工具(罐笼)三部分。在罐笼升到最高点之后,上面离顶部大梁还有7.5米空间,在离顶部7.5米处安有"过卷开关",罐笼上升到了这里就会自动停下,确保安全。但在上一班施工时,有人为了向上运送高于卷扬开关的超长材料,把卷扬开关卸掉了。为运超长材料卸掉卷扬开关,过去也有过,但运完材料后,必须把卷扬开关重新安装上。这一次不知什么原因,并没有恢复安装,致使罐笼在到达应停位置失去控制,一下子冲到顶部的钢架梁上,撞断了罐笼主缆绳的钢丝。再一个原因就是卷扬机操作员操作严重失误。当时操作卷扬机的是机械中队的一个四川籍战士,平时工作认真,从未出过事故。在出现这次重大操作失误之前,他刚好在老家谈的一个对象吹了,这个四川兵受到打击,精神有些恍惚,情绪很不稳定。中队指导员了解了这个情况,让他休息几天,平静一下情绪,不去开卷扬机。没想到此人在休息期间,觉得没什么意思,又积极要求上班,但在上班时仍然精力不集中,把卷扬机开过了卷扬开关也没有发现,继续操作提升高度,最终酿成了重大事故发生。假如他精力集中,罐笼过了卷扬开关能被发现,并及时采取措施,罐笼就不可能撞到钢架梁上。主缆绳撞断之后,还剩下两道保持平衡的副缆绳,没承想在急速下降过程中,又断了一根副缆绳,失去平衡的罐笼一下子像脱缰的野马失去控制,急速向井底坠落,酿成了人间惨剧。

虽然事过境迁,但这一件件证据、一个个回忆片段,又还原了事故现场,让人拨开沉雾,认清了事故的根本原因。王永学的心流血了,由过去的隐痛,变成了血淋淋的伤口,那失去生命的脸庞,一个个闪现在他眼前,让他寝食难安。逝者人已去,来者犹可追,他要把这些写出来,并进行认真分析,提出自己关于安全生产的建议,为确保安全生产尽一分力量。他肩上突然有了一种使命感,感到沉甸甸的责任,认为不做这些就对不起死去的战友,对不起培养自己成长的十一中队,对不起党,辜负了人民的期望。不管遇到什么困难,什么阻力,他也要把这份报告写出来,交上去。在他心目中,"万事悠悠,唯此为大",什么"批儒评法",孔老二、秦始皇都扔到脑后去了。因此,在大家准备交"批儒评法"宣讲提纲时,王永学却犯起愁来了。

同住一个房间的,是支队后勤部政治处的一个干事,叫李景夫,也是一个才子,写文章"刷刷刷"的,"批儒评法"的宣传提纲写了10万字,还准备交出版社出书。他看到王永学愁眉苦脸的样子,就问:"怎么了,写个材料这么难吗?"

王永学说:"我一听说孔老二、秦始皇就头昏脑涨的,一不小心,就让少正卯把孔子杀了,我笔下写不出这些东西。"

李景夫说:"我看你天天趴在桌子上写,都写什么了?"

王永学说:"是中队工作总结,是安全生产方面的一些工作研讨,和'批儒评法'不沾边呀!"

李景夫说:"什么不沾边,让它沾边就沾边。这些材料交上去谁看?糊弄过去就行了,你把那写好的材料抄写一遍,我给你加一个封皮,交上去就得了,那么认真干什么!什么'批儒评法',还不是你抄我,我抄你!运动过后一阵风就过去了。"

王永学听李景夫这么一说,想想也是,也没有再好的办法,只好如此。他把《关于"7230罐笼坠落事故"的调查报告》抄写一遍,让李景夫加了一个《关于对批儒评法斗争必要性长期性的认识》的封皮,如释重负地交了上去。只等几天后结业,打道回镜铁山。

为了酬谢李景夫,王永学还请李景夫喝了一顿酒,举大拇指夸赞他"点子高,实在是高!"

第十一章

1

王永学耗费心血认真写就"罐笼事故"调查报告,并没有想立即交上去,他还在修改中,准备等回到镜铁山后,再听听"老霍头"、牛幸娃、老金、苗丽萍等人的意见,修改调整后按组织程序上报。这件事已过去好几年,没有那么急,关键是材料要充实、认识要深刻到位,具有说服力,多琢磨一些时间修改调整是有必要的。他还想回镜铁山之后,到发生事故的地方再看一看,找一些旁证,并让自己的认识更深入更全面一些。然而,这一想法,被李景夫那个"馊点子"打破了。原以为"批儒评法"材料交上去,就是走走过场,没想到不知刮来了一股什么风,具体负责举办这次研习班的政治部宣传科来了劲,姚科长带两个干事把教导队学员交上的材料认真过了一遍,想挑出几篇优秀的,合起来拿到地方出版社出书,算作是"批儒评法"活动的一个战果。

王永学写的调查报告,就是这样被发现的。读他调查报告的正是姚科长本人。姚科长翻开一看,内容却是关于"罐笼事件"的调查报告。他认为这是写作者提交稿件提供错了,嘴里骂道:"张冠李戴,牛头不对马嘴,什么玩意儿!"及至翻了翻内文,觉得这个报告写得不错,材料丰富,逻辑清晰,观点鲜明,分析深刻,刚要叫好,却从中闻出了一股浓重的味道。

什么味道?思想一贯极左的姚科长闻出来一种否定"无产阶级文化大革命"的味道。此时,时序已到了1976年,这一年的5月16日,是

"文革"发动十周年,上级要求地方和部队开展庆祝"文革"十周年活动,大力宣传"文革"取得的重大成果,对那些攻击"文革"的言行要坚决打击,特别要抓几个典型"示众",坚决打击攻击"文革"的歪风邪气。姚科长是"工改兵"到部队的,在地方就是一个造反派头头,由于善于看风使舵,又有一点儿歪才,会写长篇理论文章,就从大队宣传股调到支队宣传科,由副科长升为科长,正春风得意,想积极表现,一步步青云直上,正愁没有垫脚的材料,发现了王永学提供的"重磅炮弹"。"真是天助我也!"姚科长大喜,遂把王永学写的调查报告单挑了出来,用一个晚上认真批阅,写出了评语,指出了要害。提出这是一篇彻头彻尾的否定"无产阶级文化大革命"的黑材料,其要害有三:一是否定"文革"中我国重点建设工程酒泉钢铁厂的建设成果;二是否定基建工程兵部队参与酒钢建设取得的突出成绩;三是否定社会主义制度,鼓吹"崇洋媚外"思想。因为王永学在这个报告里有这样一段话:"这套卷扬设备是从瑞典进口的,性能良好,装备一流,安全性能高于国内设备。在正常运行状态下,同类设备在其他地方没有发生类似事故。"这不是典型的崇洋媚外是什么?姚科长如获至宝,可从鸡蛋里挑到了骨头。

姚科长使出自己的一贯伎俩,颠倒黑白,上挂下联,写道:"这是否定'文革'思潮在我们部队的具体体现。报告写作者以强调安全生产为名,否定革命军人'一不怕苦二不怕死'的精神,宣扬'怕死''保命'思想,试图把部队建设引到邪路上去。是可忍,孰不可忍!"一顿上纲上线、上挂下联,把与"文革"毫无相干的调查报告,打成了否定"文革"、否定人民军队、宣传"崇洋媚外"思想的活标本。尽管姚科长并不认识报告作者,和王永学从未见过面,但仅从这篇文章推断,作者就不是什么好人。姚科长决定先给文章定性,然后再挖掘作者的写作动机,挖出后面的"毒根"。经过一番苦心设计,姚科长在王永学的调查报告前面,写了一千多字的评语,把报告附在后面,建议送支队领导审阅。随之把报告送给了政治部主任审批。害怕主任不批,他还在支队理论中心组学习时,以结合实际为名,把这件事抛了出来,造成既定事实,不怕你支队领导不重视。很快,十一中队代理指导员写了一篇"黑材料",以建议安全生产为名,全面否定部队建设成果、否定"文革"的消息,在支队机关传开。就在"山雨欲来风满楼"之际,王永学还蒙在鼓里,丝毫不知一场灾难就要到来。

教导队"批儒评法"学习班就要结束,学员们已喝了"散伙酒"。一天,王永学正在收拾行李,教导队陆政委进来了。陆政委人很好,很有理论水平,对人也和善。他看王永学在收拾行李,就笑着说:"不急着收拾,组织上决定让你继续参加下期'学习无产阶级专政理论研讨班',你没有问题吧?"

王永学一下子愣住了,他在"批儒评法"学习班已经学习得够长了,一听学习就脑瓜仁疼,怎么又"号上"自己了?学习没个完了?但王永学是个组织纪律性很强的人,既然组织已经决定了,自己就得服从,他说:"服从组织决定,没有问题。我要不要回镜铁山一趟,到中队把工作交接一下?"

陆政委笑了:"你这半年又没在中队,回去交接什么?学习班马上就开始了,时间也来不及,在这里安心参加学习吧。"说完,两人就聊起了镜铁山,聊起了十一中队。陆政委临走时说:"带兵的都忘不了自己手下的兄弟们,那是手足之情呀!人这一辈子不可能不受挫折,大风大浪面前可要经得住考验。"

陆政委走了,他留下的话却在王永学脑海里起了波澜,半夜时分躺在床上烙烧饼,他觉得陆政委说的话有点儿奇怪,自己会遇到什么大风大浪呢?

对宣传科姚科长无中生有"恶搞"出来的这件事,支队领导层的看法并不一致,即使在当时那种大环境下,一些领导还是坚持实事求是的,他们不会被姚科长的"评语"所迷惑,而是直接去阅读王永学调查报告得出的结论。

支队孙政委说:"啥时候都要坚持实事求是,我看不出这个调查报告和否定'文革'有什么关联。"

梁支队长说:"既然当时没有做出结论,就应该允许探讨,允许有不同意见,提出不同看法,怎么能和否定'文革'挂钩呢?"

此时大队长杨全来已调到支队任参谋长,他坚决不同意姚科长下的结论,说这是"黑白颠倒,胡挂乱联"。

分管"运动"的王副政委说:"不管怎么说,这件事已在部队传开,造成了不良影响。写作动机是什么,要查一查;为什么不采取光明正大的递交上报方式,而是夹在材料中上送,这不是缺乏组织纪律观念是什么?现在阶级斗争形势很复杂,凡事都要多问几个为什么。我建议成立一个专案组认真地查一下,查清楚再研究处理意见。"

这个意见没有人好"反对",于是就成立了王副政委、于副主任、姚科长三人"专案组",具体审查王永学"调查报告"事件,由宣传科、干部科、教导队各抽调一人,作为小组成员,负责具体调查事宜。

到姚科长第一次带人找王永学面对面谈话,他才知道自己"犯了严重错误",造成了极坏影响,必须端正态度交代问题,重点交代写作动机,为什么要写这个调查报告?思想动机是什么?背后有没有人指使?

姚科长严肃地说:"必须对组织老实坦白,如实交代动机和为什么采取违反组织程序提交材料的方式。组织上将根据认罪态度,考虑对你的处理意见。"

王永学注意到,姚科长说的是"认罪态度",而不是"认错态度",看来自己问题的性质很严重。好在教导队参加调查小组那位副队长对他态度和善,在姚科长带人走了之后说:"该吃吃,该喝喝,啥也不耽搁。学习班那里,你想去学就去学,不想去,就在房间写检查交代问题。"这时,他才注意到,自己原先住的地方没有再安排人进来,自己住上了单间。"该不是被关了禁闭了吧?"王永学心里这么想,但看看门口没有人持枪站岗,副队长又和颜悦色的,就放了心。从此,他也不去参加学习班学习,每天就琢磨写检查,倒也自在。

过了一段时间,老金给他来了一封信,信中写道:

你是不是犯了什么错误,为什么学习结束还不回来?听到老部队战友一些传言,也不知是否是真的。你不管遇到什么事,都要想得开。你说你要回来参加我和丽萍的婚礼,说话要作数的,你什么时候回来,我们什么时候再结婚。余秀英还在镜铁山等着你呢!那可是一个好姑娘。你上次来信的良苦用心,我和丽萍都心领神会了,我们感谢你的好意。我本来还要"执迷不悟",但你信中的苦口婆心和"老霍头"的一顿骂让我清醒过来。"老霍头"骂道:"你金昌浩他妈的装什么大尾巴狼!苗丽萍那么好的姑娘你不动心,你想干什么?你让她嫁给别人,让别人照顾,要是照顾不好,你不后悔吗?到时后悔也没有后悔药吃!再这么磨磨叽叽,我工作组不要你这个不知好歹的东西,给我屎壳郎搬家——滚球子,滚得越远越好!"自从那次喝酒提起朝鲜战场丽萍哭了之后,"老霍头"就对没见过面的老战友的女儿关心起来,最近还认丽萍做了干女儿。我说:"我要是和丽萍好上了,你不成了我老丈人了吗?""老霍头"说:"瞅你那小样儿,你让我给你当老丈人我还不当呢!我是看丽萍的面子,且认下你这个小人。"现在,我和丽萍已开始筹备结婚了,你可要参加我们的婚礼呀!丽萍向你问好,多保重!

老金的信让他心中温暖不少,心里的一块石头落了地。老金和丽萍终于要步入婚姻的殿堂了,自己的苦心没有白费。什么是好朋友,好朋友的标准是什么?好朋友就是忧伤着你的忧伤,快乐着你的快乐!你痛苦了,来与你分担;你幸福了,来与你共享。他为老金和丽萍有情人终成眷属而高兴,也感谢他们在自己逆境时伸出的援手。想到和老金、丽萍相处的一个个片段,心中就有一种幸福感。能不能赶回去参加他们的婚礼,目前自己这种处境已很难确定,只能在内心默默地为老金和丽萍祝福。

因为可以不参加"学习无产阶级专政理论研讨班"王永学闲下来了,让他苦恼的是,让他写材料交代问题,他不知道交代什么。一次,姚科长一个人来看他,说是来"交交心",实际是"点拨他",让他集中交代三个问题:一是写调查报告的动机,即为什么要写调查报告;二是谁指使的,你一个中队指导员怎么会想到这个事关全局的大问题;三是为什么采取不光明正大的上交材料方式。

按照姚科长讲的思路,他从三个方面写材料交代问题,但又写不出什么来。第一个动机是什么？动机就是一句话：在施工中尽量少死人、少伤人，此外，他找不出什么动机。第二个是谁指使的？没有人指使呀！要说有什么指使的话，就是自己的良心指使、责任心指使。第三个，为什么不采取光明正大的方式？这是交不上"批儒评法"材料时，战友李景夫出的主意，但能把人家交代出来吗？把人家交代出来，既不符合做人原则，又不能减轻自己的错误，还可能被认为是他和李景夫密谋的，把人家牵连进来。责任只能往自己身上揽，爱怎么处理就怎么处理吧！

当姚科长带人来，又一次问他这个问题时，他按照自己想好的，一一做了交代。姚科长很不满意，说："先不说前两个问题，我单问最后一个问题：为什么让你交'批儒评法'材料，你却交了这样一份材料？"

王永学说："我写不出来'批儒评法'材料，一听课就头晕，医生说是'醉氧'反应。"

姚科长说："你既然'醉氧'、头晕，为什么写'罐笼事件'调查报告就不晕了呢？"

被逼无奈，王永学说："我对'批儒评法'不感兴趣。"

姚科长一下子抓住了"要害"，说："你一个党员，一个指导员，竟然说对'批儒评法'不感兴趣！'批儒评法'是上级部署的，是'文化大革命'的重要组成部分，这不是对'文化大革命'不满是什么？"

王永学说："你要这么认为，我也没有办法。"但在姚科长看来，这就是王永学承认了他对"文化大革命"不满，站到资产阶级立场上去了。又联系到"以煤换牛"这件事和为此受到的处分，说他是无组织无纪律。

围绕这些问题，还在学习无产阶级专政理论研讨班上，对王永学开了一次批判会，让他交代问题。会议由姚科长组织，让他做深刻检讨。有的问题没法说，有的问题根本就不是那么回事，他就围绕对"文革"的态度谈认识，东拉西扯讲半天，也没说出一件实际事。姚科长急了："还说'罐笼事件'调查报告那件事，是不是用讲安全来否定生产，否定革命？"

还没等王永学回答,就听见下边有人喊:"姚科长,我问一句,咱们今天只搞革命,就不讲生产安全了吗?"

姚科长气得脸通红,大喊一声"散会!"又冲王永学喊道:"继续老实交代问题,听候组织处理!"

同班学员的"声援",让王永学感到了温暖,他虽处逆境,感受到的是和善的目光。一天,教导队陆政委来看他,带来了一副象棋,两人隔着"楚河""汉界"杀了半天,临走时撂下一句话:"三十年河东,三十年河西,没有一成不变的棋局。"

局势果然让陆政委言中。离说这话时间不长,1976年10月6日,以华国锋为首的党中央一举粉碎"四人帮",为时十年的"文化大革命"结束了。

2

粉碎"四人帮"文件传达时,王永学还在教导队待着。那期学习无产阶级专政理论研讨班已经结束,学员们已各回部队。王永学没有走,让他继续留在这里交代问题。或者干脆说得明白一些,王永学名义是学习班学员,实际是以这个名义"留置"交代问题。因此,人家毕业了,他的问题没交代完,还没有结论,自然不能离开。

粉碎"四人帮"之后,按照上级精神,在支队教导队办揭批"四人帮"、拨乱反正学习班,又让王永学参加,王永学成了"三进宫"的学习班学员。但他明显感到,这次学习班和上两期不一样,政治风向变了,也没有人盯着让他交代问题,思想上轻松不少。他每天参加学习讨论,参与揭批"四人帮",可以畅所欲言了,头脑也不迷迷糊糊、晕晕沉沉了,好像又恢复了青春活力。

天天兴奋地去参加学习讨论的他,没有想到关于他的去向和使用会有一番激烈争论。粉碎"四人帮"之后,各行各业都在拨乱反正,过去被颠倒的事物,正在被颠倒过来。部队也是这样,上级要求坚决进行拨乱反正。因撰写"罐笼事件"调查报告的王永学,留在教导队"检查交代问题"已快一年了,这让原先专案组的人很尴尬,有关专案组已撤销,当事者本人还被"软禁"在教导队迟迟不放,这成了一个难题。教导队为此多次找政治部,政治部找支队领导,支队领导让原"专案组"拿出意见。牵头的王副政委说:"王永学的问题,在当时的情况看,就是个问题;按现在的情况看,就不是问题。既然写了检讨,就不必再处理了。正好赶上今冬干部转业,就安排他转业到地方工作吧!"

杨全来参谋长当场提出不同意见:"这样做,对干部太不负责任了!放在教导队,一审查就是一年,现在黑不提、白不提,就安排人家转业了,结论怎么下?地方对干部怎么使用?我不同意让王永学转业,如果没有地方安排,安排到司令部哪个科都行!"

支队孙政委说:"哪能这么简单处理问题!必须按照实事求是的原则进行拨乱反正,该平反的就平反,该撤销处分就撤销处分,而且要把经受考验的优秀干部放到重要岗位上。我调阅了王永学的案卷,归结起来的问题就是两个,一个是当代理指导员期间'以煤换牛',一个是写了关于7230'罐笼坠落事故'的调查报告,对全支队安全生产提出了建议。这两件事有什么错误呢?第一件事是在特殊情况下的灵活机动处置,既解决了连队困难、驻地群众困难,又密切军民关系,何错之有?必须撤销处分。第二件事我也不多说,粉碎'四人帮'之后,我们党正在恢复实事求是的优良作风,罐笼坠落的事是不是安全生产责任事故,各位心里跟明镜一样,但在当时的气候下,有谁站出来实事求是说话了?我们不说话便也罢了,却要回头处理敢于面对真实情况认真总结教训提醒我们注意安全的同志,这合适吗?假如王永学同志没有责任心、事业心,没有对战友们炽烈的爱,能去写这个调查报告吗?这样有责任心、有事业心、有干劲的干部去哪里找?对这样的干部就是要重用,不能让他们'一转了之'。支队党委和有关部门要认真总结教训,坚决肃清'四人帮'流毒和'极左'遗毒,今后杜绝这样不应该发生的事件。要把这件事列入支队领导民主生活会的议程。"

梁支队长说:"我完全同意孙政委的看法,对王永学同志要重用,请干部部门拿出一个任用意见。"

此时已到了1977年开春,约一周之后,支队孙政委、梁支队长两人找王永学谈话,肯定了他对"罐笼事件"的调查报告,说最近将以正式文件名义下发各中队,让大家从中汲取教训,把安全生产落到实处。对他在部队安全生产方面体现的事业心、责任心提出表扬,并说组织上正在考虑对他的提拔使用。

又过了几天,政治部张主任找王永学谈话,说支队党委初步讨论了对他的使用,支队领导想听听他自己的意见。组织上初步考虑的岗位有两个:一是留下来任教导队副队长;二是到支队司令部安全科任副科长。

王永学表态说:"谢谢组织关心!我还是想回到镜铁山十一中队,我是从那里出来的,还想回那里工作。俗话说,从哪里跌倒,就从哪里爬起来。我有一个小小的要求,不是向组织上要官,而是为了工作方便,能否把我指导员前面的'代理'二字拿掉?"

张主任说:"那是自然。你愿意仍回到艰苦的施工连队去,让人敬佩。你的想法,我会跟支队首长汇报,尽快给你答复。"

不久,王永学的任命下来了,任命他担任镜铁山十一中队指导员,正连职。因为大队工作组组长"老霍头"已到离休年龄,安排王永学接替他担任工作组组长,副营职,兼任十一中队指导员,统管部队留在镜铁山的所有事务和人员。

3

王永学终于回到了镜铁山,回到了朝思暮想的十一中队。屈指算来,他已离开十一中队18个月了,熟悉的一切都好像有了陌生之感,唯有北大河面目依旧,以哗啦啦的流水声欢迎他归来。"终于可以听着熟悉的流水声,睡一个好觉了!"心里这样想时,就已提着行李到了中队部。

牛幸娃见王永学回来,一步上前把他抱住,动情地喊道:"你小子可算是回来了!听说你在支队挨批判了,没遭什么罪吧?"又说,"你小子也没瘦呀？比在镜铁山时还胖了！是支队教导队的伙食好，还是有什么喜事呀？"

此时，王永学的任命还没有下来，他自己不好说什么，就换个话题说："我离开中队去教导队享清闲，你一个人在家辛苦了！咱中队没有发生什么事吧？"

牛幸娃说："能发生什么事？我知道你最惦念什么，就是安全生产呗！请你把心放到肚子里吧，你不在家这一段时间，我把安全生产放在第一位来抓，班班讲安全，人人讲安全，没有发生一起安全事故，全中队干部战士一根毫毛都没伤到！"

王永学说："可喜可贺！咦，牛队长怎么一下子提高认识了？你不是死咬住'要铁不要命'不放吗？怎么一下子就提高认识了？"

牛幸娃笑着说："我不提高能行吗？你小子到老金和苗丽萍那里告我状，说我不重视安全生产，不把干部战士的生命当回事，只知蛮干，还说部队上现在越来越重视安全生产，假如在我任上出了重大责任事故，我就屎壳郎搬家——滚球子，别想在部队待了。"

王永学说："老金和苗丽萍说话就那么好使，把你这榆木疙瘩解开了？"

牛幸娃说："老金是什么人？咱们部队技术大拿，在工程技术人员中，我最服气他，人品又好，为人实在。苗丽萍医术高，军事素质好，人又漂亮厚道，我当然听他们俩的了。老金检查施工质量时检查安全生产，苗丽萍协助我教育战士们树立安全生产意识，大家一起努力，安全生产就出现了新面貌。"

王永学说："看看，还是长得好看的女人说话好使。我以前经常提醒你，你也不听，看来漂亮女人威力大呀！"

牛幸娃说："格老子，哪壶不开提哪壶！你和苗丽萍比，有人家长得好看吗？再说，你个新兵蛋子，是老子带出的兵，在我耳边乱呛呛，我听你的？"

王永学说："不光是这些吧？你暗恋人家苗丽萍，想和人家好，自然听人家号令了！"

牛幸娃真挚地说:"不瞒你说,我还真是看好了苗丽萍,要本事有本事,要模样有模样,长得五官端正,鼻子是鼻子,眼睛是眼睛的。"

王永学被逗笑了:"你真逗,谁的鼻子不是鼻子,眼睛不是眼睛的,难道别人长的连到一起去了吗?"

牛幸娃说:"我是说苗丽萍长得好看,身上有一股别的女人没有的气质。她是一个女人,但是一个女军人。在女人中是一个军人,在军人中是一个女人。在女军人中又是一个医生,在医生中是一个军医,这军医又不是一般军医,受过正规军事训练,比一般女军医又高出一等。谁能找到这样的媳妇真是一个福分。"

王永学说:'所以,你就暗恋人家?'

牛幸娃说:"暗恋归暗恋,但咱哪有这个福分?让老金占了先,抢占了这个高地。我亏就亏在下手晚了。"

王永学说:"你怎么可能下手早?老金在苗丽萍少女时代就呵护她,两个人建立了深厚感情。你下手早,还能早过老金?"

牛幸娃说:"你说的是这个理。老金我服气,苗丽萍跟他也能幸福,我说不出啥。要是换个别人,我非和他比比高下不可!"

王永学心里说:"幸亏我和苗丽萍没成,要是成了,那和牛幸娃的关系可就不好处了。"嘴上却说道:"两个结婚半年多了,去年'十一'结婚时我没能赶回来,也不知他们相处得怎样?"

牛幸娃说:"两人好着呢!好得如胶似漆的,老金那门山炮打得还挺准,苗丽萍肚子都隆起显形了,看来是怀上了,咱俩很快就当上大舅二舅了。"话里带着几分羡慕。又说:"要是在部队找个女军人,那是再好不过了,两人能说得来,又不用两地生活。这老金和苗丽萍就像天仙配一样,谁有人家那福分!"

王永学说:"你要有这个想法,我给你踅摸踅摸。这次到教导队学习,在支队机关走来走去的,还真见到不少女军人哩!医院的、话务班的、宣传队的,我通过关系给你找一个对上眼的。"

"真的?"牛幸娃像孩子一样把王永学抱了起来,转了一圈说,"真要成了,我可得好好谢谢你!"

219

王永学说:"你一竿子支出八丈远,我回来了,你先请顿酒吧!"

牛幸娃说:"必须的! 就在今天晚上,我把连队干部、工作组的人都叫上,为你接风洗尘!"

就在为王永学接风洗尘的酒宴上,"老霍头"透露了王永学被任命为工作组组长兼十一中队指导员的消息,说已接到上面正式通知,让他和王永学办好交接。"老霍头"宣布的这个消息,在中队干部和工作组中,可谓"一石激起千层浪",大家本以为王永学挨了批判,受到审查,却没想到他时来运转,反而升了官,而且接替"老霍头"任工作组组长,成了副营职干部,让人们受到震惊,有的甚至认为这个消息不是真的。

但"老霍头"说的话不由你不信。他说:"我明天就和王永学交接,今天是欢迎他的宴席,也算是给我送行的宴席吧。迎新辞旧,一起办吧,省得麻烦。现在我敬大家一杯酒,在相处中有什么对不住大家的地方,请原谅。也算是请大家支持王永学同志的工作,不辜负组织期望,把承担的镜铁山二期工程施工任务完成好。今后谁去嘉峪关市办事,顺便到我家看看我,我请大家喝酒!"从话语中可以看出,他和大家建立了感情,有些依依不舍。大家也舍不得他走,就纷纷过来依次敬酒,把"老霍头"喝高了。老金和王永学把他送回了宿舍。

"老霍头"虽然昨晚喝高了,但头脑并不糊涂,第二天早上起了个大早。把东西归拢好,让人找王永学到他办公室。

王永学走进房间一看说:"你这么着急收拾东西干什么?我准备打报告让您担任工作组顾问,遇事帮我把把关呢!"

"老霍头"说:"万万使不得! 铁打的营盘流水的兵,谁都有这一天。当兵几十年,我也该休息休息了。家里也需要照顾,成年累月在外面,欠家里太多了,我离休去嘉峪关和全家团聚,比你升官还高兴呢,当什么'顾问'! 退了就一竿子插到底。天天杵在那里,让人家新接手的人怎么干?再说,老的不退,新的人怎么上来?新生力量怎么培养?在职时尽责,到点不恋栈,理应如此。我也有这个共产党员应有的觉悟。当然,对你的工作我会大力支持,最大的支持就是不管不问,放手让你去干,不当拦路虎、绊脚石。相信你一定能干出比我'老霍头'强的成绩!"

"老霍头"一席话,说得王永学心里热乎乎的,没想到这位老前辈这么高风亮节,畅快利落。他受到感染,受到教育,真诚地说:"老前辈有什么吩咐,尽管交代,我一定按照你的意见去办。"

"老霍头"说:"工作方面的事,都是他们分兵把口的,他们会向你汇报。你对这些也很熟悉,我没有什么好交代的,只是有些话想和你聊一聊,不是什么吩咐,也不是什么交代,我毕竟比你年岁大,走过的路多,经过的桥多,想提醒提醒你。"

"您说!"王永学往"老霍头"的大茶缸里续了点水,坐下来静听其言。

"老霍头"说:"你这个人有知识水平,善于做思想政治工作,是个优秀指导员。这两年屡受挫折,经受了严峻考验,坚持了敢讲真话、老实话的原则,继承了我党优良传统。你为人善良,遇事能替别人考虑,设身处地地替别人着想,受到干部战士和合作者的拥护,这是做好各项工作的良好条件。不足之处是经历不够丰富,经受的磨炼还少,缺乏经验,为人处事也还有一些书生气,比起我们这些老家伙来,还不够通透和圆滑。但这些只能在工作和生活中积累,如有别人提醒一下,对自己也有好处。我今天找你来,就是想提醒你几件事。"

王永学往前凑了凑:"您说!"

"老霍头"说:"一是和牛幸娃的关系要处理好。牛幸娃比你资格老,你是他带出来的兵,他当中队长,你是代理指导员,又在他下面,所以他处处以老资格自居。现在你是指导员,和他平起平坐不说,还当了工作组组长,晋升为副营职,他心里能服气?不服气就会表现出来,表现出来就会发生矛盾。发生矛盾时,要'大事讲原则,小事讲风格','大事清楚,小事糊涂',充分发挥他的积极性,出了成绩推功揽过,真正把两人关系处理好。关系处理好,有利于党的事业、部队建设,也有利于个人进步。有的人不懂这个道理,在一起争得像乌眼鸡似的,闹得不可开交。公说公有理,婆说婆有理,让组织上怎么评判?最后两人全拿下'一锅端'。这样的事例不少,希望你们不要蹈这个覆辙。当然,处理得好不好，也取决于牛幸娃的态度，无论他态度如何，只要你能相忍相让，妥善处理，就能保持一种稳定和谐的关系。如何处理好，需要很高的智慧，也要随机应变。我提供不了锦囊妙计，只能点到为止了。"

王永学一句话也没说，认真地点了点头。

"这第二个方面，就是为人处事要宽宏大量，就是老百姓说的'宰相肚里能撑船'，撑的船越大越好。我已查明，上次告你'以煤换牛'的，是我们工作组的曹助理，他是管你们中队用煤供应的，发现你们用煤量突然增加，一查是送给村寨老百姓了，没问青红皂白就向上反映了。我把他臭骂了一顿，他感到很委屈，说自己也是坚持原则，为咱部队好呀。知道你为此受到处分、影响提拔，还离职进了学习班，他很后悔，觉得自己是小题大做了，想找你道歉，又不好意思。现在你当了工作组组长，成了他的直接领导，他能没思想负担？能不怕你给他小鞋穿吗？越是面临这种情况越要'大肚'，不是装'大肚'，而是真的'大肚'，这就要看一个人的胸襟了。"

说到这里，"老霍头"停下喝了一口水，又接着说："我听一个老首长讲过，一个人有多大胸怀，就能成就多大事业。假如一个人斤斤计较，两两计较，是成不了大气候的。毛主席他老人家教导我们，要善于团结反对过自己的人一道工作。对反对过自己的人都能团结，还有什么人不能团结呢？因此，对曹助理要团结，对所有的人都要团结，团结的人越多越好。有人说我'老霍头'是'老和头'，爱'和稀泥'，这也是团结的一种方式。我们生活工作中，有多少是原则问题？大多是鸡毛蒜皮的小事，除了大的政治原则能说得清，其他小事都是公说公有理，婆说婆有理，怎么能分得清？你说鸡下蛋了，他说鸡没下蛋，说鸡下蛋是你看见了，说鸡没下蛋，是他没有看见，两人在那里'扯蛋'有意思吗？还不如节省点时间去干点大事。天天纠缠这些鸡毛蒜皮，就什么事也干不成了。这是认识事物的方法问题。"

"老霍头"又喝了一口水说："还有处事方法。我家的家风祖训上有一条，叫'为人处事要路路种花，不要路路种刺'，我就是按这一条去做的,尽量不得罪人,少得罪人。但在重大原则问题上,我是不含糊的;在英勇杀敌面前,我也是不含糊的,在战场上杀敌像砍菜杀瓜一般。但在人民内部,在同志之间,在战友之间就要'多种花少栽刺'。处处栽花,花就冲你笑;处处种刺,刺就扎你手!成天斗斗斗的,人心斗散了,世道斗乱了,也把自己斗成孤家寡人了。我知道你不是爱斗的人,但人是会变的,一旦进步了,当大官了,手中权力大了,就想让别人服自己,怎么让人服?这里学问大着哩!"

王永学震惊了,平日里眼中的"老霍头"松松垮垮,骂骂咧咧,不笑不开口,不骂不说话,开会讲话也就是三言两语了事,看着没有多少文化,肚子里没装墨水的他,竟装这么多道理,而且这些道理都实实在在,切实合用。对眼前这个老前辈不由得愈加敬佩起来。

"第三个要说的,是想提醒你一件事。""老霍头"喝了一口茶水,继续往下说,"工作组这些人素质都不错,老金、丽萍你是了解的,我不多说,负责后勤供应的几个都是业务骨干,老实巴交的,连你动用几吨煤,都有人向上反映,虽说向上反映不妥,但说明他们是按规矩办事的,是不会乱来的,也惹不出什么大事。有两个人你要关注,一个是'阎眼镜',一个是杨玉琼,尤其要关注这两个人的关系。"

王永学吃惊地问:"这两个人关系怎么了?"

"老霍头"说:"这一段时间你没在镜铁山,对这里的情况有所不知,听我慢慢讲。这'阎眼镜'是个好人,人品周正,他入伍后爱好写作,很快就有作品在报刊发表,从而迷上了文学创作。提了干事之后,除了干好本职工作,就是琢磨写文学作品。他之所以申请留下来,就是想写一部描写部队建设酒钢的长篇小说,反映部队的精神风貌、干部战士的优良品质和无畏牺牲精神。这个想法很好啊!部队首长支持他,特意派他到工作组,还指示我给他写作创造条件。我仔细观察,他还真下功夫,光创作素材都记了几大本,采访了不少人。我有时候和他开玩笑:'我看你小子到底结个什么茧?'他笑笑说:'到时你就知道了。'这小子不仅有大志向,还是非分明,光明磊落,敢于发表不同意见。你'以煤换牛'挨处分,他代表工作组执笔写材料,交到上面为你'鸣冤叫屈'，还说你以'罐笼事件'为抓手强调安全生产，是为部队安全生产又一次敲响了警钟。杨玉琼也不用多说，你是了解的，她单纯、聪慧、活泼、善良，没有什么心计，在人和人之间关系方面不设防，也愿意满足人们对她的要求，特别是为大家表演舞蹈，从不惜力，从不含糊，动作做得一丝不苟，成为和苗丽萍、玉珠一样，受到干部战士广为欢迎的人。"

王永学问："他俩的关系有什么不正常吗？"

"老霍头"说："那倒没有。我只是有些担心，怕他俩向那个方向发展。两人的关系，是在杨玉琼跳了'常青指路'那段芭蕾舞之后，'阎眼镜'采访她开始的。开始看他俩接触频繁，我就有一些纳闷。一次，当他俩又在'阎眼镜'办公室时，我装着无意间撞上的样子推门进去说：'你们在干什么呢？聊天吗？''阎眼镜'说：'我在采访杨玉琼呢！杨玉琼舞跳得太好了，走过的道路也很艰难曲折，我采访她，是想把她作为我小说中的一个生活原型。全面反映部队生活，不可能不涉及支队宣传队，小说不光写男兵，还要写女兵，玉琼的经历太让我感兴趣了，这不，采访好几次了，记了一大本，还没有采访完呢。'杨玉琼也说：'阎干事的采访，让我一下子回到过去的岁月，想到了过去的一些往事，我俩正聊得热乎呢！霍组长，您坐，我给您倒杯水。'我说：'不用了，你们接着聊吧！'他们确实是在配合采访，一个坐在炉子这边，一个坐在炉子那边，玉琼手里端着一个杯子，'阎眼镜'膝盖上放着笔记本，一手拿着笔，不时地在本上记录着。我想，这中间隔着火炉呢，应该没什么事。但又一想，这两人要是自己心里有了火炉，这炉火还不烧到一起去了？就不知怎么不放心他俩。嗨，也许是我多想了吧。后来，我发现他俩越走越近，'阎眼镜'端着照相机，在北大河边给杨玉琼照相，杨玉琼做着各种姿势，或是舞蹈动作；有时两人晚饭后在北大河边散步，天都黑了，还没回来。这真让我担心，我不是担心他俩遇到野兽，有什么安全问题，而是担心他俩走到一起黏黏糊糊的，再弄出点什么事。'阎眼镜'没谈对象，杨玉琼已有对象了，但还没有结婚，这孤男寡女，正值爱冲动的年纪，干柴烈火一般，燃烧在一起可不得了！我也是从这个年龄过来的，年轻时也差点犯这方面的错误，要不是首长看得严、训得狠，早就歪泥了。因为有体会,才愈加担心,我尤其担心杨玉琼。工作组苗丽萍、杨玉琼这两个女孩子,我是当自己女儿一样看待的。我当组长一天,就得对她们负责一天,让她们像我女儿一样终身幸福。苗丽萍和老金结婚了,我放心了这一个。老金让我臭骂一顿,算是觉醒了,两人现在幸福滋润得很,我看着别提多高兴。现在唯一担心的就是杨玉琼,这孩子太单纯,单纯得好像缺心眼儿。一次我侧面提醒她说:'闺女,为人处事得多个心眼儿。'你猜她怎么说:'啥是心眼儿呀?这心眼儿还真不好把握,想多了,小心眼儿;想少了,没心眼儿;一直想吧,死心眼儿;不想吧,缺心眼儿。这心眼儿也不知长啥样。'你说她是不是缺心眼儿?"

王永学说:"杨玉琼不是缺心眼儿,就是太单纯。她从小练舞蹈,12岁跳芭蕾舞,一直沉浸在艺术世界中,到了部队,也就是宣传队那么大个地方,刚当护士不久就到咱们镜铁山来了,缺少社会历练和社会经验,认为世界上一切事物都是美好的,人们的心都是善良的,不会害人,因此说话办事我行我素,从无防人之心,属于古书上说的'皎皎者易污,峣峣者易折'之类。"

"老霍头"说:"是呀,我就是怕她污了、折了,才这么上心,比对我女儿还上心,但这些话又不好说破,说破了,怕伤了人家孩子自尊心。要说,'阎眼镜'和杨玉琼也是挺般配的一对。'阎眼镜'除了看书把眼睛看近视之外,身上也没有什么毛病,他没搞对象,即使追求杨玉琼也没错,问题是杨玉琼已经有了对象,这是人所共知的。我问过杨玉琼,杨玉琼说她有对象,是她妈妈给她张罗的,她妈妈满意,她也没意见。她是怕她妈妈生气才答应的,和那个男的谈不上有多少感情。本来杨玉琼处对象的事没有几个人知道,但因为一件事,工作组的人和十一中队干部战士全都知道了。"

"一件什么事呀?"王永学问。

"老霍头"说:"那时你还在教导队。1976年9月9日,毛主席他老人家逝世了,人们悲痛欲绝。广播里说,9月18日有天安门广场悼念毛主席逝世大会实况转播,干部战士都想看这场实况转播。牛幸娃找到我说：'霍组长，你们是分管后勤供应的，我想请求你帮中队买台电视机，战士们提出要看实况转播。'我说：'你找我买电视机，我们工作组还没有电视看呢。你要能找人，帮我们也买一台吧！'牛幸娃叹了一口气说：'战士们该失望了！'我突然脑瓜灵光一闪说：'现成的人，你找去，包你能买到！'牛幸娃瞪着大眼问：'谁，找谁？'我说：'你找杨玉琼，她对象的老爹是市革委会副主任，买两台电视机还不是手到擒来，小菜一碟的事！就看人家杨玉琼给不给你这个面子。'牛幸娃转身就走，不一会儿满脸笑容地跑过来说：'杨玉琼答应了，让我来帮她请假，你要准假，她今天就去市里找人。'我说：'马上准三天假，三天不够再续，你告诉她，赶上追悼会实况转播就行。'这杨玉琼真是有能耐，不，是她对象那个革委会副主任爸爸真有本事，不仅帮咱买了两台电视机，还派人开车送来，给调试好了才回去，满足了干部战士收看追悼会实况转播的要求。这一下杨玉琼露脸露大了，人们也都知道她小小年纪竟处了对象，未婚夫是市机关的一名工作人员，人家爸爸是革委会副主任，一下子全传开了。现在她和'阎眼镜'不清不楚，不仅让大家对她有看法，还会引发她对象及其家里的不满。要是弄露了、闹破了，还会有好！弄不好杨玉琼这一辈子就完了。你说，我能不替这闺女操心，不为她着急？但我又抓不住'阎眼镜'和杨玉琼的凭证，不好敲打他们俩。一天晚上，我看着两人进了洗照片的暗房，暗房就在'阎眼镜'的隔壁，原先就是政治处冲洗照片的暗房，'阎眼镜'把它利用起来冲洗照片。两人紧跟着进了暗房，门吱呀一声关上了，我的心也吱呀一声：两人进到黑洞洞的暗房在一起，那还有好！我走到门前想一脚踢开进去，但又怕两人在冲胶卷、洗照片，曝了光怎么得了，我只好在门外黑影处守着！一个多小时过去了，两人出来了，一人手里拿着一摞照片，笑嘻嘻的，我心里也不知什么滋味，自个儿悄悄地走开了。"

王永学说："也许你想多了，他俩就是正常的同志关系，只是接触多一些，引起了别人误解。"

"老霍头"说："可不那么简单，我看他俩就是有点那个。凭我的经验，男女有没有情感，你看我、我看你的眼神不一样，要是有感情，两只眼睛就亮晶晶的,忽闪忽闪的频率也不一样,好像放电一般。"

王永学笑了,说:"那叫眉目传情,您老人家还怪有体会的。"

"老霍头"说:"咱也从年轻时过来的,谁年轻时没有风流韵事呢?咱们是部队,是部队就得对干部战士严格要求,干部战士谈恋爱找对象结婚成家,都有严格规定。恋爱结婚得遵守社会主义道德,朝三暮四、见异思迁、脚踩两只船、玩弄异性感情都是不允许的,对违反纪律和违背社会公德的人,轻者批评教育,重者给予纪律处分,再严重就要处理转业退伍。'阎眼镜'、杨玉琼都是好苗子,我从内心里喜欢。'阎眼镜'是个才子,我还等着看他写的反映部队生活的长篇小说呢!杨玉琼既单纯又可爱,工作认真,多才多艺,在部队也还有发展,以后支队宣传队再恢复时,回去还是台柱子呢!这要是在男女关系上出了问题,可就白瞎了,咱们当领导的也没有尽到责任呀!"

王永学说:"关键得要有证据,说话要有根据,不能胡乱猜测。乱猜测造成不良影响,会毁了这两棵好苗子。"

"老霍头"说:"是呀,是呀!确实没有证据,只是看到他俩一起进了洗照片的暗房,一起天黑了还在北大河边散步,不能凭这个去想象。说来这两个人交往也有点奇怪,一般有男女关系又不愿让人家知道的人,在公开场合,都有意回避对方,认识的装着不认识,熟悉的装着不熟悉,两人相处时,遇见熟人赶快躲开,生怕被人看见。但越是这样,越是弄巧成拙。他们之间的关系,人们心里像明镜一样,就是嘴上不说罢了。而'阎眼镜'和杨玉琼的关系,就显得很古怪,两人相处不回避任何人,也不偷偷摸摸,两人交往多在各自宿舍。'阎眼镜'本来就有单人房间。杨玉琼原来和苗丽萍住在一起,苗丽萍结婚后,搬到老金房间去了,杨玉琼也有了一个单间,还是两张床,有时玉珠也过来住一两晚上,大部分时间是在镜铁山矿单人宿舍住,多半是杨玉琼一个人住。"

王永学问:"刘柱锁和玉珠为什么还没有结婚?到现在还这么单着?"

"老霍头"说:"这玉珠也是个人物,父亲是个老红军,对玉珠像掌上明珠一样。听说她是可以受到照顾分配到青海省畜牧厅工作的,却非要到镜铁山这深山里来,说是为了爱情。这刘柱锁从哪里修来的福?从小家里穷,吃不饱,到部队却当上了司务长,不仅在部队'断供'后和托勒牧场建立了供应关系,使咱们需求的牛羊肉充足供应,还从牧场领回了如花似玉、能歌善舞的黄花大姑娘。玉珠的到来,可是丰富了战士们的业余文化生活,她和苗丽萍、杨玉琼成了军营'三姐妹',玉珠教战士们唱歌,杨玉琼给战士们跳舞,苗丽萍给干部战士看病治病,俗话说,三个女人一台戏,这三个女人可是为咱们连队建设、为完成施工任务做出不小贡献呀!打住,话扯远了!你问我刘柱锁和玉珠为什么不结婚?我也纳闷,想不明白。老金和苗丽萍结婚时,我帮助张罗,就对刘柱锁和玉珠说:'一只羊也是赶,一群羊也是放,你们俩也一起办了吧,早晚得入洞房。'刘柱锁笑笑,看着玉珠,玉珠说:'谢谢您!现在提倡晚婚晚育,我现在还不到结婚年龄呢!'说的也在理,后来一想,也不对,刘柱锁到了年龄,玉珠小一些,但晚婚晚育对少数民族没有要求呀!究竟为什么还没有结婚,原因不知道,但肯定不是年龄问题,这又是一个谜团。好在他们不结婚,也不会造成什么不良影响,且不管他们吧。还得回头说'阎眼镜'和杨玉琼的事。两人交往从不偷偷摸摸,不是在'阎眼镜'宿舍,就是在杨玉琼宿舍;不是采访,就是聊天,有时他给她念诗歌听,是'阎眼镜'自个儿写的诗,好像是赞美杨玉琼。我是大老粗,也不懂诗,一次部队搞赛诗会,非要让我上台朗诵一首。我哪里会作诗,情急之中,想起了家乡的黄河,就即兴朗诵一首:'啊,黄河黄,长江长,黄河没有长江长,长江没有黄河黄。'还赢得不少掌声呢!"

王永学笑了:"没想到您老还会作诗?"

"老霍头"说:"做湿,还做干呢!我那连顺口溜都算不上,赶鸭子上架逼出来的。人家'阎眼镜'那诗才叫作得好,听着顺耳,好听,关键是效果好,杨玉琼听后泪光莹莹的。有时候,杨玉琼就单独给'阎眼镜'做舞蹈动作,有连贯的,有分解式的,吸引不少干部战士都来看。一次把我也吸引过来了,在门口看了老半天。如此看来,他俩又没有什么特殊关系。特殊关系都是偷偷摸摸的,两人的交往光明正大,会有什么特殊关系?我现在也糊涂了,解不开了。现在就把这个问题交给你处理吧!无论如何,要把握好,不能毁坏了这两棵好苗子,这算是我移交给你的一项重要任务吧!"

王永学感到了肩上的责任,他没有说话,态度极其认真地点了点头。

第十二章

1

几天后,"老霍头"离开镜铁山,回嘉峪关干休所离职休养。工作组成员和十一中队干部战士代表,到镜铁山火车站为"老霍头"送行,王永学、牛幸娃一干人都来了,在站台上依依不舍。离别的前一天晚上,来车站的这些人还是聚了一次,为"老霍头"举办了"送行宴",让"老霍头"这个参加过抗美援朝的老志愿军心里暖融融的。王永学提出,他要陪"老霍头"到市里一趟,安置好了再回来。"老霍头"坚决不让,他说:"我现在离休了,离开了工作岗位了,是闲人了,你们都是忙人,人人一大摊子事,怎么离得开?怎么能为送我耽误工作?"王永学不好再说什么,就悄悄交代杨玉琼,让她收拾一下,明天跟"老霍头"去市里,帮"老霍头"安置一下,自己也回家里一趟,看看父母,处理一下个人事情。杨玉琼自然乐意,满口答应坚决完成任务。即将开车的哨声响了,"老霍头"上了火车,杨玉琼也跳了上来。

"老霍头"说:"咦,你这个小鬼怎么也上来了?"

杨玉琼做了一个鬼脸儿说:"是王指导员让我给您当护兵来了。"

"老霍头"笑骂道:"这王永学就是我肚子里的蛔虫,知道我想什么,知道我对谁最好。你来送我我最欢迎!"一老一少就在火车的汽笛声中,乘车出了镜铁山,向北奔嘉峪关而去。

又过几天,老金和苗丽萍要请王永学吃顿饭,王永学答应了,提出把余秀英一起叫来聚聚,老金和苗丽萍自然应允。此时,王永学和余秀英通过书信,基本确立了恋爱关系,但话还没有最后说透,王永学想借这个机会,把和余秀英的关系确定下来。聚会时间定在周日中午。

小小聚会气氛热烈,王永学自不必说,老金和苗丽萍都喜欢余秀英这个藏族阿妹,不仅人长得精神漂亮,还为人正直,热情爽朗,活泼大方,在一起交流热烈爽快。两人举杯祝福王永学和余秀英早结良缘,幸福美满。王永学和余秀英也祝福老金和苗丽萍婚姻幸福,早生贵子。说不完的话,喝不完的酒,苗丽萍因有身孕不能饮酒,老金就冲了红糖水,让她代酒来喝。苗丽萍也没有什么酒量,那次在西安跟老金喝酒,还喝醉了,是想借酒表达对老金的爱意,却遭到老金的拒绝,现在两人历经坎坷喜结良缘。回顾过去的路,让人感慨。

老金说:"王永学,这一次可不算订婚礼,因为你没给秀英准备订婚礼物。"

王永学说:"怎么没准备?我准备了几吨煤送他们家。"苗丽萍和余秀英都笑了。

老金说:"哪壶不开提哪壶,煤,煤,你还嫌倒霉倒得不够呀!"

王永学显然是在开玩笑,说:"这几吨煤我自个儿花钱买,以前是公事,现在我个人花钱孝敬老丈人,公私分明。我还得感谢那几吨煤呢,要是没有那几吨煤,秀英不会去部队为我鸣冤叫屈,我俩还走不到一起呢!我俩这是以'煤'为媒呢!"

大家都大笑起来,举杯为这几吨煤干杯。看看时候不早,酒已喝得差不多了,王永学要送余秀英回去,余秀英说:"你再陪金哥丽萍姐说会儿话吧。"

王永学说:"喝了点酒,你一个人行吗?"

余秀英说:"这里的路熟,我闭着眼睛都能走回去。"

余秀英走了,老金、苗丽萍喝茶聊天。王永学讲了"老霍头"对他的几点交代,只是隐瞒了"阎眼镜"和杨玉琼的关系没有说。

王永学说现在他最担心的是和牛幸娃关系难处,处理不好会产生新的矛盾,甚至会影响到工作。还开玩笑说:"幸亏我没有和丽萍好,牛幸娃也相中丽萍了,知道了两人还不打起来?"

231

苗丽萍结婚后比过去更开朗,她说:"两个大男人为我打起来,我高兴,只怕是金呆子要吃醋了。"

老金笑道:"我吃什么醋?有人为我老婆打起来,说明我老婆有魅力!"

苗丽萍佯装不高兴:"什么老婆老婆的,多难听!"

老金赔着笑脸说:"好,好,就叫夫人,叫夫人文雅。"

苗丽萍冲着王永学说:"有什么难处?君子坦荡荡,小人长戚戚。有啥事敞明了说。只要你说的在理,牛幸娃还是会听的。安全生产这件事,证明牛幸娃不是不通情达理的人。"

老金说:"是要注意处理好与牛幸娃的关系,还要处理好和其他人的关系,原则是一切以事业为重,一切以大局为重,不争个人名利,有这个大格局,一切都好办了,我相信你能处理好。你要处理不好,组织上也不会委你以重任。作为老朋友,我和丽萍都会支持你。祝你工作顺利。"此时,酒已喝毕,就以茶代酒,一饮而尽。

尽管王永学自己千小心、万小心,注意和牛幸娃的关系相处,仍然会遇到一些矛盾,遇到一些棘手的事,使两人处于矛盾对立的状态。有些事说大也不大,说小也不小,只是矛盾无法避免。现在就有那么一件事架在那里,让两人发生了矛盾。

1976年12月份,部队招新兵后,在内地进行三个月新兵训练。新训结束后,分给十一中队30名新兵。按照惯例,这些新兵到老连队后,要再集中生活一段时间,根据每个人的表现和特长,分配到各个岗位。牛幸娃提出,今年的30名新兵原则上充实到施工一线,一是施工一线缺人,二是这批新兵来自东北辽宁,文化程度较高,能比较好地掌握施工机械技能。王永学和其他中队领导同意牛幸娃这个意见,由他负责对这些新兵进行入队再训练,并主持分配到各个班排。

培训开始进行得很顺利,但到施工现场熟悉施工情况时,出了一点问题,有几个来自铁岭的兵不敢下井,怕下井有危险。牛幸娃说:"只要当兵就有危险,不干这个就干那个,施工下井危险,开飞机危险不?开舰艇危险不?照样得有人干!只要咱们注意安全,事故是可以避免的。"

经过做工作,绝大多数新兵都战胜了恐惧心理,到施工现场参加施工去了。只有一个叫王玉波的新兵坚持不下井,说他自己自小就落下毛病,有"晕井症",不能看见井,只要带洞口的东西都害怕,甚至听见井字就打哆嗦,不仅不能下井,工作岗位还要离井口远些。这个要求把牛幸娃气坏了,他说:"见有晕这个晕那个的,就没有听说有晕井的!你咋不晕饭呢?咋不晕茶呢?你最好晕这身黄军装,干脆脱下这身军装算了!"

牛幸娃怎么批评,怎么发火,王玉波就是不动窝,坚决不下井。牛幸娃入伍以来,见过各种"屌兵""刺头兵",还没见过王玉波这种兵,没有见过不服从分配工作的兵,现在遇上了"钉子户",不拔掉他,怎么指挥全中队干部战士?一气之下,他在队务会上提出把王玉波退回地方,哪里来回到哪里去,给当地武装部去个公函,把这个"刺头兵"退回原籍算了,省得惹闲气。其他几个干部都不吱声,看着王永学,意思是,你是中队指导员,你表态拿主意吧!

王永学也感到为难,琢磨了好半天才说:"牛队的意见咱们再商量商量,退回原籍不是不可以,但新兵训练时没退回,分到老部队后,因为不服从工作分配而退回,这方面先例不多,还得请示上级部门,我们不能擅作主张。假如真退回去了,这个兵今后的前途就完了,在档案中留下污点,到地方谁还用他?"

牛幸娃不高兴了:"你啥意思?你是要把这个兵留下来?"

王永学说:"留下来,做做工作再决定。"

牛幸娃说:"你是指导员,你水平高,你去做工作吧!这30个新兵,29个我管,我带,就这一个,你管,你带,你愿咋地咋地吧!"

这一下,王永学把"刺猬"捧到手里了。他也不是完全不同意牛幸娃的意见,只是当时心肠一软,想到每个人当兵不容易,好不容易当上,却被部队退回去了,这个兵不仅前途完了,还弄得父母家人脸上难堪。能拉一把就拉一把,对这个人有利,也不给部队上级机关增加麻烦。退兵也不是那么容易的事,那得部队和地方反复交涉,得有充足理由。如果仅因为"不服从组织分配",就退回去了,人家地方会说:部队政治思想工作哪里去了?那些部队政工干部是吃干饭的吗?想到这些,王永学就提了一下,没想到把牛幸娃惹急眼了。

王永学去找王玉波,王玉波孤单单一个人躺在铺上。牛幸娃说到做到,从此对他不管不问,让能耐大的王指导员亲自去管吧。没有办法,王永学只好揽下这个"瓷器活"。经过一番谈心,王永学了解到王玉波的真实想法。王玉波认为自己当兵的路走对了,门进错了,千不该,万不该,不该来到镜铁山,当上采铁矿的矿洞兵,到这"天上无飞鸟,地上不长草,风吹石头跑"的破地方,看着老兵们"上班一身水,下班一身冰,走路咔咔响,像个铁甲兵",心想:完了,完了,彻底完蛋了!这年年建矿,天天下井,何时是头?怎么办?不能装病,装病总会有病好的时候,病好了还得去下井。挖空心思想找个借口,最后终于选定了"晕井症",无论如何,不能下井。说我不服从分配就不服从分配吧,大不了退回铁岭,铁岭再不好,也是个中等城市,比镜铁山强得多。自己入伍前在国营理发馆是个理发师,退回去不让干了,自己就去开一个理发馆,只要能糊口就行。这些都是他内心的想法,没有全给王永学倒出来,只是强调自己"晕井",确实下不了井,只要不下井,干什么都成。

王永学问:"那你能干什么?"

王玉波说:"我会理发。我是铁岭国营理发馆的理发师。"

王永学说:"技术如何?"

王玉波说:"这个不敢吹,我爷爷是剃头的,我父亲是理发师,公私合营,我们家的理发馆被公家收购了,我父亲退休后我去接了班。理发可以说是我家传,我的理发技术在铁岭市也是数得着的。"

王永学说:"你没忽悠我?"

王玉波说:"忽悠你干啥,不信就当场试一试。我看你头发够长了,我给你理理,也露一手给你瞧瞧!"

王永学说:"试试就试试,瞧瞧就瞧瞧。"就让文书申力明找来中队的理发工具。中队原来有一个理发员,后来服役期满退伍了。申力明文书兼卫生员,干部战士理发就来找他,理发工具在他手里。

王永学从支队教导队回来,已有一段时间了,忙这忙那,顾不上理发,头发确实长得长了,让王玉波这么一说,才觉得自己真该理发了。"好,我就当一次试验品,看看这小子是不是忽悠我。"他心里这么说,就坐在凳子上让王玉波给他理发。

王玉波接过申力明递过来的推子,用嘴吹了一下,到王永学头上试了试说:"这是什么破推子,只好将就用吧。"把围布给王永学围好,就开始操作。

王永学打眼一看王玉波的姿势,就知道这是一个老把式,及至推子上头,更感到如行云流水,嗖嗖嗖一气呵成,该粗处一带而过,该细处一丝不苟,手指轻柔似春风,不经意间头已理完。他又朝申力明要剃刀,申力明好不容易才从工具箱子里找出剃头刀,好长时间没用了,都生了锈。王玉波很不满地说:"这哪里是剃头刀,和杀猪刀差不多!"又找出箱里过去用过的一块儿蹭布,嗖嗖嗖地蹭起剃头刀刀刃,只蹭得刀刃透着亮光,然后往王永学脸上抹了一些肥皂,就一刀一刀地刮起脸来,从上到下,从左到右,把脸上的毛发剃个尽净,让人舒服得困倦。刮完大面还不算完,又揪起眼皮,在眉眼之间动起刀来,让人惊悚而又舒服无比,最后连王永学鼻孔中稍许伸出的鼻毛,也给做了修剪。王永学认真体会着,并不吱声,心里却竖起了大拇指,认可这是自己参军入伍以来,遇到的最好理发师。这小子手艺不错,在中队当个理发员蛮称职。不如先让其当理发员,然后再动员他下井施工。从这小子对待工作的认真劲看,培养好一定是块好料。

王永学还在沉思,王玉波已在解他脖子上的围布,边解边说:"指导员,你给评评分,我理发手艺不错吧?"

王永学说:"不错,确有造诣。但咱中队二三百号人,各种头型都有,工作组还有女同志,还得为她们剪发,不知你能否满足他们需要?"

王玉波笑了:"我自小就看我爷爷、我父亲干这个,参加工作后自个也干这个,什么头我没理过,什么头型没见过?这么跟你说吧,什么人找我理发,我都包他满意。不信,你现在就去找个女同志来,看看我手艺如何?"

王永学让申力明去找苗丽萍,苗丽萍来了;申力明又去找玉珠。苗丽萍进来,听说王永学让人给她剪发,就说:"这不是没事找事嘛,干什么呀!"王永学在她耳边低语几句,她才不说什么,在凳子上坐下来。

这王玉波见来了女军人,更加来了神气,他"目中无人",只看头型,因头拟型,因发施剪,像春风刮过大地,动作飞快又不手忙脚乱,轻柔得体,一气呵成。

苗丽萍在心里叫好,觉得这个理发师果真了得。待头发剪毕,正要拿镜子去照,玉珠走了进来,搬过苗丽萍的肩头说:"咦,这发剪得这么好看呀,显得年轻漂亮多了。"说完,不待招呼就坐到理发凳上,自然又是一番享受。这下该苗丽萍夸赞玉珠了:"哟,我都不认识你了!"苗丽萍、玉珠在大城市上过大学,是见过大世面的,都如此惊叹王玉波的理发手艺,可见这小子真有两把刷子。

王玉波受到两个美女鼓励,有点嘚瑟地说:"我还会烫发呢!过两天我让家里把我的理发工具、烫发工具寄过来,到时我再给你们展示一下,今天只是略施小技。"

苗丽萍、玉珠走了,王玉波就给申力明理发,王永学借这个机会和这个新兵聊天,问道:"假如让你当咱中队理发员,你干不干?"

王玉波说:"干呀,正好专业对口,能发挥我一技之长呀!"

王永学说:"咱们中队近300号人,加上工作组的人,共300人,一个月300次平均到每一天,就得一天理10个人的发,天天如此,年年如此,你不嫌烦、不嫌累吗?"

王玉波说:"我不嫌烦,不怕累,我就是干这个的,我也得为部队建设做贡献呀!天天白吃白喝,坐吃等死,那有什么意思呢?"

王永学内心想:"这小子也不是油盐不进,只要认真细致地把工作做到位,也是一块好料。就先让他当一个理发员,先从理发员做起吧!"

王玉波见王永学不说话,就提醒道:"指导员,如果能定下来,我让家里寄理发工具了。"

王永学说:"咱们中队过去也是有理发员的,但空缺一段时间了,现在都是战友间互相理发,以剃葫芦瓢为主,为节省时间。假如有了专职理发员,就要在遵守规定前提下,满足干部战士的个性要求和审美要求,使我们干部战士的头型、发型美起来,也要满足工作组内各位干部的要求。你要能做到这一点,我就提议让你做中队专职理发员。"

"我能,一定能!"王玉波好像参加竞争似的大声说,还站直了,给王永学敬了一个礼。

2

在连队,一个指导员安排一个战士的工作岗位,那是很轻松的事,但在王永学这里却犯了难。他要安排王玉波去当理发员,不能不考虑牛幸娃的态度,牛幸娃不喜欢这个不服从分配的"屌兵""刺头货",自己却捡来当宝贝,迁就这个不愿下井的兵的要求,安排在井上当理发员,牛幸娃能同意吗?即使同意也会耍态度,进而扩大两人的矛盾,让别人看出他俩不团结。但王玉波这个"刺头兵"又不能不分配工作,自己不同意把这个兵退回去,就得安排他的工作,况且他确有一技之长,胜任中队理发员的工作。人尽其才,这样的安排是合适的。王永学已答应让王立波当理发员,当时有不少人在场,如果自己连这个都搞不定,让人怎么看?自己还怎么在连队混?又不能为这件事和牛幸娃撕破脸,又不能不兑现对王玉波的承诺,王永学感到为难,想来想去,终于想到了可以平缓一些的办法。

在和牛幸娃沟通时,王永学说:"牛队,我想就人员安排方面的事,和你做一些沟通,你要有什么想法尽管说。"

牛幸娃不冷不热地说:"你说。"

王永学说:"申力明当文书也好几年了,表现不错,不能老在咱们身边呀,得下去锻炼锻炼好成长进步。我提议让他到四排当副排长,排长年纪大了,转业后提拔他当排长。"

王永学的话正说到了牛幸娃的心坎上,牛幸娃和申力明的关系好,视为自己"亲兵",早就有这个想法,现在王永学提出来了,心里自然乐意,就说:"听你的。"语气已和缓不少。

王永学又说:"申力明下排去了,文书出现空缺,新补充的这批兵文化程度高,你和他们熟悉,你看谁合适,挑选一个来队部当文书。"

牛幸娃心里又有些高兴,但嘴上却不表现出来,说:"我看看吧。"说话的语气已比较平和。

王永学接下来说:"关于王玉波的工作岗位,我琢磨了一下,这小子在铁岭国营理发馆当过理发师,咱们中队正好缺一个理发员,我想让他去填补这个空位,你没意见吧?"

牛幸娃说:"这个兵说好了归你管,你愿怎么着就怎么着吧!"虽然心里不愿意,但嘴上不好说什么,指导员给自己很大面子,人家安排一个理发员,自己再说三阻四,就不够意思,显得自己小肚鸡肠了,但心里仍有不满,悄悄想:"不知这是吃错了什么药了,对这个'孬兵'这么好,答应不让他下井,还安排当理发员,还要培养他,我看你培养出什么花来。这小子能成什么花?不给你捅出大娄子就不错了,咱们骑驴看唱本——走着瞧!"

在队务会上,研究这两个人的工作岗位安排时,牛幸娃没提出不同意见,大家也认为合适。申力明该提拔重用一下了,那王玉波会理发,让他去当理发员正合适,就像当年牛幸娃安排铁匠苏明远去打铁一样,人尽其才。牛幸娃不认可这种说法:"这个兵不能和苏明远一样看待,人家苏明远积极要求下井,是被留在地面打铁的;王玉波怕下井,胆小鬼,怕死,才安排去当理发员的。"

副中队长靳开军说:"不管什么原因,能在中队发挥作用就好,就像一架机器少不了每一个螺丝钉。"

牛幸娃不高兴了:"他有那么重要吗?咱中队一年多没有理发员,没有过来吗?干部战士不理发就活不了了吗?"

靳开军说:"你不知道这小子理发技术有多好,我刚去理发,服了!哪天牛队也去找他理个发,让他给造个型!"

牛幸娃大嗓门吼道:"造什么型?我一辈子不理发,都不会找他理发!"说罢,坐在那里气呼呼的,一会儿,又咚咚咚喝了一茶缸水,把杯子重重地蹾在木桌上。

人这一辈子能从事自己喜欢的工作,这是一件幸事;如果到了部队上还能做自己喜欢的工作,那更是幸事。那个年代,盛行"革命战士是块砖,东西南北任党搬",党让你干啥就干啥,没有什么价钱好讲。王玉波是个例外,自己不想下井,竟能去干自己原本从事而又十分热爱的行当,别提心里有多美,一股劲儿全扎到这上头。他也知道不少人看不起他,说他是"胆小鬼",说"晕井"是借口,是怕危险、怕吃苦、怕当"铁甲兵",他要用努力工作来证明自身的存在价值。他认为,一到老部队,就让他从事心爱的理发工作,是"从头做起",是一个好兆头,预示着发展顺利。因为有这些想法,工作起来就格外卖力。在王永学支持下,他把原团部理发室给打扫出来,作为十一中队理发室,有了一个展示技艺的空间。他让申力明给他找来一些旧画报,贴在四周的墙上,屋里马上亮堂起来。他自个儿花钱去嘉峪关市买了理发椅、理发镜、吹风机,把一应装备搞齐全,理发工具、烫发工具是从家里寄来的,又添置一些必备的器材,展示技艺也有了合手工具。从此,十一中队有了一个正规理发员,不仅为干部战士理发,还为工作组同志们服务。

开张之后,理发室就成了干部战士爱去的热闹之处。没事时,一些人就来看王玉波理发,看他理发也是一种享受。他不仅技术好,而且动脑筋,按每个人头型设计发型。部队规定战士不能留长发,必须留短发,王玉波对这一点是清楚的。即使留短发,也要让战友们看着美观、舒服,不能糊弄人,剃个葫芦瓢了事。过去没有专职理发员,现在有了自己这个专职理发员,就要发挥作用,让大家满意。对干部,他更是尽心尽责,不是说见了干部就哈着人家,而是干部的头发长,发挥空间大,而且干部交往面宽,更注重个人形象。对苗丽萍、杨玉琼、玉珠,他更是服务周到,觉得她们的到来,是施展自己才艺的好机会。一个人理发技术高不高,更体现在女式发型上,女人更爱美、要求高,做起来又复杂,但做好了,更能显示出自己的才艺。王玉波是个城市兵,虽然只是个理发师,但见多识广。他注意到粉碎"四人帮"之后,打破了思想禁锢,人们恢复了爱美天性,穿着开始变化,从清一色的蓝、灰、黄,变得花色多样,街上流淌的不再是清一色的河流,而是花色河流。渐渐地,人们的变化开始体现在发型上,从常见的和尚头、小平头,开始留起长发,出现了各种发型。人们也开始装扮自己,男人开始着风衣,女人开始穿花裙,头上不再是简单的红头绳、橡皮筋,有了各种各样的头饰。看到这一切,王玉波意识到,爱美之心人皆有之,军营内的干部战士也不例外,自己手中的剪刀、推子就是帮助他们实现爱美愿望的工具,他也要为这个多彩春天的到来倾一己之力。当然,他也知道,部队对干部战士着装、发式是有规定的,是以实用为第一位的,第一讲实用,第二讲美观,这个关系要处理好。首要的是要服务好,热情、周到、礼貌、服务到位。他按班排建立了理发登记簿,记录下每个人理发时间,到了一个月还不来理发,就写条子通知。理发时尽量让战友们得到片刻享受,给他们刮刮脸、刮刮眼睑、修修眉毛,轻手轻脚的。对个别有特殊要求的,只要不违反规定,都尽量满足个人要求。工作组最讲究的是老金、"阎眼镜"、苗丽萍、杨玉琼,他们对他的手艺都赞不绝口,杨玉琼说:"你这个手艺,在嘉峪关市都属一流,我以后再登台演出,就让你给我做头型。"

玉珠爱美,又是国企员工,对发型没有限制,王玉波给她烫了发,做成了大波浪式,到矿上人见人夸,说:"玉珠这头发一捯饬,显得更漂亮了!"引得矿上的女工也来做发型。

王玉波请示王永学说:"指导员,矿上女工来我这儿做头发,我做不做?"

王永学说:"做呀,怎么不做?军民团结一家亲,为矿上工人服务是应该的。"过了一会儿,又说,"咱这儿毕竟是军营,老百姓进进出出不方便,你看这样可否,每月固定一个时间,到镜铁山矿上为工人理发,学雷锋做好事。"

王玉波高兴极了,学四川话说:"要得!"

王永学说:"玉珠在矿上工会,你具体联系她,让她帮你落实这件事。"又说,"我可提醒你两件事:一是,到矿上理发,不光是给女同志理,也要给男同志理,要一视同仁,不要光围着女人转,好像没见过女人似的;二是,人家那边也有理发室、理发师,要虚心向人家学习,不要跟人家抢风头,学会团结合作。"

王玉波说:"指导员,你放心,我这两条都能做到,保证给连队扛一面锦旗回来。"

除了刚到中队时提出"不愿下井"之外,王玉波的表现可圈可点,让人刮目相看,这对"重用"他的王永学是一个好事。刚开始让王玉波当理发员时,中队干部战士有一些议论,有的说:指导员是拉拢人,培养自己人。也有的说,王永学对王立波给自己理发感到满意,才相中他的。也有的猜测说,王玉波也姓王,搞不好两个有亲属关系。还有的说,牛幸娃重用"铁匠",王永学重用"理发匠",是在拉各自人马。这些议论上不得台面,多是望风捕影,但也不是说一点根据也没有。确实是王永学让王玉波给自己理了发后,确认他有这个本事,才提出让他做理发员的。在队务会上,确实是王永学提出发挥他"一技之长"的,要说这是"重用",也不是一点道理都没有。在习惯以人划线的社会里,有这个想法也不奇怪。牛幸娃要"退兵",让王玉波"打回老家去",是王永学提出异议,才没有退成,安排到理发员岗位上的。有些爱分析的人,说牛幸娃和王永学都爱人才,牛幸娃爱的是"铁匠"和申力明这样的"机灵鬼",王永学爱的是"理发匠"和会织毛衣的慕古秀。有一点大家都肯定,你要让中队领导"爱你",你得有点才,要不领导是不会爱你的。就这一点说,这种说法也是好话,也是公允的。因为有这种说法,"铁匠""理发匠""编织匠""机灵鬼"就成了中队的"四大名人",他们的表现,甚至一举一动,都涉及对牛幸娃、王永学的评价,他们干得好,牛幸娃、王永学脸上有光;干得不好,弄出丑闻,人家会说,看他们用的是什么人!自古以来,上因下荣,上因下耻的事例就不鲜见,有的下面捅出的娄子,还牵连到上面,甚至让上面蒙羞,可以找到多个事例。因此领导用人须慎重是不得不察的。有的也是没有办法,比如王永学对王玉波的"重用",事情逼到了那里,也只能那样做,是从大局出发、良心出发的,结局如何也只能由它而去了。

3

终于把王玉波这个"葫芦"按下去了,也没有为这件事和牛幸娃撕破脸,王永学松了一口气。虽然听到一些说法,王永学没太往心里去。只要做一件事,就会有不同说法、不同看法。他想起小时候,他父亲讲过的一个故事:父子俩牵着一头驴走路,父骑驴,有人说此人不惜子;子骑驴,又说此子对父亲不孝顺;父子一起骑驴,又说对驴太残忍;父子谁也不骑,牵驴走路,又说这两人是傻瓜,放着驴不骑;两人抬着驴走路,又说这两个人有病。怎么弄都有人说,让人无所适从。如果计较别人的看法,就什么都干不成了。老百姓有句口头语:听蝲蝲蛄叫,还不种地了呢!意思是,别人说什么不要听,该干啥干啥。王永学在心里掂量:只要做事出以公心,对得起良心就可以了。公心就是"党性",良心就是"人性",守住这"两性",就什么也不用顾虑了。他也是本着这个原则来接管工作组工作,在工作组待人接物的。

经过细致观察,当兵后历练以及多方面学习提高,结合自身经历和走过的坎坷道路,王永学认为矛盾无时不在无处不在,这是学习《矛盾论》得出的结论,也是源自人生的一种感悟。旧的矛盾解决了,又会出现新的矛盾。比如他和牛幸娃之间,围绕安全生产的矛盾解决了,又出现了怎样对待"问题兵"王玉波的矛盾,这个矛盾解决了,还可能产生新的矛盾。经过观察,他看到,好的领导人都是善于抓主要矛盾的高手,并且勇于直面矛盾,解决矛盾,解决问题,进而继续往前走。而失败的领导者,遇到矛盾往往躲避推诿,分不清主次,在管理上事无巨细。接手大队工作组工作对他是一个考验,是从中队上升到高一层级的管理,从管理士兵上升到管理干部,面对新的管理对象,他采取的方法,一是抓主要矛盾,围绕完成职责任务谋篇布局;二是平等对待,不端着,不居高临下;三是关心人、体贴人,尽量满足个人成长和发展的要求。抓主要矛盾才能明确主攻方向,平等待人才能受到他人的尊重,关心每个人成长进步才能受到拥护。这是他在基层带兵取得的经验,无论干部战士,心都是相通的,这些原则也是适用的。他常说:你爱兵,兵才爱你。他当排长时,另一个排补充了不少大连来的新兵,新兵文化程度高,很不好带。段中队长有点挠头,让他去试试。王永学就到那个排当了排长,他从连部文书那里要来了花名册,把每个新兵的名字都牢牢记住了。第一次点名,他就把每个新兵的名字准确地叫了出来。不出三天,他见了每个新兵,都能叫上他们的名字。新兵们服气了,也听从指挥了。从这件小事中,他们受到了尊重,也感到王永学是一个有本事的人,对他的每一项要求,都痛快地遵守执行了。

干部战士最愿受到的关心和体贴,不仅是吃饱穿暖,也不仅是受到尊重,更是对他们发展前途的关心。新社会的兵和旧社会旧军队的兵是不一样的,旧社会旧军队的兵,更多的是为了吃饱饭,"当兵吃粮"是普遍现象,是为了混个肚儿圆。而我们新社会人民军队的兵,在保卫祖国建设祖国的同时,更多的是考虑个人的发展前途。因为每个人的条件和所处的环境不同,每个人对发展前途的规划是不一样的,有的想入党,有的想提干,有的想上学深造,有的想立功,有的想找对象成家,诉求都不一样。只要是正当要求,就应当支持;只要不是过分要求,就尽量满足。在要求他们完成组织交给的任务、严格遵守纪律的同时,尊重他们个性的发展,为他们成长进步创造条件。军队是个大熔炉,是人才经受锻炼的地方;军队是一个大学校,在这个大学校中,人人都成长进步,就会充满生机和活力。王永学自己就有深刻的体会,到了部队上,还不是想入党、提干,当了排长,还想有更大进步;当了代理指导员后,就想把代理二字拿掉。将心比心,推己及人,在自己握有一定权力后,就该为战友们创造条件。他第一次召集工作组成员开会,就明确表示了这一想法:一,要求大家尽职尽责,出色完成任务;二,严格要求,团结协作,遵守纪律;三,制订个人成长计划,努力实现个人奋斗目标。他说:"现在已经粉碎'四人帮'了,国家已结束以阶级斗争为纲,把工作重心转移到经济建设上来,急需各方面的人才,我们要适应这种需要,加强学习,努力成才。在完成工作任务后有空余时间,要加强理论学习、业务学习、文化学习,个人有什么发展方向,组织上就为其发展创造条件。比如阎干事爱好写作，决心创作长篇小说，我们就支持他到嘉峪关市文学创作班学习交流，和作家们一起到地方采风，搜集素材。""阎眼镜"在下面听得差点流了眼泪。

最后，王永学说："我最后再说一件事，并亮明自己的态度。大家知道，我在中队'以煤换牛'这件事被人举报了，我因为被举报也吃了一些苦头。这个举报人是谁呢？就是在座的曹助理。曹助理做错这件事了吗？没有！他是为坚持原则、保护军队资产才这么做的。给公家管东西，就应该这样钉是钉，铁是铁，一丝不苟。我不怨恨他，更不会给他小鞋穿。我的问题不在这里，是捅了'罐笼事件'这个娄子，给自己惹了麻烦。现在这些都过去了，处分也取消了。我不仅不为'以煤换牛'这件事怨恨曹助理，还为此感激他。因为他这一封信，我还和下面寨子里余家建立了关系，找了余秀英这么一个年轻漂亮的对象，以后还要组建幸福美满的家庭。我发自内心地感谢曹助理，这不是一句空话，而是实实在在的行动。今后谁要看我给曹助理穿'玻璃小鞋'，就斥责我，告发我。你们要相信我说话算话，有这个胸襟，决不打击报复。也希望曹助理放下思想包袱，轻装上阵，在工作中坚持原则，认真严格，一如既往地管好用好部队物资。"

王永学讲完，下面响起一阵热烈掌声。曹助理一面鼓掌，一面从眼睑中涌出热泪。

4

王永学没有忘记"老霍头"交代的那件事，就是注意"阎眼镜"和杨玉琼的关系，防止两人把控不住走到"牙路"上去。这"牙路"说的就是"邪路"。一次一个领导念稿念了白字，把"邪"念成"牙"，一些爱开玩笑的人，在警告别人时就说：你小子可别走到"牙路"上去！于是，"牙路"就成了"邪路"的代名词。

说内心话，王永学认为"阎眼镜"和杨玉琼是挺般配的一对，假如杨玉琼没找对象，他愿意撮合他们，但现在晚了，杨玉琼已经"对上象"

了,再和"阎眼镜"处对象,那就是品德问题了。"阎眼镜"知道杨玉琼有对象还追求人家,是破坏别人恋爱婚姻,也是不允许的,是会受到组织处理的。那时候,人们把这个问题看得很重,一些人就是因为这些事没处理好而身败名裂,从而丧失大好前途的。为了不使两人重蹈覆辙坠入深渊,"老霍头"操了不少心,又专门将此事委托他,他怎么能不上心、不特别关注呢?

正是因为关注,王永学发现了"异常",不是"阎眼镜"和杨玉琼两人关系的异常,而是杨玉琼送"老霍头"回嘉峪关,在家里休两天假回到工作组后,出现了"异常"情况。

这种"异常"情况的表现,就是原本生性活泼、爱说爱笑的杨玉琼,情绪低沉,像一朵经霜打的花朵,有点蔫头耷脑,变得不爱说笑了,一天天沉闷无语,无精打采的,和去嘉峪关那天的神态判若两人。走那天,她穿着军装,腰束皮带,斜挎黄挎包,是跑着跳着上车的。杨玉琼在站台上和"老霍头"有说有笑的,一老一小聊得欢着呢,怎么去了两天时间,就像换了一个人似的?

在此之前,王永学已开始对"阎眼镜"和杨玉琼两人的相处进行观察,他发现两人确实走得近一些,爱往一起扎堆,两人在一起好像有说不完的话,有时还关起门来嘀嘀咕咕的,不经意就可以听到杨玉琼的笑声,那是纯洁的笑声,无拘无束的笑声。虽说两人过往密切,却没有出格行为,没有见过两人有情人之间的密切行为,包括拥抱、接吻,甚至都没有拉过手。这一点他们还不如自己和余秀英,他和余秀英还拥抱过、接吻过,没人时还手拉手在北大河边行走过。当然,不能这么比,因为自己和余秀英是正当恋爱行为,是经过双方父母同意、组织批准建立恋爱关系的。"阎眼镜"、杨玉琼不一样,他俩就是工作组的同事关系,是不可以出现越轨行为的。从现在看,他们把控得还好,没有越格,找不出什么毛病。一番观察之后,他认为两人的关系是纯洁的、正常的,也许"老霍头"思想保守,把问题看得严重了,是从"防患于未然"角度考虑的。现在粉碎"四人帮"了,各种思想禁锢开始破除,包括男人女人的正常交往也可以进行了。过去一段时间,从来没有说男女不可以交往，但实际上是否定的、排斥的，一看到婚恋之外的男女交往，就认为是"不正经""图谋不轨"，是"在一起不干好事"，被骂为"伤风败俗"。许多男女想交往，也不敢越雷池一步。"阎眼镜"和杨玉琼敢越"雷池"，起因于"阎眼镜"是搞文学创作的，情感丰富，杨玉琼是学舞蹈的，头脑中没有这些清规戒律。想到这一些，王永学对他们就理解大于指责，包容大于怀疑。再说，没有证据，怎么能随便怀疑自己的同事呢？且走且看吧，先不要戴有色眼镜，真发现问题再面对也不迟。

抱着这种心态，对两人关系，王永学就没有介入，也没有找他们谈话提醒，只是静静观察。杨玉琼的情绪变化逃不出王永学的眼睛。他开始琢磨多方面的原因：是失恋了吗？是身体有病吗？是家中出什么状况了吗？一贯心地善良的他，为杨玉琼担起心来。

对杨玉琼，王永学是很有好感的，小小年纪就刻苦练功，成为市文化宫演出队的台柱子；到了部队之后，为干部战士演出从来不惜力气。宣传队解散后分到支队医院，二话没说就当起了护士；留到镜铁山之后，工作兢兢业业，业余时间为干部战士跳舞、演文艺节目，叫干啥就干啥，不叫苦，不喊累，从来也没有埋怨情绪。在一次聊天中得知，一次在支队宣传队将要出发去巡回演出时，杨玉琼得了荨麻疹，严重时几天吃不了饭，血压只有40—60，领导问她能否参加时，她斩钉截铁地说自己能够坚持，带着医院开的葡萄糖针剂赶赴演出现场。全靠着水果和葡萄糖顶着，常常是拔下针头上舞台，一个节目不落，一个动作不含糊。一次节目演完刚退到后台，眼前一黑从台阶上摔了下来，爬起来继续准备后面的节目。还有一次，她演出后头脑迷迷糊糊的，不知怎么误入了舞台后面的一个冷藏库，待发觉里面放满了白条猪，意识到这是一个冷库时，急忙转身开门，可怎么也找不到开门的开关，她大声呼喊，然而厚厚的铁门与外界完全相隔，怎么喊也没有人听到。一想到她会冻死在这里，死了都不会有人知道，就恐惧得大哭起来。恐惧感遍布全身，就在喉咙如同被扼快感到窒息、将要绝望之际，门哐当一声被打开了。门一打开，她噌地一下窜了出去，把开门人吓了一跳。那人说："你怎么会在这里呀？我若不是忘了关灯，再来就是明天的事儿了，你还能活着出来吗?"

听着杨玉琼讲这些经历,王永学心里很受感动。比他年龄小得多、个头小得多的杨玉琼,在他心目中形象高大了起来。那次在支队参加政工会,在看了杨玉琼"常青指路"这个芭蕾舞演出片段后,她那脚尖走路满台飞动的小碎步,那接过银毫子后的满眼泪光,那个精彩的托举动作,让王永学过目难忘,他喜欢上了这个小女兵,但这种喜欢是哥哥对妹妹的喜欢,是那种纯而又纯的感情。他做梦也没想到,杨玉琼几经周折到了工作组,留在了镜铁山,和十一中队干部战士朝夕相处,而且就和自己在一个单位,现在是自己属下的一个工作组成员。从在镜铁山再次见面的那一天起,他就自觉成为"怜香惜玉"的护花使者。在军训场地,杨玉琼受到牛幸娃责难时,他站出来为她解围;在"老霍头"要回嘉峪关市时,王永学让杨玉琼作陪,给她创造一次回去探家的机会。他关注她的喜怒哀乐,希望有机会能发挥她的舞蹈特长,或送她到部队医学院校深造。这几年时兴推荐工农兵上大学,部队有一些干部战士被送到医学院校深造,苗丽萍就是从第四军医大学毕业的。王永学想,今后如果有这种可能,一定为玉琼创造这方面的条件。他在教导队学习时,为他出"馊主意"的好战友李景夫,已从后勤政治处调到支队干部科任副科长,到时找老战友争取一下,也是有可能的。他对杨玉琼这些关心,都是纯洁的,无回报要求的,也是杨玉琼根本不知道的。因此,对杨玉琼此次从嘉峪关市回来的显著变化,他是看在眼里,急在心头的。

王永学认为是杨玉琼和"阎眼镜"发生了矛盾,产生了隔阂,因为好朋友之间发生了冲突,伤害到友谊,也是让人伤感和不快的。因为他注意到,杨玉琼回队之后没再和"阎眼镜"密切接触,两人也没有采访和被采访,房间里也没有传出两人的笑声。王永学单刀直入地问"阎眼镜":"阎干事,你怎么把杨玉琼惹到了,杨玉琼这几天愁眉苦脸蔫头耷脑的?"

"阎眼镜"说:"我哪敢惹她,回来之后就没有搭理我。说好回来后,给我讲演出队的笑话、趣事,走前刚讲了一个,回来就不理我了。"

王永学说:"她走前讲了一个什么笑话趣闻?"

"阎眼镜"说:"她讲了一个'长个子'的故事。一天基础训练完毕,舞蹈队的男战友们非常认真地对几个跳舞的女兵说:告诉你一个长个子的好办法,一个人躺在地上,由四个人分别拽着这个人的四肢,同时用力往外拉,坚持这样做,个子就会明显增高。杨玉琼个子低,因为个子低吃了大亏,就'长个'心切,晚上找几个女战友一起来到舞台上,帮她'长个',四个人拽着她的四肢,像'五马分尸'一样使劲往外拉,正拉得起劲,忽听得舞台下男兵们一片笑声、欢呼声,才知道上这帮坏小子的当了。这个故事好笑不?我已记下来准备写进小说里呢。今天先和你分享一下。"

王永学说:"你真没惹她?"

"阎眼镜"说:"绝对没有,我还指着她给我提供写作素材呢!"

王永学不再说什么,转身出门去了苗丽萍那里。问苗丽萍知道不知道杨玉琼有什么情况? 苗丽萍说:"我也纳闷着呢,走时好好的,脸是晴的,回来就阴了,一连几天不开晴。我听玉珠说,一天她来杨玉琼宿舍睡了一晚,晚上还听到她偷偷哭泣呢,不会遇到了什么事吧?"

王永学一听急了:"放下手头事,你去找她细问问,有些事我们男人不好问,不便插手,你俩是好朋友,又是一起留在镜铁山的,应该能问得出来。有啥事需要咱们个人帮忙的,需要组织出面的,都可以。这孩子太单纯,可别让她有啥憋在心里,要憋出病来,一棵好苗子就完了。"

苗丽萍听王永学这么一说,心里就吃了劲,怕真的耽误了,弄出什么事可不得了。急忙去找杨玉琼,没想到。遍寻不着,最后在北大河边找到了杨玉琼。杨玉琼似乎刚流过眼泪,眼睛红红的。苗丽萍上去挽住她的胳膊说:"这是怎么了? 有啥话跟姐姐说,可别憋在心里。你就把我当亲姐姐吧,对亲姐姐有啥话不能说呢?"

杨玉琼终于吐口了,说出了让她深受伤害且难以启齿的一幕。

那天送"老霍头"回家后,她没有回自己家,直接去了男朋友经常住的一居室房间。男朋友没和当革委会副主任的老爸住在一起,住在补分的住房里,说是处朋友方便。那个一居室杨玉琼常去,一有机会回到嘉峪关市,两人就在这里聚会。这次突然决定回来,她想给男友一个惊喜,就直奔此地而去。她听到那房间里有人,但就是叫不开门,以为男友和她开玩笑,就守在门旁。过了好一阵门开了,她冲了进去,却发现床上坐着一个衣衫不整的女人,颇有几分姿色。面对这种场面,她一下子愣住了。男友尴尬地介绍说:"这是珊珊,我们是中学同学,今天来家聊聊天。你怎么不打招呼就回来了?你先坐一下,我送珊珊下楼。"玉琼虽然年纪小,因为处对象,对男女之事已有知晓,她怀疑两人有越轨之事,就在房间寻找证物,当发现床头一只避孕套里还有男人的污物时,她觉得自己受到了天大的欺骗和侮辱,放声痛哭起来。男友送人回来哄她,她还是不停地哭,是哭着回自己家里的。等稍冷静之后,她给母亲说了事情的经过,以及自己看到的一切。母亲将信将疑地说:"不会吧?这孩子瞅着挺老实的。"连母亲都不相信自己说的话,那自己受到的侮辱去跟谁倾诉呢?说着说着,杨玉琼又哭了起来。

苗丽萍把从杨玉琼处知道的情况,原原本本地告知王永学,王永学沉思半天说:"这事你给老金说了没有?"

苗丽萍说:"没有。"

王永学说:"给老金也不要说,就咱俩知道,越少人知道越好,绝对保密;你再多开导开导她,让她想开些;还要多陪陪她,让玉珠天天晚上回来住,防止她有什么想不开。这孩子毕竟太年轻太单纯了,没受过什么挫折呀!"

苗丽萍说:"那下一步怎么办?"

王永学说:"这毕竟是私人的事,现在组织上也不好插手,静观其变吧。"

第十三章

1

一天,一辆吉普车开进十一中队院内,从车上下来一个60岁左右的老头,个头不高,穿着也不起眼,看来是受过伤,走路不怎么利索,但身体硬朗,精神头十足。他就是托勒牧场场长夏云龙。

有战士问道:"您老来干啥?"

夏云龙答:"干啥?探亲!"

战士又问:"您找谁?"

夏云龙答:"我找刘柱锁!"

刘柱锁跑来了,一看是夏云龙,急忙上前握手,说:"表舅,您来了。"

夏云龙眼一瞪说:"什么表舅,改口叫'爸'!"

刘柱锁有些不好意思,但还是大声喊了一声:"爸!"

夏云龙开怀大笑:"这可是你自愿喊的,我可没有礼钱送你!"

刘柱锁"爸"地这么一喊,干部战士便知道这是玉珠的老爸来了。老人家可不得了,是老红军,比咱们支队长、政委资格还老呢,就以敬佩的眼光看着他,主动围拢了过来。牛幸娃、王永学听说了,也急忙赶了来。

牛幸娃上前握住夏云龙的手说:"可把您老盼来了。您可是我们十一中队的大恩人呀,帮助我们解决了牛羊肉供给,让干部战士吃得膘肥体壮、生龙活虎,干起活来硬是厉害得很哩!"

夏云龙摸摸牛幸娃的肚子说:"咦,膘还怪厚实哩!"把在场的人都逗笑了。又说:"牛羊肉不给干部战士吃,给谁吃?你们施工这么艰苦,不吃好怎么能行!别说我们农场有供应指标,就是没有指标也得保证你们的供应。我们那时爬雪山过草地,没吃的,没喝的,那是条件太艰苦,没有办法,现在条件好了要是亏空干部战士,让他们肚里少油水,我可不答应!急了,我把牧场的牛羊都赶过来!"众人大笑。

牛幸娃说:"您一个人过来就行了。您来,我们就有牛羊肉吃了,今天中午好好弄几个菜,让您老人家品尝品尝!"边说边把夏云龙引到中队部。

待夏云龙坐定,王永学向他请示道:"老领导,我派人去镜铁山矿把玉珠叫来?"

夏云龙手一挥说:"不用!我下午去她工作单位看看,看她工作认真不认真,给她来一个突然袭击!"

这边说着话,那边刘柱锁上灶,给夏云龙炒了几个小锅菜,待端上摆好,招呼几次,夏云龙就是不动筷子,说要上趟厕所。其实他没上厕所,上了连队食堂,当看到战士们吃的菜和给他上的菜不一样时,脸色一下子变了,回到屋里冲着牛幸娃、王永学吼道:"谁让你们给我炒的小锅菜?谁让干的?我从来就不搞特殊化,这不是坏我名声吗?端回去,端回去!"夏云龙这一通火,发得大家直赔不是。

牛幸娃说:"既然炒了,不吃也是浪费,下不为例,下不为例。"

夏云龙依然东北胡子——不开面:"端回去和战士们吃的菜合到一起,再从里面盛出来,怎么会浪费!"

说服不了夏云龙,就只好按他说的办。刘柱锁把几盘小锅菜倒进大锅里搅拌后,盛了几盘菜端回。夏云龙拿起筷子吃饭时还在叨咕:"咱们共产党干部,不管当多大官,都是为人民服务的,哪能搞特殊化?搞特殊化就是脱离群众。离你们这里不远就是酒泉,为啥叫酒泉?就是因为古时候一次打了胜仗,皇帝赏给带兵打仗的将军一坛子酒,将军把酒倒到泉水里,让大家一起舀来喝。连旧时的将军都能与士兵同甘共苦,我们共产党人更应做得到!"

王永学说:"您老讲得有道理,我们今后注意。等您老休息好后,哪天给我们做一场亲历红军长征的报告,让我们接受革命传统教育可否?"

夏云龙哈哈大笑:"抓我公差?我是来休假的,不过,这个公差我答应了!做这个报告,我不用准备,你们随时安排。"

边说边吃,吃完中午饭,已是过午时分,牛幸娃、王永学让夏云龙休息一下,夏云龙手一挥说:"不累,上矿上看看玉珠去!"

几个人一起向镜铁山矿的办公楼走去。夏云龙到底上了年纪,这里又是高寒缺氧地区,他的脚步放慢下来。见刘柱锁小跑着前去,夏云龙喊道:"回来!不许你去通风报信,我要突然袭击看玉珠的工作表现,看这妮子上班在干什么!"

玉珠此时在干什么呢?玉珠正在发挥特长,在矿礼堂教一帮工人学唱歌呢。粉碎"四人帮","文化大革命"结束,音乐界开始活跃起来,可唱可教的歌多了起来,但玉珠选歌有自己的标准,一是和工人的生活贴切;二是有健康向上的精神力量。她今天教的歌是《咱们工人有力量》。为了突出这首歌的气势,她和工人们一样穿着工装,戴着安全帽,一遍遍地练习,纠正唱得不准确、不到位的地方,简陋的礼堂里回荡雄浑的歌声:

  咱们工人有力量
  嘿,咱们工人有力量
  每天每日工作忙
  嘿,每天每日工作忙
  盖成了高楼大厦
  修起来铁路煤矿
  改造得世界变呀嘛变了样
  嘿,开动了机器轰隆隆地响
  举起了铁锤响叮当
  造成了犁锄好生产
  造成了枪炮送前方

嘿嘿嘿嘿嘿嘿哟

咱们脸上放红光

咱们的汗珠往下淌

为什么为了求解放

为什么为了求解放

嘿嘿嘿嘿

为了咱全中国彻底解放

……

夏云龙听说玉珠在礼堂教歌,就赶到了这里。他看到玉珠在认真地教工人唱歌,心里高兴极了,示意牛幸娃、王永学不要打扰她,悄悄地在一旁听她教歌,但最后还是自己没忍住,跟着唱起了"咱们工人有力量"。玉珠发现了来自不同方向的声音,向这个声音寻来时,惊喜地发现是阿爸来了。她让工人自己练习,就跑了过来,一下子把夏云龙抱住,"阿爸""阿爸"地叫着,也不管周围的人在看着,尽情地表达对阿爸的思念之情。

"阿爸,你怎么来了?"

夏云龙说:"我来探亲呀,我来看你和柱锁,太想你们了。"

玉珠说:"想我们?到了这里,又该想你们场里的牛羊了。"

夏云龙说:"想你们是亲情,想牛羊是工作,哪头都不能撂下。"

刘柱锁接话道:"您老这次来就把牛羊撂下,放心住一段时间吧!"

玉珠说:"欢迎阿爸到我们矿视察。我们矿有招待所,就住在我们矿招待所吧。"

夏云龙说:"不住你们招待所,我是老兵,做梦都想回军营,就住连队营房吧!不知牛中队长、王指导员欢迎不?"

牛幸娃忙说:"欢迎,欢迎!就住我们中队部,我马上让他们收拾一下。"

王永学说:"我们工作组'老霍头'离休后,他的办公室、住房正好空着,您老人家就住他那里吧,和谁说说话也方便。"

夏云龙说:"那好,不用专门为我收拾,我住几天就走,不用太麻烦了。"

那边,玉珠去和练歌的那些工人交代,说自己阿爸来了,今天的歌就教到这里,让大家回去好好练习,说这是"喜迎国庆晚会"的重头节目,一定要练好排好,在晚会上出彩。

练歌的工人听说玉珠的阿爸来了,知道老人家是老红军,非要见见他。玉珠跑来说了工人的要求,夏云龙说:"见见就见见,我也不是新媳妇见不了人。你把他们集合起来,我索性讲几句话。"

工人队伍重新集合起来。牛幸娃、王永学等军人也站在队列后面,玉珠站在队列前面,说:"请托勒牧场场长夏云龙同志给大家讲话!"

一阵掌声过后,夏云龙开始讲话。他个头不高,但声音极其洪亮,虽然这一辈子没进过工矿,多和牛羊打交道,但他知道怎么讲话,怎么能抓住人,天生的幽默感行云流水般涌现出来。

"工人同志们,我现在站到这里了,你们想看就看吧,一个糟巴老头没什么好看的。但在40多年前,我像你们一样年轻,是一个雄赳赳气昂昂的红军战士。现在年纪大了,火力不旺了,也没有过去精神了。俗话说,近朱者赤,近墨者黑,我是天天近牛羊的,性格也变成小绵羊了,哪有你们镜铁山人有气概?你们是钢铁雄师,我是小绵羊一个。我年龄比你们大得多,都赶上你们父辈的年龄了,但是,我不敢在你们面前摆老资格,因为按照国家工农商学兵农林牧副渔的排列,你们排在第一位,是老大,我是搞牧业的,排在第八位,我还得叫你们一声大哥哩!"夏云龙说到这里,工人们都笑了。

夏云龙接着说道:"但我不能叫你们大哥,连小哥也不能叫,为什么?"他接下来说,"因为我女儿玉珠是你们中的一员,如果我叫你们小哥哥,那玉珠就成了小姐姐,就乱了辈分了。所以,你们还得以我为大,你们和玉珠一样是我的下一代。尽管是下一代,我很佩服你们,你们唱得精神,唱得响亮,唱得有气势,唱得豪放,唱出了工人阶级的英雄气概和革命理想,你们是工农商学兵中的领头雁,是工业化的急先锋,你们产矿石、炼钢铁,把钢铁源源不断地供应到国家建设的方方面面,保障了国防建设需要。我为你们而自豪,为我女儿在你们队伍中而自豪。

我能为你们做什么？我这个老家伙只会办牧场养牛养羊,我想把牛羊肉源源不断地供应给你们,供应给在镜铁山施工的干部战士们,叫你们肚里多一些油水,不仅让你们脸上放红光,还要放油光!"

工人们对夏云龙的讲话报以雷鸣般的掌声,在这雷鸣般的掌声中,也有牛幸娃、王永学、刘柱锁等十一中队干部战士的掌声。玉珠更是使劲鼓掌,为阿爸精彩的即席讲话喝彩。

讲话后,夏云龙不让惊动矿领导,让女儿玉珠领着,由牛幸娃、王永学等人陪同,转了矿上一些地方,看了火车站、转运站、九号桥、矿上后勤设施等处。从施工现场回来,站在称为"白云桥"的铁索桥上,有些晃晃悠悠,夏云龙的思绪又回到几十年前的战斗岁月,想起了红军爬雪山、过草地、飞夺泸定桥等场景,禁不住给牛幸娃等讲起了自己亲历的一些往事。

一行人回到营区,"机灵鬼"申力明已经把"老霍头"原来的办公室兼宿舍收拾完毕,室内虽然简陋,却甚是整洁,一应物品俱全,床上是叠得方方正正的"豆腐块"军被。王永学和牛幸娃商定,在夏场长在部队期间,把申力明抽出来,专门照顾老人家起居。同时派"阎眼镜"贴身陪伴,主要任务是记录下夏场长讲的革命传统故事,以及对部队工作的意见和建议,一方面留下资料,另一方面也是方便"阎眼镜"收集写作素材。"阎眼镜"自然乐意,手里拿着笔和采访本忙前跟后,基本上和夏场长形影不离。

夏云龙晚上被安排在老金家里用餐,王永学中午就给老金和苗丽萍打了招呼,两口子忙了一下午。老金是个热情好客的人,专门去矿上商店买了两瓶好酒。苗丽萍和玉珠是好朋友,玉珠爸爸来了,自然很尽心,况且是王永学交给的接待任务。王永学接替"老霍头"成了她的上级,两人过去又有一层不可言说的关系,苗丽萍自然对他言听计从。何况她是革命烈士后代,对老红军有一种敬仰之情。所以,这一顿饭是尽其所有、用尽心力。

听说老金和苗丽萍是个人请客、个人花费,夏云龙没有推辞。当玉珠、刘柱锁、"阎眼镜"陪夏云龙过来时,老金、苗丽萍还在忙碌,牛幸娃、王永学已在候客。

　　菜肴摆上,酒瓶打开,气氛一下子就上来了。夏云龙和老金坐上首,牛幸娃、王永学坐一侧,刘柱锁、"阎眼镜"坐一侧,和夏云龙、老金坐对面的是苗丽萍、玉珠。王永学和玉珠耳语几句,玉珠起身外出,一会儿回来在王永学耳边嘀咕几句,也不知嘀咕什么。苗丽萍看在眼里,起身走了出去,回来时多了一个人,杨玉琼站在她的身后,玉珠要去加凳子,苗丽萍说:"不用了,玉琼身材苗条,咱们仨就挤一挤吧。"这样,本来的"八仙"就成了"九头鸟",镜铁山营区的三位佳丽全都在座。杨玉琼似乎有点闷闷不乐,但除了王永学、苗丽萍并无他人注意。

　　老金是见过世面的人,也是久经酒场的人,开场的一席话说得很到位,让夏云龙很受用,很快就融入到这个欢快的氛围中来。

　　老金说:"夏场长,夏老前辈,今天是我和丽萍设家宴欢迎您。为什么设家宴?虽然我们之间没有血缘关系,但是您是老红军,我的父亲和丽萍的父亲都是'老抗联',你们是一辈人,我和丽萍很崇敬您,把您当成父亲一样;您是玉珠的父亲,我们和玉珠是好朋友,自然也是我们的父辈;您是刘柱锁的表舅,现在已成了岳父,我们和刘柱锁是战友,也是一辈人,因此您也是我们的长辈。如此关系,如此情谊,您老说我们这客该不该请,酒该不该喝?"

　　夏云龙是个爽快人,一个爱热闹的人,率先把酒杯端起来说:"喝,为什么不喝,你老金这酒我还喝定了,不喝好我还不走了呢!"一句话把现场气氛点爆,人人都举起酒杯,向夏云龙敬酒,夏云龙来者不拒,呵呵地笑着,苍老的脸笑得像一朵菊花绽放。

　　夏云龙是对十一中队干部战士有大恩的人,关键时刻供应的牛羊肉,救了急不说,还常年供应连续不断;是一个老红军,是人民军队的第一代军人,令在座后辈敬仰;是玉珠的阿爸、刘柱锁的岳父,当然也是自己的父辈。所有这些都是敬酒的理由,一个接一个敬酒,一波跟一波敬酒,夏云龙也没有不喝的理由,一杯又一杯接过,一杯又一杯喝下。玉珠和刘柱锁要替他喝,夏云龙手一挥说:"去,这个酒你们替不了!"一看这阵势,牛幸娃急忙找来申力明,让他把自己藏在铺下的两瓶沱牌曲酒拿来。气氛一浪高过一浪,一边就有人开始表演节目。老金唱起了《阿里郎》,边唱边跳。苗丽萍已有身孕,玉珠就和老金对跳。杨玉琼不知什么时候去取回舞鞋换上,跳起了《红色娘子军》中的"常青指路"。夏云龙惊呆了,说:"这小女兵脚尖能立起来跳,可让我开眼了!"

最后牛幸娃也按捺不住,喝高了的他吼着唱一段《红灯记》中"李玉和"的唱段:"临行喝妈一碗酒。"老金不干了,说:"今天是我和丽萍设宴,你说是鸠山设宴,这不是埋汰人吗?我们请的是老红军夏云龙同志,你把我们说成了是不怀好意的鸠山,罚酒!"

"罚酒!罚酒!"一帮人乱吼,夏云龙也跟着起哄,牛幸娃只好喝了一缸子,喝完就瘫坐在凳子上往下直出溜。宴席到此结束。

2

夏云龙场长在镜铁山待了一周时间,就住在营房里,天天没事就在营区溜达,看着队伍进进出出,听着军号睡觉起床,似乎又回到了在队伍上的那些日子。他关心起这支队伍来,感到这是一支特别能吃苦、特别能战斗、特别能奉献的队伍。这是一支什么队伍?说白了,就是一支穿军装干活的队伍。自己常年在大山中办牧场,对这支队伍并不了解,现在听王永学介绍后,才知道这支部队不是野战部队,也不是地方部队,是基本建设工程兵,简称基建工程兵,是党中央1966年决定组建的,是我军的一个新兵种,是我国基建战线的一支突击队和生力军。部队初创时有五个支队(师),主要担负"三线建设"任务,现在已经发展到数十万之众,在冶金、煤炭、化工、水电、水文地质、铀矿探测、黄金开采、城市建设等方面,担负基本建设和国防施工任务,在"文革"结束国家把工作重点转移到经济建设上来之后,这支队伍更是发挥着不可替代的作用。但是,干部战士的待遇是很低的,是"义务兵"尽义务的。夏云龙是个老革命,又长期担任牧场一级领导干部,他用对比的方法看问题。远的不说,就说眼前的镜铁山矿工和十一中队战士比,铁矿工人也一样艰苦,但待遇在地方是高的,可战士们呢?一月才几元津贴费,那是没法比的。而战士们吃的苦却更多一些,担负的任务更艰险,下了班回来一身泥一身水,除了每个人眼睛转动的不一样,脸部都是一样的,被泥和水覆盖着看不清脸部模样。这么苦,这么累,他没有听到战士们有一句怨言。部队干部是否比地方干部待遇好一些?也好不到哪里去。他们工资虽然高一点,但大部分都花到探亲的路费等开销上面去了,都给火车轮子浇油了。副中队长靳开军的爱人仍在原籍,正好来部队探亲,就住在简陋的房子里。

夏云龙问靳开军:"你爱人到镜铁山住得习惯不?"

靳开军说:"住得惯要住,住不惯也要住,嫁鸡随鸡,嫁狗随狗,嫁给当官的当娘子,嫁给杀猪的翻肠子,嫁给当兵的转场子,她就这命。"说完自己"嘿嘿"地笑了。

夏云龙感受到了革命战士的乐观,也感受到了他们"一不怕苦、二不怕死"的牺牲精神。他到不远处的烈士墓去看过,烈士墓是十一大队(团)撤走后留下来的。其中仅十一中队牺牲的就有13座。王永学给他一一介绍牺牲者的姓名、年龄、籍贯,其中段新虎、李润新等烈士是王永学参与掩埋的,说到动情之处竟泣不成声。夏云龙在内心默默地想道:战争年代,我军付出了巨大牺牲,和平建设时期,军人也是有牺牲奉献的。战争年代牺牲的英灵应该被人铭记,和平年代牺牲的军人,也不应该被人忘记。他站在烈士墓前,恭恭敬敬地向着烈士鞠了三个躬。

除了上述感受,夏云龙感到这支部队中人才众多。王永学给他解释说:这是因为这支部队是从"工改兵"来的,地方上的一些人才成建制地来到了这支部队,不少大学毕业生报名参加"三线建设",到了地方工矿企业后被"工改兵"入伍。另一个原因是,这支部队从1966年开始招第一批义务兵,因为时代变化,历年来入伍的战士在学校受教育的时间长、文化程度高。再就是不少地方优秀人才,因施工和部队建设需要,被特批入伍。在从地方调入时,因为是施工部队,政治把关较野战军等兵种宽一些,易于人才流入。为什么有人才众多的感受?夏云龙仅在一个副营级单位的工作组就看到了老金、苗丽萍、"阎眼镜"、杨玉琼这些人才。经过接触,他了解老金是"技术大拿"、苗丽萍是业务骨干、"阎眼镜"在准备写长篇小说、杨玉琼 12 岁开始练芭蕾舞,还有王永学、牛幸娃、靳开军等,都给他留下深刻印象,更加坚定了把玉珠送到人民解放军这所大学校里锻炼成长的想法。

因为牛幸娃忙着组织施工,这些天正在"啃硬骨头",夏云龙这几天就由王永学和"阎眼镜"陪着,先后在镜铁山矿职工中和十一中队干部战士中,做了两场革命传统教育报告,讲了当红军的经历以及创办托勒牧场的经过。除了走走转转,就跟王永学、"阎眼镜"摆龙门阵,讲过去难忘的人和事,给"阎眼镜"写书提供素材。

王永学和夏云龙接触得更多更密切一些。王永学给夏云龙讲了自己的成长经历,也讲了自己受到的挫折和迷茫,想得到夏云龙指教,讨教一些经验。夏云龙说:"军队和地方不一样,单位和单位不一样,人和人不一样,每人成长道路不同,很难有一个放之四海皆准的东西。我比你年纪大得多,一辈子除了打仗,就是放牛放羊,哪有什么好经验介绍给你。"

王永学说:"您老见多识广,吃过的盐比我吃过的饭都多,受党教育早,受到的磨炼多,取得的成绩也大得多,不管是事业发展,还是个人阅历,带队伍干工作,都有丰富经验,从你嘴里随便说几句,就是人生经验;从你手指缝里漏出的东西,都是宝贝。我父母常说:不听老人言,吃亏在眼前。我一定听你这个老前辈的,你就不吝指教吧。"

夏云龙说:"看你小子态度诚恳,我就叨咕几句,但不是什么经验,而是几十年从事党的工作和当场长的一些感受。"

王永学说:"您老讲,我洗耳恭听。"

夏云龙瞪了王永学一眼说:"洗耳朵,还洗脸、洗脑袋呢,我是大老粗,不要给我拽这些词。"

看王永学点点头,夏云龙说:"我这一辈子,见领导多了,大大小小领导都见过,自己大小是牧场场长,虽然是个牛倌、羊倌,但大小是个官哩。"说到这里,他自个儿笑了。笑笑后接着说下去:"如何当官,当个好领导,概括为'四个一',做到这'四个一',领导才算当好了。哪'四个一'呢?一是有一副铁肩膀。铁肩膀不是溜肩膀,不是软肩膀。有

259

副铁肩膀,就是敢担责任,肯担责任,突出表现是遇到争论讲原则,遇到问题敢担责,出了问题不推责。这就能立得起,站得住,上级信任,百姓也拥护。这样做也许会吃亏,但长期看不吃亏,即使吃点亏也是好事,不会在人生道路上吃大亏。二是有一个暖心肠。啥是暖心肠?就是为人善良,处事以善为本,待人接物有善良之心,别人有困难时乐意帮忙,这样和下级的关系就是'鱼水关系',而不是'油水关系'。古人说仁者寿,为啥仁者寿?就是做好事多,做善事多,内心不忧不惧,有一个平和的心态。三是用一把尺子量。当领导的最怕处事不公,划小圈子,分亲疏远近,特别是在干部任用上,近的就重用,远的就排斥,冷落了多数干部的心。正确的做法是一把尺子去衡量,够条件的就重用,不分亲疏远近,这样就把骨干团结起来了。什么你的人,我的人,都是组织上的人,把人用好了,都是自己的人。用人用不好,队伍都没了,还谈啥自己人?一把尺子量到底,体现在一切方面。量的不准,也可能是量的水平不够,或条件不具备,但开始量时就没用一把尺子,那就丧失了标准,乱了纲纪,领导也没法带这支队伍。四是办一个好道场。这个好道场是个比喻,就是把一个单位办成和谐健康向上的集体,让人人在这里找到自己的位置,展示自己的才能,为每个人成长进步搭建一个好的舞台。人人乐呵呵,个个有奔头,这个集体还不让人留恋?这个队伍还能不好带吗?"

夏云龙没有讲什么大道理,但每一句话,都像烧红的烙铁,一句一句地烙在王永学的心里。停一停,夏云龙又说:"尤其要善待队伍中的人才,让他们各展才能,发挥自己的作用。像你们工作组的老金、苗丽萍是如何发挥作用的问题,'阎眼镜'和跳芭蕾舞的小杨,是如何培养他们成长进步的问题。我们那个牧场地处偏远,发现个人才就像捡到个'宝贝'一样,你们这里有这么好的人才,可要珍惜。人才又很脆弱,需要关心,像那个小杨,就好像有什么心事,愁眉不展的。"

王永学说:"啥都逃不脱您老的眼睛。小姑娘最近遇到一些烦心事,我会注意帮她排解的。"

夏云龙说:"领导干部就是要大处着眼,小处着手,于细微之处发现变化,捕捉动向,把思想工作做到节骨眼上、人的内心深处。"

王永学说:"记住了。我正好问您老一个问题。听说去年国庆节老金、苗丽萍结婚时,大伙撮合玉珠和刘柱锁一起把婚事办了,两人没有同意,是您老人家有不同意见吗?"

夏云龙说:"哪是我不同意,我举双手赞成!刘柱锁也没意见,是玉珠有自己心事。"

"玉珠有什么心事?"王永学问。

夏云龙说:"你别看玉珠表面无忧无虑,一切都不在乎,可她也有自己的心事。这些我也不瞒你,有的事还要靠你成全。"

王永学说:"您尽管说,我尽力办。"

夏云龙说:"这头一件事,就是玉珠自小就有一个志向,像阿爸一样参军入伍,结果未能如愿。说起来,还是我耽误了她。'文革'中有几年部队招文艺兵,玉珠能歌善舞是够条件的,但当时我还在'牛棚'里,没有被解放出来,一些人污蔑我有历史问题,经常让我交代问题,说我是'死老虎',但'死老虎'要当'活老虎'打,打来打去,就影响到了玉珠不能参军。后来我被放出来了,玉珠又有了当兵的机会,结果反对'走后门'当兵,和'走后门'毫无关系的玉珠也被刷了下来。我很不满,这太不公平了,我女儿开始要当兵,我因关在'牛棚'里被耽误了,我现在出了'牛棚',当了场长,又把姑娘耽误了。左右是我耽误了玉珠当兵。我去找革委会主任理论,革委会主任说:玉珠不当兵,还可以上大学,咱们这里有上大学名额,让玉珠去上大学吧。玉珠是去上大学了,但从此把当兵的事耽误了。这么多年了,玉珠还耿耿于怀,为没当上兵而懊丧。和刘柱锁见面认识后,听说你们部队不少人是'工改兵',当了工人之后还可以穿军装入伍。一些地方工程技术人员、大学毕业生,因为部队需要,也可以调干入伍,心又活泛起来。坚持先不结婚,就是害怕结了婚,从此彻底失去了参军入伍的机会。"

王永学被感动了:"老前辈,既然玉珠有这个想法,我会尽力帮忙。我们基建工程兵部队确实需要各方面的人才,包括玉珠这样的大学生。现在进入社会主义经济建设新时期,部队根据需求,加大了从地方调干的力度。确实是部队需要的,即使结了婚,我们也可以调入。玉珠情况特殊,您老是老红军,希望把子女送到我们部队,这是对我们的信任。我在镜铁山工作组负责,会积极向上级领导反映,和支队大队干部部门沟通,力争实现玉珠从小就有的心愿。只是有一条,您老也看到了,我们部队是从事基本建设的,条件很艰苦,玉珠愿意到我们部队来吗?来了如果不像自己所想的那样能发挥作用怎么办?"

夏云龙明显不高兴了:"不要说部队条件艰苦这句话,哪个部队不艰苦?艰苦就不干了吗?别的人能吃苦,玉珠也能吃苦。我了解玉珠,她从来不怕吃苦。至于到部队做什么,能不能满足个人愿望,那首先要服从组织安排,革命战士是块砖,哪里需要哪里搬嘛!哪能像老百姓那样随个人意愿?"

王永学说:"您老这么说,我就放心了。我听支队的战友们说,支队宣传队要恢复,正在选文艺兵,兵种文工团也到各支队选人才,玉珠有唱歌的天赋,又是音乐专业毕业,我一定会积极向上推荐。"

夏云龙说:"我老头子谢谢你。玉珠确有唱歌天赋,到部队为干部战士服务的同时,也会有大的成长进步。天天窝在镜铁山教工人唱歌,是有点儿屈才。如能托你的福,能进入部队文艺团体,玉珠这辈子就没有遗憾了。"

王永学说:"敢问玉珠第二件心事是什么?"

夏云龙说:"咱爷俩话说到这里,心交到这里,我就什么话都告诉你了。虽然有一点难以启齿,但我也不隐瞒你了。1954年筹备托勒牧场时,一次遇到暴风雪迷路,在我将要冻僵之际,是一个藏族少女用自己体温救了我,让我捡回了一条命。为了感激,我多次去看她,日久生情,我俩就好上了,玉珠是我俩爱情的结晶。这件事被上级发现后,个别领导说我违反了群众纪律,进了藏胞的帐篷。我不服气,说:我不进藏胞的帐篷,我连命都没有了。又说:进了就进了,但不该那样子。我说:我没娶她没嫁,我俩结婚现在可以吧?结果定性我态度不老实,不服组织审查。没有办法,我只好和玉珠妈妈实话实说。玉珠妈妈是一个善良女人,按我们的约定,在玉珠6岁时把玉珠交给了我,就随家里游牧到其他地方去了。当我带玉珠来找她时,她已不知去向,只听别人说是到祁连山游牧去了。后来一再打探,说有可能在甘肃肃南裕固族自治县境内,在镜铁山附近。也许是天意使然,这刘柱锁就是从镜铁山而来,玉珠随他来到你们部队,一下子产生了在这里寻找阿妈的念头。先是要求在你们这里参军入伍,没有实现目的,就按'老霍头'建议,留在了镜铁山。为什么留在条件艰苦的镜铁山?一是未婚夫刘柱锁在这里,再就是想借机寻找生母。当我知道了玉珠的心事,我支持她的选择。玉珠寻找她的阿妈,也是为了我呀,她说:阿爸你年纪大了,得有人照顾了,我把我阿妈找回来,好让你俩重圆旧梦,安度晚年。"

"她就是为这个不愿结婚?"王永学问。

夏云龙有点腼腆地说:"玉珠说,她要把阿妈找回来,让我们老两口和小两口一起喜结良缘,我看她是异想天开。"

王永学又一次受到感动,说:"精诚所至,金石为开,我看玉珠的心血不会白费,愿望终究能实现。这件事我也能帮上一点忙,前两年我参加过地方情况调查,县里祁青等几个公社都跑过,还认识一些地方朋友,我也找一些人打听打听。您让玉珠把有关情况告诉我,我助她一臂之力。"

坐着的夏云龙,腾地一下站起来,握着王永学的手说:"拜托了,拜托了!"

3

夏云龙回托勒牧场了,看着来接他的吉普车绝尘而去,王永学依依不舍地挥挥手。这次老场长来,不少人都有收获,收获最大的是他王永学。从对老场长行为举止的观察中,从密切接触中,从语言交流中,他学到了很多。老场长不搞特殊化,对玉珠严格要求又倍加关爱,对地方矿上、干部战士一视同仁,既体现了老红军本色又有鲜明个性;既讲原则又有人情味,让人可亲、可敬、可信。特别是他对人生和工作经验的总结，对自己颇有教益。

临行前一天晚上，简单的送行宴举办后，王永学去帮老人收拾东西并在一起闲聊，夏云龙又谈到他的人生经验。他说："上次给你讲到'四个一'，还有一个'一'忘了讲，今天做个补充。这个'一'就是'一个老主张'。这个主张是什么呢？就是我们党的老传统，叫'实事求是'，啥时候都要实事求是，这是立党之本，也是做人之本，是写入党章、写入党校校训的。毛主席他老人家对此专门做过论述，是对党的领导干部的要求。对普通党员、普通个人来说，实事求是，就是说老实话，办老实事，做老实人，就是说真话，不说假话，就是一是一二是二，不短斤少两，不添油加醋，不混淆是非，更不能颠倒黑白。做到这一点比探求事物的发展规律容易，但也不容易做到，不涉及个人利益时容易做到，涉及个人利益时不容易做到；不面临利益诱惑时容易做到，面临利益诱惑时不容易做到；不面临大风大浪时容易做到，面临大风大浪时不容易做到。一个党是不是有优秀品质，一个人是不是有优秀品质，这个是最为重要的试金石。一个党、一个人能始终做到实事求是，那就可信、可交。一个组织、一个人不可能不犯错误，因为在对事物客观性认识和探索规律的过程中，会受到曲折，甚至有时不明真相，这就难免犯错误。但就主观愿望来说，是想实事求是的，却因条件限制或认识不到位导致走了弯路，这是可以原谅的。但明知事物的真相却要说假话，有意颠倒黑白，这就不可取，令人厌恶了，这是一个真正正派的人耻于为之的。我这一辈子看人看事，就突出地看这一点，把这作为识人用人、识友交友的重要标准。当然，要求别人做到的，自己首先要做到。自己做到没做到，别人做到没做到，怎么去识别？有一个窍门，就是看我们说的话做的事违背不违背生活常识。对违背生活常识的话和事物要警惕。1958年搞'大跃进'时，各省'放卫星'，亩产达到一二万斤，看到报纸上这么宣传，我根本不信，因为我在当红军前也种过田，知道一亩田能打多少斤粮食，有这个常识。亩产一二万斤，苗怎么育，秧怎么插，穗怎么长？这是完全不可能的。后来进行纠偏调整，各地提出亩产千斤、吨粮，过'黄河'，越'长江'，这还比较靠谱。违背常识的事物是不能长期存在下去的。1958年办大食堂,把家家户户的锅砸了,都得到食堂吃饭,我当时就认为这样不能长久。还有'文革'中的一些荒唐事,哪个延续下来了?有些别看轰动一时,但时过境迁就烟消云散了。人类产生这么久,中国社会几千年,人们总结出了许多常识,有些是基本的生活知识,比如人不吃饭就会挨饿,这就是基本常识,不能违背基本常识。有些道理很简单,我们不去遵循,因而付出了沉重的代价。红军时期打仗,毛主席就总结出了'敌进我退,敌驻我扰,敌疲我打,敌退我追'的十六字方针,这个方针很实在,很管用,指引红军打了不少胜仗。但'左倾'冒险主义就不是这样,他们不从实际出发,搞硬攻强攻、和敌人拼消耗,使干部战士蒙受了很大牺牲。'打得赢就打,打不赢就走',这个基本军事常识,也是蒙受许多牺牲换来的,后来被毛主席概括为人民军队运动战的重要原则,主张与敌作战要避实就虚,力争主动。如果不能从实际出发,就得不出这些结论。真理其实是最朴素的,是不需要任何装饰的,需要装饰的就不是真理。我们比不了毛主席这些伟人,也不太容易发现真理,但讲真话是应该能做到的,真话不一定是真理,但真理一定是真话,是从真话中得来的。任何真理都是从生活中来的,是从生活常识中来的,不是沙滩盖楼、空中楼阁。我们一般人比较难以认识真理,但对生活常识是熟知的。鹿就是鹿,马就是马,鹿是指不成马的。假如有人告诉你太阳不是太阳,而是月亮,你能相信吗?因此,我的判断就是基于人类生活常识。也许我老了,跟不上光怪陆离的新变化,跟不上时代步伐,但我坚信人生这一条经验。实事求是还有一条,就是坦诚地面对错误,人人都会犯错误,犯了错误要敢于认错,并在错误中汲取教训。有的人对待错误的态度是文过饰非,有了错误也死不承认,就像啄木鸟掉到水缸里——毛软嘴硬。这能叫实事求是?实事求是就是反映事物的本来面目,对就是对,错就是错,是不能混淆的。至于在错误中汲取教训,把以后的事办得更好些,那是另一回事,不能把错事说成好事,一是一,二是二,钉是钉,铆是铆,这是做人的本分,一切大道理也是建立在这个基础上的,只有这样的态度,才有可能发现真理、认识真理,否则,发现、认识的是不是真理,恐怕要打折扣。

说到底,做好工作,做一个好人,就是要从实际出发,从一切事实的真相出发,这一点是不可含糊的。"

送走夏云龙场长,王永学来到熟悉的北大河边。波涛滚滚的流水声,就像老场长的话语响在耳畔,一句一句击打着自己的心弦,如同流水一样在心头流过。原以为这个老红军资格老,文化程度不高,是个可亲可敬的老人,没想到这个从战火中走来、历经磨炼的老前辈,竟有这么高的理论水平,这么深刻的分析能力,这样勇于面对现实生活的勇气,这么坚定的党性原则,而这么有水平有见识的绝不是单单一个人,而是一个群体;绝不是一代人,而是一代又一代人,就像电影《闪闪的红星》中唱的那样:"革命代代如潮涌,前赴后继跟党走。"只有把老一辈的革命传统继承下来,才能使红色江山永不变色,让革命洪流世代奔涌。就像眼前奔涌向前的北大河,一朵一朵浪花汇聚起来,就成了奔腾向前的河流,这条河川流不息,从大山深处融化雪水吸纳山泉细流逐渐壮大,流到镜铁山时已蔚为壮观,出镜铁山流向平原之后,一路向着嘉峪关、向酒泉方向流去,汹涌之势丝毫不减,依然保持在山中的姿态,遇到险阻毫不退却,竟在丘陵和平原上冲开河道,形成一段悬崖峭壁,和嘉峪关长城一起拱卫着嘉峪关,尔后继续向前,变得更加开阔和无羁,显示出了永久的生命力。这种生命力由一滴水、一滴水汇聚,一朵浪花、一朵浪花组成,一层又一层波浪推进。北大河不言自威、不形自胜,是那样的威严,那样的朴素,那样的谦和,那样的壮观,成了王永学永远也看不尽的美景,也成了他的精神动力。从夏云龙身上,他看到了共产党人的闪光之处,以及那一代人身上具有的优秀品质,更加认识到这些人是革命队伍中的宝贵财富。联想到身边的"老霍头",不是也一样让人尊敬吗?是该抽时间去看看"老霍头"了,王永学心里盘算着。

嘉镜铁路开修在1958年酒钢上马时,是为运送镜铁山矿石修的铁路专用线,全长78公里,也有负责运送旅客和接送工人上下班任务,沿途设有几个小站。从镜铁山去嘉峪关市一般都选择坐火车,也可乘汽车,汽车都是去市里或更远地方拉货的卡车。因路况不好,要翻过几个陡坡,若遇雨雪天气,当天还难以到达,而且容易发生事故。若没有特别急的事,王永学他们都选择坐火车。车票不贵,车厢里人不多,轻易能找到"卧铺",在车上眯一觉。不想睡觉的话,也可以沿途看风景。最亮丽的风景还是北大河,车的走向和河水的流向大体一个方向,河流在窗前时隐时现,有时紧紧贴着铁路线,有时又在远处守望,有时又像分别很久的朋友,在久久盼望中突然见面,有时像捉迷藏的孩子突然藏了起来,进入地表下面之后一段时间又现身地面。快要接近嘉峪关时,可以看到不远处的嘉峪关长城第一墩。所谓墩者,古代烽火台之谓也,由此可见,很早以前就有人在这里守卫边关。每次看见高高大大用黄土筑成的墩,王永学身上就有了一种责任感,有一种家国情怀。想想夏云龙,想想"老霍头",想想老金和苗丽萍的父亲,这些老红军、"老抗联""老八路",不都是一个个"墩""台"吗?随着岁月的流逝,这些"墩"和"台"风化剥蚀,没有过去伟岸、高大、英武、实用,但它们的精神还在,魂还在,具有重要的象征意义,昭示着历史和未来。"若是边关烽火起,老身犹可驱熊豺。"王永学不记得是哪位老前辈作的这两句诗,它已印在自己的脑海里,每每想起,身上都滋生出一种力量,对老前辈们愈发敬仰了。

"老霍头"所在的嘉峪关干休所,归兰州军区管辖,住着部队建国前参加工作的一些离休干部。这个干休所离嘉峪关关楼不远,是在戈壁滩上建立起来的,地方宽敞,没有建高楼,而是一家一个院子,院子里一个正房,一个侧房,其余空地留着种菜、种花、种树,好让住干休所的这些老首长老干部们精力有地方发泄。王永学从嘉峪关站下车,乘公交汽车到关楼下车,又摸到这里,神不知鬼不觉地出现在"老霍头"面前。"老霍头"正在用大镢头刨地,刨一镢头"嗨"一声,好似当年在朝鲜战场挥刺刀杀敌一般。等他"嗨"了一阵,抬头擦汗时才看到王永学站在院子里,立即扔下镢头,过来握手让座。

王永学问:"老首长这是种什么?"

"老霍头"说:"什么也不种,把地翻一翻,改造戈壁滩!"

王永学说:"您不种什么地,在这里消磨时间,不如回镜铁山给我们摆龙门阵。现在您办公室宿舍还都给您留着呢,最近还收拾打扫了呢!"

"老霍头"说:"留着办公室宿舍干什么,还收拾打扫,净整那些没用的!"表现出生气和不满。

王永学只好把老红军夏云龙场长来队的事说一遍,自然又说到玉珠要求当兵的事。

"老霍头"说:"多少干部的孩子都当了兵,一个老红军的女儿当兵就这么难吗?"

王永学说:"我一个小指导员,人微言轻,哪有那个能量?"

"老霍头"说:"我舍下老脸试试,我有个战友姓汪,在兵部文工团当政委,你给他写封信,就说我推荐的。"

王永学说:"这太好了!那还是劳您大驾,给汪政委写封亲笔信,这样更好。"

"老霍头"笑骂:"你小子找我就没好事!待我想想怎么写这封信,或者先给他打个电话说一下,再琢磨琢磨吧。"

接下来,"老霍头"问了工作组每个人的情况,问了王永学和牛幸娃的关系。最后又问:"阎干事和杨玉琼还打连连不?"

王永学还想多坐一会儿,往细里聊一聊,但"老霍头"的最后一问,却让他改变了主意,他脸上堆笑说:"老领导,我突然想起一件急事,要去办一下,现在就告辞了!"

"老霍头"说:"那你赶紧去,可别耽误了。只是有一条,回去可别说我'老霍头'不管饭,坏了我的名声!"

"得令!"王永学笑着和老首长告别。

从"老霍头"家出来,王永学去了杨玉琼家,他过去来过,记得是在市消防队旁边的一栋楼里。敲门正好杨玉琼的母亲在家。

杨玉琼的母亲认识王永学,也知道王永学接替"老霍头"成了杨玉琼的领导。听王永学讲了来意之后,杨妈妈很感动,说:"让您费心了,我为玉琼的事正在犯愁呢。这门婚事还是我促成的,没想到弄成这个样子,目前进退不得,玉琼为此受到很深伤害。这个孩子很单纯,心目中别人都是好人,对突然而来的事想不通不理解,想起来就哭,现在情绪好一些了。"

王永学说:"那她现在是什么态度?是继续交往,还是中断关系?"

杨妈妈说:"我和她爸、她姐都商量了,尊重她个人意见,不行就算了,有合适的再找,或以后再说。玉琼自己犹豫了,说:'若是他能改正错误,就继续处吧。你和我爸和他爸妈是一起建酒钢来的,两家关系不错。他爸当市革委会副主任时咱处的这门婚事,现在他爸被免职了、失势了,咱们这时提出,有点不好吧?再说,我在部队工作,人家给我帮了一些忙,那次买电视机,他爸还派专人到部队来,咱们家也借了他爸一些光。这时候我要提出不干,不会让人家以为是落井下石吧?'她这么一说,我和她爸她姐就不好再说什么了。这孩子心地太善良,遇什么事先替别人考虑,早晚非吃亏不可!"

王永学说:"玉琼这孩子聪明伶俐漂亮,品质好,什么样的对象找不到,何必一棵树上吊死呢?找对象首先看品质,对那样品质的人何必迁就呢?"

杨妈妈说:"谁说不是呢,我的孩子我了解,她有时候固执得很,就是一根筋。"

王永学说:"还是多做做工作,良禽择木而栖,婚姻是一件大事,选错了后悔就来不及了。条件好的、般配的有的是,我们工作组的阎干事就不错,和玉琼也谈得来,也可以做一个备选人选。"

杨妈妈说:"我听玉琼说过这个人。她说阎干事很有才,他俩关系不错。我提醒她说:'闺女,你可是有对象的人了,可不敢脚踩两只船。'把玉琼惹生气了,她说:'妈妈,你把自己的女儿看成什么人了,我怎么会是这种人!'"

王永学说:"在部队,他俩说得来,走得近,但关系很正常,您完全可以放心。"

杨妈妈说:"话是这么说,玉琼和阎干事相处还是注意点为好,免得招来人们议论。还请您关心帮助把控。"

王永学点点头说:"好的,我注意把控。我到您家来过的事,最好不给玉琼说,免得她思想有压力。我今天到您家来达到了沟通目的,玉琼是我们部队工作组的小妹妹,我们会继续关心她成长进步,请您放心!"

杨妈妈说:"放心,一百个放心!"

第十四章

1

1977年国庆节,是中华人民共和国成立后第 28 个国庆节。国庆佳节给民众带来了欢乐气氛,而老金和苗丽萍两口子的气氛更加欢快,因为他们的儿子诞生了。说来也巧,去年国庆节两人结婚,今年国庆节就恰恰生了儿子,世上竟有这么巧的事。按牛幸娃的说法,老金的"山炮"还挺准,一下子就打中目标了。现在看来,老金的"山炮"也没有那么准,是多次炮击不断校验射中目标的。假如真的是"一炮准",那苗丽萍岂不怀胎十二个月?闲言少叙,总而言之,老金、苗丽萍两口子去年国庆结婚,今年国庆得子,在镜铁山营区传为一大喜讯。

老金和苗丽萍给儿子取名"国庆"。国庆的出生,不仅给老金和苗丽萍带来欢乐,也给工作组和十一中队干部战士带来欢乐。小国庆是大部队1974年夏季离开镜铁山之后,军营里诞生的第一个孩子,那婴孩的啼哭给营区增添了别样的情调,引起了所有人的关注。他是老金和苗丽萍的儿子,也是革命军人的后代,大家像对自己的儿子一样充满爱的期待。

转眼一个月时间,国庆的满月到了,老金开始张罗满月宴,庆祝儿子平安降生,答谢战友们的关心,请大家喝"满月酒"。限于场地和部队有关规定的限制,不能像地方一样敞开办,而是只办两桌,请一些战友代表参加。邀请的人自然有王永学、牛幸娃、杨玉琼等,工作组的除"阎眼镜"之外,全都到了。中队干部有靳开军、刘柱锁等。玉珠是作

271

为镜铁山矿工会代表参加的。每人都带来了礼物。牛幸娃为显示枪法,送来了打来的野味;王永学让"编织匠"慕古秀给婴儿织了毛线衣、毛线帽;杨玉琼送上自己母亲做的虎头鞋,还准备在宴席上跳舞庆贺;十一中队干部战士代表,送上"铁匠"苏明远精心打造的"长命锁"。"阁眼镜"被王永学派去参加嘉峪关市文化馆组织的采风团去外地采风,赶不回来参加满月宴,特写信寄回一副喜联:国庆生国庆岁岁国庆;平安复平安日日平安。横批是:金风丽韵。老金把这副对联用大红纸写好贴在房间门口,衬托得整个房间喜气洋洋。

座位摆好,酒席上桌,即将开宴时,老金和苗丽萍为请谁坐上位费尽了心思。按级别,王永学是副营职,应该坐首席;按资历牛幸娃参军早提拔早,曾是王永学的领导。两人为此一时作了难。王永学还好说,牛幸娃若计较起来不怎么高兴,那就麻烦了。老金灵机一动对苗丽萍说:设满月宴是要邀请亲朋好友参与见证新生儿健康成长,为孩子祈祷祝福,咱们请两个见证人,一个是牛幸娃,一个是王永学。牛幸娃代表干部战士,王永学代表你娘家人,作为孩子的舅舅。这样一来,牛幸娃自然就排在前面,坐在首席了。王永学心知肚明为何这么做,也没有屈居之感。

苗丽萍说:"金哥,我跟你这么多年,还不知你肚里有这么多弯弯绕。"

老金有点得意地说:"没有这个弯弯绕,能把你绕进来吗?"

苗丽萍说:"看看,露出马脚了吧?早就不怀好意,说什么太熟了,不好下手,早就打好歪主意了吧?"

老金说:"那倒不是,是你越来越漂亮把我吸引住了。"

苗丽萍说:"生了孩子了,成了黄脸婆了,以后就会讨厌我了。"

老金说:"金风玉露一相逢,胜却人间无数。咱俩金风丽韵刚刚好,一生爱到老!"

这话恰被牛幸娃听到了,大着嗓门说:"喝酒,喝酒!不让我们喝酒,在那里扯什么闲篇儿!"听老金说让他做孩子健康成长的第一见证人时,满口答应了,问老金道:"讲不讲话?"老金说:"整几句!"牛幸娃说:"整几句就整几句！"

申力明在宴席开始前,点响一挂长鞭,噼里啪啦的鞭炮声,把国庆吓哭了。牛幸娃逗国庆道:"胆小鬼,再哭,再哭长大了送你当炮兵去！"也许他的话起了作用,国庆不哭了,在场的人都笑了。

牛幸娃成了见证孩子健康成长的首席嘉宾,王永学作为孩子的"舅舅"坐在下首,大家各安其座。老金致欢迎词后,请牛幸娃讲话。

牛幸娃站起来说:"老金让我整几句,我就整几句。今天国庆满月宴,我们举杯同庆！首先祝贺老金苗丽萍喜得贵子！两口子就是有本事,我们这些人一步赶不上,步步赶不上,被落下十万八千里了。我的丈母娘长啥样,还不知道呢！再就是祝福国庆平安健康幸福！我们这些孩子的大爷、叔叔、舅舅、姨姨们都很高兴,国庆是老金和丽萍的儿子,也是我们大家的儿子。"

牛幸娃还要往下说,靳开军开口了:"这国庆咋就成了大家的儿子了？你参与了？有贡献吗？"众人大笑。

王永学招呼说:"喝酒,喝酒！"借着碰杯,把牛幸娃拉下来坐到凳子上,宴席正式开始了。

此时此刻,"阎眼镜"正和嘉峪关文化馆组织的几个文学爱好者在甘肃各地采风。对此活动,他有浓厚的兴趣,他的志向是写一部反映部队参加酒钢建设的长篇小说,小说涉及面很宽,必然会涉及地方的风土人情,搜集这方面材料,可以为自己的创作做一些准备。他把搜集的民谣、民俗、民谚工工整整地记在笔记本上,记了快满一本,没事时看一看,也怪有意思。

关于植物的民谚

桃花开,燕子来,
准备谷种下田畈。
柳树发芽暖洋洋,
冷天不会有几长。
荷花开,秋正栽,

菊花黄,种麦忙。
桐子树开花,霜雪不再落。
九尽杨花开,农活一起来。
柳树乱攘攘,家家下稻秧。
梅子金黄杏子肥,
榴花似火桃梨坠。
蜓立荷角作物旺,
欣欣向荣粮满仓。

关于动物的民谚

狗猫换毛早,冬雪冷得早。
画眉多藏粮,大雪下得长。
狗进灶,雪就到。
猪衔草,寒潮到。
青蛙呱呱叫,正好种早稻。
布谷布谷,种禾割麦。
黄鹂唱歌,麦子要割。
雨中闻蝉叫,预告晴天到。
鸡迟宿,鸭欢叫,风雨不久到。
蚂蚁垒窝要落雨。
燕子低飞要落雨。
鱼跳水,有雨水。
龟背潮,下雨兆。
泥鳅静,天气晴。

关于候鸟昆虫的民谚

家燕惊蛰始见,立冬南飞。
蝉惊蛰始鸣,白露绝鸣。
蟋蟀清明始鸣,秋分终鸣。

大雁清明始现,秋分绝见。
蟾蜍清明出现,寒露不见。
青蛙春分初鸣,秋分终鸣。

关于气象活动的民谚

冬雪是麦被,春雪是麦鬼。
麦盖三场被,枕着馒头睡。
冬至大白霜,来年谷满仓。
冬天有浓霜,必有好太阳。
三朝迷雾发西风,
若无西风雨不空。
晨雾即收,细雨不休。
大雾不过三,过三十八天。
露水重,天气晴。
霜夹雾,旱得井也枯。
霜后南风连夜雨。
……

就在"阎眼镜"专心致志采录这些民谚时,一场厄运不期而至,差一点断送了他的前程。

2

老金和苗丽萍为小国庆举办的满月宴正在热烈进行中,酒酣耳热之际自然需要歌舞助兴,老金的"道拉基"已经"道"完,玉珠"看看拉萨新面貌"也已"看"完,轮到杨玉琼披挂上阵,她已换上舞鞋,站起来在活动腰腿,突然有站岗的士兵来找王永学。王永学出来一小会儿,又返回牛幸娃身边耳语几句,便随士兵向老金家前面一排房子走去。

果如士兵所言,有一个高挑个儿、面部白皙、穿蓝色制服的青年,在阎干事办公室兼宿舍狂砸东西。士兵告诉王永学说：他正在门口站岗，有一个地方青年过来找阎干事，说是从嘉峪关市来的，姓胡，是阎干事的朋友，约好来看阎干事。他不知阎干事在外出差，就把这个青年带到了阎干事房间门口。没承想那个青年一脚把阎干事办公室的门踹开，进门就砸东西，抡起放脸盆的铁架子乱砸一气，怎么拦也拦不住，就跑来找王永学。

王永学来时，"阎眼镜"办公室已被这个青年砸得一屋狼藉，几乎所有的东西都离开了原位，可怜巴巴地已找不到自己的位置：脸盆被摔得顾不了脸面；刷牙的缸子滚在地上；被子掀到地上又踩了几脚，布满了脚印；用来挡灰尘的蚊帐被撕开了几个大洞，成了几个纱布条垂手而立；办公桌上的红墨水瓶被砸破，红墨水在桌上流淌，像几条蠕动的蚯蚓。待王永学进门，这个青年正在撕"阎眼镜"写好堆在桌上一角的文稿，边撕边骂，撕一沓，骂一句："叫你搞我老婆！"似乎还不解气，把撕掉的东西扔在地上还补上一脚。

王永学气坏了，他习惯地整理一下风纪扣，扶正头上的军帽，威严地大声喝道："什么人敢到军营如此撒野！"

那个青年蛮横地问："你是谁？"

王永学说："我是部队工作组负责人，我叫王永学。有话好好说，有什么问题就反映，不准这样胡闹！再这样下去，我让哨兵把你押送去镜铁山矿派出所，当作寻衅滋事扰乱军营秩序处理！"

那个青年口气有些软了："我姓胡，叫胡晓明，我是杨玉琼的爱人，姓阎的勾引我老婆，破坏军婚，你们必须严肃处理！"

胡晓明的话，证实了自己的猜测，王永学一想就是这个人，真没想到杨玉琼找的对象竟是如此素质。他压着火气说："据我所知，你和杨玉琼并没有结婚，只是恋爱关系，你也不是军人，不存在破坏军婚的问题。你说阎干事勾引杨玉琼，你有什么证据？"

胡晓明气呼呼地从兜里掏出一封信，往桌上啪地一拍说："你自己看！"

王永学拿起信封一看，确实是阎芳州写给杨玉琼的，落款的地址是

甘肃张掖地委招待所。展开信纸,阎芳州的字迹出现在面前:

玉琼:

你好。我此次随嘉峪关市文化馆老师们外出采风,心里很高兴,确实有很大收获。离开部队一段时间别无所念,唯念你的情绪,不知最近转好没有?我注意到你几个月来情绪不佳,心绪不宁,我们约好的采访也没进行下去,你开始不愿与人交往,常一个人躲在房间里。我害怕你憋出病来,又不知什么原因,也没法劝解你。作为好朋友,我很惦念你,怕你从此消沉,也怕你精神抑郁伤害身体。你遇到什么事了吗?是个人感情受到挫折了吗?假如你失恋了,或和男友闹矛盾分手了,望不要悲伤。天涯何处无芳草,打开眼界,就有如意郎君站到你面前。我阎某不才,但也有一颗关爱之心,一颗向善之心,一种对美好爱情的向往。假如你是因失恋原因情绪不佳,我愿走进你的情感空间。以前没有机会,现在机会来时,我会紧紧抓住,当然这是我一厢情愿。假如你不是情感原因情绪不佳,没有和对象分手,那另当别论。我回部队后,请直言相告,如果确有机会,我不会放弃的。我们互相欣赏,情趣相投,相爱应该是有基础的。无论如何,请你振作起来,在我到部队时,面前站着的依然是那个活泼开朗、无忧无虑的小妹妹。

外出采风通信不便,方便时再写信给你。无需回信,唯盼珍重。敬礼!

阎芳州
即日

王永学浏览一遍信的内容,觉得并无不妥之处,心放下来一些,对胡晓明说:"就这么一封信?你小题大做了吧?再说这是两人间私人通信,信怎么到了你的手里?你拆看别人的信,还妄加猜测,不应该呀!"

胡晓明说:"什么应该不应该!杨玉琼是我未婚妻,阎芳州写这样的信合适吗?什么小题大做?这封信是你们部队有人寄给我的,还另写一封信检举阎芳州和杨玉琼勾勾搭搭,两人深更半夜还在一个房间里嘀嘀咕咕,两人还一起到暗室里洗照片,整天形影不离的,孤男寡女天天黏糊在一起,能有什么好事!这姓阎的真不是东西,明知杨玉琼有未婚夫,还勾搭她,这不是道德败坏是什么?不是违法乱纪是什么?你是部队领导,必须主持公道严肃处理!"

王永学听了胡晓明这一番话,心里明白了,是部队出了"内鬼",有人写信向胡晓明举报了,不仅举报了,还私截了阎干事寄给杨玉琼的信一并寄上作为证据。幸亏阎芳州写的信没有什么实质内容,要是有些过分亲昵的话,那可就提供了"炮弹",事情就不好收拾了。也明白了胡晓明为何到这里来闹事的原因。更清楚这小子来的目的是"倒打一耙",把脏水泼到杨玉琼身上,用"文革"中常用的一句话来形容,就是"狼子野心何其毒也"。因而对眼前这个闹事者更加厌恶。这小子犯错在先,不思悔改,又道听途说,到部队打砸扩大不良影响,想造成阎芳州和杨玉琼勾搭成奸的既成事实,从而摆脱自己的责任和不利于自己的处境。决不能让这种阴谋得逞!

心里厌恶归厌恶,嘴里说话还得讲策略,王永学说:"我们说话办事得以事实为根据。阎芳州写给杨玉琼的信,丝毫没有两人有暧昧关系的把柄;别人写信告诉你的,也是一种猜测。男女关系密切,就一定会发生那种事吗?俗话说:捉贼拿赃,捉奸拿双,你有什么证据?没有证据乱讲,是要负法律责任的。"

胡晓明说:"好,你包庇你手下的人,我向你们上级反映,连你一起告!"

王永学说:"你这么闹的目的是什么?"

胡晓明说:"让阎芳州这小子脱掉这身黄皮转业回老家,再也不要见到杨玉琼!"

王永学说:"我们要是不按你说的办呢?"

胡晓明露出来了蛮横之态:"那你就试试,我要向部队领导写信,向军委写信,不达目的誓不罢休。还有,只要阎芳州在,我就天天来找他。我可告诉你,我有精神病,到时掂刀把阎芳州杀了,我可不负责任!"用无赖的口气吓唬王永学。

王永学生气了:"你太过分了,用掂刀杀人吓唬革命军人,我们当兵的人是吓大的吗?你这么闹,杨玉琼能和你好吗?你把事做绝了,不是鸡飞蛋打了吗?"

胡晓明说:"那杨玉琼也不是什么好东西!我爸当革委会副主任那阵,他们全家巴结我家,主动和我结亲,现在看我爸被免职了,就要和我断绝关系,在外面勾搭别人!"

王永学说:"你说的根本不是事实,杨玉琼父母和杨玉琼根本不是那种人!……"

还没等王永学说完,杨玉琼冲了进来,大声冲胡晓明喊道:"你胡说八道!胡说八道!"尔后就气得说不出话来,哭着扭头跑开了。

王永学离开小国庆的满月宴席后,迟迟没有回来,不久就传来有人来营区闹事消息,后来又说有人把阎干事房间砸了,大家就坐不住了。老金看到这种情况,觉得宴席也进行得差不多了,就向大家致谢宣布结束。中队干部回中队了,工作组的人都来到阎干事这里看个究竟。牛幸娃不放心,回中队走到半道,碰到杨玉琼哭着向北大河跑去,就让两个战士跟着杨玉琼,自己来到阎干事房间,看到胡晓明正在撒泼,也大体了解了事情的原委,就冲胡晓明吼道:"闹什么闹,再闹把你捆起来!你这熊样儿能配上杨玉琼?别说没结婚,就是结了婚也得和你龟儿子打八刀!"

胡晓明被牛幸娃的气势镇住了,口气放缓问:"你是何人?"

牛幸娃说:"我是何人?我是革命军人,中国人民解放军基建工程兵第二支队第十一大队十一中队中队长牛幸娃!"

胡晓明说:"一个芝麻粒大的官,我见的大官多了去了!我的事和你一个中队长有关系吗?"

牛幸娃说:"怎么没有关系?战友亲如兄弟,杨玉琼是女兵,我们就亲如兄妹,你欺负我妹妹,我就不依你!"

胡晓明说:"咦,我媳妇咋就成了你妹妹了,你还成了我大舅子了?也不撒泡尿照照,看自己有没有这个资格!"

279

牛幸娃气坏了,一时口不择言:"我当你大舅子?我当你爹还差不多!你这样的儿子,我还不愿要呢!"

胡晓明也觉得受到侮辱,更加恼怒:"什么牛蛙、青蛙,也不知从哪里蹦出来这么一个娃!"

牛幸娃气得在身上乱摸,大概是想摸手枪,但今天去参加小国庆满月宴,没扎武装带,也没带枪,气得双手哆嗦,回身喊道:"来人!来人!把这个来营区闹事的人绑了!"

一阵跑步声急速传来,申力明跑了过来,后面跟着几个兵。

胡晓明一看这阵势,拨开几个看热闹的人夺路而逃,边跑边喊:"这事不算完!这事不算完!"嘴里这么喊着,腿上是越跑越快,很快就跑没影了。

王永学说牛幸娃:"你和这种人生什么气!"

牛幸娃放下满脸怒火,哈哈大笑说:"我不这么整,这龟儿子能跑吗?"

老金这时也来了,说:"你俩这白脸黑脸唱得好呀!"

胡晓明跑了,三人才想起杨玉琼。王永学说:"杨玉琼去哪了?"

牛幸娃说:"我看见她哭着向北大河边跑去了,害怕出什么事,就让两个战士跟过去了。"

王永学说:"那你快去看看,让人盯着她,我和老金把阎干事办公室收拾归拢一下。"

牛幸娃说声"好"就走了。王永学和老金边收拾东西边交谈。

老金说:"好好的,玉琼怎么会摊上这么件事?"

王永学说:"遇人不淑,找的对象品质不好,就像个小混混!"

老金说:"我看那是个浑小子,是个闹事的茬儿,不可掉以轻心。要是下次再来闹事怎么办?阎干事是个好苗子,可不能让他给毁了!"

王永学说:"这'阎眼镜'和杨玉琼之间关系清白,本来没有任何问题,让这小子这么一闹,闹得有点不清不楚了。"

老金说:"咱们内部咋就出了内鬼?不知是谁瞎捅这么一下子,把两人关系密切的事捅了出去,现在是黄泥巴抹进裤裆里,不是屎也是屎了,还是注意防范一些好。"

王永学说:"我想到一个主意,不知合适不合适?"

老金说:"你说出来听听。"

王永学说:"上个月21号,新华社发布了我国恢复高考的消息,现在部队已下发通知,支持符合条件的干部战士积极参加报名考试,要求为他们复习和参加考试创造条件。阎芳州符合报名条件,又有培养前途,以他的基础,应该可以考上大学。我们支持他参加高考,考上后,离开这个是非之地吧。"

老金说:"这倒是一个好主意!但阎干事要参加高考,也得在嘉峪关市考,那浑小子的爸当过市革委会副主任,虽然现在被免职了,但虎死有余威,方方面面都有人家的人,能让阎干事顺利参加高考?即使考上了也不一定让他去,这不是孙悟空翻跟头,跳不出如来佛的手掌心,到时白张罗一场吗?"

王永学说:"嗨,我怎么没想到这一层。"想了一会儿又说,"惹不起,躲得起!我们让阎干事去托勒牧场参加高考,那里归夏云龙场长管,属于青海省地盘,咱们和托勒牧场是协作单位,符合委托参加高考的条件。"

老金一拍大腿说:"中,这一招高明。只要做好保密工作,等阎干事神不知鬼不觉地考上大学离开镜铁山,谁说什么也都是'马后炮'了。"

王永学说:"那我等阎干事回来后和他谈谈,需要时你也帮助做些工作。"

老金说:"好的,你也事先和玉珠说一下,让玉珠给她阿爸通个气,好有个思想准备。"

3

"阎眼镜"在外采了近一个月的风,满载而归,喜滋滋地回来了。此期间他办公室被砸的事,他不知道,王永学不让人们告诉他,害怕他

281

受到刺激，做出什么不理智行为。但办公室被砸的事，在他回来后很快就知道了。没有人告诉他，是他自己发现的。虽然王永学和老金把被砸飞的东西归了位，屋里恢复原样不留痕迹，但被撕毁的文稿是没法恢复的。阎干事酷爱写作，把那些点灯熬油写出来的东西视为生命的一部分，现在被人撕毁了，好像心上被捅了刀子，看着残稿，噼里啪啦地在那里掉眼泪。

王永学看到这种情景，只好实话实说，把那天发生的事原原本本说了一遍，也是让他思想上有一个准备，免得毫无所知，事到临头时不知如何应对。

"阎眼镜"一听火就噌地一下蹿上来了，挺文雅的一个人，嘴里不干不净地骂起了人："我丫他个妈，这不是往我头上扣屎盆子吗？往玉琼头上扣屎罐子吗？我们俩的关系清清白白干干净净，没有任何可挑剔的，这不是无中生有望风捕影无事生非，给驴戴马笼头——胡勒吗？"他刚在采风中学到的这句俗语，恰到好处地用到这个地方了。

王永学害怕"阎眼镜"认识不到事情的严重性，提醒说："那小子离开时说还要再来，来时掂把刀杀你，你可要注意防范！"

平时看着文弱的"阎眼镜"此时却来了英武劲："掂刀来杀我？让他来！敢举刀杀我，我一枪崩了他！免得他去诬陷别人，去折磨玉琼。"

王永学说："对呀，你不为自己考虑，也得为玉琼考虑呀！他在你这里受了气，还不得把气撒到玉琼身上？或者去找玉琼爸妈闹事，那不是让玉琼更糟心吗？"

说到玉琼，"阎眼镜"不再吱声了，气得呼哧呼哧地坐在那里喘粗气。

当王永学提出让"阎眼镜"参加高考，并去托勒牧场复习和参加考试时，"阎眼镜"把头摇得像拨浪鼓："我不参加高考，我哪里也不去，我离不开镜铁山。我报名留在镜铁山就是想搜集素材搞创作，现在还没有写出东西，和你、老金等战友们处久了，也处出了感情，我不想离开大伙。"说着，眼圈红红地掉下了眼泪。

王永学说:"此事不勉强,只是我的一个想法,不想让你被这件事耽误前程,战友们都认为你是个好苗子,耽误了前程不划算,才想出这么一个办法。夏场长那里玉珠都已经沟通好了,老人家举双手欢迎你去,还说你去了,他还要给你提供创作素材,多讲一些红二方面军的故事哩!"

"阎眼镜"也向往上大学,内心也感激组织上的周到安排,他不想离开镜铁山的根本原因,还是不想离开杨玉琼。不管他是否承认,杨玉琼在他心里都有独特的位置,他对杨玉琼有一种特别的情愫。现在杨玉琼遇到了磨难,此事又和自己有关,这时候躲起来了,不露面了,还是一个男子汉吗?他心里甚至还有一丝期盼,胡晓明来这里一闹和杨玉琼破裂了,自己就有了"接班"的机会,果真是这样,弄假成真也是一个圆满的结局。他内心太喜欢杨玉琼了,为自己心爱的人受些委屈,受些磨难,做出牺牲和贡献,他是心甘情愿的。在军营中成长进步的他,一介书生的他,对社会复杂性还缺少足够认识,也没想到胡晓明真的会提着刀来营房找他算账。

但是,胡晓明来不来是不以"阎眼镜"的意志为转移的,取决于胡晓明的品质、意愿和目的。不知是内部有人通风报信,还是胡晓明个人猜测的,就在"阎眼镜"刚回来一周时,胡晓明又"光临"了。这一次来仍穿着蓝制服,但没有背黄挎包,而是手提一个黑色人造革手提包,里面装得鼓鼓囊囊,不知装没装什么凶器。当哨兵拦着盘问时,已有认出胡晓明的战士飞快跑去向王永学报告。王永学和老金一起急忙跑过来,把正在整理采风笔记的"阎眼镜"拉到老金家藏起来。一是藏在老金家没人知道,即使知道了也不敢闯进来,私闯民宅是要治罪的。

胡晓明手提黑提包气呼呼地来到阎芳州房门前,他以为门是插着的,使劲一推,却是虚掩着的,用力太大,没收住,差点摔了一个嘴啃泥。发现"阎眼镜"没在房间,就在房间四处踅摸找"证据",当翻办公桌上的东西时,手碰到茶杯,发现茶水还是温热的,知道"阎眼镜"是得信儿躲藏起来了。他没有砸东西,也不再踅摸什么证据,而是站在门口大骂起来:"阎芳州,你个第三者、臭流氓,我知道你躲起来了!你躲过初一

283

躲不过十五,老子这次来就不走了,住在镜铁山矿招待所,见不到你我天天来,不让你跪着求饶我不姓胡!"说完,又东张西望一阵,骂骂咧咧地走了。

躲在老金家的"阎眼镜"被骂得直蹿火,要冲出来和胡晓明理论,被王永学和老金按住了。王永学说:"你不替自己考虑,也得替杨玉琼考虑,事情越闹越大,不是让玉琼难堪吗?"

听王永学这么一说,"阎眼镜"才不闹着出去,脸上憋得像紫茄子一样。

事情暂时平息了,"阎眼镜"又回到了办公室。

王永学对老金说:"老金,麻烦你去镜铁山矿一趟,找熟人问问,胡晓明是不是真的在矿招待所住下了,咱们好有个应对之策。"

老金说:"好的,我这就去一趟,矿上我熟人多,有的还是老朋友。矿保卫科科长老熊,还是从咱们部队转业的战友,我这就去打听一下。"

哪知道老金一去就没了影,快到晚上吃饭时才回来,回来就让苗丽萍炒菜烫酒,说是要和王永学好好喝一壶。过了一会儿又说,把牛幸娃也叫来,三个人喝才有意思。

等王永学、牛幸娃来了,三人坐定,王永学问老金打听到的情况。老金说:"一会儿再说,我今天给你俩来一个'温酒斩华雄'。"说罢,就只顾劝酒,再也不说别的。王永学心里纳闷,不知这老金唱的是哪一出。牛幸娃刚从施工现场回来,不知今天发生的事,以为就是喝酒而已,也不多问什么,三人就认真地喝起酒来。

约莫过了一两个钟头,天色暗了下来,夜幕悄悄降临,三人的酒正喝到兴头上,一个彪形大汉带一个小青年走了进来。老金急忙迎上前去问:"熊科长,事情办得怎么样?"

被称为"老熊"的熊科长说:"跑得了他!两个狗男女让我抓了个正着。两人承认有不正当男女关系,有照片为证,两人写的检讨书为证。我警告他俩:明早就给我滚出镜铁山去,要是再来这里寻衅滋事,就将这些东西送到你们单位,让组织严肃处理!"说罢,接过小青年递过来的照片,冲老金晃晃说:"金哥,任务完成得如何? 赏我杯酒喝喝吧!"说完便打发小青年回去,自个儿坐下来喝酒。到这时,王永学、牛幸娃才知道胡晓明是带着一个女的来的,老金和老熊略施小计,抓了一对"狗男女"的奸,这就是老金说的"斩华雄",于是举座皆欢。

王永学觉得这样做有点过分,也不怎么光明正大,但毕竟能够平息事端,也就不说什么了。

虽然事态暂时平息下来,王永学心里仍不托底。这种事容易引起人们关注,说大就大,说小就小。你说"阎眼镜"和杨玉琼有不正当关系,这不符合真实情况;你说他俩人一点关系都没有,也没有多少人相信。在许多人眼中,对男女之事是宁可信其有,而不愿信其无,这是一种什么心态不得而知。但一些人传起这个来是眉飞色舞津津乐道的。也许那时候娱乐节目不多,许多人就把这当成"娱乐节目"来听、来看了。胡晓明来这里一闹,这事已闹得沸沸扬扬了,若不加大控制力度,把"阎眼镜"和杨玉琼隔开,也许还会引出什么不良后果。作为工作组负责人,两个工作组成员让人指责发生了"奸情",是有不可推卸的责任的。但这不仅仅是责任问题,而是关系到两个"好苗子"的前途,王永学不能不对此深思熟虑。

王永学和老金聊起此事,老金也是这个意见。老金说:"他'阎眼镜'为啥放着大学不去考? 还不是惦着杨玉琼! 一是怕杨玉琼出什么事;二是等着机会接那姓胡的班。我看得出,'阎眼镜'是爱杨玉琼的,是发自内心的爱。当然,两人关系是清白的,我们不能冤枉他。现在他看姓胡的来这里一闹,也许杨玉琼产生反感,和姓胡的分了手,那他的机会不就来了吗? 但问题是,'阎眼镜'不能和杨玉琼好,这一辈子俩人都不能好,为啥呢? 如果俩人好了,结婚成夫妻了,那不就坐实了那姓胡的所诬陷的了吗? 证实了人们的猜测了吗? 只要他俩好,就会产生这个效果,是没有人来给你分清是事前事后的,组织上也不会给你做什么鉴定的。如果这样,所谓的'奸情'就会弄假成真,其后果极其严重,那姓胡的死咬住不放,逐级上告,那'阎眼镜'和杨玉琼不会有好果子吃,轻者挨处分,重者被处理转业,个人遭到挫折不说,还会给组织上造成不良影响。再者说,'阎眼镜'是从对杨玉琼欣赏发展到'单相思',如果杨玉琼只是对'阎眼镜'欣赏并没想嫁给他,两人不在一个轨道上,他这么守下去,不也是自寻烦恼吗?无论于公于私,都得劝'阎眼镜'离开镜铁山。这是我的看法。"

王永学说:"到底姜还是老的辣,你这么一分析很到位,鞭辟入里呀。看来你老金自个儿也有不少经验,要不怎能分析得这么透彻清晰。"

老金有些自得地说:"不是说人老奸,马老滑嘛,这里的'奸'不是奸情的意思,而是作为聪明讲,年纪大的人经见多了,自然就耳聪目明一些了。"

王永学说:"你说得极是。问题是咱得把'阎眼镜'劝转过来,让他接受咱们的建议,去托勒牧场参加高考。今年的高考考试时间定在12月上旬,离现在不到一个月时间了,再不去抓紧时间复习,想考也考不上了,得赶快做他的工作。我从参加高考对他个人成长的重要性方面,再和他谈一谈,你从他和杨玉琼关系的角度谈谈,给他分析利弊,帮助他回心转意。"

老金说:"你小子滑得很,把不好谈的内容让我谈。"

王永学说:"你不是经验丰富嘛。"事情就这样定了下来。

王永学又一次找"阎眼镜"谈话,谈话单刀直入。王永学说:"去参加高考的事不知你考虑得怎么样了?我这次谈话不是代表个人,而是代表组织跟你谈话。推荐你参加今年的高考,是经过大队、支队两级有关部门同意,并且经过政审的。四化建设需要大批人才,部队建设也需要大批人才,恢复高考是党中央做出的重要决策。基建工程兵兵部发出文件,要求组织好这次高考,把优秀人才输送到高校深造。有关领导还说过,学成毕业了,不管回部队还是去地方,都是为国家培养人才。我们要有这样的心胸和眼界。所以,去不去参加高考,就不是你个人的问题了,而是对组织决定的态度问题。对你个人来说,这是一个难得的深造机会呀。我在当兵前做梦都想考大学,但大学停办了,我的愿望没有实现。现在机会多好呀,可以说是千载难逢,不抓住会后悔莫及的。

你自己一直想当一名作家,写出反映部队生活、讴歌咱们部队指战员的作品,但写作不光有生活,不能光靠采访、采风,还要靠理论指导、理论武装,需要必要的系统知识学习。你本人有很好的基础,再到大学深造一下,那还不是如猛虎添翼,到时不想写出好作品都不行。从你个人发展角度说,这可是一个不可错过稍纵即逝的机会。你知道有多少人关心你,为了能让你顺利参加考试,我们找夏云龙老场长在托勒牧场给你报了名,老场长是看咱们部队的面子,是看你有培养前途,才破格同意的,还答应为你参加辅导复习创造条件。现在离高考考试不到一个月时间,得赶紧准备了。我听说今年报名参加高考的人特别多,竞争十分激烈,不认真复习恐怕还考不上呢。赶紧下决心去托勒牧场参加复习和考试,争取考出好成绩。如果确实没有考上,再回咱们部队工作也是一样的,关键是得自己拿定主意,有这个决心。"

王永学的一番话,在"阎眼镜"心里起了作用,"阎眼镜"说:"我要去参加高考,就一定争取考出好成绩,不辜负组织期望。"

王永学笑了:"这就对了,革命军人就应该有这个志气。"

老金做"阎眼镜"的工作,用的是"软刀子"。他让苗丽萍做了几个菜,把"阎眼镜"请来喝酒,由头是为他"压惊"。老金说:"这姓胡的真不是东西,完全是冤枉好人。你和杨玉琼关系清白谁不知道?冰清玉洁白璧无瑕,经得起历史和时间的检验。我是过来人,对男女情感之事有体会。谁对谁有好感,谁对谁有意思,不一定非要结婚成家。'爱是不能忘记的',把爱藏在心底也是美好的。我知道你对杨玉琼有好感,甚至可以说有一种爱,但这种爱是纯洁的,不是世俗的。爱一个人,就要为她好,如果给她带来厄运,那就不是爱了。我觉得你和杨玉琼还是相互守望为好,不可有任何走入婚姻殿堂的想法。如果有这个想法,就不纯洁了,就会给她带来厄运,就会坐实你俩的'奸情',让人们认为她是一个脚踏两只船玩弄男人感情的放荡女人,名声尽失,一辈子都抬不起头来。即使胡晓明和杨玉琼分手,你也不能去蹚这个浑水,这对你也许是好事,对玉琼可就是坏事了,你愿意她在背后被人戳脊梁骨吗?再说,玉琼虽然对你有好感,但也不一定愿意嫁给你,她家父母也不一定会同意。等你考上了大学,接触的人更多,什么好条件的找不到？我上小学时,老师让学生以'甚''岂'造句,我邻桌的同学站起来说:天下女人甚多矣,好男儿岂患无妻乎！惹得众人大笑,老师也笑了,说:该同学志向远大,将来必定妻妾成群。这是玩笑话。假如你上了大学,自身条件又提高一步,视野更开阔一些,找个好婆娘还不是轻而易举的事吗？"

苗丽萍听到此,也端起一杯酒敬"阎眼镜"说:"老金就是上了大学,才找到我这样好的。你年纪轻,再上了大学,一定能找到比我更好的。"

老金说:"小阎年轻,难道我老了吗？我有那么老吗？"

苗丽萍说:"你不老,你像老虎一样。"

三个人说说笑笑,把一顿酒喝完。不知这顿酒解没解开"阎眼镜"心中的疙瘩,但三天之后,他打起背包,离开镜铁山,心情复杂地去了托勒牧场。

4

胡晓明自从在镜铁山矿招待所被"斩华雄"之后,就再也没有到军营来过,但他并没有停止诬陷"阎眼镜"和杨玉琼的活动,只是改变了方式。大概是怕再被"斩华雄",就不敢到现场,而是改写诬告信。这些诬告信写给部队工作组成员,连十一中队干部牛幸娃等人也收到了。这些诬告信下流、恶毒,不仅攻击谩骂"阎眼镜",连杨玉琼也捎带上了。为什么也要诬告杨玉琼？后来得知,胡晓明和那个女人在矿招待所被捉奸后,那女人认为自己丢了人,今后嫁不出去了,就赖在胡晓明身上,非让胡晓明娶她不可。如果不娶,就告他强奸罪。胡晓明无奈,只好"就范",答应娶这个女人为妻。这样,杨玉琼就没什么用了,就被丢弃了,不值得珍惜了,况且自己在镜铁山矿出丑,都是因为这个"贱人"和那个"阎眼镜"不清不楚,自己来"讨伐"时才被抓的。一想到这些,胡晓明就气得牙根疼,发誓要搞臭杨玉琼,解心头之恨。因此,也不顾自己过去曾爱过这个女人,两人相处多少还是有些感情的,完全撕破脸皮,露出了狰狞面目。他在信中散布杨玉琼乱搞男人,很早就是个破货,准备结婚做体检,检出杨玉琼处女膜不完整,说明很早就和男人发生了不正当关系。还说她在演吴清华时,就和演洪常青那个演员产生了感情。说杨玉琼利用他爸的关系,买电视机到部队倒卖挣大钱,还有许多。总之,这杨玉琼就是一个道德败坏的下三滥女人。

这些信件,不知胡晓明向没向上级机关投递,反正镜铁山营区不少人都收到了,大家当然不信,因为杨玉琼生活在他们中间,杨玉琼是什么人,大家心里清清楚楚。尤其是买电视机那件事,是大家为了收看电视节目才让杨玉琼出面的,公款公价,哪里会在中间挣什么大钱,由此推论,其他也是假的。说杨玉琼体检处女膜不完整,一个女孩子从十岁就练舞蹈,处女膜受到损伤也是自然的,有一点这方面知识的人都不奇怪。再说,有这么埋汰自己爱过的女人吗?把人家个人隐私拿出来攻击,推断人家是"破货",不是居心叵测往人家身上泼脏水吗?越发认为胡晓明不是什么受害者,而是无耻小人,同时更对杨玉琼同情关心起来。

单纯的杨玉琼对此却毫无所知,胡晓明不可能给她写信,别人也不可能把信的内容告诉她,她不仅被蒙在鼓里,还有想和胡晓明和好相处的意愿。

为了不使杨玉琼完全蒙在鼓里,受到更深的伤害而茫然无知,王永学和她谈了一次话。

王永学问:"玉琼,你和胡晓明的关系准备如何处理?还能处下去吗?有没有分开的打算。"

杨玉琼说:"目前还没有。只要他能够改正错误,就继续处下去。"

王永学问:"你认为他能改正错误吗?"

杨玉琼说:"他给我爸妈说能改正错误,还写了一份保证书。"

王永学说:"既然写了保证书,想和你处下去,为什么还到部队来闹事?"

杨玉琼说:"他误解了我和阎干事的关系,我俩是清白的。我妈说,男人都有嫉妒之心,他这么做也许是爱我的表现。"

王永学说:"什么爱的表现!假如真爱,能这么做吗?"

杨玉琼说:"现在他爸不当市革委会副主任了,被撤了职,挨批判了,咱们这时提出不干,不叫人笑话咱吗?只要他能改正错误,我就将就吧。"

王永学心里气坏了,嘴上又不好说什么,从兜里掏出一张照片递给杨玉琼:"玉琼,你看一下,照片上的这个女人你认识不?"

杨玉琼接过照片看了一下,说:"女的有点面熟,男的是胡晓明。"

王永学说:"你再细看看。"

杨玉琼细看后说:"想起来了,就是那天我送霍组长回嘉峪关市,被我堵在屋里的那个女人,胡晓明说这是他中学同学。"

王永学说:"这是胡晓明那天到这里闹事,带着这个女的在矿上招待所住,被人家矿上保卫科拍下来的,还有两个人在床上的照片,我就不给你看了。事实证明,胡晓明不仅没有改正错误,而且越走越远了!"

杨玉琼脸唰地一下变白了:"他怎么能这样呢?"

王永学说:"还有比这更严重的,他到处写信埋汰你,说你作风不正玩弄男性,说你倒卖电视机到部队获利,还要让部队给你处分,处理你转业,闹得沸沸扬扬人人皆知,你还蒙在鼓里,该清醒清醒了!"

杨玉琼说:"你说的是真的?"

王永学忍不住了,从兜里掏出胡晓明写给他的揭发信递给杨玉琼,说:"你自个儿看吧!"

杨玉琼接过信打开来看,王永学借她看信之际离开,去了老金家,让苗丽萍过来陪杨玉琼。杨玉琼看完信,又气又急又羞,忍不住放声痛哭起来。苗丽萍正好赶过来劝她,任凭怎么劝,杨玉琼都收不住哭声,一个受到伤害的女性的哭声在营区飘荡。

这哭声王永学和老金都听到了。王永学有点后悔地说:"这孩子太单纯了,也太固执,是不是我把话说重了?"

老金说:"响鼓不用重槌,像杨玉琼这样的闷鼓就得用重槌敲,不敲她还会执迷不悟！让她放声哭吧，哭够了脑袋就清醒了。只是要注意观察和加强防护，别让她想不开出了意外，这孩子性子烈，可别弄出什么不测之事。"

老金这么一说，王永学也感到事态严重，说："得有人看着她，随时观察她的动向。但咱工作组人人都有一摊工作，'阎眼镜'去参加高考，又少了一个人手，忙得脚打后脑勺，抽不出人手，我让牛幸娃派人盯着点吧！"

王永学给牛幸娃说了这件事，为了加重牛幸娃的责任，王永学说："杨玉琼的事闹成这样，你有直接责任！"

牛幸娃把眼瞪得溜圆："与我有责任？与我有尿责任！"

王永学说："你要是不找杨玉琼去买电视机，她怎么会落一个倒卖电视机的罪名？她要是不找胡晓明的爸去买电视机，怎么会觉得亏欠人家人情，迟迟难以决断，怕落一个忘恩负义的罪名！"

牛幸娃说："你要是这么说，我认这个账！你想让我做什么，直说吧！"

王永学说："我想让你担负起看护杨玉琼的任务。我把胡晓明的丑恶面目揭露给她了，把胡晓明的信也给她看了，这下她该清醒了，但这对她刺激太大，怕她想不开，出什么意外。你可得派人给我看护好了！"

牛幸娃说："行，我天天派人盯着她。你放心好了，杨玉琼少一根毫毛，你拿我是问！"

牛幸娃是一个说到做到有责任感的人，就挑几个信得过的战士，让他们不上班时轮流盯着杨玉琼，远远盯着，还不能走近，不能让杨玉琼发觉。牛幸娃对他们说："不要像没见过女人那样没出息，她不是女人，是个目标，盯着目标不要让目标消失，遇到什么情况及时向我报告。"牛幸娃自己也把这件事放在心上，没事时不在中队部待着，而是在营区巡视，或是在北大河边的公路上散步，时时提高着警惕。

一天晚饭后，牛幸娃又在北大河边公路上漫步，一边寻思着中队近期的工作。冬天的镜铁山，夜幕早已降临，因为路上有几盏灯照射，还能看见路上、河边、河面上的东西。

正在沉思中的牛幸娃,听见一个战士的喊声,边喊边向他跑来:"中队长,杨玉琼跳北大河了!杨玉琼跳北大河了!"

牛幸娃一下子急眼了:"跳河了,你不去救人,跑来找我干什么!"

那个士兵说:"我不会水呀,我是个旱鸭子。"

牛幸娃说:"在哪里?"

那个士兵说:"我看她往河里面走,跟上去再看就没影了!"

牛幸娃吓坏了:"快带我去你看到的那个河段!"说完两人就飞一样跑过去。

"就在这里!"那士兵说。旋即指一下杨玉琼脱下的大衣,"就是从这里跳下去的!"

此时牛幸娃大衣已脱掉,正在脱棉上衣,边脱边说:"我下去救人,你快去找指导员报告,把没有去施工的战士全找来,顺着河边的公路向前跑,跑得越远越好,在河道拐弯处拦着我们!"说完,就"扑通"一声跳到河里去了。

那个士兵哭着跑回中队找人去了。王永学听闻后,马上带着人急速在公路上跑行,同时让人去通知工作组老金、苗丽萍等,让苗丽萍做好救人的准备。

苗丽萍急忙做抢救溺水者的准备,老金让负责后勤的岳助理去下面寨子中找人赶一头牛来。岳助理说:"赶牛有何用?"

老金急眼了:"叫你去你就去,说那么多废话干什么!"

牛幸娃跳下水之后,顺河游去,远远看见一个人影在河中沉没起伏,就朝那个人影奋力游去,但几次接近,都被水流冲开了。他从小在江边长大,游泳技术高超,也有过江水中救人的经验,此时他沉下心来边游边捕捉目标,待目标再一次闪现时,他一跃过去猛地一下抓住杨玉琼的臂膀,不让她近身,而是轻轻拢住,调整姿势向河边游去。牛幸娃熟悉这一段北大河,就像熟悉自己身体的各部位一样,哪里急,哪里缓,哪里有浅滩,哪里有急弯,清清楚楚。就在河流转弯处,他带着杨玉琼一用力,朝向浅滩处凫去。

此时,王永学打着强光手电筒,带一路人马跑来,边跑边喊"杨玉琼、牛幸娃"的名字,边让大家沿河边散开。突然眼前一亮,见牛幸娃拢着杨玉琼在浅滩处,急忙喊道:一字排开手拉手!自己率先跳进河水中,后面一个人跟着一个人,手拉手组成一个拉链,王永学在最前面。他拉住牛幸娃的手,大喊一声"上来!"牛幸娃就浮了上来,顺势把杨玉琼往前一推,送进王永学的怀中,自己憋一口气,往前一冲,被另一个战士拉住。后面的"人链"起了作用,先拉出杨玉琼,随后拉出牛幸娃。王永学背起杨玉琼就跑,申力明背起牛幸娃就跑。牛幸娃挣扎着下地说:"不用你背我,我没事!快去换指导员,轮流接替,以最快的速度,把杨玉琼送到卫生所!"

在卫生所里,苗丽萍已经做好了抢救的准备。待一个战士把杨玉琼背来,即把她放到急救床上,先检查一下,发现其心跳微弱,就开始做人工呼吸,直到杨玉琼的心跳基本恢复到常规跳动。此时的杨玉琼双眼紧闭,处于危急状态。

余秀英早已牵了一头牛来。老金说:"赶快把杨玉琼放到牛背上!"

几个人七手八脚地把杨玉琼放到牛背上倒控着,老金赶着牛在操场上转圈走。有战士问:"这样做有用吗?"老金说:"这样就可以把溺水人喝进肚里的水控出来,否则生命就危险了。"

牛幸娃被人抬进中队部,因为他没有溺水,只是冻坏了,得赶紧暖身。只听牛幸娃说:"快,快给我拿一瓶酒来!"白酒送来,他一气喝了半瓶,头一歪就昏倒过去了。几个人急忙脱掉他身上的湿衣服,换上干衣服,他醒了过来后,扯着嗓子喊:"杨玉琼呢?杨玉琼怎么样了?"

杨玉琼此时被驮在牛背上在操场上转悠,肚子里的水已经开始往外吐了,流成好几缕,还在不住地往外吐。王永学怕她冻着,把军大衣盖在她身上,一边让苗丽萍、余秀英去做室内增温的准备,把房间烧热乎,待水控净后,好让杨玉琼去换衣服。

牛幸娃喝了半瓶老白干,换了衣服,来到操场上,见杨玉琼肚子里的水控净,嘴里啊啊地叫着,听王永学说可以扶下牛背时,就一下冲上

293

去把杨玉琼抱住,向卫生所奔去。

　　杨玉琼开始有点清醒,声音微弱地问:"你是谁?"

　　牛幸娃大声回答:"我是牛幸娃!"

　　杨玉琼说:"你救我干什么!你救我干什么!让我去死吧!你不要管我!"

　　牛幸娃说:"我不但今天管你,以后也要管你,管你一辈子!"

　　杨玉琼不说话了,两行热泪从眼角涌出。

第十五章

1

牛幸娃把杨玉琼抱到"老霍头"原来住的房间。苗丽萍和余秀英已经把房间打扫干净,炉火烧旺,室内温暖如春。把杨玉琼放到靠墙的长沙发上,杨玉琼军衣上的水沿着沙发沿下淌,神志清醒又不清醒,一句话也不说。苗丽萍说:"你们几个大男人在这里不方便,去我家待着,有事再去找你们,这里有我和秀英就够了。"

牛幸娃、王永学、老金三人听闻此言,便转身离去。到了老金家之后,王永学让老金陪牛幸娃围着炉子坐下烤火,说自己到中队安排一下。他让靳开军在中队部值班,让刘柱锁摸黑去叫玉珠。刘柱锁此时已升任副中队长,王永学原向上推荐他任副指导员,上级认为刘柱锁任副中队长更合适,便任命其为副中队长,副指导员缺位由上面派人来担任。因此,目前中队干部中两个副中队长,刘柱锁重点抓中队后勤生活保障和内务管理,协助中队长、指导员处理一些事务。

玉珠被刘柱锁叫醒,急忙穿衣起床,问刘柱锁:"什么事这么着急?"

刘柱锁说:"杨玉琼受到她对象的诬陷想不开,跳北大河了,被牛中队长救上来了,现在在'老霍头'原来办公室抢救,让你去帮忙。"

玉珠一听,急忙随着刘柱锁往营区赶,也不顾天黑路况不好,一路奔跑起来,连刘柱锁都赶不上她。

王永学从中队部回来,见老金独自一人坐在火炉边,地上放一个空酒瓶,不见了牛幸娃。

"牛队呢?牛队哪里去了?"王永学问。

老金说:"刚才又灌了几口酒,说身上有些发冷,就去里屋我的床上睡觉了,刚躺下就开始打呼噜了。我们说话小声一些,让他睡一个好觉吧。这下河救人,拼体力又精神高度紧张,幸亏他挺住了,否则就是两条人命,我一想到这个就后怕。这杨玉琼也太不应该了,怎么能这样呢!这要是出了事,怎么向组织上交代?你是工作组组长,我建议你待杨玉琼身体恢复后,要好好剋她一顿,让她做出深刻检讨,认真接受教训,哪能这样视生命如草芥,拿生命开玩笑!还让干部战士付出这么大代价,牛幸娃跳河救人,大伙手拉手救人,这要是让河水冲走一个,可就出大事了。今后再也不能发生这样的事情了!"

老金这么一说,王永学才切实感到后怕,假如杨玉琼被北大河水冲跑了,假如牛幸娃和干部战士为救她再牺牲一两个人,这事就闹大了,就不好交代了。此时,王永学感到自己责任重大,内心责备自己没有把这件事处理好,如果处理好一些,说话委婉一些,事情办得灵活一些,杨玉琼就不会去跳河,就不会有牛幸娃等人救杨玉琼的事情发生。一种内疚之情油然而生,但事已至此,也没有什么好办法,只能是处理好后续事宜,亡羊补牢了。不知苗丽萍那边对杨玉琼施救进展如何?杨玉琼恢复到什么程度?会不会出什么意外?他心里依然紧张着,虽然和老金在说着话,但心思却在隔几个房间的"老霍头"那个办公室兼宿舍里。

玉珠跑了进来,王永学对她说:"你赶快去'老霍头'那个办公室,帮苗丽萍做抢救杨玉琼的工作,有啥情况随时告诉我,我和老金就在这里等着。"玉珠领命而去,随后而来的刘柱锁,坐在刚才牛幸娃坐的位置上,也坚持不回去在这里等消息。

玉珠进门时,苗丽萍和余秀英已经把杨玉琼身上的湿衣服用剪刀剪开,因为衣服有些冻冰了,不容易脱掉,苗丽萍当机立断剪开衣服,用毛巾把裸体的杨玉琼擦拭一遍,把她平放在原来"老霍头"的床上。玉珠的阿爸来时,也在这个床上休息过。它比一般的床宽大,放着两床军被。这时,杨玉琼平躺在床上,苗丽萍和余秀英在用毛巾不停地在她身上各部位擦拭,以帮助恢复体温。玉珠立即加入进来,把火炉上、电炉上烧的热水提起来,倒在洗脸盆里端过去,把用过的脏水倒掉。

现在,这个热气腾腾的房间,一共有四个女人,有两个是军人,有两个是军人的未婚妻,她们在特殊的环境中被融合到一起。杨玉琼赤身裸体地躺在那里,意识似有似无,时有时无。玉珠吓坏了,问苗丽萍:"苗姐,要不要把她送到矿医院抢救?如果要,我现在就过去联系床位。"

苗丽萍说:"不用,杨玉琼溺水时间不长,就被牛中队长救出,经过紧急救治,现在已过了危险期,现在是帮她恢复体温和意识,应该说已经没有生命危险了。"

苗丽萍这么一说,玉珠和余秀英都放心了,两人边继续擦拭杨玉琼身体,边轻轻呼喊杨玉琼的名字。

苗丽萍把手中的毛巾交给玉珠,取来血压计,为杨玉琼量了量血压,摸摸脉搏,听听心跳,看看瞳孔。虽然眼皮仍然僵硬,但可以翻开了,翻开后,一些泪珠滴了下来。这一切都显示杨玉琼的身体状况正在好转,不会出现意外了,苗丽萍坚信这一点。因为她已有这方面的救治经验。在支队医院工作时,她就参与抢救过一个溺水的战士。那也是冬天,和杨玉琼跳河的这个时间段差不多,一个刚入伍的新兵去北大河挑水,被河边的冰一滑,掉进了北大河里。北大河因为冬天天气寒冷,河边结有较厚的冰凌,冰凌由两岸向河中央延伸,露出三五米宽的水面,如不是特别的年份,河面不会完全结冰。战士们踏着冰去打水是常事,没想到这个新兵出了意外。因为情况危急,被战友们救出后送到了支队医院。医院一个副院长主持抢救,苗丽萍清楚地记得救人分四个步骤:清除口鼻中异物、控水、恢复呼吸、恢复心跳。由于人工呼吸做得及时,杨玉琼很快恢复了心跳。控水正常的做法是,抱起落水者的腰部,使其背朝上、头朝下进行控水。没想到老金有奇招,他借鉴民间的做法,让杨玉琼趴在牛背上控水,这样不仅可以把水自然控出来,还可以减轻心脏的压力。这对杨玉琼控水、恢复心跳和呼吸都起到了很好的作用。由于抢救及时,方法得当,杨玉琼已不会有生命危险。此时,苗丽萍既是个战斗员,又是个指挥员,沉着冷静地指挥着这场与死神较量的战斗。刚才,她已经给杨玉琼注射了一支肾上素针剂,觉得杨玉琼年轻,自幼练跳舞,身体素质好,不用再施用特殊治疗,靠自身的体力恢复就可以了。

苗丽萍刚松一口气,却听玉珠在那里哭起来,边哭边说:"丽萍姐、秀英,玉琼这小姑娘不容易呀,你看她那脚指头,都长着厚厚的老茧,两只脚上伤痕累累,这是自小练舞蹈和演出留下的,这么不容易都挺下来了,怎么遇事却想不开呢?"

苗丽萍和秀英听玉珠这么一说,都在那里抹开了眼泪,抹着抹着,三个人又笑了,因为她们清楚地听到杨玉琼在说:"水,水,我要喝水。"

苗丽萍说:"玉珠,你去看一下我让老金熬的姜汤熬好了没有?要是熬好了就端过来,顺便给牛中队长、王指导员报个信,就说杨玉琼已经苏醒了,没有什么问题了。"

玉珠来端姜汤时,正好熬好一锅,盛出两碗,一碗端给杨玉琼,一碗留给牛幸娃。听玉珠说杨玉琼已脱离危险,苗丽萍让他们放心时,老金和王永学心里一块石头算是落了地。老金说:"晚上你们女的就在那儿照顾杨玉琼,我们爷们儿在这里挤挤。告诉苗丽萍不要惦念国庆,我已把他哄睡了,她也不用来哄我,赶紧干正事吧!"老金一高兴,竟开起了玩笑。

当老金端姜汤给牛幸娃喝时,却发现牛幸娃冷得厉害,浑身哆嗦着直喊冷。老金说:"把这碗姜汤喝下去,就不冷了!"牛幸娃哆嗦着坐起来,喝碗姜汤又睡了下去。

刘柱锁回去了。王永学、老金就那么守着火炉坐着,该说的话似乎都说完了,但也不能老这么坐着,就时不时地寻找话头。老金说:"我看秀英这姑娘不错,虽然文化程度不高,但很聪明,为人也很实在,对你王永学没有说的。为了给你正名,不远几千里跑到支队上访,讨不到结论不回来,有几个人能做得到?一个在山里长大的女孩子,到外面两眼一抹黑,要不是有正义感,要不是对你真好,她能去自找这个苦吃、找这个罪受？你现在和人家好了，却迟迟不和人家结婚，不知在等什么，难道是你现在还三心二意、没有拿定主意吗？"

王永学说："你是老哥，我对你实话实说，这个主意我早拿定了。那时给丽萍写信，不仅是割断她的想法，不耽误你们的好事，更是我心有所属，已在秀英身上了。从秀英在部队招待所出现一刹那，从知道她到部队的来意之时起，我就对她产生了爱意，随着相互间越来越了解，我俩的心贴得更近了。所以至今还没有张罗结婚，我是想带她到陕西老家一趟，让父母看一看，看他们满意不？虽然说自己婚姻自己做主，但父母这一关也要过，也要听听父母的看法，父母把我们养育成人，我们要结婚了，成家了，难道不应该听听父母的意见吗？我原想等今年春节回家探家，把秀英领回去，探望一下父母，把这件事最终定下来，然后择日成婚。你老金都有了国庆，我们却连婚都没有结，这不被你落得太远了吗？但是没有办法，我现在担任工作组组长，又兼任中队指导员，肩上担子太重，责任太大，我能随随便便地屁股一拍就离开吗？瞧这阵势，今年春节探家又泡汤了！不过我会抓紧。你见到秀英方便说话时，说说我的苦衷，让她谅解我。虽然我自己可以说，但话从你嘴里说出来，她一定会更信服。"

老金说："好，我去说，我也给她阿爸讲一下。但你也要尽量抓紧，不然就耽误了人家姑娘，姑娘大了，有心事了，得体谅人家。"

王永学说："要不说你老金人缘好呢，又体谅这个，又体谅那个，总是体谅别人。"

老金说："人心换人心，黄土变黄金嘛！人际关系就是这么处出来的。"

王永学点头称是，内心又对老金多了几分敬意。他已向上级推荐老金担任工作组副组长，协助他处理事务。这件事他没有对老金说过，说了，不是卖好拉拢人吗？再说，跟他说了，他还不一定乐意干呢。想到这里，王永学想起了两句话，又补上两句话，觉得还很贴切恰当。这就是：民不畏死，奈何以死惧之；人不爱官，岂能以官诱之？一时有点沾沾自喜。

2

　　世上有许多事出乎人的意料,正是这意料之外的事构成了许多故事。出乎王永学、老金、苗丽萍等人意料之外,自寻短见投河溺水的杨玉琼很快得到恢复,而出手施救没有溺水的牛幸娃却高烧不退昏迷不醒,目前的状况让人揪心。苗丽萍累坏了,她看到杨玉琼心跳、呼吸、血压基本正常,喝了姜汤之后,身上暖和起来,就让玉珠、秀英照顾她,自己去查看牛幸娃的情况。老金说:"牛幸娃喝了姜汤,又睡着了,还打呼噜呢,没什么事,你去杨玉琼原来的房间眯一会儿,我和永学守着他,他身体好,估计好好睡一觉,就缓过来了。"困极了的苗丽萍听老金这么说,就简单收拾一下,到里屋自己床上看了一下熟睡中的国庆,就过去休息了。

　　天快亮时,王永学和老金听到牛幸娃在里屋床上喊"冷",老金倒了点热水,端过去让牛幸娃喝,牛幸娃边抬头喝水,边浑身哆嗦,喝了一口水,就不喝了,说:"冷,冷,冷。"老金把手放在牛幸娃额头上一摸,"妈呀"一声叫起来,急忙喊王永学:"永学,牛幸娃发烧了!"王永学过里屋来,见牛幸娃一个劲喊冷,就去自己房间取来一床被、一床褥子,全都压到牛幸娃身上,牛幸娃不喊冷了,又睡了过去。王永学和老金来到外屋,边喝茶边聊。老金说:"不应该呀,牛幸娃水性好,自幼在江边长大,自由泳、仰泳技术都不错,一口气游上三五百米不会有任何问题,他又没有溺水,怎么身体恢复还不如杨玉琼?"

　　王永学说:"也许这么冷的天一下水,把他的疟疾病引发了。一次他发疟疾,就是这种症状。南方蚊子多,多数人都得疟疾病,发作起来难受得很,一会儿冷一会儿热的。"

　　两人就这么猜测着,但都忽略了一条:现在正是冬季,水温实在太凉,冰冷彻骨,牛幸娃又是在发现杨玉琼跳水后,心情急切地下水施救的,心里的热被冷水一激,起了应激反应,体温出现不正常状况。

　　牛幸娃睡着了,眼看天快亮了,老金起身淘米熬粥,他说要熬一锅热粥给大伙喝,再拌几个朝鲜族小菜。大伙这一夜都累坏了,起床后得有一碗热粥喝。王永学说:"那你熬吧,我到中队看看,一会儿再回来。"

老金精心地熬好了粥,拌好了朝鲜族小菜,却没有人来喝。他给牛幸娃盛了一碗,端进去用小勺去喂时,却怎么也叫不醒他,放下碗,用手摸一下额头,滚烫滚烫的。正好王永学布置好工作回来,也用手来试体温,一摸大喊道:"不好,发高烧了,快去叫丽萍!"

苗丽萍忙乎大半夜,着实累坏了,头一沾枕头就睡着了,听到老金喊她,急忙翻身坐起:"杨玉琼怎么啦?"

老金说:"不是杨玉琼,是牛幸娃发高烧,额头滚烫得吓人!"

苗丽萍一听赶快随老金过去。她仔细诊看了一下,确认是发高烧,用体温计一量,竟烧到快40度,便马上给牛幸娃打了退烧针,灌服了退烧药。她对老金说:"先打针吃药看看情况,我去杨玉琼那里看看。"

老金说:"我煮了热粥,做了小菜,你给她们带过去吧!再拿几个碗。"苗丽萍走了。老金和王永学一人喝了一碗热粥,顿时觉得身上热乎起来。

过了一会儿,玉珠把碗送回来,说:"金大哥的粥熬得好,我们一人喝了一碗,身上热乎心里舒服,好极了。"

老金说:"杨玉琼也喝了吗?"

玉珠说:"喝了,是喂她喝的,她已经清醒了,丽萍大姐在给她做检查呢,你们两位大哥放心吧!"

玉珠这么一说,王永学、老金才彻底放了心。虽然仍不放心牛幸娃,但丽萍已给他打了针吃了药,加上他身体素质好,又是30多岁正当年的年纪,想来也不会有什么问题。且等丽萍回来,给他量量体温再说吧。

然而出乎王永学、老金的意料,也出乎苗丽萍的意料,牛幸娃出现了持续高烧不退且伴有昏迷的状态,体温不仅没降下来,反而蹿到40度以上。为了达到降温效果,苗丽萍又给他打了一针退烧针,而且加大了用药量,同时让王永学找人去河边取冰,给牛幸娃物理降温。这些措施采取之后，牛幸娃的体温降了下来，意识开始清醒，"水，水"地要水喝。看到这种情况，大家这才放心。苗丽萍让把牛幸娃转移到医务室的病床上，这样更有利于观察和处置，有了情况随时采取措施。她把精力放到牛幸娃身上，杨玉琼那边有玉珠和秀英就够了，有两人照顾她，再陪她说说话，劝她再不能干这种傻事了。现在杨玉琼已经后悔了，当听说牛幸娃舍身跳河救她，干部战士手拉手把他俩拉上岸时，她更后悔了，后悔中又有一种感激，亲身体会到了战友之间的生死之情。如果有谁为救自己而牺牲，那她就更难以面对了。也许通过这件事，能使她清醒起来，振作起来。苗丽萍深爱着这个一起到工作组来的小妹妹，希望她从此后一切都好起来、顺利起来。

　　苗丽萍对牛幸娃也有了一种新的认识，她过去不反感但也不崇敬这个牛中队长，心目中的印象是文化程度低、爱蛮干、爱较劲、爱争强好胜，脾气还臭，在军事训练时把杨玉琼训哭，在比赛中自设目标显示自己能耐。所以在牛幸娃对自己表示好感时，她压根就没有往这方面想，她首选老金，老金不应允，才瞄上了王永学，心目中根本没有牛幸娃的位置。但牛幸娃这次跳进河中救人让她刮目相看，认识到他不仅勇敢、不怕牺牲，而且有极强的责任心，王永学把看护杨玉琼的责任压给他，他就勇敢地承担起来，并在杨玉琼跳河时不顾生命危险出手相救，兑现自己"不让杨玉琼少一根毫毛"的诺言。这样的军人，这样的男人，不值得女人去爱吗？自己已嫁给了老金，不会再有这个想法，但希望其他女性的目光能关注这些优秀基层干部。像牛幸娃都30多岁了，因为种种原因，至今还单身一人，应该帮助他张罗一下，让他有一个伴侣、有一个温暖的小家了。想到这里，突然有一个念头在脑海闪现，但又摇摇头，自个儿否定了。

　　牛幸娃体温降下来了，意识清醒了，大家都放了心，各干各的去了，只有苗丽萍、申力明陪着牛幸娃。苗丽萍让申力明也去忙自己的，申力明不走，说："牛中队长一天不离开这里，我就不离开他。再说，万一解个手什么的，你一个女同志也不方便。"苗丽萍看他说得有道理，而且这么讲战友情谊，就让他留了下来。

牛幸娃虽然体温降了下来,但身体很虚弱,挣扎着要回中队,被苗丽萍按住了,她一脸严肃地说:"在十一中队你是中队长,在我这里,你是病人,必须服从我的管理。"说完,一把把坐起来的牛幸娃按了下去。牛幸娃无奈,只好躺了下来。

中午又是老金给开的"小灶",牛幸娃勉强吃了几口,就不吃了。苗丽萍给他量体温,体温虽然有所下降,但还是偏高,就采用物理降温的方法,用毛巾沾温水给他擦身上,牛幸娃害羞,不让苗丽萍擦,一边用手挡,一边"嗷嗷"叫。苗丽萍说:"一个大男人,一个敢跳北大河救人的英雄,竟这么封建!"就把毛巾递给申力明,让申力明擦,自己用药棉浸了酒精,擦牛幸娃的手心和脚心。牛幸娃不再挣扎,享受着从没有享受过的由女人双手传递过来的温馨。

让苗丽萍没有想到的是,到了晚上9点左右,牛幸娃又发起了高烧,脑门儿又变得滚烫,用体温计一量,吓了一跳,竟达41度,虽然她富有经验,也敢于担当,但现在也有点儿为难了。苗丽萍去找王永学、老金商量,建议送牛幸娃去镜铁山矿医院治疗,那里条件好,治疗手段多,能把高烧控制住。不控制住高烧,会严重损伤身体,我们这里已经无能为力了。

王永学、老金都赞同苗丽萍的建议,决定不和牛幸娃商量,立即采取行动。王永学派玉珠和刘柱锁即刻去找矿医院联系,很快落实了床位,玉珠在医院等候,刘柱锁回来接人。刘柱锁回来时,还扛回来医院的一副担架。此时,因为高烧,牛幸娃又陷入昏迷之中。不管他愿不愿意,就被扶上了担架,由申力明和刘柱锁抬着,往镜铁山矿医院奔去,苗丽萍、王永学、老金陪着前往。

到了矿医院门口,当晚值班的俞副院长已在迎候,直接安排进了病房。苗丽萍向俞副院长简单介绍了情况,要求留下来参与陪护和治疗。俞副院长说:"你们都回去,放心把病人交给我们。牛中队长是为我们开发镜铁山二期工程留下来的,又是舍身救人的英雄,我们一定会尽心尽力的。咱们是什么关系?是军民一家亲的关系。上次我们救治伤员,你们一下派来40多名战士,个个伸出胳膊争先恐后地献血,场面让人感动。不说了，再说就是夜里到白菜地里舞镰刀，把嗑（棵）唠散了。"俞副院长也是从东北过来支援酒钢建设的，一口的东北话，这句幽默的东北歇后语，竟把大家逗笑了，气氛一下子轻松起来。又说："留下一个人照顾他拉屎撒尿即可，其他人都回去！"话说到这里，也不好再勉强了。王永学决定让申力明留下，其余都回去休息。

牛幸娃在镜铁山矿医院住了下来，医院选最好的医生、最先进的设备为他检查治疗，体温较快地降了下来，降到了40度以下，牛幸娃的神志意识也恢复正常，再也没有昏迷过，吃喝拉撒也都正常，唯一的问题是体温仍然不稳定，有时正常，有时不正常，常伴有低烧，采取了各种办法也不见效，让矿医院最好的医生也感到头疼，因为找不到根本原因，不知是什么因素所致，住院一周，这种状况也没有好转。不知是体温不正常所致，还是其他原因，一天牛幸娃要去厕所大解，下地时两腿一软，差点摔了一跤，幸亏申力明及时扶住。从此感到两腿疼痛，不敢着地，心里有点发慌。他让申力明去把苗丽萍叫来。

苗丽萍来时，杨玉琼也来了。杨玉琼是主动要求来的，说是来看看牛中队长，人家是为救自己而得病的，应该来道一声谢谢。再说，自己也是医护人员，尽点责、出点力也是应该的。牛幸娃说："现在倒是能吃能喝，像正常人一样，原本以为好得差不多，可以回去了，现在觉得腿不灵了，不知怎么回事？要是腿出了问题，我今后还怎么去施工？"

苗丽萍安慰他道："没有那么严重，你的腿没伤着，也许是因为身体发烧引起的不良反应，是一种应激行为，烧退之后，腿自然就好了。"

牛幸娃有点放心了，开始恢复幽默的天性，说："哟，小杨也来了，你来干什么？是用脚尖跳舞，来慰问我这个病号吗？"

杨玉琼没有说话，点点头，摇摇头，又低下了头。苗丽萍、杨玉琼要走时，牛幸娃让申力明扶他坐起来，拱拱手说："有病之躯恕不远送！"那样子甚是滑稽。

苗丽萍、杨玉琼要走出门时，杨玉琼突然转过身，朝正在拱手的牛幸娃三鞠躬，一躬一躬一躬，鞠得恭恭敬敬，一句话也没说，眼眶里泪光晶莹闪烁。

杨玉琼这三鞠躬鞠到了牛幸娃的心里,不是因为受到感谢,而是通过这鞠躬,看到杨玉琼有一颗感恩的心,使他对这个小女兵有了别样的感觉。

苗丽萍回来和老金商量后,向王永学请示给牛幸娃转院,转到嘉峪关市属于酒钢管辖的"三九医院"。三九医院是上海医疗单位援建的,许多专家、教授都是从上海大医院来的,医疗器械检测设备在全国都是一流的,医院的医疗水平在整个西北都是有名的,医好了许多疑难杂症和其他地方都治不好的病,是完全值得信赖的。她有几个大学同学就在这所医院当医生,人也很熟,能找到顶级专家。苗丽萍这么一说,王永学自然同意。给镜铁山矿医院俞副院长沟通,人家也表示完全赞同,并主动派一辆救护车送牛幸娃去位于嘉峪关市的三九医院。

转院那天,申力明扶牛幸娃上了救护车,王永学、苗丽萍也跳了上来。老金要来,王永学不让,家里工作得有人负责,小国庆也需要人照顾。老金没有去成,杨玉琼却挤了上来,牛幸娃不让她去,杨玉琼说:"照顾伤病人员是我的职责。我家在市里,有个什么事也方便一些。"她这么一说,几个人也觉得有道理,一行五人就乘矿山救护车向嘉峪关市奔去。

到了三九医院,因为人熟,很快就住上了院。牛幸娃的情况和治疗的过程病历已写得清楚,主治医生决定先做输液等常规治疗,使体温正常减少并发症,下一步由专家组成医疗组进行会诊,根据会诊结果施治。因为一些化验结果出来时间比较长,还不能进一步采取治疗措施,目前一切按最有效的办法安排治疗。说来也奇怪,也不知什么原因,牛幸娃住进了三九医院,精神状态好了不少,各方面指标都开始趋于正常。医院只可以有一个看护人员指标,经争取,又增加了一个,但增加的这一个,不能在医院陪住,可以随时进出,发放了出入证。这样一来,自然就是申力明当了随床,杨玉琼成了"自由出入人员",她回家去住。这样也好,她每天都能给牛幸娃和申力明带来可口的饭菜。她已经把牛幸娃救自己的情况给父母讲了,只是隐瞒了一个细节,说是自己在河边的冰上行走,不小心掉到北大河里,被牛幸娃救了上来。知女莫如父母,杨玉琼的父母了解自己的女儿,大概也猜出发生了什么事。不管怎么样,牛幸娃都是玉琼的救命恩人,倾尽家里的所有,为牛幸娃做好吃的。杨母还请了事假,专门在家琢磨如何做可口的川菜,什么麻婆豆腐、宫保鸡丁、夫妻肺片等,都学着去做,还做得有模有样,将做好的饭菜装在保温饭盒里,让杨玉琼送到医院去。

看到牛幸娃情况好转,王永学、苗丽萍决定返回部队。临走之前,苗丽萍通过同学关系,专门找了医院权威专家,对牛幸娃的病进行了咨询。老专家姓安,是从上海华山医院调来的,他听苗丽萍详细介绍了有关情况后,又认真地翻看了病历,轻松地说:"按照你说的情况,根据我的经验判断,这个病人发烧是因为跳进冰水中救人得了重感冒引起的,身体长期疲劳突然跳进冰水中,冷热一激,使身体出现了应激反应,机能紊乱失调,使得出现了不明原因发烧。发烧的情况有多种,无名烧也是一种。所谓无名烧,不是无名,而是找不出原因。治疗不必非拘于原因,只要把烧控制住,使得体温保持正常就可以了,不必非要找出发烧原因,因为有时实在是找不出原因,各种因素都有,心理的、生理的。好比各种过敏症,有对花粉过敏的,有对胡萝卜过敏的,有对石榴过敏的等等。再比如恐高症、恐低症、恐山症、恐水症,具体原因是什么,恐怕也很难探究清楚。至于患者腿疼,会有多方面原因,高烧诱发的、旧伤复发的、神经性的,甚至是一时感觉。你现在去问问他,也许腿已经不疼了。但有一点应该引起注意,就是患者长期在镜铁山一线施工,气候恶劣,施工条件差,身体过劳是肯定的,应该借此机会让他好好休息,恢复体力,特别是在救人后使体能得到恢复。"

苗丽萍说:"谢谢老师指点。"

王永学说:"安老师,您这个建议很好,能否让他多在医院休息一段,还请您妥善安排。这个患者是我们部队的一个中队长,是个拼命三郎,只有您有妙计让他在这里停留一段时间,既治好了病,又能得到休养,我代表部队首长谢谢您!"

安大夫笑笑说:"放心,你交的这个任务我能完成好!"

王永学、苗丽萍去看牛幸娃,牛幸娃的腿果然不疼了,只是走路腿有些发软。他问:"医生说我何时出院?"

苗丽萍说:"出什么院!专家说了,你这次过来得好好查一下,不查出病根,不光腿,将来连胳膊都有问题,可不敢大意。"又交代申力明、杨玉琼说:"你们可要把牛队看护好,一切听医嘱!"王永学也叮咛几句,交代一番,然后两人相随而去。

果若权威专家所言,牛幸娃也没有什么大不了的病,经过医生精心治疗,加上申力明、杨玉琼悉心照顾,他的体能得到恢复,体温趋于正常,腿疼的症状没有再发生,心情好了起来,脸上的气色也好了起来,变得红润丰盈。

看到这一切,申力明和杨玉琼自然也很高兴。一天,当牛幸娃熟睡之际,两人来到医院的室内花房来观赏,花房内室温很高,花香四溢,让人心旷神怡。申力明觉得这是个吐露真情的好时机,就对杨玉琼说:"小杨,我想和你说说话。"

杨玉琼说:"说吧,我听着呢。"

申力明欲言又止,说得吞吞吐吐:"我心里早已有你了。现在,你能不能给我一个机会?"申力明说的是真心话。从杨玉琼参加军事训练,分到他担任班长的勤杂班开始起,他就喜欢上了这个小文艺兵,那跟头翻得,那舞蹈动作,让人惊叹,而且为人善良,纯洁如水。后来他和玉琼一起检查评比内务卫生,协助苗丽萍上生理卫生课,在脑瓜里逐渐对男女之事开窍时,他喜爱的唯一的女人就是杨玉琼。申力明头脑聪明,他分析了自己的优势和劣势,知道自己目前还没有追求杨玉琼的条件,自己是个小兵蛋子,杨玉琼已是干部;自己除了会灵活处理人际关系,还没有一技之长;杨玉琼既懂医护知识,又会跳舞。自己明摆着和人家有一截儿差距。为了实现追求杨玉琼的目标,自己要更加努力奋斗,一是必须提干,二是学一些真才实学,提高素质,积蓄力量。以他的眼光,他看不上杨玉琼的对象胡晓明,认为两人不会长久,他耐心等待,以后还会有机会。他把这种爱深深埋在心里,虽然他常常做梦梦见杨玉琼,甚至在梦中行男女之事,但他在大庭广众之前从不吐一个字,也不对杨玉琼多做评论。除了写过一首赞美杨玉琼舞蹈的诗,交给了她,从没有直接表达爱的意愿。今天机会终于来了,稍纵即逝的机会,他不愿意错过。

杨玉琼虽然跳了河,溺了水,但脑袋并没有进水,依然聪明伶俐。她知道他说的是什么,因为过去两人独处时,申力明看她有一种特别的眼神。

"小申,谢谢你这么看重我,但现在这个机会已经没有了。"

"为什么?"申力明急切地问。

杨玉琼回答很直爽:"我心里已经有人了。"

以后几天,在照顾牛幸娃之余,申力明都在想"杨玉琼的心上人是谁呢?"

一次他上街办事,杨玉琼在照顾牛幸娃,她给牛幸娃削了一个苹果,把苹果递了过去,牛幸娃没有接苹果,却把杨玉琼拿苹果的手抓住了。杨玉琼也没挣脱,就任由他那么抓着。这个动作被申力明看见了,他进来时,那两只手随即放开,苹果滚落到了地上。申力明顿时明白了一切。

3

半个月之后,牛幸娃完好如初地从三九医院出院,回到了十一中队,申力明和杨玉琼也随之归队,从事各自的工作。以前发生的事风平浪静,好像没发生过一样,但风平浪静之下,有些事情已与往日大不相同了。

一天,杨玉琼有点羞涩地对苗丽萍说:"丽萍姐,我想给你说点事。"

苗丽萍说:"说吧,扭扭捏捏的,有什么好事吗?"

杨玉琼说:"我想来想去,还是找你最合适。"

"什么事呀?"苗丽萍问。

杨玉琼说:"我想和牛幸娃中队长好,想请你保个媒。"

苗丽萍脸上顿时露出喜色:"哟,这是好事呀!为什么有这个想法呀,你是怎么考虑的?"

杨玉琼说:"牛幸娃是我的救命恩人,我想报答他的救命之恩。"

苗丽萍说:"这个想法不合适,爱情是相互吸引相互欣赏,不是一种报恩之举。"

杨玉琼说:"你不是也是为了报恩,才嫁给金大哥的吗?"

苗丽萍说:"你说的不全面,报恩是一方面,是让我对他产生好感,但我嫁给金哥,确实是出于对他的爱和欣赏。"

杨玉琼说:"我也爱牛幸娃。"

苗丽萍说:"你爱他什么呀?"

杨玉琼说:"我爱他为人正直,注重事业,有责任感和责任心,是一个优秀军人。"

苗丽萍说:"大姐给你传授一点经验,对恋人,在结婚前要多看缺点,睁大两只眼睛;结婚后要多看优点,闭上一只眼睛。现在你处于爱恋阶段,要多注意看对方的缺点,比如脾气如何,性格合不合,年龄上差距如何,等头脑冷静了才可以决定此事。"

杨玉琼说:"我现在头脑很冷静,没有发现他有什么明显缺点,脾气是暴烈些,但没有心计,性格上我俩都很直爽,至于年龄,你和金哥不也差十多岁吗?"

苗丽萍一听,知道这个女孩子已经陷入很深了,认准了牛幸娃这个人,就说:"你既然相中他,自己为什么不找他直说?"

杨玉琼说:"我让那个姓胡的埋汰一顿,自己都不自信了,不知牛中队长人家还看得起我不?我又风流无耻,又倒卖紧俏物资赚钱,谁还敢要我呀!"

苗丽萍说:"你这就错了!不仅牛幸娃没有看不起你,咱们这里没有一个人看不起你。你是什么人谁不知道,谁会去相信那个姓胡的胡嘞嘞!"

杨玉琼说:"你要这么说,我就放心了,这个媒你保定了!"

苗丽萍答应下来,和老金、王永学一通气,两人都赞成。王永学说:"这可是一件大好事,牛幸娃做梦都想娶一个女军人,还让我去支队医院帮他踅摸呢。这下好了,女军人就在面前,牛幸娃会乐得屁颠屁颠的。再说,玉琼嫁给牛幸娃,就是石碾子上面放石磨——石打石(实打实),不用担心她找人不准再吃亏上当了。不能让牛幸娃白占便宜,我得做个媒人,弄他两瓶酒喝喝!"

老金说:"好,你俩做媒人,我就做新婚见证人,也弄两瓶酒喝喝。"

王永学去找牛幸娃:"牛队,最近有什么好事?脸上飘着祥云。"

牛幸娃说:"什么祥云,那是红云,在医院天天躺着吃好吃的养的。"

王永学说:"听说杨玉琼家里米面油都让你吃光了,她妈天天给你做好吃的,变着花样做,顺你口味做,怕是想当你的丈母娘吧?"

牛幸娃不好意思了:"你听到什么了吗?我可是作风正派呀!"

王永学说:"你上次讲到过想找一个女军人,让我去支队医院踅摸,现在我帮你相中了一个,你见不见呀?"

牛幸娃说:"不见,见什么见!工作这么忙,工程任务那么重,哪有工夫去扯那事!"

牛幸娃这么说,王永学就意识到牛幸娃和杨玉琼两人"对上光"了,只是还没好意思说出口,这层窗户纸还没捅破。说:"如果既想省时间,又想找一个女军人,眼前就有一个,就是我们工作组的杨玉琼,不知你看上没看上?"

牛幸娃没有正面回答,说:"不知玉琼看没看上我?"

王永学看有戏,就说:"那我主动给你当个媒人,成了别忘给我弄两瓶酒,就你老家的五粮液好吗?"

"行,行,几瓶都行,只要事情能成!"牛幸娃满脸堆笑地说。

如此两情相悦,水到渠成,经苗丽萍、王永学再一沟通,牛幸娃和杨玉琼就捅破了这层窗户纸,开始处上了对象。正式开始之前,杨玉琼怕父母不同意,央求王永学去家里一趟做做父母的工作。牛幸娃作为军队基层干部,优秀出色,又是玉琼的救命恩人,听了王永学的情况介绍后,玉琼的父母欣然赞同这桩婚事,一再千恩万谢王永学的关心帮助。

牛幸娃倒不用征求父母意见,他是孤儿,自小一人吃饱全家不饿,自个儿的事自个儿拿主意,把玉琼视为宝贝,是世上最亲的亲人,决心一辈子不离不弃白头偕老。

听说牛幸娃和杨玉琼处了对象,一些人说牛幸娃就是幸运,啥好事都赶上了,如今又要娶貌美如花舞艺超群的杨玉琼为妻,不知是哪辈子烧了高香。也有的人又羡慕又嫉妒,说:"早知道,咱也跳到北大河中去救人。"便有人说他:"你以为杨玉琼是物品吗?谁救上来就归谁?你去救,救了也白救,自古英雄爱美人,美人爱英雄。你先自个儿撒泡尿照照,看自己是不是英雄吧,少在那撇凉腔说风凉话!"从此人们不再议论这件事,但看牛幸娃、杨玉琼时,眼神里满是羡慕的目光。

在镜铁山营区发生这些事时,"阎眼镜"正在托勒牧场复习,准备参加高考。1977年12月10日和11日,"阎眼镜"在托勒牧场参加了青海省组织的高考考试,自认为考得不错,信心满满。来电话请示王永学,问高考结束后在哪里等考试结果?王永学让他从考试场地直接回老家探亲,也放松休息一下。参加高考一定是累坏了,是该放松休息一下了。"阎眼镜"感谢组织上关心,打起背包回老家省亲去了。其结果真的不负众望,他被武汉大学中文系录取,成了全国恢复高考后首届27万大学生中的一员。在接到武汉大学录取通知书,回镜铁山部队办理有关手续向大家辞行时,由王永学和老金张罗举办了隆重的欢送仪式。大家举杯为他祝福,期望他认真学习,增加才干,最终实现自己的作家梦。此时,杨玉琼无论身体和精神状态都得到恢复,主动跳了一曲优美的舞蹈为他送行。

杨玉琼坦率地告知"阎眼镜",她已与牛幸娃恋爱,并将步入婚姻的殿堂。"阎眼镜"衷心地祝福她生活幸福美满,从此各奔前程,留下青春时期的一段美好记忆。

本来这件由杨玉琼婚恋引起的风波已经平息,事过境迁,没有多少人再去关注,因为每日每夜、每时每刻都有许多新鲜事发生,多么重要、多么惊险、多么刺激的事,一旦进入"过去时",便鲜有人关注。世界这么大,事情这么多,不能只盯着过去看,当下、未来有许多事需要去关注。杨玉琼婚恋引发的风波也是这样。但这件事,因为申力明又捅了个"毛蛋",让它再起波澜,引发了人们的关注和议论。

申力明捅了什么"毛蛋"呢?他把牛幸娃救杨玉琼这件事写了篇新闻报道稿,定题为"英雄连长舍身救战友",寄到报社,先后在《基建工程兵报》《解放军报》《嘉峪关报》等报发表,虽然只有"一块豆腐块"大,但却引起了很大反响,也引发镜铁山营区干部战士的议论,这些议论更多的是不满。难道牛幸娃救人是假的吗?报道当中的事实是编造的吗?都不是。但是,稿子在写作中做了处理,把杨玉琼因婚恋原因跳北大河,说成她在河边冰上行走不慎落入河中,这就对前因做了改变,但对这个前因,大家都是了然于胸的,这样一改动,就显得不实事求是,也引发了不良后果,让三方面的人都不满意。

一是王永学、老金等干部战士不满意。此稿虽然基本上符合事实,但杨玉琼落水原因的随意改变,违背党的实事求是原则,不符合做老实人、说老实话、办老实事的原则。从这件事的起因来说,因为涉及当事人隐私,不宜公开报道,而申力明非要报道,且改变了部分事实,一些人认为他和牛幸娃关系好,是为牛幸娃脸上贴金。甚至有人私下认为,是牛幸娃指使"亲兵"申力明干的,是沽名钓誉。还有人讽刺说:"舍身救战友,是舍身救自己老婆吧!"

二是牛幸娃不满意。牛幸娃就不是那种沽名钓誉的人,更不会指使申力明写什么报道稿。他觉得这件事不值得报道,每年跳进北大河救人有多少起?又不是这一起,有什么值得宣传的?跳进北大河救杨玉琼,是因为没尽到看护责任,是自己失职,是对失职的弥补,如果让战士看紧些,哪容她跳到河里去?再就是目前这个结局,因为救人,因为医病,他和杨玉琼增进了了解,天时、地利、人和,三个条件具备,终于走到了一起。得到杨玉琼这么个优秀女军人,比登什么报、受什么表彰都重要。你这么一宣传,不是让人家说我救人有私心,是想把杨玉琼弄到手吗?真他妈乱弹琴!牛幸娃气得吹胡子瞪眼,把申力明臭骂一顿。

三是杨玉琼不满意。自己刚刚走出和胡晓明纠葛的阴影,从绝望中走出来,找到了自己心仪、愿意托付终身的男人,情绪刚稳定下来,心情刚舒坦开来,你申力明又来这么一下,这不是揭我的伤疤、捅我的心窝吗？虽说报道上写的是失足落水，但镜铁山干部战士对此事谁人不知谁人不晓？你不是让人们来重温这件事吗？心里甚是不爽，还偷偷哭过几回。甚至认为是因为她没有接受申力明送来的"橄榄枝"，是申力明报复她、出她丑、出她洋相，心里就产生了怨恨。甚至联想到有人给胡晓明写信检举她和"阎眼镜"的关系，以及把"阎眼镜"写给她的信寄给胡晓明，以作为她和"阎眼镜"关系不正常的证据，就是申力明干的。

"阎眼镜"就曾经问过杨玉琼："我写给你的信，怎么会到了那姓胡的手里？是你没保管好让他看到了？"杨玉琼说："你写给我的信，我压根儿就没收到。"镜铁山营区的邮政业务归镜铁山矿邮电所管理，十一中队每天派公务员去邮电所取信、取报纸、取包裹、取电报，顺便把工作组的带来，一一送给个人。杨玉琼确实没收到这封信，那么这封信是被谁截留转寄给了胡晓明？杨玉琼现在怀疑一个人，这个人就是申力明。但只是猜想，并没有证据，现在她开始留心这件事，知人知面不知心，是谁在后面捅刀子？如果不是有人背后捅刀子，胡晓明就不会到营区来闹，自己也不会跳北大河，牛幸娃也不会为救自己高烧不退转院治疗。一切都是"背后捅刀"惹的祸。从此，她开始重视发现有关线索和证据。杨玉琼经过磨难，已成长进步，从过去的单纯无瑕，也变得老练和遇事不动声色了。

而三个方面不满的人，并不知道申力明也有满肚的委屈。他心里说：我宣扬英雄有什么错？宣传好人好事有什么不对？我们的社会不应该提倡这种舍己救人、勇于牺牲的精神吗？我把杨玉琼写成"失足落水"，不这么写能怎么写？能如实写她因婚恋出了问题想不通，跳了北大河？这对牛幸娃的形象并无伤害，但不是揭了杨玉琼的隐私吗？我要这么写，还不得有人说我暗恋杨玉琼未得逞而故意散布她的负面影响吗？他承认写这篇稿子是有一点私心，就是想通过宣传牛幸娃，让牛幸娃获得更大更快的进步，而他和牛幸娃关系好，到时水涨船高，可以早日提干。现在当个副排长，做梦都想把副字去掉，早日成为一个军官，穿上四个兜的军干服，一走路咔咔响的皮鞋。要是自己早提了干，就不用暗恋杨玉琼,就可以公开追求她,一切原因都是自己进步不快,落后了,落后不仅挨打,连个对象都谈不成。因此,他把希望寄托在进步上,而他是中队文书出身,施工方面也不在行,动动嘴皮还可以,而实打实地去硬拼硬干,自己不是那块料,也吃不了那个辛苦。就得靠领导欣赏和提拔,凭着机灵、有眼色、头脑灵活,为领导服务得体周到,他得到了中队领导尤其是牛幸娃的信任。牛幸娃把他当成"亲兵",他也以"亲兵"自居,对牛幸娃像对兄长一样言听计从。这次有意通过救人这件事,给牛幸娃铺一个台阶,待他上去之后再拉自己一把,没想到拍马屁拍到了马蹄子上,弄得猪八戒照镜子——里外不是人。现在可好,又光着屁股推磨——丢了一圈子人。不仅牛幸娃对他吹胡子瞪眼,杨玉琼对他横眉立目,靳开军、刘柱锁等中队干部都不怎么搭理他,一些好朋友疏远了他。王永学、老金、苗丽萍对他的态度尚好,也有点不冷不热的。一向聪明伶俐的申力明,现在也像盲人骑瞎马——四处碰壁,一时间找不到北了。

但是,申力明的这篇报道,却在基建工程兵冶金指挥部、第二支队、第十一大队三级机关引起良好反响,认为舍己救人的精神值得提倡,现在"一切向钱看"的思想有所抬头,更应该宣传这种精神。支队机关有领导提出给牛幸娃记功嘉奖,牛幸娃的老领导杨全来说:这些不考虑也行,得考虑一下对牛幸娃的提拔使用了,十一大队一营营长已经转业,建议破格提拔牛幸娃当一营营长。这个建议上会得到一致赞同,便让干部部门拟文向上呈报,因为营职干部的管理权限在冶金指挥部。

这个消息也传到了镜铁山,牛幸娃得知自己将要被提拔自然很高兴。自己比王永学资格老,现在还是连级,王永学现在已经是副营职工作组组长了,他内心里有些不服气,虽然嘴上不说什么心里却不是很舒坦,现在自己也要提拔了,一下子跃上正营职,又跃到王永学前面了。喜欢争强好胜和较劲的他,心里还是很舒畅的。但内心也不很踏实,他知道这和申力明这小子写报道宣传自己有关,就是下河救人这么一件事引起了领导机关的关注,好像自己投机取巧占了便宜。牛幸娃是个务实实干的人,他希望干出成绩后受到领导重用,而不愿去投机取巧换来进步，因此现在传出来提拔他，他觉得亏欠组织，亏欠一起奋斗的战友们，内心有些心虚和不安。但无论怎么说，获得提拔总是让人高兴，获得进步是让人自豪的，他已在幻想一旦提拔上任后，就打报告让杨玉琼随调到内地，为自己心上人创造更好的工作条件和生活条件。

　　王永学得到这个消息后，打内心为牛幸娃高兴。在部队，干部战士人人都盼着成长进步，成长进步是他们前行的根本动力。干部的进步主要表现在职级上。在和牛幸娃同一年兵中，有的已升任到营职，牛幸娃在他们这批兵中是优秀的，因为在镜铁山十一中队任中队长，也只能当到连职。自己是因为接替"老霍头"担任工作组组长，才提了一个副营职。按资历、按能力，牛幸娃当营职都合适。十一中队能向上输送干部，这也是对部队的贡献。王永学对牛幸娃的这种认同是发自内心的，是从部队建设考虑的。他开始琢磨，如果牛幸娃升职，就向组织建议让靳开军任中队长，靳开军为人正派，能力强，就是因为没管住"嘴巴"，窝得时间太久了。部队就是这样，官职是有数的，一个萝卜一个坑，挪了一个，另一个才能挪。牛幸娃倒出了中队长位置，靳开军接任，靳开军倒出副中队长位置，就可以有一个表现优秀的排长得到进步了。

第十六章

1

1978年的春天来得早,北大河两岸的冰化得比往年快,冬天到来时,它们从两岸向中间前进,在离河道中心几米远的地方遥望着,企图向对方靠拢,但因河水的不屈服,它们未能得逞。现在天气转暖,它们似乎接到什么命令,分别从两岸回撤,一天比一天撤得快,终于撤到了岸边,纠结在那里,等待最后撤退的命令。这,预示着春天已经到来,吹面不寒杨柳风,这春风不仅吹在脸上,更吹在人们心头。

镜铁山营区内,被戏称为"铁甲兵"的干部战士们,在不去施工时,开始脱去棉衣棉袄,展示出春天里的生机活力。篮球场上已经有人穿着背心短裤;在河边溜达的人,有人卷起裤腿,走进河边的水中与之亲近。河两岸露出真面目,又与河中心连为一体了,极目望去,让人心旷神怡。政治的春天不期而至,打破思想的禁锢,人们的思想也比过去开放了。

在欣欣向荣的春天里,营区喜事很多,牛幸娃和杨玉琼结为恋人,并且得到要提拔为一营营长的消息,可谓双喜临门。副中队长刘柱锁的恋人玉珠,做梦都想参军,现在这个梦正在走向现实。"老霍头"给兵部文工团汪政委写信推荐玉珠,汪政委对玉珠的条件很满意,提出先行到北京面试,如合适再回02支队办理入伍手续,制定了"两步走"方案。

玉珠终于有可能实现梦想,心里既激动又紧张。她想先到中央民族学院找人指导一下,然后再去参加面试,这样会更有把握一些。汪政委表示同意,说:"你啥时认为有把握了,就来参加面试,我们随时等候。"现在,玉珠已到了北京,自己租房子住下,每天到中央民族学院找老师辅导。她要入职的基建工程兵文工团,就在马路对过的大院里,看到大院门口的女兵们进进出出,听到她们从排练场传出的歌声,就心驰神往,期望早日成为她们中的一员。越是这样想,就越严格要求自己,除了自己练,有时还随老师到民族歌舞团看演出。几个月下来,提高不小,但还是不敢去找汪政委面试。

一天早上,她到紫竹院公园练嗓子,放开嗓子唱了一首《翻身农奴把歌唱》,一下子吸引了不少来这里晨练的人。其中一个中年人和蔼打问她的情况,说你唱得这么好,应该进入专业文艺团体呀。你如果愿意,我可以把你介绍到我们团来。玉珠问:"你是哪个文工团?"那人回答是基建工程兵文工团,姓冯,是分管声乐的副团长。玉珠连声说:"谢谢,我愿意!"冯副团长说:"那你周五上午到我们团参加面试。"

到了面试现场,担任面试主考官的汪政委才知道,这就是战友霍绍明推荐的玉珠,是从青海牧区走出来的老红军的女儿。玉珠不凭关系凭实力,一下子获得汪政委的好感,在他主持下,几个评委一致同意接收玉珠为文工团演员。

玉珠高兴极了,离开场地就去魏公村邮电局给阿爸和刘柱锁分别发了电报,告诉这一好消息。第二天,她去找汪政委,问入团手续怎么办?汪政委说有两个办法,一是先到文工团来参加演出,后解决军籍问题;一是回到地方去上班耐心等待,等解决军籍后再来文工团上班。

玉珠对汪政委说:"我选择先解决军籍问题,然后再来上班。至于怎么解决军籍,我也不懂,请汪政委费心促成。"

汪政委说:"这个不用你管,自有我来协调。"

玉珠走后,汪政委去找兵部政治部干部部协调解决玉珠入伍问题。干部部了解玉珠各方面情况之后,指示02部队干部科解决玉珠入伍问题,提出采用调干方式,与地方协商。事情在进行中,肯定会有一个过程。玉珠趁此机会回到镜铁山矿处理相关事宜。她为什么不选择先入文工团演出,而选择解决军籍,回到镜铁山等待消息?是因为她有一个心愿未了,就是自己的亲生母亲还没有找到,如果在这个阶段能如愿以偿,不是皆大欢喜吗?她把这个想法和王永学说了,王永学也觉得应该抓紧进行此事,如果在玉珠未离开镜铁山之前实现其心愿,那可是锦上添花了。于是在繁忙之中又分出心来处理这件事。他给肃南裕固族自治县各公社认识的人写信或发电报,让他们帮助寻找。还让余秀英通过妇联这个渠道帮助寻找,同时让余秀英阿爸通过一些上年纪的人打探,寻找1960年前后从青海托勒草原迁移过来的藏族牧民。但凡有一点线索,他都盯住不放,像寻找自己失散的亲人一样,不敢有丝毫马虎。玉珠自然更是尽力,她想在等待入伍这段时间里了却这桩心愿,这种想法比任何时候都急切。因为自己要离开镜铁山矿参军入伍到北京去了,远离阿爸,阿爸至今孤身一人,身边得有个人照料。这些年不少人给阿爸介绍女人,都被阿爸拒绝了。玉珠知道阿爸的心思,如果能帮助阿爸了却这个心愿,让他的人生有一个圆满结局,那自己也此生无憾,无牵无挂地到北京从事自己心爱的歌唱事业了。但毕竟近20年过去了,世事变迁,人员流动,区域变化,寻找母亲并非易事,犹如想在茫茫大海发现一只小船一样,不知这只小船在哪个波峰浪谷里,要发现它,得靠眼神,还要靠运气。玉珠有时面对苍天祈祷:"苍天啊,请你给我指一条路,告诉我的阿妈在哪里?我想念她,我阿爸想念她,你发发慈悲,让我们一家三口团圆吧!"苍天没有回音,只是天上的星星在闪烁着,不知听到自己的祈祷没有?假如真有一天找到阿妈,玉珠一定促成她和阿爸的婚事,让老两口和自己与刘柱锁一起步入婚姻的殿堂。但若找不到呢,自己和刘柱锁怎么办?是结婚还是不结婚呢?这件事在玉珠内心很是纠结。

同样,这件事在玉珠未婚夫刘柱锁心里也很纠结。自己到了婚娶年龄,是想早点和玉珠结婚的,他正当壮年,有爱和性方面的需求,一个如花似玉的未婚妻就在身边,却不能近沾芳泽,这让他有点饥渴难耐又无可奈何。因为玉珠很是保守,约定只有新婚之夜才能突破防线。玉珠看似温柔,却是一个主意很正、说一不二的人,一直坚守自己做人的原则和底线,否则她不会以那种方式"验明正身",向世人表明自己是处女之身。刘柱锁尊重玉珠的意愿,同时也期盼她早点同意结婚,满足自己各方面的需求。有时看见老金家的小国庆,就会想到自己的婚事,想早一点培育出自个儿的"接班人"。

但是,自从得到玉珠将参军入伍到北京基建工程兵文工团当歌唱演员的消息后,刘柱锁的态度发生了明显变化。他觉得自己配不上玉珠,这门婚事有点"门不当户不对",以前就有这想法,现在这个想法更加强烈。自己文化程度不高,就是一个在炊事班"掂马勺"的,因为表现突出一些,被提了干,实际上水平一般般,家庭条件一般般。玉珠是老红军的女儿,是大学毕业生,又有音乐天赋,到了北京后会有更大发展,也会找到更理想伴侣,自己不想成为玉珠的拖累,也不想因为差距太大使今后的婚姻出现问题。与其到那时分手,还不如早做了断。还有一层,他也不想过分居两地的夫妻生活。玉珠调到北京,即使结了婚,刘柱锁自己也不可能随调进京,那就得玉珠每年回镜铁山探亲,那得吃多少苦,受多少罪!况且玉珠的时间那么宝贵,不去演出都耽误在路上,多么可惜。自己去北京看她?那不是土老帽进城?自己从未去过北京,只知道"北京有个天安门,天安门上太阳升",连路怎么走都不知道,还不是给玉珠添乱添麻烦?

刘柱锁深爱着玉珠,以玉珠的梦想为梦想,以玉珠的幸福为幸福。为了使玉珠早日解决军籍问题,他央求王永学找战友李景夫"走后门",做到上下呼应、上下配合,力争尽快促成此事。王永学了解到刘柱锁的心情,当然也是受老场长夏云龙之托,他为此竭尽全力。这不仅是个人之谊使然,更是为了基建工程兵部队能引进更多优秀人才。他几次给李景夫打电话,李景夫说:"你这么着急,好像往里调的这个人是你女朋友似的。"王永学说:"那你就把这当成我的女朋友的事来办吧,比我女朋友的事还重要!"电话里又聊起余秀英,李景夫是见过的,印象很好,那是个活泼开朗的藏族姑娘,就和王永学开玩笑说:"你那个民族团结啥时深入进行呀?到时可得请我喝喜酒!"王永学说:"快了,正积极推进呢!"又叮咛一番办理玉珠调干的事。李景夫说:"又来了,我记住了,放心吧!好事好办,特事特办,人家玉珠够条件,兵种文工团又积极要,我们按程序尽快办理。"

王永学找来刘柱锁,把李景夫的话学了一遍,刘柱锁自然高兴。两人闲聊一阵,刘柱锁把想和玉珠分手的想法告诉了王永学。

王永学说:"全营区都知道你和玉珠订了婚,玉珠为了和你团聚,还放弃了去青海省畜牧厅工作的机会,只身来到镜铁山矿,你这么做,不是伤她的心吗?"

刘柱锁说:"我不是想伤她的心,是为她好。你想想,假如我俩结了婚两地生活,那得牵扯她多少精力?如果在北京另找一个志同道合志趣相投的男友结婚,那对她的事业有多大帮助?"

刘柱锁这么一说,王永学内心里觉得他说得有些道理,对眼前这位战友有了更深一层认识,以前更多的知道他工作舍力气,是个老黄牛,有极强的责任感,克服千难万险也要完成组织上交给的任务,没想到他还有这么高的思想境界,有遇事先替别人考虑的好品质。爱一个人,就要让她更好,为此而不惜做出牺牲。刘柱锁的选择,让王永学思想上受到了震撼。

王永学说:"你需要我做什么?"

刘柱锁说:"这些话我和玉珠说不出口,说出来又怕玉珠炸锅伤了感情,你帮我跟她说说,先下点毛毛雨。"

王永学找来玉珠,委婉地把刘柱锁的意思表达了。玉珠一听急眼了:"指导员,他刘柱锁怎么会有这个想法!"

王永学说:"柱锁害怕配不上你,希望你到北京工作后能找一个更合适的。"

玉珠说:"什么配不配?只要两人相爱,就是配,就合适。他这是借口!"

王永学说:"他这不是为你好吗?让你找一个志趣相投的更有利于事业发展吗?"

玉珠急了:"我不让他为我好,他要这么做,我就不去北京了,要求停止办理调干手续。我宁肯不参军、不到北京的文工团,也决不离开刘柱锁,不舍弃这个婚姻!他要不信,你就让他试试!"说完,还抹开了眼泪。

王永学心软了:"也许这小子是开玩笑的,也许我听岔了,你不要往心里去。"

玉珠回矿上了。王永学把刘柱锁叫来,把玉珠的话说给他听。刘柱锁说:"玉珠这态度,我能想得到,她爱认死理,性格又刚烈,不容易说服。不行就采取拖的办法吧,拖的时间久了,拖到她参军到北京后,她也就同意了。"

王永学关心地说:"这事你可要处理好,处理不好,把玉珠惹急了,她坚决不穿这身军装,坚决不到北京去,我们以前的所有努力不就白费了吗?那玉珠的前程可就毁了。"

刘柱锁说:"我知道了,我不再提这件事,什么也不说,先稳住她,把她哄参军到北京去了再说。"

刘柱锁没有想到玉珠做得更绝,两天之后拿着镜铁山矿开的同意结婚证明,来找王永学,说:"指导员,矿上给我开了同意结婚的证明,你也把刘柱锁的结婚证明开了,我和他去当地办结婚手续。"

王永学不给开,说:"要开也得刘柱锁提出来呀。"

玉珠立马去把刘柱锁找来,当着王永学的面说:"柱锁,你给指导员说同意开结婚证明!"

刘柱锁不吱声。

玉珠催他:"你说呀!"

刘柱锁还是不吱声。

玉珠急眼了:"不说是不是?不愿和我结婚是不是?我马上给北京基建工程兵文工团汪政委发电报,我不去文工团了。也请指导员给支队干部科打招呼,我放弃今年入伍打算了。"

刘柱锁说:"我说不愿和你结婚了吗?"

玉珠说:"那你快让指导员给你开结婚证明呀!"

王永学说:"结婚证明我可以开,结婚毕竟是大事,得从容准备一下,不能这么急促。玉珠、柱锁,你们看这样好不好,我和秀英也准备结

321

婚,初步定在'五一'办事,到时咱们一起办好不好?再说,这件事你们俩还要和各自家里商量,不用这么着急。如果定下来就告诉我,我让他们给咱们一起筹办婚礼。"

玉珠不再说什么,挽着刘柱锁的胳膊,唱着歌离去。刘柱锁把胳膊一甩说:"这是军营,注意点影响。"

刘柱锁"毁婚"的风波被王永学平息下来了。如春天不断回温的气候一样,镜铁山营区的一切也在升温,向理想的状态发展。牛幸娃喜得杨玉琼,又获提拔的消息,自是喜气洋洋,嘴上不说,行动上却流露出来。抓工作更加认真积极,施工、生活都安排得井井有条。工作组这边,老金工作经验丰富,为人又和善,挑起了副组长的担子,两人配合得很好。看到十一中队和工作组都是一番蒸蒸日上的情景,王永学放心了。他和余秀英、余秀英的阿爸商量后,征得老金、牛幸娃同意,并报上级批准,便偕余秀英回陕西老家探亲去了。

2

王永学选这个时间段探家,有两个原因。一是父亲来信问他今年清明节能否回来?现在农村时兴修坟了,想把王永学爷爷奶奶的坟修一修,到清明时节祭奠一下老人,并让即将过门的儿媳妇给过世的老人敬个礼,算是把喜事告知老人,也祈求老人保佑平安。再一个就是牛幸娃提出了在"五一"节和王永学一起办婚礼的想法。

一天,牛幸娃对王永学说:"我想和杨玉琼结婚了,麻烦你向上级请示一下。"

王永学说:"你这么着急干什么?怕煮熟的鸭子飞了吗?"

牛幸娃神秘地笑笑说:"都煮熟了,还能飞吗?飞是飞不跑的。"

"那你急什么?"王永学问。

"急什么?男大当婚,女大当嫁,啥季节种啥庄稼。我都30大几了,该结婚了。"

王永学说:"杨玉琼入伍时年纪小,现在才20出头,还不够规定的晚婚年龄吧？"

牛幸娃眼一瞪说："少扯那个里格楞！我今年32岁了，两人加一起一平均，不就够了吗？"

王永学说："那你这叫特事特办，谁叫你老牛吃嫩草呢！"

牛幸娃说："你也是老牛吃嫩草，余秀英年纪也不大呀！"

王永学说："秀英是少数民族，上面没提这个要求。"

牛幸娃说："我不管这些，一只羊也是赶，两只羊也是放，到今年'五一'，咱俩一起举办婚礼，把各自的婆娘领进自己的洞房。"

王永学把牛幸娃的想法给余秀英和余秀英的阿爸一说，两人都表示赞同，说这样简单省事办个革命化婚礼也很好。这样，就必须赶在"五一"前带着余秀英到家里见见父母，也祭祭祖上，让各位亲戚朋友都看看，然后回到部队去扯个结婚证，办个婚礼仪式就行了。

已有两三年没有回家了，家乡这两年发生了很大变化。他和余秀英从普吉站一下火车，就感受到了这种变化，一路走来，及至王家堡村，进了自己家门，无处不在的变化都在吸引王永学的眼球。

陕西省武功县是唐太宗李世民的出生地，汉朝使臣苏武的成长地，传说也是远古时代华夏农耕始祖后稷的故里。这块热土就是王永学的家乡，就是他朝思暮想的地方。这一次回来，他深切感到了故乡的变化，不少人家划了宅基地，盖起了新房。家家有了自留地，地里的庄稼长势良好，大田里的作物也长势喜人。此时正是关中大地小麦起身之时，绿油油的麦苗开始站立起来，向上蹿长拔节，田野一片葱绿，洋溢着生机和活力。各种树木早已在冬去春来后复苏，村边、道路旁、农家门前院后，槐树、枣树、榆树、椿树等伸枝吐叶，一派郁郁葱葱，互相攀比着向上蹿长，有的还绽放出各色花朵，呈现出迷人景象。更大的变化是人们的精神状态，脸上的笑容增多了，走路的脚步变快了，人人匆匆忙忙的，一路小跑，好像过春节赶着抢炮仗似的。根本的原因是人们的劳作和利益挂了勾，多劳多得，少劳少得，不劳不得的政策得到进一步落实，激发了广大农民的积极性。

余秀英是第一次来关中，来武功县，她没有对比，看不出什么变化，对这里的一切都很好奇,住房起居、衣食住行、风俗人情都和镜铁山有很大不同。关中平原物产丰富,生活富足,气候宜人,更是镜铁山不可比拟的。她喜爱上了这里,喜欢上了这里的人们,喜欢上了王永学的父母和亲友们,他们张开温暖的怀抱,接受了她这个藏族的女儿,对她给予无微不至的关怀和呵护。

王永学的父母和乡亲们对余秀英也很好奇,因为除在电影《农奴》中看到过藏族同胞外,他们还没有亲眼看见过藏族同胞。王永学领回来一个藏族媳妇,原以为和汉族姑娘有多么大的不同,其实除了外表有些差异,内心都是相通的。余秀英是长在红旗下的青年,会说藏语,又懂汉语,交流起来没有障碍,她开朗活泼,很快就融入到亲友之中。而她的漂亮也格外引人注目,就像杏花林中突然出现一棵盛开的桃花树,是那样鲜艳夺目与众不同。王永学的母亲领着余秀英四处走亲戚,不住嘴地夸耀未来儿媳妇的善良和美丽。王永学则陪着老父亲干一些农活,修缮了几间房屋,似又回到还是农村青年的时候,暂且忘记了镜铁山营区的一切。

从清明节前两周到家,到4月9日离开,虽然只有二十天时间,王永学却感到有很大收获:一是经父母认可,把他和秀英的婚事确定了下来;二是在家过了清明节,祭奠了先人,为爷爷奶奶上了坟扫了墓;三是干了一些重体力活,为年迈的父亲减轻了一些负担。余秀英也有很大的收获,但她不像王永学那样总结得头头是道,而是都融化到心里和血液中去了。

两人乐呵呵而来,喜滋滋而去,想到即将在"五一"举行的婚礼,心里就无限的甜蜜。母亲精心地缝制了两套新被新褥,让他俩带上在结婚时使用,这些打了包的东西背在背上,暖在心里。

3

就在王永学憧憬美好未来,进一步规划人生之时,他哪里会想到,一件意想不到的事,一声突发的枪响,打破了营区的宁静,影响到了他的人生进程。

　　这件突然发生的事和清明节祭扫烈士墓有关。就在清明节即将到来的前几天,牛幸娃让副中队长刘柱锁带几个战士去把烈士墓地整修一下,他将在清明节这天带干部战士来祭奠英灵。烈士墓在镜铁山中,在离凤凰峰不远的地方埋葬着十八名烈士,其中就有十一中队在"罐笼事故"中牺牲的十一名烈士。部队撤走后,烈士墓交给留在这里的十一中队看管。牛幸娃和战友们对牺牲的烈士们很有感情,每年清明节都要来扫墓祭奠,新战士入伍时也来这里进行革命传统教育活动。

　　刘柱锁带战士们到烈士墓一看,被眼前的一幕惊呆了,七八座烈士墓前的墓碑被砸碎了,水泥块散落一地,碑中的钢筋不知去向。烈士墓碑被砸,这还得了!刘柱锁让几个战士守护现场,连忙回中队报告牛幸娃,牛幸娃一听,急忙赶到烈士墓地来,一看现场凌乱,墓碑断裂,水泥块四处散落,控制不住情绪地骂道:"我丫他个妈,这是哪个龟儿子干的!抓住他我非剥了他的皮不可!"

　　刘柱锁劝牛幸娃息怒,先弄清情况知道是何所为再说。牛幸娃派人去请余秀英的阿爸。阿爸来了,一看这场景,也气得胡子抖了起来,说:"这是什么人干的!挖人家墓穴断人家墓碑大逆不道,是要遭天谴的!"

　　刘柱锁说:"您老人家见多识广,认识人多,估计这是什么人干的呢?"

　　阿爸说:"这肯定不是当地人干的,当地人都知道这是咱们部队的烈士墓,还经常有人来祭扫呢,秀英他们一拨青年还常在这里搞活动呢。寨子里的人都知道,不会做这些缺德事。"

　　牛幸娃说:"这就奇怪了,这是有人故意搞破坏?"

　　阿爸突然有所醒悟地说:"这肯定是那几个流窜犯干的!近一段时间,也不知从哪里来了几个不明身份的流窜犯,他们在牧民丢弃的帐篷中居住,经常出来游荡,毁坏牧民设施,还砸碎了引水工地的一些水泥管子,说什么从中可以弄出钢筋卖钱。烈士墓碑被砸,十有八九是这伙人干的,他们把墓碑砸了取里面的钢筋卖了。"

牛幸娃说:"阿爸分析得有道理。我就在这里布置岗哨,抓住他们非狠狠收拾不可!"于是让人送走阿爸,安排刘柱锁布置岗哨。

待岗哨派定,刘柱锁说:"牛队,要是有人再来砸墓碑怎么办?"

牛幸娃手一挥说:"抓起来!"又说,"抓起来送派出所!"

刘柱锁又问:"他们要是不配合,跑了怎么办?"

牛幸娃眼一瞪说:"哨兵手里的枪是烧火棍吗?是吓唬兔子的吗?每个哨兵配发5发子弹,紧急情况可以开枪!他敢毁我烈士墓碑,亵渎烈士英灵,我们就敢教训他,出了问题我负责!"

刘柱锁说:"真打呀?"

牛幸娃说:"敢跑就打,朝屁股上打,朝腿上打,教训教训这帮龟儿子们!"

派去站岗的几个战士,都听到了牛幸娃和刘柱锁的对话,心里也就有了数,不过,谁也不会想到真会发生这样的事,一般的人一听到朝天鸣枪,就乖乖就范了,哪还敢撒腿跑?

单纯的战士们哪想到这些流窜犯的凶狠和狡猾呢,他们有的不务正业,有的偷鸡摸狗,有的是劳改释放犯,他们是纠结在一起的社会渣滓,但凡有点良知,就不会去把烈士墓碑砸了。

也是该有事。这一天一个站哨的战士回中队吃午饭,饭后刚返回烈士墓,就发现有几个人手持大锤正在砸墓碑。

"住手!"哨兵喊道。

几个人没有停手,还在砸。其中有个脸上有刀疤的人,看来是个头头,他横了哨兵一眼,说:"和你有什么关系?"

"这是我们部队的烈士墓,岂容你们来毁坏,立即住手!"哨兵厉声说。

"哪里写着是你们部队烈士墓?""刀疤脸"不服。

哨兵正色道:"墓碑上写有部队番号和烈士的名字,他们都是为建设镜铁山矿牺牲的!"

"刀疤脸"说:"我不管他们为谁牺牲的,我们认为它是无主的东西,砸了卖钢筋换几个钱花花!"

"再不住手我就开枪了!"哨兵警告。

"开吧,朝这里打!""刀疤脸"拍了拍胸脯。

哨兵忍无可忍,"呼"地朝天鸣放一枪。那几个人一看哨兵开枪,撒丫子就跑,像猎人追赶的兔子。

"站住!"哨兵又朝天鸣放一枪,几个人跑得更快了。哨兵是个老兵,军事技能不错,他瞄准其中一个人的腿部"呼"地开了一枪。射得还挺准,那家伙一屁股坐在地上。

牛幸娃、刘柱锁在中队听到枪声,立即带一班战士赶了过来。哨兵如此这般地讲了一番,牛幸娃说:"打得好,再跑,朝死里打!"

那几个流窜犯倒是不跑了,"刀疤脸"等三人抬着被打伤的那一个,朝烈士墓走来。

牛幸娃喊道:"跑呀,怎么不跑了?再跑统统撂倒!"

"刀疤脸"等人看牛幸娃手枪在手,脸上怒火燃烧,顿时软了下来:"手下留情,手下留情,我们几个不过是卖废品弄几口饭吃,没有犯死罪吧?"

牛幸娃正色道:"你们破坏部队烈士墓,侮辱革命英灵,必须跪在烈士英灵前谢罪!"

"刀疤脸"说:"我们事先不知道,谢罪就谢罪!"说完,和另外两人"咕咚"一声跪在烈士墓前,另一个被打伤腿的躺在地上"哎哟哎哟"地叫唤。

"刀疤脸"闪着狡黠的目光说:"我们罪也谢了,这个被打伤的兄弟,就交给你们了,我们走了。"

刘柱锁拉了拉牛幸娃的衣角,牛幸娃会意,他把手枪放进枪套,拍了拍枪套说:"想走,没那么容易!你们三人把他抬起来,我们去镜铁山派出所处理!"

看着牛幸娃凶神恶煞的样子,那三个人不敢不从,只好由一个人背着受伤的,两个拿着砸墓碑的工具,跟在后头,牛幸娃带一班战士在后面押着,向镜铁山派出所走去。刘柱锁很是机警,一路小跑着先行而去。

镜铁山派出所所长姓殷,叫殷元法,是一个转业兵,刘柱锁和他认识,等一行人到时,殷所长已有思想准备。牛幸娃人未到声音先到了:"殷所长,有人破坏烈士墓,我把他们押来了!"

殷所长瞪了那几个人一眼:"怎么回事?"

"刀疤脸"说:"我们几个人生活困难,找废品弄口饭吃,被他们部队的人打伤了。"说着,把伤者放了下来。伤者此时双眼紧闭,头上冒汗,血从裤管里淌了出来。

牛幸娃说:"打伤了?打伤了是自找的,再敢去砸烈士墓碑,我们还开枪,再开枪就不是打腿了,打脑袋!"

"刀疤脸"见在派出所,知道牛幸娃不敢把他怎么样,就说:"我们弄口饭吃,即使有罪,也没有犯死罪,你们凭什么往死里打!现在把人打伤了,出了人命我看你怎么办?"

殷所长说:"没有那么严重,有伤看伤,有病治病!"

"刀疤脸"说:"钱呢?医疗费呢?我们几个看护伤员的误工补贴呢?"

殷所长说:"我给镜铁山矿医院打个电话,让他们先救治伤者,你们去两个人送过去,留下一个在这里接受处理。"殷所长打电话后,伤者被送走了,"刀疤脸"留了下来。

殷所长弄清情况分清责任后进行调解,调解中"刀疤脸"露出了赖皮相:"别看你部队厉害,这下惹大麻烦了。伤者住在医院里,吃喝拉撒谁管?你们派战士轮流伺候吧!处理完我们几个就撤了,那个人归你们了,爱怎么办就怎么办吧!扔到山洞里喂狼也没人管了,天天由你们养着吧,部队人多,有的是人手。人死了,也埋到你们烈士墓去吧!"

殷所长说:"你少废话!你是他们的头目,负有重要责任,你不领着来砸墓碑,人家就开枪了?开枪那也是误伤,并不是故意的!你先承认错误,写一份保证书,接下来再研究怎么处理!"

"刀疤脸"说:"写份保证书,保证什么?"

殷所长说:"保证不再砸烈士墓碑,保证不在地方骚扰滋事,保证不在事后去部队寻找麻烦!"

"刀疤脸"说:"那条件呢?"

刘柱锁插话道:"你若保证做到上面三条,伤者医疗费用由我们连队出。"

"刀疤脸"说:"给多少?不能像是打发叫花子一样吧?"

牛幸娃说:"想敲诈我们,没门!"

最后在殷所长调解下,以"刀疤脸"保证做到以上三条为前提,连队出300元医疗费和相关费用,将此事了结。双方在调解书上签了字,派出所盖上了大红印章。

殷所长把牛幸娃、刘柱锁送出来,牛幸娃说:"你为什么不把他们抓起来!"

殷所长苦笑道:"这些人就是无业游民,到处流窜,恨不能让你把他们关起来,天天管他们饭呢!花钱免灾吧,啥也不要说了!"说完,转身走了。

刘柱锁提出用中队的公款出这个钱,牛幸娃不依,他回到中队拿出自己的存折,递给刘柱锁说:"这些年就攒了这么些钱,本来想和玉琼办婚礼用的,现在便宜这帮孙子了!"

刘柱锁去取钱送钱了,牛幸娃心里委屈又无处诉说,跑到烈士墓大哭了一场。

4

王永学回到镜铁山营区,到工作组见到老金就知道了这件事。牛幸娃到烈士墓哭了一场,心中的委屈仍没有化解,又跑到老金家,当着老金和苗丽萍的面,又大哭了一场。两人从来就没有见过牛幸娃这么痛哭过。从哭诉中,他们知道了事情的经过,也知道了牛幸娃心中的愤懑和委屈。他哭着说:"我对不起部队首长,没有完成首长'你把烈士墓给我看好了'的要求,失职、渎职!我对不起段中队长等老战友,他们的墓碑让人砸了,我却无能为力,眼看坏人逍遥法外;我对不起玉琼,把办婚礼的钱都赔进黑窟窿里去了!我还有什么脸面去见首长、去祭奠战友!"这件事成了牛幸娃心中永远的痛。

知道了这件事之后,王永学和牛幸娃想法不完全一样,虽然此事已经平息,已成为过去,但他仍担心此事没有完,担心此事再引出什么意想不到的后果。平心而论,这些流窜人员的行为虽然涉嫌犯罪,但制裁他们的有公安司法机关,部队开枪伤人是不妥当的。幸亏殷所长从中化解,否则麻烦就大了,假如那帮人把伤者往连队一扔,其他几个都跑了,你怎么办?伤者的伤你医不医?饭你管不管?这一天到晚的啥时是个头?再有个三长两短,一些不怀好意的人再唆使亲属到部队闹事,你怎么办?想到这里,王永学就有点后怕,就感到肩上责任特别重大。他害怕牛幸娃的情绪影响到其他干部战士,从而产生思想问题,影响到对社会的正确看法,不利于施工任务的完成。好在这些都没有出现,一切都风平浪静。

有一句话叫静水深流,或叫静水流深,说得很有道理,这是经验之谈。一般水深之处,表面都很平静,比如潭水,李白就曾有"桃花潭水深千尺"的诗,当然这是即兴咏唱,当不得真的。但一般的潭水都深不可测,而且有暗流涌动。联想到日常生活,越是寂静,就越容易出问题。往往是"这里的黎明静悄悄",就突然一声枪响;说"会场上静得掉一根针都能听得到",接着肯定就有雷霆爆发。有经验的人,都有这种预感。王永学预感到"开枪伤人"这件事并没有完,这么大的一件事就轻易完结了,这好像不符合常理。他不是盼望把这件事闹大、闹得越大越好,要是那样,他负的责任更大,他只是预感到这件事没有完。有时候人的预感是很灵验的。凡有预感的都不是什么好事,都是怕啥来啥,这不,预感到的不好结果就真的来了。

就在王永学回部队两周后,支队机关群工科袁科长发来电报,询问近期十一中队有没有发生过开枪伤到百姓事件。只需回答"有""没有"即可。王永学回电说"有"。他只给副组长老金说了这件事,两人还没琢磨明白,支队一个副政委就带政治部群工科长、保卫科长来到了镜铁山营区,到了就召集工作组和十一中队干部开会,宣读了基建工程兵兵部的通报。王永学、牛幸娃等人这才知道,是镜铁山矿派出所把

"烈士墓碑"事件作为处理军地纠纷的案例报到上级机关去了,也是反映一种舆情,期望加强对烈士墓的保护。上级机关认为这个案例有典型意义,就逐级上报,最后报到了公安部。公安部把这件事报到了总政治部群工部。因为发生了枪伤地方群众事件,就引起了高度重视,转发基建工程兵兵部要求严肃处理这件事,对当事人给予严厉处分。

这件事终于闹大发了,王永学面临很大的压力,但他尽力使自己平静下来,对带队的陆副政委说:"给什么处分,我们都接受。咱们先去看看被砸坏的烈士墓碑吧!"陆副政委点头同意。王永学、牛幸娃就陪着陆副政委一行来到了烈士墓。看到眼前这种惨象,陆副政委一行也惊呆了,牛幸娃又忍不住大哭起来。

陆副政委是参加过抗美援朝的,参加革命后经历过多次战斗,有许多战友战死沙场,对烈士有特殊感情,看到几乎所有墓碑被砸坏,烈士英名荡然无存,坟前散落一地水泥块,也流下了眼泪,心中的悲痛和愤怒爆发出来:"这帮龟孙子是从哪里冒出来的?竟敢做出这种丧尽天良的事!下次再发生这样的事抓住这帮家伙绝不轻饶!扭送到公安机关从严处理!"再和王永学、牛幸娃说话时,态度就轻松和缓不少。接下来宣布三条决定:一、由支队拨专款重修烈士墓和墓碑,在此地建立一座革命烈士纪念塔,作为烈士墓园的明显标志;二、把此次烈士墓碑被毁事件,用立碑的形式记录下来,昭示后人:毁坏烈士墓设施是犯罪,必将受到严厉惩处,警告那些欲行不法者;三、对事件前因后果的分析要实事求是,既要体现上级意愿,又要考虑实际情况,在此基础上考虑对当事责任人的处理。

陆副政委刚说完,刘柱锁扶着余秀英的阿爸赶了过来。阿爸看陆副政委是大官,就冲他说道:"首长好!我是下面寨子的人,是烈士墓碑被毁的见证人。这帮流窜犯砸坏烈士墓碑、破坏地方水利设施,骚扰当地群众,牛中队长他们教训这帮坏人教训得好呀,你可不要做亲者痛仇者快的事呀!"阿爸把在"文革"中学会的这句话,用到了这里。

余秀英阿爸的话把陆副政委逗笑了。陆副政委说:"你老人家放心,我们在这个问题上会实事求是的。"

331

最后经过反复权衡,陆副政委他们提出的处理意见是:给牛幸娃严重警告处分,给王永学警告处分;对刘柱锁诫勉谈话;对开枪的战士做退伍处理。经过支队党委会研究同意后,正式发文公布。

这样的处理结果,应该说是实事求是和比较合适的,王永学认为组织上考虑到各方面情况,也只能这样了。但牛幸娃却想不通。这次事件发生后,损失最大的是牛幸娃,把准备办婚礼的300元赔了进去,还挨了严重警告处分;挨了处分不说,先前传的提拔营长的事也泡汤了。他想不通的,不是赔了钱,挨了处分,提职无望,这些都无所谓,他想不通的是,我们挨了处分,为什么砸毁墓碑者却逍遥法外,没有得到任何处理。就这一条,打死我我都想不通!

王永学劝牛幸娃道:"咱们部队只能处分咱们,管不了地方的事,那些做了坏事的恶人最终会遭到报应!"

老金劝牛幸娃:"人生如行船,不可能一帆风顺,而是在风风雨雨、劈波斩浪前进中度过。梦想可以成真,但并非每一个梦想都是美梦,也有差梦甚至噩梦,但你要相信,差梦、噩梦终究会过去,醒来又是美好的一天。"

杨玉琼劝牛幸娃道:"300元钱赔进去就赔进去了,只当打了水漂。没有这300元办婚礼,我也跟你,这辈子跟定你了。我有存款,比你的还多,够咱们结婚用的了。"

劝归劝,牛幸娃始终是闷闷不乐,在心情郁闷时就去烈士墓那里转转。王永学怕牛幸娃憋闷坏了,就让杨玉琼陪着他在山里转转,反正两人已经谈婚论嫁了,别人也不会说闲话。

因为牛幸娃情绪不佳,王永学也顾不上,两人原先商定的"五一"结婚只好推迟了。原先,玉珠还想凑个热闹,和刘柱锁把婚礼一起办了,现在也凑不成了。况且刘柱锁也因为"烈士墓碑"事件受到诫勉谈话,心里正不舒服呢。

牛幸娃、刘柱锁的情绪也影响到了中队干部战士。一些人认为上级处事不公,坏人犯了罪没有绳之以法,却把自己人处理了;有的人认为,流窜的那帮坏人破坏部队的烈士墓,哨兵开枪将其打伤,属于正当防卫;有的人认为是派出所偏袒地方的人,要到派出所讨个公道;有的想组织干部战士上访,要求严惩坏人,取消对受处分者的处分。有的虽然没有什么行动,但在那里散布:现在社会风气坏了,坏人得势了,一切向钱看了,连烈士墓碑中的钢筋都弄出来卖,还有什么事不敢干呢!这种不满情绪、埋怨情绪、不良情绪交织在一起,严重影响干部战士的士气,有的人开始装病压床板,有的人上班也懒洋洋的。

对这些,王永学和老金看在眼里,急在心上,这样下去怎么能行呢!两人商定,是得和牛幸娃敞开思想好好谈谈了。他现在的主要问题是对组织有埋怨情绪,认为处理不公,而对自己存在的问题没有丝毫认识。只有让他认识到自己的问题,才能解除思想上的疙瘩;只有他的情绪恢复正常,中队一些干部战士的情绪才能正常。做通牛幸娃的工作,是解决问题的关键。

杨玉琼受到一次人生挫折之后,一下子成熟许多,和牛幸娃相处,也学会了许多。在王永学、老金、苗丽萍等人身上,也学到了许多好的东西,眼界开阔了,性格更加开朗活泼了,也已从人生的阴影中走出。这一段和牛幸娃在一起时,就常劝他要有良好的心态,以平常之心接受已发生的事情,以宽容之心包容对不起你的人,以感恩之心感激拥有的一切。当王永学找到她,让她协助做牛幸娃思想工作时,她欣然答应了。

王永学、老金和牛幸娃"谈心",是在老金家进行的。苗丽萍给他们炒好菜、烫好酒,就带小国庆找杨玉琼玩去了。

牛幸娃端起酒杯问:"今天喝的是啥子酒?"

老金说:"啥子酒?还是傻子酒呢!我看你被气傻了,成天气嚷嚷的,把战士们情绪都带坏了,不振作了,今天喝的是振作酒!"

牛幸娃说:"把几个流窜犯抓起来,关起来,我就振作了。"

老金不客气地说:"你成天盯着流窜犯,就没有认识到自己的错误?我有话直说,你就不该让哨兵开枪,枪是随便开的吗?枪口能对着老百姓吗?随便开枪是违反群众纪律的。幸亏只是打伤腿,要是打死人你吃不了兜着走,就脱下这身黄军装吧!"

牛幸娃说:"我让开枪,是他们毁坏公共财物,砸烈士墓碑!"

老金说:"你不要给我说那个,哨兵什么情况下可以开枪是有规定的,你没有控制住情绪,做出不该做出的决定,应该反思自己。"

王永学说:"这种事不开枪,采取其他措施也可以处理好,但一旦开枪,我们就被动了,派出所也不好处理了,殷所长害怕把事情闹大,对我们不利,才采取了让他们写保证书的息事宁人的态度,对此我们要理解。从现在的情况看,这伙流窜人员毁坏烈士墓碑并无政治目的,而是弄钢筋卖钱,他们也砸了水利设施弄钢筋,当然这是不能允许的,但决不应采取开枪的方式。并不是主持正义、惩罚邪恶和不道德行为,都可以开枪的,开枪必须执行条例规定,不能随意为之。让我说,能有目前的处理结果,上级对我们已经很关照了。对上级给我的处分,我没有怨言,虽然我没在现场,但我负有领导责任。"

牛幸娃不那么理直气壮了:"人家陆副政委都没怎么批评我,你俩倒批评起我来了。我当时也是气坏了,气蒙了顺口说了那么一句,哪想到就真的出了情况,哨兵就真的开了枪。是有点悬,要是一枪打脑袋上,可就麻烦了。"听牛幸娃这么一说,王永学、老金知道他俩的话牛幸娃有些听进去了,就趁热打铁地做工作。

老金说:"现在干部战士有情绪,认为对你俩处理不公,为你们打抱不平,施工热情也不怎么高涨了,这对完成施工任务不利,可不能再这样下去了。"

王永学说:"任何时候我们都要有大局观念,如果纠结这件事耽误了完成施工任务,可就因小失大了。"

牛幸娃说:"我明白了,老金这顿振作酒让我清醒过来了,不仅我要振作起来,全中队都要振作起来,哪能让这些小毛贼坏了我们的大事!"

老金说:"这就对了!喝酒,喝酒!"从此开始,三人专心喝酒,余事不提。

喝了点酒,心情有些兴奋,看见苗丽萍带小国庆回来,牛幸娃站起来说:"你俩接着喝,我去看看玉琼。"

杨玉琼给牛幸娃倒了一杯茶说:"咋又喝这么多,你不是说准备封山育林了吗?"

牛幸娃说:"今天高兴,老金、王永学今天点了我的麻骨,给我'醒脑'了。"就把他两人说的话给杨玉琼学说了一番。

杨玉琼说:"人家两个说得对,你真不该让开枪,一开枪咱们就陷入被动了。这件事已过去了,不要纠结了,赶快振作起来吧!"

牛幸娃叹了一口气:"快到手的营长当不成了。"

杨玉琼说:"不当更好,你要当了,我就得随你去关内,离开父母远去了。你不当,我回家看父母方便。"又说,"看来你也是一个官迷呀!"

牛幸娃说:"你不想让我进步?"

杨玉琼说:"我当然希望你有进步,但这种进步,是靠实实在在业绩得到的,而不是靠下河救一个女人,靠一篇表扬稿得来的。要是凭这个当上,你脸上有光呀?"

牛幸娃说:"你说得在理。那我下河救人也得有点奖励吧?"

杨玉琼说:"我把我自己奖励给你了还不行呀!"

牛幸娃借着酒劲把杨玉琼抱起来说:"要得,要得,这个奖品有一千金呀!"

牛幸娃的思想打通了,刘柱锁的工作就通了。王永学主持召开了中队支委会,让大家各抒己见后,最后统一了思想,提出集中精力搞好施工,努力完成全年目标任务。尔后王永学又召开全中队思想政治工作会、工作组关于施工形势分析会,通过深入细致的思想工作,把干部战士的思想统一到完成年度施工任务上来,大家的情绪又开始高涨起来。

老金看到这种变化,甚是高兴,对王永学、牛幸娃说:"我们老家有'冲喜'的说法,冲冲喜,喜上加喜,我建议你俩在八一建军节把婚事办了,大家一热闹,就把那件不愉快的事忘记了,中队的喜事就多了。"王永学、牛幸娃理解老金和苗丽萍的好意,原先订的五一节结婚的事拖了下来,又过去几个月了,不能再拖了,再拖,怎么给秀英的阿爸和玉琼的父母交代?于是,两人一商量,就同意了老金的建议。婚礼怎么办?四个人在一起商量后,一致决定采取保密、节俭、欢乐三原则。保密就是除了老金、苗丽萍,事前不让其他人知道,免得别人送礼。节俭就是不办酒席,只开一个茶话会,买一些糖块、花生、茶叶备着,在欢庆八一建军节座谈会后,原班人员不动,占用半个小时时间把婚礼办完。快乐就是即兴表演一些节目,老金的"道拉基",杨玉琼的"常青指路"是不能少的。遗憾的是玉珠没在,玉珠已经办完了参军调干手续进京到基建工程兵文工团当演员去了。

玉珠原本是想"借光",在"五一"和刘柱锁同王永学和余秀英、牛幸娃和杨玉琼一起办婚礼的,但因为他们两对婚礼推迟,没有办成。但她走出了最实用的一步,在离开镜铁山之前和刘柱锁圆了房,把自己最珍贵的东西给了心上人。看到刘柱锁心满意足的样子,玉珠说:"在镜铁山给我好好的,再敢有二心,看我怎么收拾你!"

八一建军节这天,由老金主持的牛幸娃和杨玉琼、王永学和余秀英的婚礼,取得了圆满成功,中队长、指导员携美人各入洞房,在十一中队干部战士中传为佳话,曾经有点沉寂的营区又翻腾起欢乐的浪花。

第 十 七 章

1

1978年8月中旬，王永学接到让他去支队参加真理标准讨论研讨班的通知。研讨班是支队政治部举办的，共有30人参加，为期三个月。

这一年的5月10日，在胡耀邦主持下，中共中央党校内部刊物《理论动态》第60期，发表了《实践是检验真理的唯一标准》的文章。5月11日，《光明日报》以特约评论员的署名转发了这篇文章。文章说，检验真理的标准只能是社会实践，理论与实践的统一是马克思主义的基本观点。从而否定了"两个凡是"的观点。文章在全国范围内引起强烈反响，引发了一场关于真理标准的大讨论。经过讨论，"实践是检验真理的唯一标准"的思想被大多数人接受和肯定。这场大讨论为党的十一届三中全会做了理论准备，对于端正思想路线，纠正长期存在的个人崇拜和教条主义具有重大和深远的意义。在大讨论的过程中，部队广大指战员积极参与进来，既提高了自己的认识，又推动了这场讨论在部队内部的深入开展。

王永学参加的研讨班，是支队根据基建工程兵领导机关要求举办的。通过学习、研讨、交流，王永学开始破除思想障碍，逐步确定、树立"实践是检验真理的唯一标准"这一认识。他认为树立实践标准归根结底是恢复我党实事求是的优良传统，撰写了《关于实践检验真理标准和坚持实事求是关系》的文章，受到部队领导重视，在学习班结束后，被抽调到宣讲组，到部队基层单位去宣讲。

这次宣讲,由于是深入全支队各大队基层单位,王永学走了不少地方,参观了不少单位,学到了一些兄弟连队施工管理改革的经验和做法。此时正处在党的十一届三中全会召开的前夜,实行改革已是广大人民群众的呼声,一些地方已在先行探索,小荷才露尖尖角,开始受到关注。同时,我国加大了现代化建设的步伐,全国各条战线大干快上,呈现出热气腾腾的局面。受到这种势头的激励和鼓舞,王永学决定回到部队后加大力度,动员干部战士以更高昂的激情、更科学的方法投入到施工中去,努力提高全员劳动生产率,为我国的钢铁生产做出更大贡献。

宣讲结束后即匆匆回到镜铁山营区的王永学,被兜头泼了一瓢冷水。他下了车直接去工地,到了施工现场,摆在现场的标语牌出现在他的面前,原先的"百年大计,质量第一,注意安全,讲究效益"十六个字,因为风吹雨淋,变得残缺不全,"注意安全"因为"安"的上部没了,"全"的下部没了,变成"注意女人",让人啼笑皆非。这在以前是从来没有过的。虽然这只是一个极小的细节,但它预示着管理的忙乱和不重视安全的思想有所抬头。这一猜测不幸被猜中。回到中队,就听说前段时间发生了一起安全事故,副中队长靳开军的头被坠石砸伤,送到三九医院抢救后,现在已清醒过来,头部被安上了一片玻璃钢,成了"玻璃钢"中队长,现在恢复得差不多了,正在镜铁山矿医院养伤。

王永学匆匆赶往镜铁山矿医院,去看这位老搭档、老战友。靳开军虽然做了开颅手术,头部被安了玻璃钢,但恢复得还不错,他开玩笑说:"你看,你离开镜铁山几个月,我就成了钢铁战士了,今后咱俩说话可不能藏着掖着,我的脑袋是透明的。"

王永学忍着心里的痛苦说:"千叮咛,万嘱咐,要注意安全,这是怎么搞的?"

靳开军说:"你走后,牛队求胜心切,突击抓进度,安全生产有所忽视,那天我带班,一个新战士在休息时摘下安全帽,开始干活后没有戴安全帽跑了出来,我发现后急忙摘下自己的安全帽给他扣上,哪承想一块不大的坠石落了下来,正好打到我的头部。"

王永学说:"又一次血的教训启示我们,安全工作一点都不能马虎呀!一切都得按规定办,做到一丝不苟。我刚入伍时,一个老师傅给我讲过一个事例,说炉前工在操作中,除了必须穿防护服戴保护面具,还决不能张口说话。一次,有个炉前工听到别人问他什么事,没听明白,就张嘴'啊'了一声,就在张嘴间,一团火球窜进嘴里,把口腔里的东西烧没了。这件事给我的印象很深,从此认识安全生产一丝一毫都马虎不得。"

靳开军说:"是啊,工作再忙,任务再重,安全生产都不可忽视。我这头上的'玻璃钢',算是又一个沉痛的教训吧!"

王永学问靳开军今后的打算,靳开军说:"啥打算?就在部队干呗!能干动一天就干一天!"

王永学心里替靳开军难受,原曾考虑在牛幸娃提拔后,推荐靳开军做中队长,这么弄一下,脑袋上扣了一块玻璃钢,怕是以后有机会也接不上了。他安慰靳开军道:"多休息一下,不要着急上班,等把你那块玻璃钢长牢靠一些,再上班不迟,目前以身体为重。"说罢,和靳开军握手道别。

回到中队部,正好牛幸娃在,王永学开门见山地说:"我去看老靳去了,又一个沉痛教训啊,安全生产不能忽视呀!"

牛幸娃知道王永学话有所指,也不回避这事:"是啊,这一段忙于抓施工进度,安全生产抓得不够,老靳是为了战士安全才受伤的,我们得厚待他。"

王永学说:"还是要安全防范在先,尽量避免事故,出了事故再去厚待当事人,损失已难以弥补。"又说"明天我去找人把施工现场'注意安全'的标语牌补齐了,现在成了'注意女人',别让战士们说中队长、指导员两个今年刚结婚,光知道'注意女人'了。"

牛幸娃脸红了一下,没再说什么。

归队后了解到的安全生产方面的问题,让王永学心里很不爽。他原先定下过目标,力争在镜铁山二期工程施工期间做到零伤亡,现在这个目标难以实现了。但亡羊补牢犹未晚也,继续在这方面花力气,力争把伤亡降低到最小吧！

没有想到的是，让王永学更不爽的事还在后头。吃过饭后，本想休息一会儿，理发匠王玉波却闯进了房间，他以为这小子听说自己回来了，是赶过来为自己理发的，就开玩笑说："我刚回来，你这是让我从头做起呀！"

王玉波没有接话，突然放声大哭起来："指导员，你可要为我做主呀！"

王永学说："什么事这么伤心？"

王玉波说："牛中队长要处理我今年退伍，名单都报上去了，你不知道？"

王永学说："我还没听说，因为什么事？"

王玉波说："我去镜铁山矿学雷锋做好事，帮职工理发，一个星期天在帮矿保卫科值班的女干事理发，被牛中队长派申力明来抓了奸，非说我和那个女的有奸情，我俩有什么奸情？纯属冤枉呀！牛中队长说为了清除不良影响，要安排我退伍，还说，只要你愿意退伍，就不给你处分，不会影响你到地方安排工作。可是我没干那样的事呀，如果我干了，怎么处理都行，枪毙我我都没有怨言，这是硬往我身上栽赃扣屎盆子呀！"理发匠王玉波哭着诉说着。

王永学说："你不要哭，站直了，眼睛看着我，如实回答我的问题。"

王永学开始询问："你和那个女的有没有两性关系？有没有身体接触方面的密切行为？两人之间有没有好感？"

王玉波站直了身体，两眼直视王永学，为了显示诚实，还把一只手放到胸口部位，表示是摸着良心说话。他说："报告指导员，我和保卫科左梅左干事是在她找我理发时认识的，我们两个关系清白，没有两性关系和任何暧昧关系。我们两个确实互有好感走得近一些，她让我琢磨一下为她烫一个新发型，说嘉峪关市都时兴烫发了，有一种她相中的发型，让我在她头上试试。正好那天周日上午值班，她值班时就在宿舍，也没有什么事，就约我去帮她烫发。她还拿了一张别人头部发型的照片，让我模仿着操作。正在进行中，申力明和慕古秀把门撞开冲了进来,不容分说,两人扭着我的胳膊就走。我挣扎道:干什么!你们这是干什么!申力明说:人家矿上反映你俩有奸情,牛队长让我们捉奸来了。我说:我俩有什么奸情?我在给人家烫发,你把我抓起来,这不是冤枉人吗?这么一吵吵,虽然没有什么证据,也被一些人认为有奸情了。牛中队长也信了他们的话,让我交代问题。我交代什么呀!指导员,我说的句句是实话,如有半句假话,你怎么处理我都行!"

王永学大体知道了事情原委,他相信王玉波的话,相信他不会撒谎,他对某些人诬陷人的做法怒火中烧,但仍不动声色地说:"你回去吧,该干啥干啥,把本职工作做好,把心情放平稳了,可别把头给人理坏了,把脸给刮破了。从今天起,你从头做起,不仅做一个好战士,还要做一个好标兵。要积极要求进步,争取早日入团入党,成为部队建设的骨干,部队需要你这样的骨干和人才。"

由于心里有气有火,王永学也不困了,他让通信员把副排长申力明叫来。

"指导员,你回来了。"申力明关切地问。

王永学熟悉这个兵,也熟悉他身上的优缺点。这个人身上有两点特别突出:一是上进心太强,天天、处处都想着进步,想进步没错,但想得过分了,达不到目的,就会采取不正当的方法。二是太过于机灵。这个浙江兵脑袋活,有眼力,有文化。脑袋活一些没毛病,总比榆木疙瘩不开窍好,但脑袋过于灵活,处处察言观色,就会失去原则、失去做人的底线。这两个特点,既是优点,又是缺点,就看你怎么引导,让他从哪个方面发展。在连部当文书时,自己想引导他,帮助他,但他和牛幸娃走得近,牛幸娃把他当作"亲兵",处处迁就他,为了不至于产生矛盾,王永学对申力明身上的特点采取了放任的态度,此时后悔没有严格要求他、及时引导他。王永学小时听父亲说过,兔肉没有什么味道,跟什么肉放到一起炖,就是什么味道。同样道理,年轻人需要引导,但自己没有负起这方面的责任,以至于他把这两个特点中的缺点放大,到了不能让人容忍的地步。尽管如此,王永学还是尽力控制自己的情绪,他对申力明说:"回来了。听说我不在家期间,你干了一件大事,抓了王玉波的奸情？"

申力明知道牛幸娃和王永学在对待王玉波的态度上存在不一致，王永学对王玉波更好、更容忍一些，说话就比较小心谨慎："指导员，是这么回事，王玉波到矿上为职工理发学雷锋做好事，有人反映他和女同志接触多一些，还帮人做奇异发型，引发有的人不满。他们经过观察，发现王玉波和保卫科女干事左梅有奸情，两人约好周日上午10点在女方宿舍会面，出于对部队战士的关心，就把这个消息告诉我了。我找牛队汇报了这个情况，牛队说：'口说无凭，要有证据。'我理解是让我去抓奸，我就约慕古秀去抓了。"

王永学说："这么说，牛队并没有派你去捉奸？"

申力明说："我是这么理解的，要证据，不就得去捉奸吗？"

王永学说："你都看见什么了？"

申力明说："我和慕古秀赶到时，两人已经在屋里了，从门外听到他俩在说男女在一起时的亲热话，好像是'轻一点''慢点''快点''近一点'这些话，看到火候已到，我们就冲了进去。"

"进去看见什么了？"王永学问。

"不好说，不好说，不堪入目的一幕。"申力明说。

王永学说："好的，我知道了，你先回去吧。"

申力明走了，王永学让通信员把慕古秀叫来。慕古秀和王永学走得近，又是陕西老乡，王永学和他说话就不那么客气："古秀，我不在这段时间，你长本事了，学会去捉奸了？"

慕古秀说："不是我主动去的，是申力明找我一起去的。申力明说：'听说王玉波和矿上一个女的有奸情，咱们去捉奸，让这小子出出丑。这新兵蛋子人缘好，又到矿上学雷锋做好事，风头都盖过咱们老兵了，现在苏明远、你和我都是后备干部，要是这小子跑到咱们前面，指不定把谁挤下来呢！'我就跟着去了。"

王永学问："你进去看见什么了？"

"我们撞开门进去，看见王玉波在给那个女的烫发，头上布满了卷发器。王玉波把女的头发弄疼了，女的说'轻点'，让王玉波给她拿着镜子照,说'近点,近点',两人配合着在摆弄头发,哪里有什么奸情!"慕古秀说。

王永学说:"你看清楚了?"

慕古秀说:"看清楚了,没有半点假话!"

"那为什么要把王玉波带走?"王永学问。

慕古秀说:"申力明悄悄对我说,一不做二不休,把他弄到外面一吵吵,他就是跳进黄河也洗不清了!"

王永学说:"你们这么做是错误的,是违反组织纪律的!牛中队长并没有让你们去捉奸,你俩这么做,不仅对王玉波个人不好,也给咱们中队造成不良影响。你必须认清自己的错误,写出检讨,主动去向王玉波道歉!"

"是,是,指导员,我错了!"慕古秀说。

慕古秀高大的身影消失了。王永学喜欢这样的兵,为人诚实、透亮,知错能改,虽然思想单纯,但这是一个值得培养的好苗子。

弄清了情况,王永学略作思考,就去找牛幸娃"正面交锋"。此时,时间还早,牛幸娃还没有睡觉,在办公室琢磨如何加快施工进度。

王永学走进来说:"牛队,这么晚了还不回去,玉琼该着急了。"

牛幸娃说:"你不是也没有回去吗?这么晚了,有什么事吗?"

王永学说:"我听说你安排王玉波今年退伍,这件事能不能再考虑一下,咱们连队需要他,再说,你处理人家退伍的理由也不充分。"

牛幸娃说:"什么理由充分不充分!我就是看不上这样的熊兵,在咱们施工连队不愿下井、不能下井,看见井口就头晕,就这一点,我就让他退伍!"

王永学说:"那你就直说嘛,何必安排申力明去捉奸呢?"

牛幸娃说:"我何时安排他去捉奸了?他给我汇报情况,我说这件事可不能随便说,要有证据!这小子怎么能说我让他们去捉奸呢?"

王永学说:"做人、说话、办事要钉是钉铆是铆,王玉波在给那个女的烫新发型,毫无奸情,现在弄得沸沸扬扬,不是冤枉好人吗?"

牛幸娃说:"这件事申力明做得确实过分了,你什么意思吧?"

343

王永学说:"我想把王玉波留下来,不仅让他下井,还要让他成为连队的标兵、骨干,我负责引导他、培养他,我给你立军令状。"

牛幸娃说:"行,行,依你,别说什么标兵骨干了,只要他能下井干活,我就服你了!"

就这样,王玉波被王永学留了下来。

2

一天,王永学来到医疗室,只有杨玉琼在。

杨玉琼说:"指导员,你来看病吗?丽萍姐去中队巡诊去了。"

王永学说:"我不看病。正好没人,我和你说几句话。"

杨玉琼拉过凳子让王永学坐下,说:"指导员,你有什么指示尽管说!"

王永学说:"哪有什么指示,你回家听老牛指示吧。我就和你沟通一些情况。"于是,就把申力明假冒牛幸娃名义去"捉奸"冤枉王玉波的事情,原原本本地说了。

杨玉琼听了很生气,说:"这不是无中生有诬陷好人吗?"

王永学说:"就是这样。你是有被别人诬陷经历的,感同身受,一定非常痛恨这样的事情。我给你说这件事,就是让你提醒老牛注意这样的人。"

杨玉琼说:"我知道了,你放心!我正好有一件事想和你说说,一直没有找到机会。"

王永学说:"你说。"

杨玉琼说:"那个写信给胡晓明诬陷我和阎干事关系不正常、截留阎干事给我的信的人,就是申力明!"

王永学吃了一惊:"你确认?你有证据?"

杨玉琼说:"我有证据。申力明追求我,明确表示对我有好感,还给我写过一首诗,我拒绝了他,但写的那首诗我留了下来。我和胡晓明分手后,胡晓明后悔了,还想找我与我和好。我在三九医院照顾牛幸娃时,他找过我一次,说有人写信挑拨了我俩的关系,为了表示诚意,把那人寄给他的那封信给我看了。我一看,咦,这笔迹怎么这么熟悉?拿出申力明给我写的诗一对照,就是一个人写的嘛!我从内心里确认了这件事,但怎么想也想不明白他为什么要这样做,他为什么要这样害我?后来我突然想明白了,他是出于嫉妒之心。他认为我和胡晓明走不到头,巴望着和我好。发现我和阎干事走得近时,就妒火中烧,借胡晓明之手来拆散我和阎干事的关系。其实,我和阎干事是清清白白的。"

王永学说:"我相信。没想到,此人为达到个人欲望竟这样不择手段。"

杨玉琼说:"既然今天讲到这里,还有一件事我也想跟你说一说。申力明还干过对我不轨的事。我一直没有对任何人讲,连丽萍姐都没告诉。就在丽萍姐给连队战士讲生理卫生课那几天,有一天晚上突然停电,我一个人在房间。忽然进来一个人,我以为是丽萍姐回来,就没有在意。哪想到那人突然抱住我吻我。我挣扎着怎么也挣不脱,我灵机一动,大喊一声:'电来了!'那人一听赶紧跑了!当时我手上有紫药水,使劲往那人后背上一蹭留下了记号。第二天我留意观察,发现只有申力明军衣后背上有紫药水痕迹,就知道了晚上的事是他干的。"

王永学说:"你那时怎么没说?"

杨玉琼说:"大家都是当兵的,谁都不容易。也许他是一念之差呢?我要说了,不是把他一辈子毁了吗?于是我选择了沉默。一直到现在,也不知道那时的选择对还是不对?"

王永学没有正面回答,只是说了一句:"玉琼,你是一个善良的孩子。"又说,"过去的就叫它过去吧,现在申力明冤枉好人,不同于道听途说,而是有意为之,而且打着老牛的旗号,我觉得你还是提醒他一下为好。"

杨玉琼说:"我理解你的一片苦心,我一定告诉他,让他对这种人提高警惕!"

王永学说:"你好好说,不要惹老牛发脾气。"

杨玉琼笑了:"你放心,我知道怎么对付他。"

没过几天,杨玉琼找个合适的机会,把申力明所作所为给牛幸娃说了,牛幸娃大怒,尤其不能饶恕的是这小子充当了"内鬼",写诬告信挑拨离间,最终逼得杨玉琼跳了北大河,差点闹出人命。

第二天,牛幸娃找到王永学,说:"王玉波今年不安排退伍,空出那个名额不要白瞎了,把申力明的名字报上去,让这小子今年退伍。"

王永学问:"为什么呀?"

牛幸娃说:"让他退伍就退伍,没有为什么!"

王永学说:"我有个建议。"

牛幸娃说:"说。"

王永学说:"申力明在咱们中队好些年了,表现也不错,也许换个地方再锻炼锻炼更合适,我找人把他调到咱大队别的中队吧,到那里能不能进步提干,那就看他的造化了。"

牛幸娃嘴上不说,内心很赞成王永学的做法,觉得这是给自己面子,点头道:"就依你说的办。"

3

既然给牛幸娃许下诺言,那就得兑现。王永学把王玉波找来,正式告诉他今年不安排他退伍了。

王玉波说:"谢谢指导员!"

王永学说:"你不要谢我,你要谢牛中队长。"

王玉波说:"我为什么要谢他?"

王永学说:"牛中队长并没有派人去捉奸,是有的战友听到传言,害怕你犯错误,才那么做的,这显然是一场误会,你千万不要有思想负担。牛中队长安排你今年退伍,和这个无关。他是恨铁不成钢,觉得你入伍快两年了,连井都不敢下,还是安排你退伍算了。"

王玉波说:"只要不让我退伍,我愿意下井!"

王永学说:"你说的是真的?我可是在人家牛中队长面前给你打了保票,说我能动员你下井,说了这话我还有点后悔,害怕你克服不了晕井症。"

王玉波说:"你对我这么好,我给你说心里话,我不是晕井,而是害怕下井,井下有危险不说,还怕把我的理发技术耽误了,退伍后工作也没了。"

王永学说:"那你现在不怕下井了?不怕耽误理发技术了?"

王玉波说:"不怕了,那么多战友都在井下,他们能下,我为什么不能?理发技术我可以在业余时间为大家理发中提高。"

王永学开玩笑说:"那你就没有时间去镜铁山矿学雷锋做好事了,也不能去给那些女的烫发了。"

王玉波说:"不去就不去,不烫就不烫,不去更好,我要向战友证明我和那些烫发的女人是清白的。"

王永学说:"好,有志气!我一会儿就给牛中队长说去,把你安排到井下班排做一名掘进工,你要不愿意,现在后悔还来得及!"

王玉波说:"不后悔!"

王永学想了想说:"我看这样吧,你还是暂且当理发员,每周下两次井锻炼锻炼,等我跟班时就随我下去。井下情况复杂,安全工作很重要,到你熟悉了场地,熟悉工序之后再下到掘进班排。"

王玉波说:"听从组织安排。"

王永学把与王玉波谈话的情况告知牛幸娃,牛幸娃说:"这个兵一入伍就归你管,你愿意怎么折腾就怎么折腾吧,反正我是不看好这个兵,有的东北人爱忽悠,你是不是让他忽悠了?你真的能让'铁树开了花、枯藤发了芽,'我就服了你!"

王永学笑笑没有吱声。

在跟王永学下了几次井,到工作面现场操作几次之后,王玉波提出不再跟随王永学,因为别人都是成班成排地干活,只有他跟在王永学的后面,像个勤务兵,有的人笑骂他是"跟屁虫",弄得他脸面上很是尴尬。下了几次井,也没有觉得井下有多么可怕,就坚决要求到最艰苦、最能锻炼人的班排。

王永学和牛幸娃商量之后,就遂王玉波的愿,把他分到了三排十一班,让班长唐真诚把他领了去。王玉波从此既下井施工,又为全中队干部战士理发,一个人干了两个人的工作。

班长唐真诚是王玉波的崇拜者,没事时常去看王玉波给人理发,欣赏他的理发技术,也喜欢这个为人理发时有股认真劲的新兵。现在王玉波到了自己这个班,在自己手下,心里很是高兴,对王玉波说:"我这个'腐烂'(湖南)人和你这个东北人结个对子,互相向对方学习技术如何?"

王玉波说:"唐班长,我愿意,求之不得呀,你可要教我施工技术,我连基本的打眼放炮技术都不会呀!"

唐真诚说:"这没有什么难学的,比你给人家理发、烫发容易得多,我教你就是。"于是就手把手地教,王玉波很快就学会了打眼放炮技术。

此时正好进来几台凿岩机,因为操作技术复杂,很少有人敢"招呼",王玉波主动请缨,要求去学习操作。他把凿岩机各部件名称、工作原理、故障排除、维修保养等技术要点全部抄写在笔记本上,在施工中边操作边琢磨。战友们下班后,他坚持晚下班,将凿岩机拆了装,装了拆,反复摸索,反复实践,直到彻底弄懂、弄通、会熟练操作为止。通过一段时间的实践,他完全掌握了凿岩机的工作原理,做到了会使、会修、会保养,成为一名合格的凿岩机操作手。不久,他又学会了搅拌机操作技术,通过中队组织的考核,达到三级工技术水平,成为中队为数不多的既会打眼放炮,又会操作凿岩机、搅拌机的多面手。

回到地面上,王玉波仍坚持给战友们理发,战友们工作忙起来没时间理发,他就带上工具到各班去理。他还把理发工具带到3060水平施工现场,在施工中间休息时,给战士们理发,一个人忙不过来,就教会几个战友理发技术,成立"共青团支部义务理发小组",随时随地为战友们服务。别人施工时他也施工,别人休息时他给大家理发,有时累得不行,胳膊累酸了,腿站麻了,仍然坚持不懈,从无怨言,不图报酬。他还学会了修表和刻章技术,自费买来修表刻章工具以及修表常用的零部件,义务为战友们修表、刻章,既方便了战友,又为其节省了资金。他还专门做了一个工具箱,里面放着理发工具、修表工具、刻章工具,根据战友们所需提供服务。他心里装着王永学指导员对他说过的话:"人生最大的敌人不是别人,而是自己。你要想在部队干出一番成绩来,让自己的人生丰富多彩,就必须学会战胜自己。你当前要做的事情很多,从什么地方开始?建议你从点滴做起,从小事做起。看起来这些都是小事,可把它们串在一起就不是小事,就会对你的前途和人生构成影响。理想不是空想,更不是妄想。理想需要锲而不舍地奋斗,需要付出千万倍的努力甚至牺牲的代价才能实现。一个平时不刻苦训练的人,永远不可能成为神枪手;一个平时不愿付出的人,永远也不会有丰厚的回报;一个平时不好好工作的人,永远也不可能成为劳动模范。一分耕耘,一分收获,付出越多,回报就越多,付出与回报成正比。你坚持朝你目前选定的路走下去,就一定有一个不虚度的人生。"这些话常在他耳畔响起,成为激励他的一种力量。王玉波也曾这样想,即使不听指导员讲的这些"大道理",仅仅是为感恩,也得好好干,干出个人样,为让人看得起自己、为自己所在中队王指导员争光。这样想时,身上的累和乏就烟消云散了。

  王玉波也是一个知道感恩的人,他对接纳他并认真教他施工技术的班长唐真诚心存感激,私下里称之为"师傅"。唐真诚说:"别'师傅''师傅'地叫,你教我理发,还是我'师傅'呢,咱俩扯平了。"

  王玉波教唐真诚理发技术极其认真,听他说因为家里困难,想在复员退伍后开个理发店时,王玉波更是传授给他"十八般武艺",像学徒那样要求他,向他传授自己的经验:"理发这门技术只能从实践中得来,不可能从书本上得到,没有听说谁是从书本上得到的,靠的是苦练,大胆地练。在哪练?在头上练,在别的什么上练都不灵。听我爷爷讲,一个人学剃头,不敢在头上动刀,就怀里抱个大冬瓜当头剃。别人有事喊他,他把剃刀往冬瓜上一砍,就停了下来,结果成了习惯,待给真人理发时,别人叫他,他也顺手一砍,给人家头上开了瓢。所以,练理发一开始就要在人头上练。"

  唐真诚说:"哪有人头让我练?"

王玉波说:"你就从我头上练起,咱们班的兵,人人归你管,谁的头不让你剃!"

按照王玉波所说的方法练,唐真诚还真的学了一门理发好手艺,复员以后开了一个"老兵理发馆"。这是后话。

慢慢地,唐真诚和王玉波就由师徒关系,变成了朋友关系,两人无话不谈,没事就东聊西聊。唐真诚已结了婚,在湖南乡下有婆娘,这个"腐烂"人爱开玩笑,没事时就问王玉波:"你到底和那个左梅那个没有?"

王玉波:"哪个?"

唐真诚:"就是那个!"

王玉波:"你不说那个,我怎么知道是哪个?"

唐真诚:"唉,你个瓜娃!"

王玉波:"我怎么是瓜娃?"

唐真诚:"啥球子都不懂哟!可你不懂,怎么知道'轻点''慢点''快点'这些床上的话嘛!"

王玉波:"我当时在给那个女的烫发,她怕弄疼她,她就说'轻点',怕被烫发剂弄到脸上,就说'慢点',她正在值班,怕有事来找她,就说'快点',这样有什么问题吗?"

唐真诚:"有人以为你们在里面搞男女之事,听到里面女的说'轻点''慢点''快点',以为正是抓奸的时候,就破门冲了进去。"

王玉波:"我俩就是在烫发,不知何故就有人冲了进来,你这么一说,我明白了。"

唐真诚:"也难怪他们抓你,一般新婚之夜,都有这样一个适应过程,看来你小子真是被冤枉的。我原以为你没吃着羊肉惹了一身膻,现在看来你连羊毛都没见到。"

王玉波:"我真是被冤枉的,那个女的也是被冤枉的,把人家名声也搞坏了,传出去影响很不好。"

唐真诚:"你俩后来有联系没?"

王玉波:"人家给我写了一封信,说咱俩被冤枉成这样,浑身是嘴都说不清,要不咱就弄假成真算了,不管你服役到多久,我都等你!我赶紧给人家回了信:'别等我,我家里有未婚妻。'"

唐真诚:"为什么哄人家?"

王玉波:"我要是答应她,不就坐实了我俩的奸情了吗?"

唐真诚:"主要是没看上吧!"

王玉波:"有那么一点吧。我是从事理发行业的,见到的人多,女人漂亮不漂亮一眼就能看出来。再说,有咱们营区四大美女比着,谁能比过她们?我以后找对象,就以她们为标准。"

唐真诚:"哪四大美女?我怎么没听人说过?"

王玉波:"这是秘密,是我自个儿琢磨出来的。这四大美女是苗丽萍、杨玉琼、玉珠、余秀英,她们争芳斗艳各有特点:苗丽萍英姿飒爽,杨玉琼娇小玲珑,玉珠灵秀洋气,余秀英丰满朴实。她们是咱们营区的一道亮丽风景。"

唐真诚:"怪不得你们这帮小子见了这几个女人眼睛就直了呢!"

两人这次聊了之后,唐真诚还真仔细瞧过苗丽萍、杨玉琼、余秀英,个个都长得好看,遗憾的是玉珠离开镜铁山去了北京,没能细品。等玉珠代表兵种文工团来营区慰问演出时,唐真诚已复员回家,没再见上一面。

4

1979年的春天悄然而至。这个春天刮来的不仅是自然的春风,还有改革开放的春风。刚刚结束不久的党的十一届三中全会,实现了建国以来党的历史上具有深远意义的伟大转折,从根本上冲破了长期"左"倾思想的束缚,重新确立了实事求是的思想路线,将"以阶级斗争为纲"转移到以经济建设为中心上来,确立了改革开放的方向。春江水暖鸭先知,王永学参加了"真理标准讨论"研讨班,经过思想上的洗礼,对改革开放和发展经济有很强的期盼和渴求,现在终于可以放手施展一下了。

他给中队干部战士做了学习党的十一届三中全会精神的辅导报告,提出结合实际认真工作,务求实效。具体的要求就两条:一是任何时候都要坚持实事求是的思想路线,说真话,办实事,反映事物真面目,按客观规律办事;二是任何时候都要以提高工效为中心,这是国家以经济建设为中心在十一中队的具体体现,是对"以工为主"的基建工程兵部队的必然要求,也是中队存在的价值和使命所在。目标是在镜铁山所有施工队伍中创造一流业绩,使部队的红五星在头排闪耀。

在请示上级同意之后,成立镜铁山营区改革发展领导小组,王永学任组长,老金和牛幸娃任副组长,统筹协调部队在镜铁山的全面工作,把工作组和十一中队扭成一股绳,让全体干部战士向着一个目标奋斗。

在充分调研基础上,王永学提出了"以质量为前提,以安全为保障,以效益为中心,以争创一流为目标"的工作思路。老金和牛幸娃同意这一工作思路。牛幸娃提出,不仅要在镜铁山施工企业中创一流,还要在全支队连级单位中创一流,明确目标为"双创"。老金说:"这样好,这是'双响炮',在连级单位中创一流,更具有可比性。至于在镜铁山属不属于一流,不能自己的孩子自己夸,到时要由酒泉钢铁公司、镜铁山矿、部队上级机关组成联合考察组,对质量、进度、安全、效益进行全面考核后认定。"

在为达到目标采取哪些措施方面,三个人提出的侧重点不同,各抒己见。

王永学提出:一是要加大思想教育力度,通过强有力的思想政治工作,用国家形势新变化、三中全会新精神、上级机关的新要求,激励、教育、激发、引导干部战士以更高的热情投入到施工中去,为国家四化建设做贡献。二是坚持精神激励的同时,探索用物质激励的方式,来提高干部战士积极性,对在劳动竞赛中走在前面、对完成进度指标领先的班排发放奖金,适度体现多劳多得的原则。三是坚持典型引路,把在施工中表现好、完成任务好的班排和个人树为标兵,发挥标兵的引路作用。

牛幸娃提出两条措施:一是按以往的经验,在年度内组织几个"大会战",如"红五月大战""建军节大会战""迎国庆大会战",形成几个施工高潮,一浪高过一浪,到年底确保任务完成。二是开展多头掘进,宁可多开几个工作面,比待在一个工作面窝工强。他经过计算,多开几个工作面采用的人力、物力和时间,比死盯一二个工作面划算得多。

老金补充了一条措施,说:"要想切实加快进度,还是要采用新技术、新工艺、新流程,发挥新装备的优势。现在新装备的优势没有发挥出来,一些人热衷于打眼放炮、推车运渣,对新装备新技术不习惯,不愿采用,这样不行。如果别人都采用新装备新技术,我们这里还以人力为主,怎么争创一流?"

对上述措施,三人基本取得一致意见。但在有些方面,也有不同看法。

牛幸娃对王永学提出的"探索物质激励的方式"和"发放奖金"有异议,说:"人民军队实行义务兵役制,不是雇佣军,战士为国家尽义务是天经地义的。咱们部队成立以来,就是靠精神激励。干部拿死工资,战士领少量津贴。如果实行多劳多得,按劳取酬,性质就变了。千万别在这方面犯错误。"

王永学说:"你提醒得对!我的想法是以精神激励为主,物质激励为辅,也不是完全遵从多劳多得的原则,而是体现'干好干坏不一样',把大家的积极性调动起来。我们基建工程兵是施工部队,有和野战部队不一样的一面,既然是施工部队,就要按施工规律办事,就要讲求经济效益,在为国家创造财富、实现利润的同时,适度发放一些奖金应该是可以的。其实,我们部队过去表彰先进也花了不少钱,但这些钱都买成了镜框、锦旗、大茶缸、毛巾、被罩了,我们不买这些,把省下的钱发放奖金,效果也许会不同。"

牛幸娃说:"那可不一样!我宁愿要大茶缸,也不要奖金!"

老金说:"我姓金,我喜爱奖金,和你不一样,我那床铺下就放了十几个大茶缸,用没法用,扔没法扔,我把它卖给你牛幸娃吧,给我换两个钱花花!"

牛幸娃说:"适当发点奖金,我也同意,但不能太多,多了就变质了,就引导人向钱看了,这个度可得把握好。"最后三个人都同意试一试，形成了一致看法。

关于施工组织方式上，王永学不同意牛幸娃"组织几个大会战"的做法。他说："过去的'大会战'有时代特点，也起过积极作用，是部队过去组织施工的一条重要经验。但问题也不少，一些大会战存在拼人力、拼消耗、施工质量不高的问题。现在经济建设已转入常态化运行，应按经济规律办事，哪个时期需要做什么就强化什么，再搞'红五月'之类大会战，有些不合时宜。我们还是从实际出发吧，什么时间需要搞就什么时间组织，不按节日的时点去搞，走出一条常态下有序施工的新路子。"

老金说："搞大会战还容易出安全事故，不少人身伤亡事故就是在大会战期间发生的，因为人们的注意力在大会战上，把安全工作忽视了，甚至提出一些不讲安全的口号。再就是一些大会战施工质量差，回头对质量差的还得返工，造成很大浪费。我不赞成搞大会战。"

牛幸娃"大会战"的意见被否定，心中不快，脸上也有点挂不住，讪笑着说："看来，我是老革命跟不上新形势了，你们觉得咋弄好就咋弄吧！"

话是这么说，牛幸娃是个责任心很强的人，他不会因为别人不同意自己的意见就压床板、撂挑子，依然像以前一样，每天都盯在工地上，一点都不放松质量和进度。王永学把重心放在思想政治工作和典型引路上，老金这个技术大拿忙于引入新工艺新技术和培训人员。

1979年2月17日至3月16日，中国边防部队对侵犯我国领土的越南军队进行自卫反击作战。得知这一消息后，镜铁山营区十一中队干部战士不少人写申请书要求参战，慕古秀、苏明远两人还咬破手指，写了血书，这两个人现在都是代理排长，在连队有很大影响力，一下子带动了战士们的参战情绪。王永学及时抓住这一热度，把大家的参战积极性化为施工的积极性。他在全中队大会上充分肯定了大家要求参战保家卫国不怕牺牲的积极性，铿锵有力地说："我们是施工部队，但一样可以做贡献，我们多掘进，多产矿石，多炼钢，就是为前方将士提供更多炮弹和武器，为固我边防、打击敌人出力。让我们行动起来，把力气用到施工中去吧!"这个及时跟进的动员,再加上采取各种新的措施,促进了上半年施工任务的超额完成。

上半年成绩突出,形势喜人,王永学和老金、牛幸娃商量,决定不开总结表彰会,而是根据每人的贡献,按五元、四元、三元三等,发放奖金。奖金的钱数不多,却一下在干部战士中"炸了锅",大家关心发奖金的事,更关心谁得了多少,互相打问:"你是几等?得了几元?"互相打听后不再说啥,下决心好好表现,在下次提高自己的等级。虽然有个别人沮丧,但大多数人兴高采烈,毕竟是在每个月的津贴之外多了一份收入。有的拿这个钱请客,有的请假坐车去嘉峪关照相,确实比发那些实物好用得多,方便得多。发放的奖金没有引发大家向钱看,而是激发他们上等级、做贡献。对战士们来说,多这几块钱,也富不到哪里去,但他们看重的是荣誉,是评价。知道了干好干不好是不一样的,光说空话不干实事不灵了,引导大家把对四化建设的贡献体现到行动上。

看到这种局面,牛幸娃说:"看来多一种激励方式也无不可,有人喜欢物质激励,这也很好,不管哪种激励,只要能让干部战士积极性调动起来就是好事。"他是一个务实的人,开始不同意发奖金,现在看发了效果好,就改变了自己的看法,甚至认为可以加大一些力度。

进入下半年,王永学开始抓在施工和部队管理中表现好的典型。他对优秀班排和优秀个人的评选标准,做了三个改变:一是不再看多少次表态,写了多少决心书,而是看实际表现,看质量、看进度,看实打实的东西;二是不以过去几年的表现为重,而是以今年的表现为考评重点,激发老典型焕发新活力,新典型不断涌现;三是不搞论资排辈,不管资历深浅、年龄大小,只看个人现实表现。新立下这三条标准,王永学就不再管了,具体由牛幸娃分管评选。把制订条规和负责评比的人分开,这是一个好办法,在许多方面屡试不爽,王永学也想尝试一下,他相信牛幸娃的为人,相信他会公平地评选。

王玉波刚下到掘进班排不到一年,从来也没想过当先进,"一不小心",却被纳入了视线,并引发了争论。

理发匠王玉波被作为先进"备选",是因为两件事:

1979年7月19日,十一班在3120水平溜井砼发碹施工中,由于井下渗水严重,加之搅拌机震动,使井口沿帮的浮石不时脱落,直接威胁着井下施工人员的人身安全,班长唐真诚决定暂时撤离现场,待清理完井口沿帮浮石后再施工。在撤离过程中,王玉波不顾个人安危,顺手拿起一块盒子板,双手举过头顶,顺着井帮上前,护卫着两名战友撤离。就在这时,从井口掉下一块拳头大小的浮石,正巧砸在了盒子板上,盒子板被砸坏,王玉波右臂受伤,鲜血直流,他以自己受伤的代价,换来两名战友安然无事,避免了一场重大伤亡事故的发生。

　　在这之后不久的一次溜井砼发碹施工中,由于接近井口,溜灰槽插不到打灰的位置,必须由一个人站在下面的砼里,扛着溜灰槽才能施工。王玉波见此情形二话没说,跳进混凝土里,将一百多斤重的溜灰槽扛在肩上,整整坚持了四个多小时,使施工生产得以继续进行。当任务完成后,王玉波累得腿脚都迈不开步了。

　　也是因为这两件事,加上他认真钻研技术,热心为战友们服务,团组织发展他成了一名共青团员。

　　在评选先进过程中,王玉波能不能入选,争论很大,有的认为按照条件可以入选,也有的"翻历史旧账",说他刚入伍时自己"晕井",死活不肯下井,这才下井一年,就成了先进了?人家和他一年入伍的兵,下了好几年井,也没有被评为先进,他在井上当理发员,摸摸这个头,摸摸那个头,才不"晕井"几天,就当了先进,这公平吗?还有的把他和矿上女的"勾搭连环"的事也扯了出来,说要是评了这种人当先进,中队的风气就被带坏了。加上人们对这种事感兴趣,说着说着就走了题,好像不是给王玉波评先进,而是开他的批斗会。

　　正在大家叽叽哇哇议论没完时,只听一声大喊:"你们这是干什么?!"像一声炸雷响起,牛幸娃实在忍不住发了脾气,"有你们这么议论人的吗?评先进是看表现,革命不分先后,下井也不分先后,表现突出的新人也可以入选。就凭他在井下救人、扛溜灰槽4个小时这两条,就可以当先进,不服气可以去试试!王玉波虽然下井才一年,但已熟练掌握放炮打眼技术、凿岩机操作技术、混凝土搅拌技术,施工中处处走在前头。下了班还给大家理发、修表、刻章,一个人当两个人使,这样的人不评先进,我们良心上说得过去吗?至于说他在矿上和女的那件事,完全是无中生有,大家再也不要乱传,不要津津乐道毫无根据的事,我今天在这里正式为他正名。我过去虽然对他有一些看法,那是过去,现在人家改变了,进步了,就不要拿老眼光看人。我投他一票,我希望在座的同志都投他的票,鼓励更多的新人成长起来。"

牛幸娃一席话客观公正,入情入理,扭转了评选的方向,最后,王玉波高票当选先进。

中队先进典型和优秀个人的评选,做到了客观、公正、务实,一下子发挥了引导作用,战士们努力向先进看齐,争创先进蔚然成风,推动了中队施工和各项任务的圆满完成,到年底时,十一中队在年初制定的各项指标已超额完成。

经过酒泉钢铁公司、镜铁山矿、部队上级机关组织的考核组的联合考评,确认十一中队1979年在镜铁山矿创造了全员劳动生产率超万元的佳绩,达到了一流施工队伍标准。在全支队组织的以连级为单位的年度考核中,十一中队也以优异成绩胜出,名列前茅。"双响炮"炸响,也引起了基建工程兵领导机关的关注,决定授予十一中队集体三等功。

不久,十一中队就接到上级电报通知,让派代表参加1980年1月兵部在北京召开的表彰会。消息传开,营区自然是一派欢腾。荣立总部颁发的集体三等功,是十一中队的莫大荣耀,军功章里有干部战士的泪水和汗水,有他们的牺牲和奉献,也凝聚着他们在改革开放新时期的探索和进取。

第十八章

1

牛幸娃想去参加兵部在北京召开的表彰会,嘴里却对王永学这么说:"指导员,要不你去北京参会?"

王永学说:"你去,你是中队长,去参会合适。"

牛幸娃说:"我去就我去,我还没到北京去过哩,连天安门在哪我都不知道。"

王永学说:"我这里有玉珠电话,我抄给你,你到北京后和她联系,让她陪你好好在北京转转。"

到了北京,牛幸娃可真是开了眼界。隆重的表彰会在兵部大礼堂举行。兵种主要领导出席表彰会,并做重要讲话,还给立功受奖的单位颁了奖。牛幸娃站在领奖台上,感到无比的风光和荣耀。

当天晚上,基建工程兵文工团为出席兵种表彰会的代表演出文艺节目。牛幸娃坐在台下靠前的位置,就那还嫌坐得不够近,努力向前探着脖子。

"出来了,出来了!"牛幸娃心里念叨着,看见玉珠大大方方地站在台上。玉珠经过化妆,又穿上演出服,比过去更漂亮了。

一曲《翻身农奴把歌唱》,赢得了全场热烈的掌声,牛幸娃鼓掌鼓得比别人更加热烈,比别人鼓得时间长,嫌坐着不过瘾,还站起来鼓,引起许多人注意,也引起了玉珠的注意。到第二曲《阿佤人民唱新歌》时,玉珠唱得更加投入,更加卖力,效果也更好,掌声更加热烈,牛幸娃把手掌都拍红了,他盯着玉珠看,玉珠借着答谢的机会,给牛幸娃挥挥手,又向后台指了指。这个看似不经意的动作,被牛幸娃心领神会了。

演出结束后,牛幸娃没有随其他观众一起离去,而是整理了一下军姿军容,大着胆儿向舞台后面走去。兵种文工团此场演出非常成功,团里为这次表彰会专门准备了一台节目,演员们得到了出色发挥,玉珠演的节目出了彩,心里很是高兴,见到牛幸娃,更加高兴,连脸上的油彩都闪现着快乐的光芒。牛幸娃紧握着玉珠的手,祝贺她演出成功。

听牛幸娃说,十一中队获得了兵种颁发的集体三等功,他是代表中队来领奖,来接受表彰的。玉珠比自己获奖还兴奋,她早把自己作为这个集体的一员了,况且自己的未婚夫刘柱锁还是这个中队的副中队长,自然心中也有几分荣耀。她说:"牛队,我相信你领导的集体能干好,但没想到干得这么好,能到北京来领奖。"

牛幸娃说:"玉珠,你到了北京,歌唱得好,也学会说话了,嘴上抹糖,说话甜着呢!"

玉珠说:"本来嘛!王指导员好吗?刘柱锁好吗?"

牛幸娃回答说:"都好,都好,小好的爹,老好了!"接着又说,"王指导员让刘柱锁和我一起来,和你热乎热乎,刘柱锁不干,说这又不是公务,我去干什么?以后再找机会吧。就给你写了一封信,让我带了来。"

玉珠收好信,把牛幸娃介绍给文工团汪政委:"汪政委,这是02部队十一中队牛幸娃中队长。他们中队远离大部队在镜铁山施工,创造了一流效益,兵种给他们记了集体三等功呢!"

汪政委紧紧握着牛幸娃的手说:"辛苦了,辛苦了!镜铁山我知道,那可是高寒缺氧地区,你们中队在那里坚持施工,还获得了这么好的效益,真是不容易呀!让人敬佩!"又说,"啥时找个合适的时间,我派个小分队到你们那里慰问演出。"又冲玉珠说:"到时派你带队去,你愿意不愿意啊?"

玉珠向汪政委敬个礼说:"谢谢汪政委,坚决服从命令!"她那一本正经的样子显得有些滑稽,把汪政委和牛幸娃都逗笑了。

汪政委给玉珠两天假,让她陪牛幸娃在北京转转,说:"从镜铁山出来一趟不容易,好好在北京转转,多看几个景点。"

这时在北京已有出租车出没,玉珠要打车陪牛幸娃出去转,牛幸娃说:"我可不敢再打车了!"

玉珠问:"为什么?"

牛幸娃说:"我到北京的第一天晚上,心情激动,从招待所出来后打车,司机问我去哪里?我说,先杀到天安门,再杀到人民大会堂!人家司机停下车说:我这车去不了。我问:为什么?司机说你一会儿杀这里,一会儿杀那里,我可不敢陪你去犯罪。我说,嘿,杀,就是到的意思,不是杀人的意思。我这四川话把你吓到啦!"

玉珠大笑:"你这四川话也太重了,杀这杀那的,我听了都害怕!"

牛幸娃说:"我这四川话好着呢,要是给你说湖南话,你更听不懂。我们中队十一班班长唐真诚一口湖南话,一次到班里去,我问唐真诚:你干什么?他说:我打瞌睡!我说:大白天的打什么瞌睡?不像话!说了好几遍,我都以为'打瞌睡',最后他指了指手里的暖瓶,我才明白他要去'打开水'。各地方言不同,是容易出现误解嘞!"

牛幸娃和玉珠就这样说说笑笑逛了天坛、北海,去了颐和园,游览了长城。玉珠尽心尽力跑前跑后地陪着牛幸娃,临走时还要给他买北京特产带回去,牛幸娃不让。

牛幸娃说:"我不直接回镜铁山,支队领导让我先回迁安支队部,到那里给机关做一场报告,然后下到各大队去做报告,咱支队这次获集体三等功的就咱们一个中队,领导说让咱们典型引路呢!"说这话时,脸上露出抑制不住的兴奋。

到了迁安支队部,牛幸娃受到了自己以前未曾受到的礼遇,支队长、政委接见了他,听他讲了在北京参加颁奖会的情况,安排他给司政后机关干部做了一场报告。接下来由组织科派人,陪他到各大队巡讲。临行前,牛幸娃去拜访现已是支队参谋长的老首长杨全来。

一见面,牛幸娃就致歉道:"对不起,老首长!你交给的守护烈士墓的任务我没有完成好。"说着,眼泪就下来了。

杨全来说:"那一枪打得好,就是要给不法分子一个威慑,谁敢动我烈士墓,就是吃枪子的下场!"

牛幸娃说:"我因这事挨了处分。"

杨全来说:"支队领导在研究这件事时,我为你据理力争。支队主要领导说:处分归处分,这个处分有特殊性,不影响今后提拔使用。"

果真如杨全来参谋长所言,牛幸娃的提拔使用被提上了议事日程。在他给机关做报告的当天下午,拟提拔他的呈文已由支队干部科上报上级机关。等他在几个地方做了报告回到镜铁山时,提拔他担任三营营长的任命已经下来了。这一年,根据上级命令,基建工程兵团以下单位,统一由大队、区队、中队改为团、营、连称谓,牛幸娃就成了改称谓后部队任命的第一个"营长"。

这消息对牛幸娃来说,可谓"双喜临门",他刚代表十一中队去北京领奖、在部队做报告归来,又被提拔重用,放了"双响炮",心里自然高兴。王永学、老金等战友也为他高兴,便在任命令下达的第一时间为牛幸娃"夸官"。"夸官"这种事也只能悄然进行,地点仍选在老金家里,人员也限定在很小范围,老金和苗丽萍两口、牛幸娃和杨玉琼两口,再就是王永学和刘柱锁。

范围小,又都是熟人,说话自然不见外,老金借着喝一点酒说:"牛幸娃,牛幸娃,你看你这小名取得多好,幸运的娃子,幸福的娃子,既幸运又幸福,啥好事都摊上了,阵阵不落!十一中队留下,你当了中队长;下河救人,你娶下了杨玉琼这女娇娃;去北京开会,你扬名到了首都;出去做报告,回来就提拔成了营长。这是你哪辈子修来的福嘛!"说完,又一个劲地和牛幸娃碰杯喝酒。

牛幸娃说:"什么名字取得好,什么哪辈子修来的福,那都是瞎扯!最重要的是得到你们的帮助,得到战友们的支持,是大家把我抬上来的。我尤其要感谢永学,永学老弟全力支持我的工作,是永学老弟把我拉上来的,他不为名不为利,受了多少委屈,受了多少磨难。人心都是肉长的,你们以为我不知道?来,我敬永学老弟一杯酒。"

在座的人发现,牛幸娃对王永学的称呼发生了变化。过去称"王

361

永学指导员""王指导员",现在改成了"永学""永学老弟",称谓的变化表示感情上又深了一层。

王永学把酒喝了,有点激动地说:"是你领导得好,决策得好,头雁领着群雁飞,你是主官,又是我的老班长,我只是跟你做点事,事还不一定做好,是你将就我。"

老金说:"你们俩都是主官,不存在谁将就谁的问题。应该说,你俩是团结得好,协作得好。据我观察,凡是团结好的连队,不仅工作干得出色,连长、指导员都能得到提拔重用。有的人不懂这个道理,闹不团结,闹无原则纠纷,尿不到一个壶里去,甚至互相斗得像乌眼鸡似的,不仅工作受影响,个人也没有光明前途。你们俩虽然各有个性,但做到了优势互补,可称团结合作的典范。"

老金这么一说,引来了牛幸娃和王永学敬酒,两人说:"我们俩的团结,还不是你和丽萍促进的？来,敬你们两口子一杯!"

刘柱锁虽然当了副中队长,但仍惦着连队的主副食供应,敬牛幸娃一杯酒说:"牛队,你当了营长,到河北那边去了,有了好吃的好喝的,可别忘了我们这些兄弟,多弄些新鲜蔬菜发过来,让我们改改'老三样'。"

苗丽萍接话道:"玉琼也跟着牛队去河北享福了,听说河北海鲜多,可以换换口味了!"说完,要给玉琼敬酒,却看见玉琼在抹眼泪,还越抹越多,边哭边说:"我不离开这里,我离不开这里,这里再苦,也是温暖的,也有人说话。我不愿离开金大哥、丽萍姐、王指导员,不愿意离开十一中队战友们,不愿意离开咱们的北大河!"说完,竟放声痛哭起来。苗丽萍也流了眼泪,她控制住情绪说:"好妹子,不哭了,姐陪你说说话,让他们几个喝酒吧!"就拉着杨玉琼到另一个房间去了。

老金、牛幸娃、王永学、刘柱锁继续喝酒,边喝边唠,话题自然说到由谁来接替牛幸娃当中队长。牛幸娃说:"我推举靳开军接,靳开军要不是嘴上没把住门,在我之前就该当中队长了。"

老金说:"唉,人这一辈子,有的一生幸运,有的一生倒霉,靳开军就是倒霉的命,现在提倡实事求是解放思想了,他过去说的那些话就不叫问题了,应该时来运转了,却头部受了伤,扣上一块玻璃钢,就是这样,还天天盯在工地。这样的人当中队长,我举双手赞成!"

刘柱锁说:"老靳当中队长我拥护、赞成,我在工作上积极配合。"

王永学说:"既然咱们意见一致,就集体写一封推荐信如何?趁牛队现在还在咱们这里,由他这个正营职干部挑头,分量就重得多。"

牛幸娃说:"好,我来挑这个头,永学写好材料后,我第一个签名。我这里还有一个小建议,我建议把王玉波提升为班长,作为排长培养对象。"

刘柱锁说:"你不是不喜欢这个兵吗?"

牛幸娃说:"他过去说晕井,我不喜欢他;现在人家不晕井了,天天在井下了,舍得出力,技术又好,唐真诚复员后,能把一个班挑起来,我怎么能不喜欢?还是指导员工作做得好,人是可以改变的,我们不能把人看死,要看到人家的长处,看到人家的变化。"

老金把酒杯举起:"幸娃,你有这个看法,我看你还能进步!"

离开十一中队之前,牛幸娃在连里宣布的最后一个决定,就是任命王玉波为十一班班长。这件事,在王玉波心里引起震动,成为他成长进步的新起点。也在全中队战士中引起震动,他们佩服牛幸娃的胸襟和眼光,在王玉波身上看到了前途和希望,尤其是那些表现后进的兵,心中又燃起了进取的希望。因为牛幸娃的一句话刻在了他们的脑海里。牛幸娃说:"好木匠,没有一个不喜欢好铁钉;好军官,没有一个不喜欢好士兵!"

2

一个人受到别人肯定,尤其是受到过去否定自己的那个人的肯定,这个人又是领导,决定着自己的命运,被肯定的人会被激发起强大的精神动力。

辽宁兵王玉波就是这样。他完全没有想到牛幸娃这个最看不上他的人,要安排他复员回家的人,竟在离开十一中队时,提议并宣布让他担任十一班班长。这一年多王玉波拼命干活,拼命学技术,拼命表现,就是要给牛幸娃等人看看,自己不是怕下井的怂货,就是要为对他好的王指导员争光,也为自己争口气。没想到自己的表现被眼里揉不得沙子的牛幸娃看在眼里,记在心上,最后在离开时做出这么一个决定。自己下井一年多就被任命为班长,这是他根本就没有想到的。他开始反思自己的表现,解剖自己,从内心承认自己"晕井"是装的,根子是怕苦怕死,如果施工连队的战士都像自己这样,那施工任务如何完成?军人的价值如何体现?想到这里,他心里不再怨恨牛幸娃,甚至有点想念这位刚刚离开中队的中队领导。他甚至不再怨恨捉他"奸"的申力明和慕古秀,假如自己在行为上注意一点,不过多和女职工接触,不在星期天去宿舍给人家烫发,就不会造成误解,让这样的事情发生。一开始,王指导员就含蓄地提醒过自己:不要过多给女职工理发。自己没有听进去。自己是不是有点私心,有点好奇心,愿意多和女职工接触,用手摸着她们的头发有一种异样的感受?甚至没有拒绝女性的吸引,这一点,王玉波并不否认。凡事能在自己身上找原因,就会宽容宽待别人。他认为自己虽然并无邪念,但没注意避免瓜田李下之嫌,这应该是重要原因。好在组织上给自己正了名,自己也用实际表现证明了自己,没有因此事"歪泥"。心中唯一不安的是把人家左梅左干事连累了,被"捉奸"后,弄得左梅在矿上抬不起头来,连处对象都受到影响。事后他才知道,左梅在矿上表现一直都很优秀,在保卫干事任上坚持原则,得罪了人,有的人出于不良动机,散布流言,故意做了一个"局",他俩上了圈套。好在左梅很坚强,出事后,曾给他写过一封信,鼓励他不因此事而荒废,而是要振作起来,用行动证明自己,相信时间会还他俩的清白。还说,她也会为证明自己清白而努力。这对王玉波是一个鼓励,也是一种动力。他不想复员退伍,就是想在部队证明自己,好在遇到了王永学这位好指导员。此时,他已经不局限为指导员"争光",而是琢磨怎样为部队建设做贡献,怎样为完成施工任务贡献更大力量,怎样成长为一个真正的革命战士,成为一个对社会有益的人。他的思想境界得到升华,行动也更加自觉起来。

王玉波对担任班长职务是没有任何思想准备的,思想压力工作压力明显增加,担心自己干不好,但他没有退却,为自己制订两个原则:一是带头干,以身作则;二是开动脑筋,把班内战士组织起来。他认真贯彻条例、条令和各项管理规定,坚持高标准、严要求,对班里战士大胆管理,使大家人心齐、团结好、干劲大,精神面貌发生了很大变化。他狠抓行政管理,使班里人人遵规守纪,军容严整,内务整洁,多次获得连队内务卫生流动红旗。在施工中更是勇于承担急难险重任务,屡立战功。

按照部队与矿方的协议,2号电梯井的电梯安装必须在1980年底竣工,而电梯安装又必须是在锚杆插注完成后才能进行。1980年9月5日,连里决定将12架锚杆插注任务交给十一班,王玉波深知完成此项任务面临多种困难,全班仅五个同志,人手明显不足;井筒照明不好,这不仅影响完成任务的速度,而且还会对安全构成影响;最大的困难在于工期太紧,连里要求两天必须完成任务。尽管压力很大,他还是愉快地接受了任务。上班前,他召集全班开会,讲清按时完成任务的重要性,同时指出施工中可能会出现的危险性,告诫全班一要注意质量,二要注意安全,三要在确保质量和安全的前提下按时完成任务。出发前,他让战士小华去炊事班,带上五个人中午吃的馒头,以备加班时食用。施工中,他安排小华、小朱二人在井上,负责准备水泥灰浆和卷扬机升降,他带领另外两名战士下井,负责锚杆插注。他们三人下到井下,王玉波安排其中一名战士负责稳罐和观察安全动向,另一名战士负责打手电照明配合自己工作,由他一人负责锚杆插注,每一个眼水泥灰浆都灌得满满的。负责打手电照明的战士见状,嫌班长干活太慢,催促说:"班长,差不多就行啦,验收时又看不出来,没有必要灌得满满的。"

"那怎么行啊,质量问题可是百年大计,千万不能弄虚作假。"说完他继续认真地操作。

锚杆插注进展顺利,速度比较理想,不到三小时就完成了8架共计96个锚杆的插注,照此推算,最多再用两小时便可完成剩余4架锚杆的插注任务。王玉波心里乐滋滋的。可就在这时,一个意想不到的情况发生了,矿方变压器跳闸停电,原本照明就不太好的井筒漆黑如夜,伸手不见五指,载有王玉波三人的吊罐悬在井筒中央,上不能上,下不能下,好在吊罐没向下滑去,尽管如此,三人还是被意外停电引发恐慌。王玉波想:关键时刻最重要的是稳定情绪,控制局面,不能有任何闪失。他从那位战士手中接过手电筒,仔细检查吊罐情况,然后安慰两位战士说:"不要乱动,没事,大概是变压器临时出了点问题,估计一会儿就好。"其实,他心中也没底,说一会儿就好不过是安慰他俩而已。他用手电朝井口射去,拉大嗓门喊道:"小华,到矿值班室——问问,到底——怎么回事!"井筒里响起"嗡嗡嗡"的回声,在井口的小华、小朱什么也没听见……

半个小时过去,没来电;一个小时过去,还是没来电……在黑暗的井筒里,在悬空的吊罐中,他们三人焦急不安,度时如年,没有任何办法。

大约两个小时后终于来了电,小朱将吊罐升至井口,三人悬挂的心总算落了地。王玉波让小陈拿出馒头,说吃完了接着干。尽管五个多小时过去了,早已过了吃饭的时间,可他们却说一点也不饿,几位战士似乎还没有从刚才的惊吓中完全走出来。

王玉波拿出馒头一边向四人分发,一边风趣地说:"我知道,说不饿是假,受点惊吓是真。可这又算得了什么呢?不就是老天爷念我们干活辛苦了,创造个条件让我们休息一下吗?吃,都吃!吃完接着干,我们一定要干完再下班。"

在王玉波的带动下,四位战士勉强咬了几口凉馒头,喝上几口冰冷的自来水,按照原来的分工又投入了战斗。近两个小时过去,终于全部完成了12架共144根锚杆的插注任务。

还有一次,十一班在3120水平的一个岔子抹灰,正当战士们热火朝天干得正起劲的时候,变压器突然被烧,巷道里顿时漆黑一团,施工无法继续进行,个别战士主张下班。王玉波心想:这个月还剩两天时间,若是顺应个别战士要求,同意下班,势必影响当月任务完成;若是不同意下班,可眼前又没有电,等换完变压器再施工,显然又不现实。欲进不能,欲退不甘,怎么办?他灵机一动想出一个办法:火光照明施工。

他让战士打着手电筒找来废弃木材,点上一堆火,借着火光施工三小时,硬是将看似无法完成的抹灰任务圆满完成后才下班。

当了班长后,王玉波无论工作多忙,时间多紧,学雷锋做好事的行动从未停止过,他不仅利用业余时间为全连干部战士义务理发,还抽空为战友洗衣洗被,帮助需要帮助的战友。他觉得学雷锋仅凭自己一个人的力量毕竟势单力薄,于是发起成立了学雷锋小组,建立了"好事善举"登记簿、修旧利废登记簿,将学雷锋做好事活动中的好人好事记录下来,对其中表现突出的人和事,专门写成表扬稿,送连队首长审阅后,在连队黑板报上公开表扬。通过精神激励,学雷锋小组积极性空前高涨,掀起一个学雷锋做好事、比贡献的热潮,星期天帮厨、打扫环境卫生、天不亮起床淘厕所、积肥种菜、打猪草养猪、到工地整理场地、回收水泥、拣废旧钢铁等好人好事层出不穷。仅1980年,王玉波就带领学雷锋小组回收水泥3.5万公斤,水泥袋1800余个,捡废铁5000多公斤。通过开展学雷锋活动,提高了小组成员的思想觉悟,陶冶了革命情操,增进了战友间情感,营造了一个朝气蓬勃、团结友善、助人为乐的良好氛围,对连队思想政治工作起到了很好的促进作用。

做这些好事,王玉波都是自觉自愿发自内心的,不图名,不图利。以前他做好事,希图得到领导表扬,获个中队嘉奖什么的,有时候做好事没人发现,没有得到嘉奖,心里还挺失落。现在他已经内化为自觉的行动,完全没有了名利思想。中队和上级要表彰学雷锋典型时,他就推荐战友们,自己更愿做一个"无名英雄",悄悄地做一些让内心安宁快乐的事。

也许应了好人好报那句话,也许是冥冥中有什么力量相助,有个人写了一封信,打破了王玉波的平静生活,让他在日后一举成名。

3

玉珠率文工团小分队到镜铁山演出,是在1980年9月下旬。之所以选这个时间,是因为此时正是秋季,天还未寒冷,可以在室外搭台为干部战士演出,这个时间是玉珠和王永学在电话里商定的。牛幸娃提职走了,这次演出由王永学负责接待和组织。这些文工团员是从兵种上面来的,玉珠又是从镜铁山走出的老朋友,王永学对此次接待工作高度重视,还拉来苗丽萍、刘柱锁做协助工作。刘柱锁不干,说:"让我接待她,这不是公私不分吗?"

王永学说:"咦,你还架子哄哄的,你接待的是兵种文工团演出小分队队长玉珠,不是你对象玉珠。再说,你俩不是还没有结婚吗?人家玉珠最后和你成不成还不一定呢!"其实,玉珠已在电话中告诉王永学,说她已请下假,在演出结束后,和刘柱锁到托勒牧场她阿爸那里成婚。王永学这么说,是故意逗刘柱锁的。

玉珠还请王永学一定把"老霍头"请回镜铁山看演出,她动情地说:"是'老霍头'找人让我当兵的,我不能忘了老人家的恩情,要当面向他汇报演出。"

王永学自然会满足玉珠的要求,在玉珠演出前,把"老霍头"接到镜铁山。他还在筹办一件大事,这件事连刘柱锁到现在都还不知道,以免走漏风声。

王永学答应玉珠,帮她找自己的生身母亲。自从应下这件事,就和余秀英处处留心,还让秀英阿爸余学栋去同样年纪人中寻找。王永学估计玉珠母亲的年纪大约在50岁左右,和秀英阿爸年纪差不多。他还专门到托勒牧场找夏云龙了解详细情况和相关线索。此时,原先的战备公路已经修为国道,已有长途公共汽车从镜铁山通往托勒牧场,当天就能到达。老红军夏云龙已经离休,不再担任牧场场长。按规定他可以到干休所离休,但他不愿意离开托勒牧场,说在这里住习惯了,离不开,住原来的房子就行,不用搬家了。他不愿离开这里,是因为这里挥洒了他的汗水,有他的荣耀,也有他的伤痛,还有他对未来的希冀。本来不再寄托什么希望,但人越老越怀念往事,怀念那个温暖的帐篷,那个用体温救他的藏族少女,那个为他生下玉珠的女人。过去没离休时,天天忙得脚打后脑勺,顾不上想这些,也不感到寂寞,现在退休了,坐在偌大的院子里看日出日落;晚上睡不着觉时往事都汇聚到眼前来了,睡梦中常梦见那个温暖的胴体,醒来伸手一摸,炕是热的,心是凉的,忍不住落下两行老泪,掉在枕头上是冰冷的。即使自己不再需要女人,也要设法把这个女子找回来,让她和玉珠母女团聚。夏云龙知道玉珠的心事,玉珠多少次在梦中哭喊着找阿妈,醒来却装着无事人一样,她害怕勾起阿爸的伤心事。玉珠后来要求到镜铁山矿工作,很大的原因就是想在那里寻找生母,她想的是让阿爸阿妈团聚,一家人团圆,不给人生留下遗憾。为了实现自己当歌唱家的理想,她离开镜铁山,参军去了北京,但寻找生母的愿望一点都没减弱,她托付她信任的王永学指导员,王永学的妻子余秀英还是当地人,也有寻人的条件和便利。但是,她也知道在茫茫人海中找一个人是多么困难,就像海里捞针、沙里淘金,谈何容易!所以,此次到镜铁山演出,她根本就不会想到会有见到母亲这等好事发生。

事情的转机出现在王永学去托勒牧场拜访老红军夏云龙之后。夏云龙为他介绍了玉珠生母的年龄、长相、口音,当王永学问夏云龙玉珠母亲说什么语言时,夏云龙怔住了:"我不懂她的语言,只靠肢体交流,不知她说的是什么语言。"不知她说的是什么语言,怎么确定她是哪个民族?王永学心里嘀咕道。他心里嘀咕的另一件事是:玉珠的生母和她的家人为什么从托勒牧场迁移到镜铁山呢?难道就是为了和夏云龙不见面、害怕他受连累吗?

回到镜铁山,王永学和秀英,坐车去了肃南裕固族自治县民政局。肃南裕固族自治县隶属于甘肃省张掖市,是中国唯一的裕固族自治县,地处河西走廊中部、祁连山北麓,东西长650公里,南北宽120—200公里,总面积达2万多平方公里。春秋战国时期就有许多民族在河西地区活动,后几经变迁,在中华人民共和国成立之后,于1954年正式设立肃南裕固族自治县。1959年,肃南与青海省的行政区域进行了一次大的调整,将肃南的陶东部、八字墩等处划归青海省,将青海省的城滩草原移交肃南县。在民政局了解了区划调整情况,王永学和余秀英认为,玉珠的母亲迁到属于肃南县的镜铁山地区,应该是在区划调整之后。他俩的想法得到了民政局工作人员的证实。一个工作人员说:"这次区划调整后,更多的裕固族牧民迁徙到了肃南县这个民族区域自治的地方,有的是寻亲靠友,有的是因为相同的生活习俗。"

听王永学介绍了要寻找的人的基本情况,余秀英讲到和阿爸在藏民中反复寻找也没有结果,工作人员说:"还可以扩大一点范围寻找,只要在我们肃南县,只要人还活着,就一定能寻找得到。"

就在陷于僵局之时,王永学突然脑海灵光一闪:"这个女人会不会是裕固族,被玉珠的阿爸误认为是藏族了?语言不通,这是完全有可能的。"他对工作人员说:"你刚才说扩大范围,我想不妨在裕固族中找一找,也许老人记忆有误呢?"秀英也同意这个看法,就把有关情况给工作人员写下来,拜托人家在裕固族50岁左右女人中寻找。工作人员热心地说:"好的,我们会认真对待这件事的。"

八十年代之后,随着交通条件改善,从镜铁山到肃南裕固族自治县县城已比较方便,秀英常到民政局去,了解寻找玉珠母亲的情况。秀英阿爸赞同王永学和秀英的看法,他已经在自己所在的藏族乡寻访个遍,大家都不知道1960年前后有一个从托勒牧场迁移过来的藏族家庭和这个女人。藏族和裕固族是两个民族,但也有一些共同特点,比如游牧、住帐篷,同信藏传佛教等,不深入了解情况的人把两者弄混淆也是有可能的。

当时肃南裕固族自治县人口并不多,全县也就2万左右人口,寻个人相对容易,但由于地面宽广,人们居住分散,通讯条件差,民政局的工作人员为寻找玉珠的母亲,着实费了不少劲。一天秀英又去时,民政局一个工作人员说:"好消息,我们得到一个比较准确的线索,有一个49岁的裕固族妇女,保存有一件旧军衣,军衣内怀写有夏云龙的名字,不知道这个人是不是你们要找的人?"

余秀英说:"有可能!这件军衣在哪里?"

工作人员说:"已拿到我们这里来了,你拿回去让要找人的那个人认认,如认下这件衣服,我们再往下做工作。"

余秀英说:"太好了,太好了!"把旧军衣接过来,小心翼翼地放进提包里,立即赶回镜铁山给王永学复命。王永学让连队的卡车拉着他和余秀英去托勒牧场,见了夏云龙老场长,就把这件旧军衣拿给他看。

夏云龙翻来覆去地看这件旧军衣,当看到内怀里自己的名字时,眼泪一下子涌出来了:"这是我的军衣呀!你们怎么得到的它?玉珠的妈妈找到了吗?"

王永学说:"还没有找到,但保存这件军衣的人找到了。"

夏云龙喜上心头:"找到这件军衣,就找到这人了,是她,是她,一定是她!"

余秀英说:"老场长,这个女人今年49岁,年龄对,但有一点不对,她不是藏族,而是裕固族。"

夏云龙说:"那不可能!肯定是藏族。我听说藏族女孩子大了,家里就给另安一个帐篷,她就是在帐篷里救了我的命,当时确实是她一个人。"

余秀英说:"有这个习俗的,不光是我们藏族,裕固族也有。据我所知,裕固族传统的婚姻习惯,有正式婚姻与非正式婚姻两种,正式婚姻,即男娶女嫁婚,婚姻仪式繁多而隆重;非正式婚姻主要指帐房戴头婚。女孩子到15岁或17岁时,举行戴头面仪式,就是成年礼。父母这时候要为女儿另立一顶帐篷,裕固族叫'道尔朗'。姑娘戴头面之后就有了社交自由,可与心爱的情侣在'道尔朗'同居,共同生活,生儿育女不受非议。帐房戴头面的妇女,有的与一个固定的男子白头到老,也有中途感情发生波折而与另外男子同居的。"

王永学说:"你知道的还真不少呢!"

余秀英笑笑:"我有裕固族好朋友,是她们告诉我的。"

夏云龙听余秀英说得有道理,回应道:"也许我没弄清。你们吃完饭,咱们就出发,有没有枣,先打三杆子再说!"说完,就让人去安排用餐,同时向场里要吉普车。

夏云龙在王永学、余秀英陪同下,拉着县民政局的一个工作人员,去乡下找保存军衣的那个裕固族妇女。没想到,夏云龙这三杆子打得挺准,见了那个女人,俩人相互凝视一会儿,就上前抱头痛哭起来。原来这个女人也在想他。自从两人分手后,她就孤身一人,父母去世后,

371

她和兄嫂一起生活,在寂寞中度日。她想念这个男人,想念女儿玉珠。当听说女儿玉珠到北京当了演员,又高兴得笑了起来。为了将来见面后能和这个男人交流,她坚持多年学会了说汉语,能和汉族人较顺畅地交流。夏云龙高兴异常,大着嗓门喊道:"你收拾一下东西,三天后我来接你,咱们去县里办结婚手续!"女人羞涩地笑了,在场的人都笑了。

在返回的路上,王永学对夏云龙说:"老首长,我再告诉你一个好消息,玉珠近期要带领兵种文工团小分队来镜铁山营区慰问演出,她告诉我,演出结束后,她到托勒牧场去看你,并和刘柱锁成婚,这可是小好的爹找老好,好上加好啦!我有一个建议,干脆你们老两口、他们小两口一起在镜铁山我们营区,把婚事一块办了得了!"

夏云龙爽朗地说:"中,中!你王指导员说了算。但有一条,先不要告诉玉珠,我要给她来一个突然袭击!"

余秀英说:"老场长,是突然惊喜!"

"对,对,突然惊喜!这孩子想她母亲都想疯了,她做梦也想不到你们帮我把她母亲找到了,我们一家人团聚,可是托了你们的福了。"夏云龙说罢,眼角又涌出了泪水。老年人变得情感脆弱,关闭泪水的闸门常常失灵,又老也修理不好。

在王永学、余秀英、老金、苗丽萍和夏云龙的共同策划下,玉珠享受到了突然惊喜带来的快乐。

兵种文工团小分队的慰问演出如期进行。刘柱锁带领干部战士在营区搭了一个露天舞台,有人戏言说这是"夫君搭台,娘子唱戏",说得刘柱锁心里乐呵呵的。他要把舞台搭得质量好、效果好,因为镜铁山矿的职工也要来观看。玉珠参军入伍前,是矿上的"明星",认识人多,大家都要来看玉珠的演出,目睹她的风采和变化。

演出小分队一共来了7个人,玉珠是领队。王永学简单说了几句欢迎词之后,演员集体亮相,玉珠一眼就看见了坐在头排的"老霍头";往旁边又一看,"咦,阿爸也来了!"阿爸身边还坐着一个女人。"这个女人是谁?和阿爸坐得那么近。"玉珠心里嘀咕着,心里升起几分期盼又不敢确定。她稳定情绪,把自己的两首歌唱完,又给战友们的节目报幕,期望他们得到最好的发挥。这几个演员都是文工团精心挑选的"轻骑兵",个个一专多能,其中一个是老演员、多面手,开始时是表演魔术,尔后是说山东快书,最后表演口技,受到了观众的热烈欢迎,在掌声中几次返场。玉珠独唱自然也获得了热烈掌声。在节目最后,观众非要让她再上场,唱一首"压轴歌曲"才肯罢休。

演出一结束,玉珠就蹦下台去,她先和"老霍头"握手、问候,尔后抱着夏云龙的脖子问:"阿爸,你来了也不告诉我一声!"继而又问,"你旁边那个女人是谁?"

夏云龙也不回答,一把把玉珠推到那个女人面前,激动地说:"这是玉珠,咱们的玉珠呀!"

那个女人喜极而泣,激动得说不出话来。玉珠扑到那女人怀里,哽咽着说:"阿妈,你真的是我的阿妈吗?这是真的吗?我不会是在梦里吧?"

过了几天,在演出小分队到施工现场为干部战士做了专场演出后,小分队成员返京,玉珠则留在镜铁山完婚和休假。而她和刘柱锁的婚礼是和阿爸阿妈一起举行的。

就在几天前小分队演出的舞台上,在幕布上挂上毛主席像,做了简单布置,夏云龙老两口、刘柱锁小两口一起举行了婚礼。婚礼由王永学主持,在场的干部战士见证了这场奇特的婚礼,分享了他们的幸福。这场交织两辈人幸福的婚礼,在镜铁山地区传为佳话。

婚礼前后,还有一个小小的插曲:玉珠见到了好朋友左梅,俩人曾住过一间宿舍,情谊深厚。看到玉珠如此有成就,而自己却蒙受冤屈,遭人误解,就禁不住放声大哭起来。玉珠问她为何如此?左梅就把遭人诬陷被"捉奸"一事说了出来。

玉珠最爱打抱不平,说:"怎么能这样?"

左梅说:"我们就是在一起烫发,是清清白白的呀!他们这么一弄,不仅毁了我,还耽误了人家王玉波的前程,他差一点被处理复员,这上哪去说理呀!"

玉珠说:"你写一封信附上材料给我,我给你递到兵部有关部门,让组织上还你们清白。本来是学雷锋做好事,却被诬陷有'奸情',这不是颠倒黑白吗?现在提倡实事求是,我相信你们的问题会得到公正解决。你就等消息吧!"

4

靳开军接替牛幸娃的职务已有半年了。这时中队的名称已改为连,十一中队改称十一连。接替是接替了,但与牛幸娃任中队长不同的是,靳开军的连长前面有"代理"两个字。尽管干部战士都喊老靳为连长,但靳开军心里清楚,自己的连长前面是有"代理"二字的。尽管心里清清楚楚,但一旦工作起来,一旦进入工作状态,他就忘了这两个字,完全履行起了连长的职责。不管自己是否受过伤,头上是否安了一块玻璃钢,完全成了一个"拼命三郎"。他不以自己身体为重,也不考虑自己受了伤的头部有多大承受能力,完全把自己置之度外,眼里只有质量、进度、进尺、安全,以"一万年太久,只争朝夕"的劲头去拼搏。

对靳开军的表现,王永学看在眼里,十一中队的干部战士都看在眼里。干部战士背后称他"玻璃钢连长",这不是一种嘲弄、一种讽刺,而是一种肯定、一种赞扬,这样一个头部负过重伤的人,不顾命地往前冲,我们还有什么理由不向前冲呢?在靳开军的影响带领下,干部战士到了施工现场个个卖力,没有一个装孬耍熊的,从而加快了施工进度。

王永学看到这一切,心里隐隐作痛。王永学当兵时,老靳就是副中队长,就是因为敢讲真话,有时也爱发点牢骚,那些年不仅没有进步,还挨过处分。现在这些都过去了,翻篇了,应该受到重用了,却年纪大了,为救战友头部负伤了,虽然当上了连长,前面还有"代理"二字。由牛幸娃牵头写的推荐意见递上去之后,上面答复说"研究研究",本以为一点问题也没有,结果下了个"代理连长"。王永学内心不服,打电话找到现任干部科科长的老战友李景夫。

李景夫说:"不是能力不够,不是年龄问题,他不是头部负了伤吗?怕他万一坚持不住,伤病犯了怎么办?"

王永学说:"他是负伤了,他为什么负的伤?是为救战友负的伤!"

李景夫说:"不管因为什么负的伤也是伤。我们使用干部,对身体条件是有要求的。这样吧,先'代理'一段看看,如果能坚持下来不出问题,我们再考虑去掉'代理'二字。"

王永学没有话说了,气得撂下电话,骂了几句娘。性格平和的他,气得骂了人,这是少有的。他认为对靳开军不公,没有从实际情况出发任用干部。因为有这种想法,靳开军越表现好,他心里就越痛。

让王永学心里隐隐作痛的还不仅是这些。"铁匠"苏明远、"编织匠"慕古秀代理排长一年有余,表现突出,符合提排长条件,连务会已研究上报申请提拔,却迟迟没有批下来。王永学打电话到团干部股去问。干部股翟股长说:"现在提拔干部有新的规定了,必须经过院校培养,不能直接从战士中提拔干部。"

王永学说:"我们这是特殊情况呀,他们是代理排长,离不开施工岗位呀。再说,你们也没给我们连去院校培养的名额。"

翟股长说:"什么特殊情况?再特殊也不能开这个口子!你让他们抓紧复习,现在参加考试的机会有的是。"

王永学说:"翟股长,我这些骨干真的离不开呀,你再给团长、政委反映反映,向上再争取一下,求求您了!"

翟股长不耐烦了:"离不开你自己想办法!你说争取就能争取到吗?"说罢就把电话撂了。

王永学憋了一肚子火,又要气得骂娘,却看见苏明远、慕古秀相跟着走了进来。

王永学换了笑脸问:"这哼哈二将怎么一起来了呢?"

苏明远苦着脸说:"指导员,您是我们的领导,您可不能不管我们呀!"

慕古秀接话道:"我们俩收到申力明来信,说今后提拔干部必须经过院校培养,他已经考上了基建工程兵第二技术学校,去武汉上学,问我俩怎么办?"

苏明远说:"我俩有什么办法!我们是您的哼哈二将,您替我俩想想办法吧!"

王永学明白他俩已知道不能直接从战士中提干的消息,就不再回避,笑着说:"是有这么个消息,我刚才还在打电话询问,替你俩争取呢!你俩现在处于关键时刻,可不能给我拉松套!"

慕古秀说:"我大字不识几个,怎么去参加考试?你要是考施工技术、施工知识,我一点都不含糊,若让我进考场答题,干脆就杀了我吧!"

苏明远说:"说什么泄气话!指导员正在给我们想办法呢!指导员,您可替我们想一想,不能撂下不管呀。"

王永学说:"你们回去吧,这件事我记下了!该干啥干啥,该怎么干就怎么干,出了问题我拿你们是问!"

苏明远、慕古秀相跟着走了,看着他们的背影,王永学心里又是一阵隐痛。他是从农村出来当兵的,对农村兵的诉求深有了解。他们到了部队积极表现,拼死拼活地干,目标就是入党、提干,通过提干改变自己的命运,穿上四个兜的军干服,走上人生新阶段。不是所有农村兵都有这个机会,但一旦有机会,他们决不放弃。但是,他们现在的路被堵死了,自己又无能为力,还被翟股长训了一顿。怎么办?他还想再争取争取。

王永学又给老战友李景夫打电话,说了两个代理排长提干的事。李景夫说:"确实是这么规定的,规定得很死。"

王永学说:"这么整,不是'一刀切'吗?"

李景夫说:"有时就得'一刀切',把刹车踩死,否则,你特殊,他也特殊,一旦开口,规定就成了一纸空文。"

王永学把苏明远、慕古秀的情况说了一遍,李景夫说:"这两人确实表现优秀,是连队建设骨干,但我爱莫能助呀!"

"那就一点办法也没有了吗?"王永学问。

李景夫说:"看在老战友面上,又不违反组织原则,我给你出个主意:现在实行志愿兵体制,你把他俩先弄上志愿兵,继续发挥他们的专长,以后条件允许时再转为干部,这也是一条路子。"

王永学茅塞顿开:"谢谢老战友!谢谢老战友!"撂下电话,有一种想哭的感觉,但又流不出眼泪。抹了几下,也抹不出泪,泪都流到心里去了。虽然这样办还要做许多思想工作,但毕竟有了一条路,能看到前方的光亮。

过了几天,王永学把这件事告诉了苏明远、慕古秀,两人心里虽然不痛快,但也只好接受这个现实,只是一再央求王永学:指导员,到能转干时可别忘了我们。

这件事刚处理完,才消停几天,王永学又接到支队政治部群工科来的电话,说兵种群工部有指示,让调查十一中队有战士到镜铁山矿"捉奸",造成不良社会影响一事。王永学说:"这件事是个误会,都处理完了,还调查什么呀?"

群工科科长说:"女方当事人写信向上反映,说这件事给男女双方造成了不良影响,让我们通过调查得出正式结论,给人家恢复名誉。我们过两天派人去,你们做好准备,配合调查就可以了。"

支队调查组还真细致,他们通过电话向牛幸娃了解情况。牛幸娃说:"根本就没有这回事,是误传引起的误会,当时就讲清了这件事,当事的战士没有受到影响,还提拔为班长。"调查组又向"捉奸者"申力明电话了解情况,申力明说:"我是当事人,进去之后看到两人在烫发,没有任何男女之事。特此证明。"同时,对自己当时处理问题的不慎重认错,并向受到伤害的男女双方表示致歉。

在十一中队,调查组和王永学做了详谈,还找来慕古秀调查核实。然后到镜铁山矿找左梅和矿领导,深入了解事情真相,给出的结论是:这完全是某些人出于嫉妒无中生有散布流言的一件事,应还男女当事人清白,消除不良影响。

支队调查组得出的结论,左梅满意,王玉波满意,军地双方都很满意。组织上还通过调查,发现了王玉波这个"学雷锋"典型。支队政治部根据王玉波的表现,将其树为学雷锋标兵。1980年年终工作总结时,十一班受到全团通令嘉奖,王玉波荣立个人三等功。此后不久,他分别被团、支队和基建工程兵兵部授予"优秀共青团员"光荣称号。由于他所在排的排长转业,王永学提议他由班长升为代理排长,成为本中队三个"代理排长"之一。

转眼到了1981年春天,靳开军代理连长已一年了。王永学向上面提出给靳开军转正,上面答复说现在要求部队干部年轻化,35岁再提连长,年龄过杠了。王永学说:"提连长过杠了,提营长不过杠,你们直接给他提为营长吧!"气得把电话摔了。

靳开军知道了这件事,也没闹什么情绪,反而劝王永学说:"这不怨组织,怨我自己运气不好,经常是一晾被子天就下雨,没有牛幸娃那样的好运。"

不久,上面回话了,说靳开军年龄过杠,可作为特殊情况处理,但要求给他做一次全面身体检查,如医院给出的结论是能坚持正常工作,就去掉"代理"两字,给他转正。

王永学内心骂道:"瞎扯淡!不能坚持工作,能代理连长一年,天天在井下!"但胳膊拗不过大腿,还是陪靳开军去嘉峪关"三九医院"做全面身体检查。老金、苗丽萍也来了,都希望老靳通过"体检",能顺利当上连长。

谁也没想到,在井下钢铁炼就般的靳开军,却倒在了医院里。在做心电图的诊疗床上,他头一歪,就陷于昏迷中,再也没有起来。专家会诊后认定是脑伤复发,经抢救,恢复了部分神志,能听到人们说话,却已发不出声来,眼里淌着眼泪,别人给他擦了,眼泪还在不住流淌。王永学、老金、苗丽萍都哭了,但又不敢当面对着他哭,只好轮流着到外面哭泣。

王永学直接越过团里,给支队干部科李景夫打电话,讲了靳开军的情况,要求请示支队领导,批准任命靳开军为十一连连长,给即将死去的老靳一点安慰。

李景夫不敢怠慢,急忙找了支队长、政委,经几个首长紧急碰头,批准靳开军的连长任职,并让干部科速告王永学。

王永学说:"谢谢!电话告知也可以,但最好打印成文,让人送过来宣读。"

李景夫问:"时间来得及不?"

王永学说:"应该可以,越快越好!"

终于,在靳开军弥留之际,任命令到了,是李景夫亲自拿文件来的。他在王永学、老金、苗丽萍和其他医护人员见证下,宣读了对靳开军的任命令。任命令宣读完毕,靳开军点了点头,就永远地闭上了眼睛。

尾 声

1982年1月之后,关于撤销基建工程兵的消息,通过不同渠道传到了部队,引起巨大的震动。地处镜铁山营区的干部战士,也不同程度地得知这个消息。"部队要撤销,我们怎么办?"大家一时间议论纷纷。王永学在工作组成员和连队干部支持下,通过强有力的思想政治工作稳定连队,提出"管理不能软、人心不能散、任务不能短",一手抓管理,一手抓施工,紧锣密鼓地推进各项工作。到这一年的9月末,就完成了全年施工任务指标。

此时,连队领导班子和各排排长很不健全,靳开军去世后,由于干部提拔调整冻结,一直没再任命新的连长,团里拟派的副指导员也迟迟没有到位,连里只剩下王永学、刘柱锁、技术员严士范三个干部,五个排长中有三个是代理排长,苏明远、慕古秀以志愿兵的身份,代行代理排长的职务,管理力量薄弱,而干部战士的思想又极其活跃。在这种情况下,能保持连队稳定,使干部战士树立大局意识,坚守岗位,并努力完成年度施工任务,实属不易,其中甘苦,王永学自知。他明确向干部战士提出:圆满完成本年度担负的施工任务,不留后患;接下来何去何从,听候上级命令。

"十一"过后的一天,连队突然来了一位不速之客。此人是基建工程兵兵部的一位领导干部,姓张。张副主任带着秘书和工作人员到基建工程兵青藏公路指挥所视察工作。此时投入青藏公路格尔木至拉萨段改造工程的基建工程兵指战员达万余人,他们在"生命禁区"挑战极限,分三大路段承担550多公里的大规模整治改建任务。视察结束,张副主任乘坐军用吉普从青海省的托勒牧场下路,沿国道经镜铁山往回走。

行到半道,张副主任发现一辆挂有基建工程兵"申"字牌号的卡车,他感到很奇怪:在这里承担酒钢建设任务的02部队早已撤离,怎么会有部队的汽车在这里,莫不是有人假冒?有了这个疑问,他就让司机跟着卡车而行,欲看个究竟。让他没想到的是,在镜铁山中,北大河旁,还有一座军营,军卡就开到了那座军营里。

吉普车尾随进去后,看到绿色的军营生机盎然,一些战士在打球,一些战士在唱歌,一些人在散步,完全是一座正规的军营。张副主任让秘书找来这里的负责人。不一会儿,王永学到了,朝着首长模样的张副主任报告道:"报告首长,我是基建工程兵02部队十一团驻镜铁山工作组组长兼十一中队指导员王永学。"报告完,便把首长一行引到连部,简要汇报后,张副主任才知道十一中队在大部队撤离后,留在镜铁山执行二期施工任务。此时已过了饭点,已是下午3点多了。为了不怠慢首长,王永学让刘柱锁去镜铁山矿小食堂炒上四个菜,端回连部。

张副主任问:"这菜是连队食堂弄的吗?"

王永学说:"是,首长赶快用餐吧。"

张副主任不信,到连里食堂一看,正煮大白菜呢,蒸的馒头还没蒸好,就发了脾气:"你这个指导员弄虚作假,欺骗领导,我撤了你的职!"

在场的人谁也没想到,王永学会这么说:"首长,你撤了我吧,我不想干了,我干不下去了!"说完,竟放声痛哭起来。

张副主任挥手让随行人员离去:"你们先去吃饭,我单独和王指导员聊聊。"

秘书把饭菜盛来一些,张副主任边吃,边听王永学汇报。王永学就把大部队撤离后,十一中队在镜铁山坚持八年的概况做了汇报,讲了成果、经验和问题,尤其讲了这两年的困境,由于干部配备不齐遇到的种种困难,特别是听到部队将要整编撤销消息后,干部战士的思想变化,以及连队为稳定大局、完成任务做的大量艰苦工作。

张副主任被王永学的汇报吸引住了,他面前的饭菜没动几口。听王永学讲完,张副主任说:"我们天天在上面,官僚呀!你们在下面做了这么多工作,做到人心不散、管理不软,提前完成任务,可圈可点,可喜可赞。你这样的干部不仅不能撤职,还要重用,这是我们部队的脊梁,无论在部队,还是转到地方,都是不可缺少的骨干。"

王永学说:"敢问首长,我们部队下一步如何安排?"

张副主任说:"这个暂时保密。你让我歇口气,晚上开个全体干部会,我到时会讲。有一点要求,晚上再不能搞特殊化,战士吃什么我们吃什么!"

"得令!"王永学转身去安排晚饭和通知干部晚上开会。

晚上7点,由工作组和十一连全体干部参加的干部会,在连部召开。张副主任带来的工作人员也都参会。张副主任是个老军人,说话干脆利落又幽默风趣。他说:"我是兵部的一名领导,在你们眼里是个大官,我看是一个大官僚!你们一个连在这里浴血奋战,取得这么好的业绩我竟然有所不知,今天我就讲两点:一是充分肯定十一连八年来取得的成绩。你们在团工作组的协助下,取得了硕果,打出了威风,出了成绩,出了经验,出了干部,做出了人民子弟兵应有的贡献。这些成绩的取得,是在远离大部队的情况下取得的,尤其难能可贵,锻炼了干部,锻炼了战士,锻炼了一支特别能战斗的队伍。二是我要告诉你们,组织上将派你们去执行新的战斗任务。基建工程兵部队整编撤销之后,将留下一部分部队继续执行交通筑路、黄金开采和水文地质普查等任务,上级已决定派你们十一团前往山东三山岛执行黄金开采任务。十一连是十一团的生力军、主力部队,将从速从这里开拔到那里,承担巷道开掘工程。下午,我已让随行人员联系铁道部,马上为你们转移调拨军列,务必在十月底之前赶到山东三山岛集结。同志们,你们有没有信心胜利转场和接受完成新的战斗任务?"

"有!""有!"会场上人数不多,却声若雷动。

张副主任坐下后,又说:"有什么困难,可以提出来。"

"没有困难,坚决完成任务!"王永学语调铿锵地回答。

老金说:"首长,我们今年施工任务已经完成,但还没有和酒钢结算,部队经济效益一时难以核算清楚,这个怎么办?"

张副主任说:"马上算,算多少是多少,不要计较,反正肉烂在锅里,都是为国家做贡献!"

张副主任一行离开镜铁山之后,王永学很快就接到了团里将十一连连同工作组一起,调往山东三山岛的正式命令。在工作组的统一组织下,全体干部战士进行交接、清场、搬迁一体化运作,在铁道部调拨的军列到来之际,开始奔向了新的征程。

王永学清楚地记得:这一天是1982年10月27日。

当军列驶离镜铁山,车上的干部战士看着这个自己曾经挥洒青春热血的地方,眼里都饱含着依依不舍的泪水。

一声汽笛长鸣,军列加快了速度,就像那奔腾的北大河,流出了镜铁山之后,依然波涛汹涌,滚滚向前奔流,向着无际的远方……

后　记

本书是继"不灭的军魂"三部曲《乌蒙战歌》《兵山劲歌》《鹏城飞歌》之后，我创作的又一部长篇小说。仍以20世纪七八十年代基建工程兵部队担负国家基本建设任务为题材，但它反映的主题已不限于基建工程兵部队，不限于书中描写的一个连队，而是进一步扩展开来，成为那个时代、那个年代军人的一个缩影。从那个年代过来的人，尤其是有过军旅生涯的人，会从中看见自己的影子。

本书中写到的酒钢建设、镜铁山矿开发，以及为酒钢建设做出贡献的基建工程兵部队，都是真实事实。着力描写的十一中队也确曾存在过，本书的基本事实就是取材于这个连队在镜铁山的战斗生活。这个连队的干部战士确实是在大部队撤离后，又独自在镜铁山奋战八年。小说就是以这个中队为原型的，其中个别人物也有生活原型。但我要强调指出的是，尽管如此，这部小说仍然是虚构的文学作品，里面的人物都是经过创作加工的人物，"这一个"不是"那一个"，不能对号入座。这部书是虚构的小说，不是纪实文学作品，这一点务请读者明鉴。

这部小说在写作中参阅了《钢铁雄师建酒钢》(杨柳清主编，中央文献出版社出版)、《无言的丰碑》(刘大荣著)等书籍资料，得到了基建工程兵战友刘坤德、王有学、张俊歧等诸多帮助。我的妻子石丽侠，一如既往地支持和参与这本书的写作，付出许多心血。人民文学出版社社长臧永清和本书责任编辑宋强对本书的出版予以很多帮助。我同一部队的战友、著名书法家杨石瑞为本书题写书名。在此，一并致以诚挚的谢意。

樊希安
2020年12月30日
于海南澄迈金螺湾